AF622907

NO CANTES CANCIONES TRISTES POR MÍ

VANESSA R. MIGLIORE

NO CANTES CANCIONES TRISTES POR MÍ

MOLINO

Papel certificado por el Forest Stewardship Council®

FSC
www.fsc.org
MIXTO
Papel | Apoyando la silvicultura responsable
FSC® C117695

Penguin Random House Grupo Editorial

Primera edición: febrero de 2024

© 2024, Vanessa R. Migliore
© 2024, Penguin Random House Grupo Editorial, S. A. U.
Travessera de Gràcia, 47-49. 08021 Barcelona

Penguin Random House Grupo Editorial apoya la protección del *copyright*.
El *copyright* estimula la creatividad, defiende la diversidad en el ámbito de las ideas y el conocimiento, promueve la libre expresión y favorece una cultura viva. Gracias por comprar una edición autorizada de este libro y por respetar las leyes del *copyright* al no reproducir, escanear ni distribuir ninguna parte de esta obra por ningún medio sin permiso. Al hacerlo está respaldando a los autores y permitiendo que PRHGE continúe publicando libros para todos los lectores.
Diríjase a CEDRO (Centro Español de Derechos Reprográficos, http://www.cedro.org) si necesita fotocopiar o escanear algún fragmento de esta obra.

Printed in Spain — Impreso en España

ISBN: 978-84-272-4047-6
Depósito legal: B-21.430-2023

Compuesto por Carolina Borràs
Impreso en Rodesa
Villatuerta (Navarra)

MO 40476

Para todas aquellas a las que el sistema nos ha hecho sentir pequeñas,
a las que nos han quitado las ganas de luchar.

El mundo es nuestro;
lo conquistaremos juntas.

PRÓLOGO

Los muertos estaban por todas partes. Lo acompañaban en sus sueños y lo vigilaban hasta el alba.

La primera vez que durmió entre las lápidas apenas fue consciente del peso de la muerte campando a sus anchas en las colinas de Edén. No temía a la bruma espesa sobre los mausoleos. Tampoco a los peligros de la noche, de los que tanto le habían advertido los parroquianos del pueblo.

Todd era un hombre valiente y aquella noche no sería la excepción. El cielo negro se extendía como una mancha de oscuridad, en la que no brillaba ni una sola estrella. Los árboles se estremecían bajo los últimos resquicios de un viento invernal, y sentía los dedos entumecidos antes de coger la pala y salir a dar una vuelta por el cementerio.

Abrió la puerta de su vieja cabaña, una mancha de modernidad en medio de la noche, y cogió el farolillo tiritando de frío.

—Estos malditos críos —dijo para sí mismo en cuanto vislumbró la puerta del sacrosanto abierta y rechinando bajo los envites de la brisa: la había cerrado en cuanto la noche cayó y, en ese momento, el candado yacía sobre la tierra.

Tenía motivos para apretar el candil con violencia mientras arrastraba la pierna coja. Llevaba semanas recibiendo ese tipo de bromas que solo le despertaban una inquietud molesta en el pecho. Rastros de sangre sobre los adoquines de piedra y ese maldito llanto. Un sonido que estremecía las ventanas de la cabaña y hacía temblar el techo. «El canto de la muerte» lo llamaba él.

Rezongando entre dientes, se sumergió en la niebla y apartó los pensamientos violentos producto de la soledad. Era la primera ronda de la noche y su trabajo era asegurar el descanso de los muertos e impedir que ningún ladrón se acercara a las tumbas o que algún degenerado intentara gastar una broma de mal gusto.

—Molestar a los que se han ido… Deberían colgarlos de los pulgares y enseñarles lo que es el respeto —protestó para sí mismo mientras bajaba con cierto esfuerzo por la ladera.

Cerró la reja con fuerza y escrutó las sombras de la noche mientras el aullido del viento auguraba la llegada de la tormenta. Si los críos se habían paseado por el cementerio, ya no quedaba rastro de ellos. A Todd le complacía la idea de encerrarse a la lumbre de la chimenea justo cuando la lluvia empezara a caer. Con dedos hábiles aseguró el candado de la entrada y, cuando estaba a punto de volver a la cabaña, oyó el primer lamento.

Ese sonido. Ese ruido inhumano cargado de un dolor tan profundo que se metía en los huesos y podía conmover al mismísimo Dios. Fuera lo que fuera, él no estaba dispuesto a encontrarse con la monstruosidad capaz de proferir semejante alarido.

Sin perder ni un segundo, echó a correr por el cementerio con la pala entre las manos y un dolor agudo en el pecho. Se abalanzó por la ladera con toda la rapidez que sus cortas piernas le permitían, con esa sensación de peligro ardiendo en las entrañas.

Otro grito rompió el aire.

Todd se detuvo con las rodillas chocando. Sentía el aullido de la muerte como el eco de los latidos violentos de su propio corazón, el sudor resbalándole por la espalda y un miedo certero; algo que no había sentido nunca antes.

No era un temeroso creyente de las leyendas, pero aquel sonido, aquel lamento lúgubre, entrañaba una pena, un dolor inimaginable. Casi sin aliento, escrutó el cementerio envuelto en sombras y en una niebla pesada y densa. Entonces la vio.

Una silueta estilizada se perfilaba en el horizonte como una herida abierta en la noche. Una figura de huesos filosos con el rostro difuminado y el pelo pálido cayéndole sobre la espalda desnuda.

Con los ojos desorbitados, Todd volvió a correr. Ni siquiera pensó. No se fijó en el denso olor a descompuesto que flotaba en el aire, tampoco en las manchas de barro y sangre que salpicaban el camino. Simplemente corrió con la sensación de que el corazón iba a atravesarle las costillas.

Se movió como una presa herida en busca de la salvación, como un animal acorralado cuyo depredador acecha a la espera de un inminente ataque.

Aquello no tenía sentido y, aunque Todd no estaba dispuesto a detenerse, tampoco podía dejar de sentir el lamento ahogado de la mujer. El estruendo metálico de su voz y la zozobra que rompió contra su cuerpo en cuanto el viento amainó arrastrando el grito de desesperación de la banshee.

Sin soltar el candil, deambuló por la ladera con las rodillas chocando y la camisa empapada en sudor. Aquel maldito sonido reverberaba en sus vértebras como un aviso.

—La escopeta…

No alcanzó la puerta y mucho menos el arma. Enmudeció poco antes de llegar a la cabaña y ver a la criatura de pie, delante de él. Le pareció que un sonido estrangulado le perforaba la garganta y un dolor punzante le atravesaba el pecho.

Cayó de golpe sobre un charco de sangre y ninguna súplica llegó a escapar de sus labios.

Los muertos regresaban.

GACETA DE EDÉN *11 de marzo de 1913*

¡Nueva excavación para hallar la tumba maldita de Morrigan en Edén!

La incesante búsqueda por parte de la Academia de Historia y el Museo de Londres rindió sus frutos hace un par de semanas cuando los investigadores descubrieron una serie de archivos que señalan Edén como el lugar donde se encuentra la tumba de Morrigan.

Los expertos llevan décadas sumergidos en discusiones de carácter histórico, precisamente ante la falta de datos que arrojen algo de luz a la leyenda que envuelve la tumba de la duquesa. Han sido muchos quienes han intentado sin éxito encontrar algún indicio de la tumba y la mayoría ha sufrido graves reveses, que los supersticiosos achacan a una maldición vinculada con la figura de la duquesa.

Morrigan ha trascendido a lo largo de los siglos como una figura trágica envuelta en un halo místico por todo el folclore que la señala como una mujer maldita. Proveniente de una familia aristocrática, las historias indican que hizo un trato con la misma muerte y hablan de una infinidad de mitos asociados a su trágico final. Pero no es la leyenda lo único que atañe al Museo: Morrigan era también una influyente coleccionista de reliquias y tesoros antiguos. Un legado oculto que, según decían sus propias criadas, fue enterrado con ella, lo que aumentaría la importancia de su hallazgo.

Las alhajas de la tumba interesan a los eruditos de todo el país, pero en el pueblo no dejamos de preocuparnos por una excavación cuya única intención es remover la tierra de los muertos. El Museo de Londres se encuentra al frente de tan importante trabajo y, aunque han sido presionados por algunos periódicos para hablar de cómo será el proceso, se han negado a hacer declaraciones. ■

1

EMMA

Emma Monroe no estaba dispuesta a convertirse en una prisionera. Había escuchado a las monjas del internado hablar del destino y, pese a lo joven que era, no creía en otra cosa con tanta certeza como en lo inevitable de la muerte. Después de todo, ella era una adolescente de ávida imaginación, bastante proclive a meterse en líos. Amaba los libros y hubiese deseado aferrarse a la promesa de una historia romántica, de un futuro prometedor y una vida apacible lejos de la oscuridad que habitaba en las almas.

Pero no era posible y, pese a su curiosidad, Emma había aprendido a ser pragmática para sobrevivir. No importaba lo mucho que deseara creer en los cuentos de hadas o encontrar un final feliz, era consciente de las rigurosas normas a las que debía apegarse si pretendía encajar en ese mundo diseñado por otros.

—Vamos, Dante —susurró al pequeño cavalier que la acompañaba. Un perro minúsculo que se había llevado del internado y que la seguía con la fidelidad inigualable de un can; un rasgo admirable en opinión de Emma y que, por desgracia, no era aplicable a los seres humanos.

Como si intuyese su preocupación, Dante levantó el hocico y la siguió mientras se internaban entre las lápidas desnudas. El eco difuso de los espíritus le hacía cosquillas en los oídos y se mezclaba con el canto tenue del viento, un susurro apagado, casi distante.

Era una tarde nublada de abril y en Silverwood House, su nuevo hogar, habían dado órdenes claras para que Emma se recluyera y esperara al regreso de su hermano. Pero la paciencia no era su mayor virtud y, después de escuchar los susurros dolientes que llegaban desde el otro lado de la casa, le costó mantenerse encerrada como una niña cauta.

De pequeña a Emma le gustaba jugar entre las tumbas, se escondía en los árboles y corría a través del cementerio sintiendo las risas frías de los muertos. Había sido una criatura solitaria, olvidada por un padre demasiado serio y un hermano taciturno al que no le atraían los juegos de una cría con una curiosidad demandante. En aquel tiempo, su madre estaba tan enferma que jamás salía de la cama, yacía enterrada en un edredón enorme. Emma solo recordaba la fragilidad de sus manos. La piel tan fina que parecía hecha de papel, con las venas azules a punto de romperla. También se acordaba de los ojos rojos llenos de lágrimas, de los labios demacrados y las ojeras oscuras que auguraban un final próximo. Incluso en sus peores días, Dulcinea sostenía sus deditos de niña y sonreía con una calidez que deslumbraba a Emma. La hacía sentirse segura. Entonces, su madre le acariciaba el pelo y le regalaba un beso en la mejilla.

Emma dio un traspié y el recuerdo se difuminó arrastrándola de regreso al cementerio. Añoraba a su madre a pesar del escaso tiempo que habían pasado juntas. Sentía que era, con toda probabilidad, la única persona en ese mundo que la había querido de verdad.

El paso de los años aún no lograba paliar el dolor que le producían aquellos pensamientos. Quizá era la tristeza anclada a ese recuerdo o simplemente la certeza de que su existencia había empezado justo cuando la de su madre se extinguía. Probablemente, esa ausencia era la razón por la que Emma encontraba consuelo en los fantasmas.

Dante ladró y Emma lo miró pensativa. El perro reclamaba su atención y mantenía la nariz en alto en señal de alerta. Emma le acarició la cabeza, se recogió la falda del vestido y se deslizó por el cementerio, amparada por el dulce lamento de la muerte. Ese susurro tenue, casi imperceptible, la alertaba de la presencia de los espíritus.

Había supuesto que en el cementerio encontraría las delicadas figuras traslúcidas a las que tan habituada estaba, pero se llevó una inquietante sorpresa al descubrir el camposanto inundado de formas grises, de rostros macilentos que aguardaban atrapados en el tiempo. Ninguno se molestó en mirar a Emma, al menos no demasiado. Ella era una mancha de otra realidad, de un mundo que colindaba con el suyo, pero que, entre sí, nunca llegaban a tocarse.

Era ese peculiar talento asociado a su ojo blanco lo que marcaba el recelo de quienes se fijaban en ella: Emma estaba llena de defectos. Al menos eso era lo que la gente siempre decía y, a fuerza de escucharlo constantemente, no podía refutar la evidencia. Mucho menos cuando era tan diferente al resto de su familia y a ese estándar de perfección vinculado a su apellido. Emma solo destacaba por un pequeño detalle. Ese defecto que alertaba al mundo de su rareza y despertaba la desconfianza en quienes la conocían.

Y no, no era su capacidad para ver a los muertos. Al menos, ese secreto yacía bajo todas las capas de mentiras con las que se vestía a diario. Lo que realmente suscitaba miradas de rechazo era su ojo derecho, velado por un tono blanco lechoso que los impulsaba a apartar el rostro de forma apresurada. En cuanto lo veían crispaban los labios con escaso disimulo y le apartaban la mirada. Como si tener un ojo blanco pudiese contagiarse.

Suspiró y sus ojos escrutaron el cielo con una única convicción: ya no estaba en el internado. Con el alivio redoblando los latidos de su corazón, Emma cruzó en una intersección donde la maleza espesa cubría el sendero de piedras y sepultaba las losas de mármol. Pasó junto a una niña pequeña, una criatura gris, desnuda, sentada junto a una lápida y cuyos brazos aferraban un viejo peluche sin forma. Los ojos sin vida derramaban enormes lagrimones negros mientras los labios temblaban en un sollozo inaudible. A Emma la invadió la pena al fijarse en el brazo despedazado que le colgaba a un lado del cuerpo, la piel mustia estaba surcada por una docena de cicatrices en las que se podía leer el sufrimiento, la desdicha.

Emma no estaba segura del momento en que había empezado a ver a los muertos. Solo era consciente de los susurros arañando la ventana durante las noches. De las voces sueltas que le llenaban la cabeza.

Entonces supo que había otro lado. Un velo separaba sus mundos. El mundo de los vivos y el de los muertos. Emma no sabía qué había tras ese velo, solo escuchaba el susurro y contemplaba a los espíritus atrapados en su realidad.

Alejó aquellos pensamientos, esquivó a la niña y notó los ojos de esta en cuanto le dio la espalda. Ese picor en la nuca bastaba para ponerle los pelos de punta y rara vez auguraba algo bueno. Por norma general, los fantasmas no solían ser violentos, al menos no demasiado. La excepción se daba cuando el espíritu llevaba tanto tiempo anclado en el mundo terrenal que comenzaba a convertirse en una sombra de sí mismo.

Con los años, Emma había aprendido a evitar esos problemas y, por esa razón, apresuró el paso con el corazón rebotándole contra las costillas y la respiración acelerada. No era la imagen sangrienta de la niña lo que le tensaba las entrañas, sino la desesperación palpable en el aire. La angustia de una criatura muerta esperando a su madre.

Dante ladró e interrumpió el hilo de sus pensamientos, el perro agitó la cola mientras se subía a una de las lápidas y echaba a correr en medio de gruñidos violentos.

—Dante, no —gruñó en voz baja mientras el perro se perdía entre los árboles y la dejaba atrás.

Casi de puntillas y con los labios apretados, Emma corrió detrás de él maldiciendo las decisiones que la habían arrastrado hasta el cementerio cuando tenía expresamente prohibido salir de la casa. Si alguien la veía allí, podía dar por acabada su recién estrenada libertad lejos del internado.

Finalmente, Dante se apiadó de ella y se detuvo frente a una de las tumbas que se erigían al lado de un mausoleo imponente. Las malas hierbas crecían entre las grietas de las paredes y la humedad se aferraba a las columnas dejando huellas de deterioro sobre la fachada de mármol. Emma entrecerró los ojos y estudió la estructura notando un anhelo casi físico dentro de los huesos. Un cosquilleo suave, una vibración potente e inusual. Como si el aire estuviese gastado por el susurro de una voz. Un ruidito tenue que a ella le resultaba vagamente familiar. Como si también lo escuchase, el perro bajó las orejas y ella, movida por la inquietud, se inclinó sobre la losa de la entrada para admirar la corona de rosas sobre la lápida.

—Es de mala educación espiar a los muertos.

La voz la pilló por sorpresa y estuvo a punto de soltar un grito capaz de despertarlos a todos. Se llevó una mano al pecho y tragó saliva mientras se apartaba del mausoleo. Con los nervios en la punta de los dedos, giró el rostro justo a tiempo para ver una expresión pálida, estudiándola con absoluta curiosidad.

—Supongo que tienes suficiente pericia mental como para saber que no es bueno pasearse a solas por un cementerio. —La boca del chico esbozó una mueca cortante, demasiado vívida para alguien que carecía de corporeidad—. Y mucho menos husmear entre sus secretos.

A Emma le disgustó la acusación en sus palabras. Se puso rígida al instante y Dante imitó su disgusto encarando al fantasma.

—No estoy faltando el respeto a nadie —gruñó con la curiosidad avivada por aquellos ojos oscuros—. Ya había estado en este sitio antes, hace muchos años.

—Eso no te da ningún derecho, los muertos necesitan descanso, no a cotillas rebuscando entre sus tumbas —replicó él con hastío y abandonó la pose estudiada para acercarse un poco hasta ella. El olor a flores mustias le llenó las fosas nasales—. Tienes el ojo blanco.

Emma se llevó una mano al rostro y paladeó el recelo del fantasma. En su voz había un eco de sorpresa, un disgusto inusual.

—¿Sabes lo que dicen de los que son como tú? —preguntó con una sonrisa cauta en los labios—. Que cargáis con una maldición. Estar entre dos planos sin pertenecer a ninguno de ellos, una sombra para los vivos, una luz para los muertos.

A Emma tampoco le gustó el tono macabro con el que remarcaba las vocales.

—No tengo tiempo para estas cosas —susurró ella con la intención de irse, pero aquel chico negó con la cabeza arrastrándola hasta esas dudas que de pequeña la acosaban. No podía decirle que realmente estaba buscando algo en el cementerio, y esa necesidad, el impulso de leer un nombre conocido entre las sepulturas, la había arrastrado a saltarse las normas de un hermano que apenas conocía.

Emma había aprendido a leer de pequeña, incluso mucho antes que el resto de las niñas del internado. Mientras la mayoría apenas memorizaban el alfabeto, ella ya era capaz de leer los epitafios, con suficiente soltura como para reconocer todas las historias enterradas en aquella zona apartada a la que ninguna de sus compañeras iba nunca. Era esa viva curiosidad lo que le impedía estarse quieta y no pretendía socavar esos impulsos ahora que volvía a tener una familia.

—No eres de aquí —adivinó el fantasma y Emma se encogió de hombros.

—Viví en Edén muy poco tiempo —admitió, sintiéndose frágil y fría ante esos recuerdos—. Pero mi padre me envió a un internado después de la muerte de mi madre y desde entonces no había vuelto.

Él la miró con cierta fascinación y, en lugar de contestarle, se encogió de hombros con indiferencia. A Emma le ardían los labios por hacerle un par de preguntas, se comunicaba con los muertos con mayor soltura que con los vivos, pero la actitud distante del chico la disuadió de continuar con la conversación. Por una vez, se tragó la curiosidad y, con algo de disimulo, volvió la vista hasta la tumba que minutos antes había llamado su atención.

—Conozco esa estatua —dijo para sí misma al reparar en la figura de mármol que yacía doblada junto al mausoleo. Era el rostro de una mujer velado por un manto que le cubría los ojos y le caía sobre los hombros. La belleza triste de su expresión era tan nítida, tan cruda, que a Emma le pareció real, como si en lugar de piedra estuviese hecha de carne.

Emma se pasó una mano por el pelo y abrió la boca para preguntar algo justo para darse cuenta de que el fantasma, que hasta hacía unos segundos estaba a su lado, había desaparecido. Dejó escapar un resoplido incrédulo mientras lo buscaba por la colina sin éxito alguno, ¿a dónde se había ido?

Da igual, necesito comprobar una cosa, pensó mientras sacudía la cabeza.

Si estaba allí era porque buscaba un nombre entre las tumbas perdidas y aquel mausoleo la estaba llamando. Apartó las rosas para leer el nombre de la difunta, pero antes de que sus ojos pudiesen fijarse en las letras, Dante gruñó con tanta fuerza que Emma pegó un salto y retrocedió casi por instinto. El cementerio se sacudió y ella trastabilló. Apenas se dio cuenta de que no estaba sola. En el mausoleo se hallaba una mujer, una criatura de niebla.

Es igual a la estatua, comprendió con horror justo cuando las piernas le fallaron y el cementerio volvió a sacudirse. Emma alargó la mano para sujetarse, pero no se fijó en la pendiente que había a sus espaldas y no pudo prevenir la caída.

Sus huesos impactaron contra la tierra y la cabeza rebotó contra algo sólido, que la hizo soltar un quejido de horror. Notaba el vestido empapado y pegado a la piel; el olor del miedo en el aire, y el sabor de la sangre en los labios, con una advertencia resonando como un eco en sus huesos.

2

LIRA

Lira había aprendido a mentir incluso antes que a leer. Lo hacía de continuo y con tanta facilidad que las mentiras se le escapaban de los labios incluso sin ser consciente de ello. Era una habilidad natural, una de las que no presumía en voz alta, pero que le encendía suficientemente el ego como para sentirse un tanto orgullosa de sí misma. No porque fuese sencillo. Le había llevado casi veinticuatro años perfeccionar el arte del engaño y, pese a creerse toda una profesional, sabía que la belleza de su rostro ayudaba a que las mentiras que escapaban de su boca fuesen menos cuestionables.

Resultaba extraordinario ver cómo la gente creía lo que escuchaba solo porque los labios que lo decían poseían la redondez y el color ideales. Sus facciones delicadas ayudaban a pasar por alto el hecho de que ni siquiera era verdaderamente atractiva. Al menos no de la manera convencional.

Un detalle menor, en opinión de ella, en especial cuando los problemas de su vida la habían arrastrado a un cúmulo de malas decisiones y a errores que esperaba enmendar cuanto antes.

Recientemente, la Academia de Historia había valorado el hallazgo de Lira otorgándole un reconocimiento mediocre y bastante vago. No es que fuese algo inusual, ella era una mujer de mundo, profesional y capacitada, pero a la que los altos jefes de la Academia de Historia Nacional no terminaban de tener en cuenta. Los últimos cinco meses habían supuesto un infierno en el que aprendió a sobrevivir a base de paciencia y esfuerzo, se refugiaba en su investigación, rebuscaba en los archivos, traducía y dormía poco. Pero la recompensa a su dedicación no llegaba y la Academia había optado por entregarle semejante primicia al Museo de Londres, en lugar de dejar que Lira tuviese un equipo propio para la excavación.

—Esto no es un asunto para la debilidad femenina —había dicho Linus, su jefe, mientras calaba un puro y la observaba a través de las gafas redondas—. Entiendo que este capricho nos ayudase a descubrir información relevante sobre Morrigan, pero una excavación no es lugar para una mujer, mucho menos para una dama.

Lira hubiese podido prender fuego al despacho en ese mismo momento, pero si algo había aprendido era que las mujeres siempre gustaban más cuando estaban en silencio y dispuestas a sonreír. Así que sonrió con elegancia y sujetó su bolsito dorado mientras fingía comprensión. Después de todo, otra de sus habilidades era contener la ira. Se le daba bien reprimirla, guardársela bajo la piel y esperar con cautela el instante preciso para dejarla libre. Una habilidad que requería práctica y, como era una mujer rencorosa, se permitía hacer gala de esos silencios perfumados en su odio.

El recuerdo de aquella tarde nublada en Yorkshire despertó esa frustración entumecida. Un destello voraz de la rabia que apenas podía dominar llegada a ese punto. Por eso estaba en Edén, un pueblo perdido al norte del país. Una comarca rodeada de valles y bosques en la que el tiempo parecía haberse detenido. Ese lugar de aspecto salvaje y rudimentario avivaba las preocupaciones arraigadas a una decisión de la que dependía su carrera. Aquella investigación había sido su horizonte en los últimos meses y no estaba dispuesta a apartarse, no cuando había renunciado a tanto para llegar hasta allí.

Sacudió la cabeza y se colocó un mechón de pelo detrás de la oreja. Todos sabían que Edén era un pueblucho de mala muerte y nadie, salvo Lira, se ofrecería como voluntario para residir en una región de costumbres arcaicas, llena de leyendas lúgubres.

Tensó los labios en una línea muy fina y se esforzó por mantener una actitud de plena confianza mientras cruzaba las puertas oxidadas que daban al camposanto.

Lira sonrió con seguridad y subió por el irregular sendero. En silencio, admiró el cementerio y la pequeña multitud congregada fuera del mausoleo, erigido junto a la entrada.

—¡No podéis escarbar entre las tumbas! Es una vergüenza —exclamó un anciano de porte distinguido que alzaba un bastón en dirección a uno de los trabajadores del yacimiento.

—Señor, os hemos explicado cómo será el proceso y le aseguro que…

Un par de periodistas alzaron las cámaras y fotografiaron a los protestantes cuyas voces se elevaban en el aire mientras Lira se deslizaba entre el grupo de curiosos. Nadie se molestó demasiado en mirarla y ella agradeció la absoluta indiferencia mientras continuaba escuchando las protestas. Con un gesto calculado, se alisó los pantalones negros antes de ajustarse la chaqueta y enderezar los hombros. Era una vestimenta particularmente escandalosa para una dama, pero a Lira le gustaba sentir el poder que los pantalones le ofrecían. Era como ver el mundo desde otra perspectiva, sin renunciar a la comodidad de caminar con absoluta libertad.

—Señorita —dijo un joven al verla. Estaba apostado contra la pared del mausoleo central con una profunda expresión de hastío. El monumento era un edificio circular con un pórtico de grandes columnas de granito, rodeado por varios setos sin podar—. No puede entrar allí.

Lira se detuvo y lo miró de arriba abajo. El rostro del chico le sonaba de algo y tardó medio minuto en reconocerlo. La boca pequeña, los dientes rectos y la piel morena brillante; trabajaba para el Museo y eso le supuso un fastidio inmenso, más concretamente porque era el asistente de un hombre al que Lira hubiese preferido evitar.

No, pensó al instante y un nudo se le enredó en el estómago. Si Gray estaba custodiando el cementerio solo podía significar que Eliot trabajaría en la excavación.

—Vengo de parte de la Academia de Historia Nacional —soltó, y Gray enarcó una ceja, confuso.

Lira miró las herramientas desperdigadas a su alrededor y valoró sus opciones en silencio. La excavación no podía ir demasiado avanzada. Lo sabía por los hombres apostados a lo largo del cementerio, cargados con picos y palas mientras realizaban la medición del terreno y establecían los cuadrantes de trabajo. Estaban en plena fase de reconocimiento del terreno y ella tenía las piezas necesarias para que la investigación fuese un éxito, pero para ello, necesitaba convencer al encargado.

—¿Tiene algún certificado? —La voz de Gray estaba plagada por ese tonito de superioridad que tanto detestaba—. Necesito verlo.

Esta vez fue Lira quien levantó una ceja mientras sus dedos afilados vagaban hasta el bolsito de cuero y extraía, con una sonrisa fría, una credencial. Gray quedó desconcertado al ver cómo se la dejaba en las manos y le daba la espalda para internarse en el mausoleo sin ofrecer ninguna explicación.

En otro tiempo, Lira habría disfrutado de la sospecha en sus ojos, pero en ese instante, sabía que dentro del mausoleo le aguardaba un reto mayor aún y no estaba dispuesta a entretenerse con minucias.

Tal vez esa fue la razón por la que no le molestó percibir el recelo inicial en los hombres que se encontraban allí. El mausoleo estaba levemente iluminado por una docena de antorchas bien dispuestas contra las paredes de granito gris. Una mesa amplia yacía en el medio y sobre esta descansaba un busto pequeño y un par de instrumentos de medición apartados de los rústicos cuadernos con tapas de cuero. Además de Eliot, había dos ancianos de rostros arrugados y el capataz del pueblo, O'Brien, cuya placa dorada brillaba en el uniforme.

Al ver cómo Lira entraba en ese espacio diminuto, alzaron las cabezas y apartaron la vista de los documentos con una duda encendida en sus rostros.

—Buenas tardes —dijo con una sonrisa melosa—. Lamento llegar con retraso.

Se detuvo junto a la entrada y aguardó a que Eliot mostrara un indicio de recelo, o quizá una chispa de incomodidad, ante su repentina aparición. Si había alguien en ese mundo con la capacidad de odiarla, ese era él. Por eso, en cuanto la vio frunció el ceño y apretó las manos en torno a la mesa. No había señal del hoyuelo que ella había visto en su mejilla derecha y eso le supuso un alivio. No quería su cortesía, prefería la frialdad, el desdén.

—¿Qué haces tú aquí?

La pregunta se le escapó y los ojos de Lira lo escrutaron con diversión. Era la voz de alguien acostumbrado a dar órdenes, a ver el mundo plegarse ante sus decisiones sin siquiera cuestionarlas. La irritó, por supuesto, y eso la obligó a dejar el peso de su cuerpo sobre la pierna izquierda mientras lo miraba con desconfianza. Eliot le lanzó una mirada de advertencia y cruzó las manos en el pecho mientras ella constataba que esa animadversión se mantenía tan viva como siempre. Era una pena, Lira no tenía intención de rivalizar con él en medio de la excavación, no con todo lo que se hallaba en juego.

A Lira se le aceleró el corazón.

—Soy la enviada de la delegación de la Academia de Historia Nacional —explicó mientras se acercaba a la piedra que reposaba en el medio de la cripta y echaba un ojo a las libretas que minutos antes el grupo consultaba. Uno de los ancianos se apartó. Ella supuso que no le hacía ninguna gracia compartir semejante hallazgo con una recién llegada, concretamente con una mujer. Eso hizo que la sonrisa tensa de sus labios se ampliara—. Estoy aquí para documentar todo el proceso de excavación. Mis jefes tienen especial interés en cualquier objeto de valor histórico que se pueda encontrar dentro de la tumba.

Aquella última frase prendió una chispa de suspicacia en los ojos de Eliot.

—No he recibido información sobre ninguna enviada.

Ella ladeó la cabeza y se encogió de hombros al percibir sus dudas. No es que su enemistad fuese gratuita. Lira se la había ganado a pulso y, aunque era poco proclive a confiar en los demás, estaba decidida a romper una lanza a favor de aquel hombre. Tal vez incluso podía manipular la situación a su convenir y tirar de la profesionalidad de la Academia y su investigación. Animada por esos pensamientos, apoyó las manos en la mesa:

—Estoy convencida de que no quieres discutir esto frente a tan selecto grupo de caballeros —respondió—. Puedes seguir con la reunión y, una vez acabada, nosotros arreglamos el asunto.

Los ancianos intercambiaron una mirada y volvieron su atención al grupo de fotografías, que descansaban sobre las libretas junto a varios mapas y planos que Eliot había desplegado en la superficie de madera, y en los que yacían marcadas distintas localizaciones. A la izquierda reposaban un teodolito y dos brújulas de bronce.

Fue precisamente el momento en el que ella aprovechó para echar un ojo a Eliot y estudiar la pose tensa de sus hombros. Como de costumbre, llevaba una chaqueta negra sobre la camisa de botones blancos y un chaleco a juego con unos pantalones grises, bien entallados, que resaltaban el cuerpo estilizado. A pesar del aspecto cuidado de su ropa y el pelo castaño bien peinado hacia atrás, Lira atisbó el cansancio de su rostro. Las ojeras evidenciaban largas noches de insomnio.

Lira dejó de mirarlo con atención y se centró en la conversación:

—¿Cuánto tiempo les llevará todo esto? —El capataz se pasó una mano por el pelo y sujetó el sombrero contra el pecho mientras contemplaba los documentos en la mesa.

—El Parlamento ha autorizado la excavación con un margen de dos meses, pero no esperamos tardar tanto —explicó Eliot sin perder el tono formal—. No queremos remover capas solo porque sí, primero estudiaremos los mausoleos que se encuentran abiertos y luego trazaremos una zona de trabajo con el resto.

El capataz permaneció en silencio un instante, como ausente, moviendo la punta del pie contra el suelo de mármol.

—No quiero problemas —dijo sacudiendo un poco el mapa—. La gente está inquieta. Nunca es buena idea escarbar entre los muertos.

Por eso la gente afuera, comprendió de pronto Lira haciéndose una idea del tipo de comentarios que podían esgrimir contra el trabajo del Museo. Las excavaciones siempre atraían a los curiosos o a los ladrones, y si de Lira se trataba, prefería lidiar con los segundos. Los primeros provocaban demasiados inconvenientes y, por alguna razón, sabía cómo deshacerse de un embaucador con relativa facilidad.

Los hombres compartieron un gesto cansado antes de intercambiar una conversación escueta y muy breve. Finalmente, y para alivio de Lira, abandonaron el mausoleo dejando un ambiente enrarecido a su paso. Entonces Eliot se dio media vuelta y la miró con esa rabia ahogada burbujeando en los ojos.

—¿Qué rayos haces aquí? —espetó Eliot, acercándose—. Y no me vengas con tonterías de la Academia de Historia. Pensé que enviarían a alguien con más experiencia.

Decir que le irritó de forma considerable el tono de su voz sería quedarse corto. Una chispa prendió en los ojos azules de Eliot y ella atisbó en ellos la convicción de que, bajo aquellas palabras cortantes, Eliot escondía algo, una mentira o quizá un secreto.

—Debería sentirme ofendida por tu observación —replicó Lira con desdén—. Por suerte y como los dos nos conocemos, no lo haré, ya sabes que no soy ninguna sensiblera.

—Sabes perfectamente que no me refiero a eso —espetó—. Conozco tus artimañas, Lira. Y no sé a quién habrás chantajeado, pero cuando recibí los documentos de la Academia no se mencionaba tu visita por ningún lado.

Lira enarcó una ceja fingiendo sorpresa y pese a la expresión consternada, Eliot no se inmutó. Esa era una de las razones por las que detestaba a ese hombre: apestaba a rectitud.

—¿Siempre eres tan honrado? —Le dio la espalda y los titulares de los periódicos le volvieron a la cabeza: la proeza del Museo y una investigación en la que ni por asomo figuraba su nombre. Arrugó los labios y se acercó más a Eliot—. Debe resultar mortalmente aburrido, esa necesidad constante de control sobre las reglas y de ampararse en ellas, porque eres incapaz de discernir hasta qué punto son justas.

Si Eliot se sintió incómodo ante el ataque, no dio muestras de ello. En lugar de eso, dirigió su atención a los mapas, parecía más sencillo observar la nada que enfrentarse a su acusación, por lo que Lira decidió sacar el certificado y dejárselo en las manos antes de que volviese a preguntar.

Se desplazó un poco a la izquierda y tuvo que hacer un esfuerzo para que el temblor de sus labios no delatara su nerviosismo mientras Eliot leía la documentación.

—¿Jones?

Su voz poseía un matiz de reproche que no doblegó el ánimo de Lira, al contrario, inundó sus venas de una cólera fría.

Lira no necesitaba ser adivina para suponer la confusión de Eliot. Así que contuvo las palabras al fondo de su garganta cuando él alargó el brazo y le entregó la credencial. El pulgar le rozó el dorso de la mano, un ligerísimo toque. Ninguno de los dos se movió, había algo entre ellos. Una especie de electricidad estática que Lira aún no había conseguido borrar de sus recuerdos.

—Creí que Jorgen quería a una esposa bien dispuesta a satisfacer su posición social.

—Algo que, desde luego, cumplo a la perfección —espetó—. La boda fue hace unos meses, lamento no haberte invitado.

El ceño de Eliot se llenó de arrugas y Lira no pudo evitar pensar en su marido. Jorgen era un hombre cauto, demasiado serio y tradicional, que no respaldaba sus investigaciones, tampoco su trabajo, pero al menos no se oponía a que ella ejerciese su tan anhelada libertad y eso era suficiente. De momento.

—Entonces tengo que felicitarte —dijo Eliot sin sinceridad—. Espero que seáis muy felices. Insisto, ¿qué haces aquí?

Lira enarcó una ceja e inspiró con fuerza antes de explicar:

—Yo encontré los diarios, así que podría decirse que este hallazgo es mi mayor trabajo hasta la fecha —suspiró con fuerza, como si no estuviese cansada de reivindicar que ella era la responsable de esa excavación—. Todos esos diarios que señalan Edén como el último lugar en el que vivió Morrigan están de mi mano, e intuyo que los necesitarás en algún momento de la investigación.

—Nadie mencionó tu nombre cuando llegó todo el material al Museo —replicó él extrañado—. ¿Tienes los diarios completos?

—Sí, los estoy transcribiendo. Soy paleógrafa, por si no lo recuerdas —señaló—. También tengo el cráneo de cristal.

Los labios de Eliot se tensaron y Lira adivinó que aquella información también había llegado a manos de su departamento. Era consciente de la importancia de su hallazgo. Los eruditos de todo el país llevaban décadas buscando la tumba perdida de Morrigan, los tesoros enterrados con ella y la leyenda de una duquesa maldita cuya muerte resultaba uno de los misterios más grandes de la historia. Las leyendas hablaban de un trato con la muerte, de una mujer poseedora de un tesoro digno de la realeza. Una mujer adelantada a su tiempo, cuya voluntad desafió las normas y se convirtió en uno de los símbolos de poder más importantes de todo el país. Y Lira era la responsable de ese hallazgo. Ella había descubierto las pruebas que señalaban hacia Edén y, si todo iba como esperaba, pretendía encontrar la tumba.

—Quiero una copia de tus transcripciones.

Antes de que Lira pudiese responder, Gray entró al mausoleo con el rostro crispado.

—¿Eliot? —interrumpió—. Tenemos un pequeño problema…

A modo de respuesta, Eliot guardó el mapa en el bolsillo del pantalón y suspiró con fuerza mientras Gray se acercaba hasta ellos.

—Han visto a una chica que, curiosamente, coincide con la descripción de su hermana.

La sorpresa en el rostro de Eliot atizó la curiosidad de Lira, que enderezó la espalda con genuino interés. Desconocía por completo que el director del Museo tuviese otra hija.

—¿Dónde?

—Junto al bosque. —Tragó saliva y la tensión inundó el aire—. Uno de los hombres aseguró que era un fantasma y dos mujeres se han puesto a sollozar al contemplar la posibilidad de que estuviésemos atrayendo a los espíritus.

La respuesta llegó amortiguada por nuevos murmullos exaltados del exterior. Pero fue suficiente para que Eliot se encaminara hasta la entrada y se detuviera de pronto al contemplar al grupo variopinto que aguardaba fuera del cementerio.

—Sácalos de aquí —le espetó a Gray con la urgencia arañándole la voz—. Busca una solución, no quiero a la gente del pueblo deambulando por la zona y mucho menos a los periodistas.

No había terminado de decirlo cuando abandonó el mausoleo con tal urgencia que Lira no tuvo otra opción que seguirlo. No pretendía mantenerse al margen, no cuando acababa de desvelarse un delicioso secreto que los Monroe se habían esforzado en ocultar de la vida londinense. Con paso errático, dejó escapar un resoplido y forzó a sus piernas a mantener el ritmo acelerado de Eliot.

—No sabía que tuvieses una hermana —apuntó, pasando junto a dos tumbas tan antiguas que el tiempo había erosionado los nombres de la piedra hasta dejar una muesca irreconocible.

Eliot descendió por un camino de piedras y negó con la cabeza.

—Lira, agradezco tu interés, pero debo insistir en que no te necesitamos en la excavación.

—A juzgar por lo nerviosos que se veían tus trabajadores, diría que necesitas aliados. Yo puedo serlo. Además, necesitas mi trabajo, mis documentos, los diarios y las cartas.

Él enarcó una ceja y bufó, contrariado.

—Tengo la situación controlada.

Ella mantuvo el ritmo a su lado y aspiró una bocanada de aire frío.

—¿Seguro? ¿Tú no crees que este lugar se encuentra al borde del mundo por una razón? Incluso si Morrigan y su séquito pasaron sus últimos días en Edén, es por algo.

—Morrigan tenía raíces en este lugar, ya que su madre vivió en el pueblo.

—Igual que tú —espetó Lira con seguridad y vio una sombra inquieta en él.

—¿Ahora te dedicas a estudiar mi vida? Te tenía por una mujer ocupada.

Esquivó la acusación con sonrisa falsa y recordó que si él estaba al mando de la excavación era por los vínculos familiares y el dinero que movía su familia. El padre de Eliot era un reputado investigador cuyo trabajo como director del Museo de Londres le granjeaba una fama inmerecida.

—Me dedico a investigar la leyenda de Morrigan, no confundas mi necesidad de conocimiento con curiosidad por ti.

Eliot soltó un resoplido y le dedicó una mirada cansada.

—Hace siglos que se perdió cualquier información relativa a Morrigan. Si hubiésemos encontrado algo cuando vivíamos en el pueblo, mi padre ya lo habría usado. No sé qué diarios tienes, pero lo único verdaderamente esencial es el acta de defunción que encontramos.

Lira se volvió con brusquedad:

—Por supuesto, olvidaba la clase de hombre que es Arthur. —Aquella afirmación la había herido, no por el mérito que se atribuía, sino por lo insignificante que le resultaba su hallazgo—. Siempre dispuesto a robar el trabajo de otros.

Eliot entreabrió los labios en busca de una mentira cuando un ruido repentino lo obligó a alzar el rostro. Los dos se volvieron a la vez hacia los árboles junto al arroyo y Lira se quedó quieta al escuchar el débil sonido mientras sus ojos buscaban entre la niebla. Se apartó y, a escasos metros, descubrió una fosa profunda en la que entrevió a una chica diminuta que, para su absoluto desconcierto, yacía sentada con el rostro cubierto de lágrimas. Una polilla negra, del tamaño de la palma de su mano, reposaba a su lado con las alas extendidas y la muerte grabada en blanco.

—Monroe, creo que acabo de encontrar a tu hermana.

Él no respondió, se movió con rapidez y, curiosamente, Lira se dio cuenta de que, por mucho que Eliot se esforzara en parecer intransigente, ocultaba un amor profundo por aquella criatura indefensa.

—¿Emma? ¿Cómo te has caído aquí?

La adolescente levantó los ojos dispares hacia su hermano y un rubor de vergüenza le salpicó las mejillas. No poseía la fina elegancia y belleza de su hermano. Al contrario, parecía indómita en medio de aquel paraje que, gracias al tono lechoso de su piel, la asemejaba a cualquiera de las estatuas trágicas que decoraban el cementerio. Tenía el pelo rubio, largo y revuelto, salpicado de tierra.

—Le dije a Gray que no podías venir al cementerio —apremió Eliot improvisando un amarre con su chaqueta para sacar a la chica del agujero.

Lira sintió un leve asomo de ternura cuando la chica abrazó a su hermano en un arrebato que hizo que un perro pequeño se pusiera a ladrar. Al oírlo, tanto ella como Eliot se giraron sorprendidos hacia el can escondido tras una de las lápidas.

—Dante, cállate —susurró Emma con naturalidad, y por primera vez vio a Lira con absoluta claridad—. Perdón.

Su voz era suave y distante, y, al escucharla de cerca, Lira supo que había algo mágico en el sonido, como si estuviese hecho de miedos.

—Hablaremos enseguida —espetó Eliot, liberándose del abrazo para echarse la chaqueta sobre los hombros y dirigirse a Lira con expresión tajante—. Te agradezco que hayas pasado por la excavación, pero el trabajo no empezará de manera oficial hasta dentro de un par de días. Te avisaré cuando lo tengamos todo preparado.

Eliot cogió la mano de Emma y, sin apego alguno, la arrastró por el camino oculto que daba a la salida del cementerio. No había rastro de cariño en el gesto, pese a que podía sentir la angustia de él, la sobreprotección y la vergüenza que en aquel instante se desataban en su alma.

Ella respiró hondo y los vio perderse entre los árboles con una tibia sensación de triunfo. Acababa de encontrar algo que no esperaba y que podía cambiar el futuro de sus planes: una deliciosa primicia que ponía las piezas del juego en su lado del tablero.

Sonrió y paladeó el secreto que durante tanto tiempo los Monroe guardaban a ojos del mundo; la hija del director del Museo tenía el ojo blanco y Lira había aprendido lo suficiente como para saber el tipo de tragedias que atraían las personas que poseían esa maldición.

3
ELIOT

—¿Cómo se te ocurrió ir al cementerio? —preguntó Eliot en cuanto cruzaron las enormes puertas de Silverwood House y Emma se sentó en el sofá de cuero que había en el medio del salón. La luz dorada a través de las ventanas fue lo primero que vio en cuanto dejó el abrigo en la entrada y se resguardó al calor de la chimenea. La casa era una imponente mole de piedra y madera dividida en tres plantas. La estructura estaba marcada por estrechos ángulos, unos techos altos y dos torres puntiagudas que desafiaban al mismísimo cielo y que Eliot odiaba por el aspecto siniestro, demasiado lúgubre, que entrañaba—. Di órdenes explícitas de que no abandonaras la casa.

Cuidó el tono cortante y esperó que su hermana no se amedrentara demasiado ante la nueva normativa que regiría su vida. Eliot no poseía experiencia alguna en lo de controlar a una jovencita expulsada de un internado. Mucho menos poseía facultades como para mostrarse recto, amable y cariñoso a la vez.

—Esto es importante —continuó él—. Como has podido comprobar, tu presencia ha causado cierto revuelo entre mis trabajadores. No puede repetirse.

Emma se encogió de hombros sin responder y le lanzó una mirada indescifrable mientras tomaba al perro entre los brazos y lo apretaba contra su pecho. Esa era otra cuestión que lo mantenía al borde del colapso. Aquella criatura desaliñada era una variable con la que no contaba cuando su padre le informó de sus nuevas obligaciones. Hacerse cargo de Emma era una cosa, pero vigilarla mientras dirigía el proyecto más importante de su carrera y lidiaba con la presión de la gente del pueblo y la llegada de su rival, además del perro, le parecía excesivo.

Agotado por esos pensamientos, Eliot se dejó caer en la silla y apretó los párpados un instante. Su mente trastabilló de regreso a Lira, a su carácter indomable y a la facilidad con la que lo hacía sentirse atrapado. Especialmente tras anunciar su participación en la excavación y lo irritante que resultaba lidiar con una persona de dudosa moral, siempre dispuesta a salirse con la suya. No, Eliot no quería ni necesitaba la oportunidad para trabajar con ella. Estaba convencido de que su presencia en la excavación lo conduciría al desastre, incluso a la locura. Ese razonamiento arrolló su cordura y, en silencio, volvió a abrir los ojos para enfrentar la expresión acusadora de su hermana.

—No quería quedarme aquí sola, esperar a que volvieras.

Eliot se mordió el labio para no soltarle otra perorata sobre la importancia de seguir las reglas.

—Emma, pensé que había sido bastante tajante al respecto. No puedes ir al cementerio ni acercarte a la excavación —apuntó, y ella contuvo una mueca de disgusto—. La tía Lucy se encargará de tu educación y permanecerás bajo su cuidado. Nada de llamar la atención, nada de escabullirte de la casa. Después de lo que ocurrió en el internado, y gracias a tu expulsión, es absolutamente vital que obedezcas. —Hizo una larga pausa y contempló el rostro lleno de ángulos de su hermana, los labios diminutos y esos ojos dispares—. Haremos oficial tu presentación el próximo año, hasta entonces necesito que mantengas un comportamiento intachable.

— Por supuesto. Eso es lo que pretendo. —Se quitó un anillo del anular y volvió a ponérselo—. Solo que no había nadie en casa.

Eliot guardó silencio un instante y se sentó en la silla junto a la chimenea barajando las posibilidades que tenía para reinsertar a su hermana pequeña en la sociedad. La idea de Arthur era que Emma se mantuviese escondida hasta que todo el asunto del internado quedase resuelto o hasta que la gente ya no pudiese cotillear sobre lo ocurrido. Después de eso, podrían hacer una presentación. Arthur le había jurado que lo mejor era conseguirle un buen partido a Emma: un hombre decente y adinerado con el que pudiesen alejarla del escrutinio social. Era el tipo de propuestas fáciles que su padre sabía elaborar con absoluta sencillez y que él acataba como buen hijo. Desde luego era una buena posibilidad, quizá la única, Eliot se aferró a ese propósito y, por primera vez en muchos días, pensó que trabajaría para conseguir ese objetivo. Sí, después de todo, la presencia de su hermana no era un martirio, siempre y cuando supiese manejar la situación.

Por desgracia, en ese momento la puerta se abrió de golpe y la tía Lucy entró en el salón como un vendaval arrastrando malas noticias a su paso. Llevaba el pelo un poco revuelto y el vestido recogido por las prisas.

—Los Rinaldi —explicó su tía con las mejillas salpicadas por gruesas manchas de rubor—, Mia y Matteo, una de las familias más influyentes del pueblo, amigos del capataz O'Brien y con contactos en el Parlamento.

Eliot se puso en pie de golpe y miró de soslayo a su hermana antes de valorar cómo proceder. Los conocía de oídas, por supuesto, el apellido Rinaldi solía mencionarse con demasiada frecuencia dentro de las altas esferas de la sociedad londinense como para ignorar su presencia.

—Pide a Hazel que prepare el té y traiga algo para comer. —Giró hacia su hermana y contuvo el disgusto en la base de su garganta al comprobar su aspecto desaliñado: el vestido manchado de tierra y las manos sucias y arañadas—. No pueden verte así…

Emma acababa de leerle el pensamiento y se había apresurado a reaccionar poniéndose en pie, pero antes de que pudiese llegar a la escalera, la puerta del salón crujió bajo el impacto de unos nudillos y los Rinaldi entraron como una digna comitiva que parecía enviada por el mismísimo príncipe de Gales.

—Eliot, querido —irrumpió la mujer de rostro empolvado. Llevaba los tirabuzones dorados recogidos en un moño tenso decorado por una diadema de perlas, y un vestido de tubo negro que se le pegaba al cuerpo como una segunda piel—. Hacía más de diez años que no te veíamos, apenas eras un niño entonces. —Miró a su marido y soltó un suspiro—. Cuando tu padre anunció la excavación me hizo especial ilusión saber que estarías al mando.

Mia cruzó el salón con elegancia y le plantó sendos besos en las mejillas.

—Querida —irrumpió Matteo con cierto reparo; en comparación con su mujer, él era el vivo ejemplo de la contención. Las comisuras de sus labios cayeron y necesitó un par de segundos para fingir la misma alegría de su esposa—, es evidente que no nos recuerda.

—¿Ah, no?

—Lo siento, era muy joven cuando vivía en Edén y mis recuerdos están un poco empañados —se disculpó Eliot e hizo un gesto a su tía que corrió a traer a Hazel, el hijo del ama de llaves, con una bandeja repleta de pastas y una tetera humeante—. Por favor, tomad asiento.

Mia asintió y estaba a punto de sentarse cuando sus ojos de ónice repararon en Emma.

—La hija de Arthur. —Sonrió y toqueteó el crucifijo que le colgaba del cuello, un movimiento cauto y poco meditado—. Tu padre nos ha hablado mucho de ti. —Era la mentira menos amable que Eliot había escuchado en su vida, pero no tenía voluntad para refutarla. Un simple vistazo al rostro de su hermana fue suficiente como para saber que no se creía semejante disparate—. No sabía que también estarías por aquí.

—Ha llegado hace poco —repuso Eliot, sentándose junto a Matteo y cogiendo una taza de té de las que Hazel acababa de servir—. Apenas ha tenido tiempo para instalarse.

Con los dientes apretados, Emma se dejó guiar hasta el sofá en el que Mia se sentó. La mujer dejó una taza en sus manos y cogió otra para sí misma al tiempo que estudiaba con creciente curiosidad a la adolescente.

—Un ojo blanco —se fijó Mia y enseguida el buen humor que le manchaba la voz fue reemplazado por la repulsión. Se rascó la nariz y a Eliot le disgustó pensar en las habladurías que correrían por el pueblo después de la visita—. Nunca había visto nada igual.

Emma se inclinó sobre su taza.

—Una malformación de nacimiento —se apresuró a añadir Eliot, de algún modo la explicación se le quedó atascada en la garganta, como si no fuese capaz de hablar del asunto en voz alta, como si le molestase la burla escondida en la voz de la mujer. La estudió un instante y atisbó un desafío en los ojos de Mia, como si se regodease en su capacidad para incomodar a los demás.

—Arthur nunca lo mencionó —apuntó ella, dando un sorbito ruidoso a su té—. Pero había escuchado habladurías a las que no di crédito. Entre esto y lo que le ocurrió al pobre... —Cortó la frase con una tos violenta—. Es evidente que la suerte os dio la espalda.

Eliot alzó la cabeza y un brillo de rabia le cruzó los ojos. No era capaz de decir en voz alta el nombre de León, pero que hubiese planteado la posibilidad supuso un golpe violento para él. El sudor le bajó por la espalda y enseguida se fijó en la expresión nerviosa de su tía. Apretó las manos con fuerza y confió en que esta fuese capaz de ejercer su influencia para que la estancia de Emma en Edén fuese un poco más fácil.

—Lo siento —repuso Matteo consciente de la tensión—. No pretendíamos ser groseros. Creo que las últimas semanas hemos tenido los nervios un tanto crispados por todo lo ocurrido en el cementerio.

—Os aseguro que la excavación no será un problema...

—No, no es eso —lo interrumpió el hombre, intercambiando una mirada consternada con Mia—. Es solo que antes de vuestra llegada, en el cementerio ocurrieron un par de situaciones bastante inusuales.

La tía Lucy movió las manos de forma incómoda y se apresuró a rellenar las tazas:

—Eliot todavía no conoce la situación —dijo, y él notó una astilla de recelo en su voz.

—Pero... —Matteo se inclinó un poco hacia adelante y tomó la taza con cuidado—. ¿No te hablaron de lo del sepulturero?

Eliot mostró una expresión severa y negó.

—El hombre se quejó de vandalismo hace ya varias semanas —indicó Mia—. Incluso encontró una de las estatuas derruidas. Decía que por las noches escuchaba un llanto.

Una arruga cruzó el semblante de Emma, que se había quedado repentinamente quieta. Había un destello perspicaz al que Eliot no supo dar significado y que, tras un silencio tenso, reconoció como el indicio del miedo, ¿era posible que su hermana hubiese visto algo en el cementerio? No, no era posible. Aunque resultaba extraño que él no tuviese ninguna información al respecto.

—Ese hombre estaba un poco mal de la cabeza, todos en el pueblo lo sabían —interrumpió la tía Lucy dando un manotazo al aire—. Creía en fantasmas, en demonios y, francamente, en este pueblo hay gente demasiado impresionable. Es absurdo pretender que esos rumores no afecten a los parroquianos, en especial cuando aseguró que había visto una banshee. —La tía Lucy suspiró de forma aireada. Había dejado las manos quietas sobre la tetera y los ojos clavados en la ventana—. Una afirmación irracional, si me permites decirlo.

Mia Rinaldi apretó los labios, dibujando con ellos una línea tensa, mientras Matteo se quedaba en silencio.

—Me gustaría hablar con el sepulturero —propuso Eliot, y en la expresión del caballero adivinó una profunda aprensión.

—No será posible —replicó Matteo dejando la taza sin tocar sobre la mesita—. Lo encontraron muerto hace poco menos de una semana. Se rompió el cuello una noche en el cementerio.

La frase golpeó a Eliot con tal violencia que, por primera vez en toda la conversación, sintió verdadera intriga por ese pueblo que escondía mucho más de lo que pensaba. Una muerte poco antes de su llegada resultaba un hecho poco propicio para una investigación que pretendía sacudir a los muertos de un cementerio con más de seis siglos de historia. Eliot sintió que lo asaltaban las dudas. Necesitaba algo de contexto, conocer un poco sobre la situación.

Estaba a punto de hacer un par de preguntas cuando la tía Lucy intervino en la conversación y desvió la atención hacia las próximas fiestas que celebrarían en Edén. La charla se volvió formal y Eliot perdió la oportunidad al ver cómo los Rinaldi cambiaban el tono serio por uno distendido, que señalaba el final de la visita.

Por suerte, no alargaron mucho la despedida y después de extender una invitación formal para su próxima fiesta, abandonaron la casa dejando un rastro de agotamiento en la sala.

Solo cuando sus voces dieron paso al silencio, Eliot se giró hacia su hermana:

—No salgas de casa —dijo, regresándola a la realidad y pactando un poco de amabilidad consigo mismo. No podía fingir indiferencia hacia ella, no de la misma manera que lo hacía su padre—. Tengo entendido que te gusta pintar, ¿no es así?

Ella reaccionó con una cabezada demasiado sutil, el hielo en sus ojos parecía derretido y él pensó en lo egoísta que era al tratarla con esa condescendencia.

—Pediré que traigan todos los materiales que necesites —prometió, y se puso en pie dispuesto a encerrarse en el despacho y entregarse al trabajo.

No había alcanzado el pasillo cuando la voz rota de Emma lo detuvo:

—No hace falta que me traigas nada, Eliot. Tengo mi libreta y pinturas. —Su hermana tragó saliva y la vio lidiar con la duda—. Yo… —Jugueteó con el anillo y esquivó sus ojos—. ¿Sabes dónde está enterrada nuestra madre?

Los labios de Eliot dejaron escapar un suspiro de asombro. La pregunta era clara y él comprendía su curiosidad, la misma que en otra época lo había sacudido, solo que no sabía las razones que la arrastraban a pensar en ello justo en ese momento.

—La incineraron, nuestro padre esparció las cenizas en el mar —explicó sabiendo lo poco ortodoxo que resultaba, notaba un sabor ácido en los labios, una culpa amarga—. Mamá no quería ser enterrada.

Emma asintió para sí misma y él vio las dudas prendidas en sus ojos. Por supuesto que tenía preguntas. Quizá una centena de ellas estuviesen atrapadas en ese pequeño y diminuto corazón que apenas comprendía cómo su familia la había abandonado al otro lado del país. Emma representaba una carga para su padre, aunque Eliot había intentado convencerse de que lo mejor para ella era crecer rodeada de otras jóvenes, vivir apartada de su pasado y recibir una buena educación. Pero en ocasiones ponía en duda la decisión de su padre de enviarla a un internado en la otra punta del mundo, siendo solo una niña. Después de todo, la posibilidad de enmendar ese exilio estaba delante de él y no sabía si estaría a la altura de las expectativas.

Puede que Edén sea un buen lugar para empezar, a lo mejor el resto de la gente se muestra menos esquiva que los Rinaldi, le susurró su consciencia y él no dudó en acallarla como siempre hacía: trabajando.

Eliot se alejó hasta el despacho y se concentró en los cientos de archivos que tenía por revisar. Documentos asignados por el Museo, papeles rescatados con al menos cuatro siglos de antigüedad, dos investigaciones completas sobre la leyenda de Morrigan y el folclore del pueblo que hablaba de la figura trágica de esa mujer alejada de todos, condenada al destierro. Eliot iba a revisar una de las carpetas y acabó por cerrarla al instante.

Sentía un peso aplastante sobre los hombros: la presión del hallazgo que prometía cambiar su carrera, la idea de enorgullecer a su padre y demostrar que estaba a la altura de la situación. Sabía de sobra cuál era su función allí y, sin embargo, notaba esa inquietud en el pecho, una molestia apagada y constante que lo desconcentraba. Conforme les daba vueltas a todos esos pensamientos, se dio cuenta de que su reticencia no solo estaba en trabajar en un asunto que no le apasionaba en exceso. En realidad, Eliot sentía un espantoso recelo hacia esa casa. Las paredes surcadas por la humedad y las muescas oscuras de la fachada lo arrastraban a esa herencia encerrada en Silverwood House. Le parecía imposible desprenderse de los días que había pasado allí, de todas esas noches envuelto en un calor en el que la vida era apetecible. Al menos hasta que el mundo se fraccionó y se convirtió en una montaña de esquirlas de cristal.

Sacudió la cabeza con fuerza y se alejó del escritorio para estudiar la vieja estantería junto a la ventana. La luz de lámpara delineaba el contorno de los libros atrapados bajo una delgada capa de polvo, olvidados en el tiempo. No sabía cuántas horas llevaba trabajando y no fue consciente de ello hasta que un golpe llamó a la puerta y Gray apareció con su típica expresión de confianza.

—Se te olvidó la cena —le recordó dejando una bandeja con

un cuenco de sopa de cebolla y puerros, y un plato de patatas hervidas y pescado con orégano—. Hazel ha dejado esto para ti.

El olor de la mantequilla derretida con las especias despertó el apetito de Eliot. Se movió hasta la licorera que había en una esquina de la habitación y se sirvió un generoso vaso de ginebra, lo único capaz de aplacar su inquietud.

—¿Has escuchado lo del sepulturero?

Como única respuesta, Gray asintió mientras se dejaba caer en la silla frente al escritorio. Estaba relajado, con los hombros firmes y varios botones desabrochados.

—Quiero que investigues el asunto —pidió sentándose a cenar—. Habla con la familia, pregunta a quien sea necesario, también quiero el acta de defunción y un informe detallado de quién era. —Hizo una pausa y miró a su secretario—. Y otra cosa.

Gray frunció ligeramente el ceño y Eliot le dio un bocado al pescado.

—Quiero que vigiles a Lira.

Una chispa de diversión encendió los ojos de Gray.

—Creo que precisamente eres tú quien más cerca estará de la señorita —respondió su secretario sin disimular una sonrisa irónica y, al ver la expresión seria de Eliot, asintió derrotado.

—No es esa mi intención.

—Vamos, Eliot. Te pillé mirándola desprevenida, te fijaste en esos pantalones y, por supuesto, no me tomarás por un idiota, sé que os conocéis y yo diría que bastante bien.

—Sabes que el tono de tus comentarios es bastante inapropiado, ¿verdad?

Gray soltó una sonora carcajada y le quitó la ginebra de la mano.

—La última persona a la que querría tener cerca es a ella. —Miró por la ventana y dejó que todos los recuerdos enterrados flotaran en su consciencia. Todo lo que estaba relacionado con Lira despertaba una exasperación primitiva en él—. Es irresponsable, inmoral y estoy bastante seguro de que la mayoría del tiempo infringe la ley. Esta investigación es demasiado importante como para tenerla por en medio.

—Sabes que de vez en cuando te puedes relajar, ¿verdad? En este trabajo, la idea es que disfrutes del proceso, que vivas de cerca lo estimulante que puede ser un hallazgo así.

Eliot levantó el vaso y se alejó hasta la ventana. Notaba un dolor profundo en el estómago, un nudo que comenzaba a retorcerle los nervios y a jugar con su tranquilidad. Era culpa de Lira, de su insufrible satisfacción al provocarle dolores de cabeza a Eliot.

—No podemos permitirnos que salga mal. —Se rascó la barbilla y Gray enarcó una ceja—. Lo digo en serio, los inversores ya han amenazado nuestro departamento y estoy convencido de que, si esto no funciona, pedirán a gritos mi despido.

—No es una carrera a contrarreloj —apuntó Gray. A diferencia de él, su secretario era el tipo de persona que poseía habilidades para gestionar con entusiasmo la incertidumbre y la presión. Quizá por eso, al fijarse en la seriedad de Eliot, asintió, derrotado—. Me encargaré de todo, pero por favor, tú no te olvides de comer y dormir de vez en cuando. Y deja de beber tanto. Te aseguro que este proyecto cambiará nuestras vidas. Disfruta del proceso.

El problema era que hacía mucho tiempo que Eliot no disfrutaba de las cosas. La presencia de esa mujer suponía un cambio en sus planes y nada le fastidiaba tanto como un imprevisto. En especial cuando estaba convencido de que aquella era su última oportunidad, y ni el sepulturero muerto, ni las banshees inventadas, ni mucho menos Lira, la iban a arruinar.

4

LIRA

A Lira siempre le había gustado el silencio, esa paz en sus pensamientos cuando el ruido cesaba y todo se quedaba quieto.

Era ese tipo de vacío, de ausencia, lo que le permitía entenderse a sí misma y regodearse en su soledad. El silencio le ofrecía una tregua a esa voluntad demandante que aguardaba entre las sombras de su alma. Pero ese sentimiento de melancolía se arrojaba sobre ella ante la mínima posibilidad. Siempre dispuesto a recordarle los esfuerzos decepcionantes que motivaban sus decisiones.

Por eso había decidido hacer el trayecto de vuelta al hotel a pie. Una caminata de media hora al amparo de la noche, a través de la avenida principal que recorría el pueblo de Edén. Le agradaba como el frío le acariciaba la piel mientras veía las luces de las farolas derramarse sobre los adoquines húmedos. Algunas tabernas permanecían abiertas, y la música y las voces animadas le llegaban desde el calor interior, dejando un rastro de bullicio a su paso.

A esa hora de la noche, las tiendas permanecían cerradas y las calles, cubiertas por el rastro de la lluvia, parecían vacías, salvo por ese suave repiqueteo contra el asfalto que desde hacía unos cinco minutos la seguía.

Giró el cuello y la tensión se le enroscó en la garganta al percibir la oscuridad absoluta en la calle. No había nadie más.

—¿Qué significa? —se preguntó con el sudor resbalándole por la espalda y el frío del miedo mordiéndole los pensamientos. La estaban siguiendo, pese a la calle vacía, ella era consciente del susurro de otra respiración, del ruido de unos pasos tras ella.

Se sacudió los nervios, apretó la marcha y se movió con prisa notando el sonido de los pasos como un eco de su carrera. Un ruido metódico y regular le puso los pelos de punta mientras el nerviosismo destellaba en cada rincón de sus huesos. Trató de apartar el miedo de su mente y se concentró en recorrer el resto de la calle con rapidez.

No había avanzado ni cinco pasos cuando volvió a escucharlo.

Los pasos se derramaban en sus oídos como una amenaza letal.

Ahogó una maldición entre dientes y se detuvo en seco con el corazón retumbándole con violencia contra el pecho. Una parte de ella temía encontrarse cara a cara con un ladrón o quizá algo peor: el pasado. Este siempre podía volver a por ella.

Tragó saliva y sus dedos vagaron hasta la navaja oculta en uno de los bolsillos de su abrigo, emitió un gruñido de insatisfacción y volvió a mirar alrededor. Apretó con fuerza la navaja y decidió ponerse inmediatamente en movimiento, ignorando el hielo en sus tripas, obligó a sus pies a retomar el camino. Estaba cerca del hotel, así que apretó la marcha muy consciente de esa sombra robusta a sus espaldas.

Recorrió el resto de la avenida casi de cuatro zancadas y se refugió en la luz de las farolas encendidas en la plaza. No había nadie y a Lira le pareció que la sombra se ocultaba de regreso a las calles laterales.

Tragó saliva con fuerza y deshizo el nudo tenso de su pecho. Observó el hotel abierto y se convenció de que aquella noche no ganaba nada rondando por el cementerio o la excavación. De hecho, el resto de hombres habían optado por regresar a la vieja posada a las afueras del pueblo, una pensión tan lamentable que no se le ocurría un lugar peor en el que pasar la noche. Por suerte, Sophia había reservado en el Grand Palace Edén, el único hotel decente en todo el norte del valle en cuanto a agua caliente y a sábanas limpias. Una estructura de piedra gris con una puerta amplia y un aspecto desenfadado y antiguo. Los enormes arcos plateados de la entrada poseían la belleza de otros siglos y el desgaste de los años habían erosionado la pintura de la fachada dejando destellos de moho en las esquinas.

Por desgracia, fue el silencio quien la recibió en cuanto sus pies llegaron a la seguridad del edificio. El interior del hotel estaba oscuro y a esa hora de la noche no parecía haber nadie más que ella rondando por allí. Después de sentir el miedo de la calle no sabía muy bien cómo sentirse al respecto.

Apartó la mano de la navaja que tenía en su bolsillo y acarició el delicado anillo de plata en su dedo meñique. Era una de las escasas pertenencias que su padre le había legado y de alguna forma ella se aferraba a ese objeto con desesperación, como si su presencia pudiese mantenerla a salvo, segura. Era su manera de sentirlo cerca, un poco vivo dentro de su corazón. Como si pudiese llevarlo consigo a través del mundo.

Su padre siempre le decía que su mayor virtud era esa inteligencia aguda con la que podía analizar y comprender el mundo. De niña, se había refugiado en esas palabras alimentando una necesidad casi física de conocimiento. A Lira le gustaba leer, encerrarse en la biblioteca y estudiar las enciclopedias, que le permitían descubrir el universo desde el calor de su sofá. Pero leer le daba ideas y, por desgracia, estas no parecían estar al alcance de las manos delicadas y pequeñas de una niña.

Fueron esas historias las que sembraron semillas de libertad en su cabeza, y las que su padre regó con la promesa de ver cómo todos los sueños de esa niña se convertirían en realidad. Solo que esas ambiciones no eran propias para una dama. Todos esperaban que Lira fuese educada y amable, supiera tocar el piano y bordar prendas insulsas que nunca llegaría a utilizar. Querían que sonriera, pero no demasiado, que tuviese temas de conversación, pero sin atreverse jamás a demostrar un conocimiento superior al de los hombres que rondaban su casa.

Le parecía injusto que su padre hubiese cultivado un jardín solo para desterrarla a admirar esas flores desde la reclusión de su mente.

Entristecida por esos recuerdos, Lira sintió el peso de las lágrimas cuando abrió la puerta de la suite y se encontró con Sophia sentada junto a una mesita redonda y un libro abierto entre las piernas.

—Te he conseguido una botella de vino —dijo sin levantar la vista de la lectura, y Lira se adentró en la calidez de la alcoba—. Ya me he enterado de quién está a cargo de la excavación.

El trabajo de Sophia era recopilar información, algo que se le daba extraordinariamente bien y que Lira agradecía. Mentir era cuestión de práctica, pero para hacerlo con convicción necesitaba datos, secretos con los que poder jugar. Así se anticipaba a cualquier situación y sabía qué esperaban escuchar y cómo podía mover los hilos a su favor.

—Tiene una hermana —reflexionó Sophia levantando el rostro hacia ella por primera vez. Llevaba un camisón blanco y una bata de flores doradas. El cabello rizado le caía sobre los hombros acentuando ese aspecto salvaje, libre, que ella tanto admiraba—. Algo escuché. Llevaba toda la vida en un internado, desde que la madre murió. La expulsaron hace poco y, según entiendo, ha sido por un escándalo, algo que ni el dinero ni la posición de Arthur han conseguido solucionar. —Se llevó las piernas al pecho y cogió una galleta del plato que había sobre la mesa—. Dicen que tiene un ojo blanco.

—¿Sabes lo que significa? —preguntó Lira muy atenta a la expresión de su amiga. Sophia pareció darse cuenta de a qué se refería y se puso seria.

—En Whitechapel, a menudo hablaban de un chico que tenía «la vista». Era solitario, extraño y experimentaba lagunas. A las chicas del orfanato nos daba miedo, hablaba solo y un día desapareció.

—¿Sin más?

Asintió y un temblor sutil le sacudió los hombros, había un vacío helador en sus ojos, la promesa de una vida sentenciada al rechazo, al hambre. Sophia provenía de un barrio en el que la pobreza la convirtió en una superviviente. Había crecido allí y dormía en la misma cama que otras quince niñas llenas de pulgas, por lo que no creía en ningún Dios, al menos no de esa forma religiosa y convencional. Sophia solo era consciente de la cercanía de la muerte y de lo frágil que resultaba la naturaleza humana en manos de la pobreza y las enfermedades.

—Nunca había conocido a nadie que lo tuviera, pero hay una leyenda que decía que la madre de Morrigan poseía un ojo blanco cubierto por la muerte.

Sophia levantó una libreta de la mesa y señaló una caligrafía estilizada:

—He preparado una lista con las familias más importantes de la ciudad, también de las fiestas que celebran y… —Sophia se detuvo—. Escuché a una de las señoras en la iglesia hablando algo sobre un nuevo sepulturero.

Archivó la información en un rincón apartado de su mente y se prometió averiguar más sobre el sepulturero en los próximos días. Esperó hasta beberse la copa entera y entonces dijo:

—Creo que alguien me seguía.

Sophia alzó la cabeza con cuidado y Lira se dio cuenta del desconcierto que le producía semejante revelación. La frase se le había escapado como una exhalación y se percató de que seguía un poco alterada. Carraspeó con cuidado, su intención no era incendiar sus nervios, simplemente consideraba correcto compartir la información con ella. No hacía ni un día que habían llegado, no era factible que nadie hubiese reparado en su presencia. Al menos no como para seguirla de camino al hotel.

—¿Estás segura?

Se encogió de hombros y dejó que el calor de la habitación se colara en sus huesos.

—Pero... —Sophia levantó hacia ella sus grandes ojos oscuros y una arruga profunda le cruzó la frente—. ¿Llegaste a ver a la persona? Es muy pronto para que alguien de la Academia lo haya descubierto, dijiste que teníamos un margen de tiempo.

—Solo sé que alguien me siguió de camino al hotel, pero no pude verle el rostro —susurró Lira intentando que su voz se mantuviese neutra—. Puede ser alguien de la excavación o quizá Eliot haya pedido que me mantengan vigilada, no sería la primera vez que pasa algo así.

—Ten cuidado —apremió Sophia—. Presta atención a lo que hablan, a todo lo que cuentan, pero sobre todo, no confíes en nadie.

Lira asintió con solemnidad y los hombros de Sophia se relajaron. Entonces apoyó los codos sobre las rodillas y tras un silencio enigmático preguntó lo que tanto quería escuchar:

—¿Y bien? —Sophia enarcó una ceja—. ¿Cómo recibió la noticia Eliot?

Un gruñido molesto escapó de la garganta de Lira.

—Me preocupa —admitió con voz baja y se dejó caer boca arriba en la cama. No era propensa a manifestar sus inquietudes delante de nadie, pero con Sophia no necesitaba mentir—. No quiero que escriba a la Academia, si Linus o cualquiera de los académicos se entera, podré dar por acabada cualquier posibilidad laboral y lo último que pretendo es volver a casa y plegarme a las exigencias de Jorgen.

Sophia se mordió el labio y cogió otra galleta del plato.

—Entonces tendrás que asegurarte de que no hable y, sobre todo, de que no exista sospecha alguna. —La vibración en su voz delataba una urgencia precisa, feroz—. Tienes la credencial, los archivos de la investigación y el cráneo. Es suficiente para convencerlo.

—No es tan sencillo —admitió, y se quedó quieta mirando los elegantes muebles tapizados en terciopelo rojo. El nudo en su estómago apretaba con violencia, una cadena bajo su piel—. Eliot es la viva imagen de la honradez. Me exaspera la propensión que demuestra por hacer siempre lo correcto.

—Demuéstrale que tú también. —Se detuvo unos instantes con el libro entre las manos y añadió—: Además, ya confió en ti una vez. No es mal momento para que vuelva a hacerlo, por el bien de las dos.

Pero Lira no estaba demasiado convencida y lo que estaba en juego era mucho más que su trabajo. Después de todo, nadie sabía que era una fugitiva.

5

EMMA

Si alguien le hubiese dicho a Emma que al salir por la ventana de su recién estrenada habitación estaría firmando su condena, se habría reído antes de reafirmarse en su decisión.

Llevaba menos de dos días en aquella casa y el aire asfixiante, las miradas de reprobación de la tía Lucy y ese silencio incómodo la obligaban a escaparse al jardín siempre que podía.

Por las noches, escuchaba pasos en el pasillo y cuando se asomaba, no había nadie. Ni un atisbo de fantasmas, ni una figura con la que pudiese hablar, solo una persistente sensación de vacío.

En silencio, Emma se calzó unas zapatillas planas y se echó un batín de terciopelo sobre el camisón a rayas. Cogió la lámpara de gas y huyó con la única compañía de su fiel Dante. No quería reconocerlo, pero en las últimas horas no había podido pensar en otra cosa que no fuese la mujer junto a la tumba, en el susurro que llegaba a través de ella, como un lamento envuelto en una desdicha aguda.

Cruzó la reja del cementerio y se detuvo delante del caminito de piedra salpicado por grandes charcos de lluvia. Una espesa neblina se difuminaba sobre las lápidas de piedra y se extendía a lo largo del camposanto, dejando nubes de calima alrededor de los enormes pinos que bordeaban el cementerio.

Creía que en Edén se sentiría menos rota. Creía que en su hermano encontraría una pizca del afecto al que tan desesperadamente anhelaba asirse. Pero por desgracia, volvía a encontrarse al borde de la vida de los demás, como un fantasma.

Sorteó aquella tristeza espesa y caminó entre el silencio de las tumbas. Amparada por las sombras de la noche, confiando en la luz de la lámpara de gas para zigzaguear entre las lápidas. Dante la siguió con el hocico en alto y no se detuvo hasta que Emma reconoció el camino de la tarde anterior. Cuidando de que nadie la hubiese seguido, se deslizó hasta bajar por una pendiente pronunciada en la que una docena de figuras traslúcidas flotaban por encima del cementerio.

Emma pensó en los fantasmas del internado, en su silenciosa presencia durante el día y en las conversaciones nocturnas que recomponían su soledad. A diferencia de lo que otros pudiesen pensar, ella había conocido a todo tipo de espíritus. Vengativos y violentos, otros de carácter afable, y algunos más perdidos a través del tiempo. Muchos estaban atados al mundo de los vivos por un objeto o un lugar. Otros simplemente se anclaban en esa realidad y deambulaban como sombras de lo que en otro tiempo fueron.

Se palpó el bolsillo y el peso de la sal en el saquito le supuso un alivio repentino. Aunque Emma había ayudado a algún espíritu a transitar hasta el velo, había cierto margen de peligro con aquellos que eran proclives a la ira. De estos últimos se alejaba e intentaba proteger siempre que podía; y la sal era un elemento disuasorio, al menos para alejarlos durante algunos minutos.

Sacudió la cabeza y los dedos fríos del viento le acariciaron el pelo cuando llegó a la tumba del día anterior. El olor a gardenias muertas impregnaba el aire mustio y se mezclaba con el aroma a cenizas flotando en el aire. Las flores salvajes crecían entre la maleza muerta y se alzaban ante las tumbas como hebras de vida en busca del sol, un par de escarabajos se escondían en sus hojas. Emma esquivó la mirada de aquellas flores y se apoyó en uno de los tocones de madera que había junto al camino, con la curiosidad vibrando en sus venas contempló la figura que se erigía sobre un pedestal negruzco en el que las letras doradas se habían borrado por el paso del tiempo. Se obligó a recordar qué la había arrastrado hasta ese lugar. Después de todo, quizá solo había visto un espíritu y aquella malsana obsesión no era una excusa realmente válida para salir de la cama en la madrugada a dar un paseo por el cementerio. O quizá sí había algo más.

Sacudió la cabeza con fuerza y se aproximó hasta la estatua con las manos temblándole y un nudo apretado en la garanta. Había algo en ese mausoleo, una energía oscura, casi siniestra.

A su lado, la inmovilidad de Dante le produjo un escalofrío. Parecía sentir algo que ella no comprendía y, con los labios apretados en una línea recta, se acercó a la estatua. Ahí estaba, ese rostro frío marcado por una expresión desolada que se deslizaba en sus labios de piedra. Se mordió el labio mientras observaba la estatua con atención. Apenas era consciente del frío subiéndole lentamente por las piernas, de la humedad calándole por los calcetines y el borde del camisón de algodón blanco, el corazón le tronaba con violencia. Algo la obligó a levantar los ojos, un movimiento apenas perceptible.

Confundida, Emma aguantó la respiración y se impulsó hacia adelante, más allá de la trágica estatua y su expresión taciturna. Sin hacer ningún ruido, se fijó en el panteón de columnas negras con amplios capiteles rojos que se erigía detrás la estatua. Era una construcción imponente cuya estructura circular simulaba una media luna y terminaba resguardada por una reja tan oscura como la noche misma.

—No deberías estar aquí —susurró una voz a su espalda.

A Emma se le escapó un grito cuando sus ojos se encontraron con el joven de aspecto desgarbado: era el de la otra tarde y lo reconoció por la sonrisa fácil con que la estudiaba con disimulada atención desde una de las tumbas.

—¿Perdona?

—¿Acaso no me escuchas? —contestó él y señaló el edificio—. Esa cripta está cerrada a cal y canto, vete de aquí. Creí que el otro día te había quedado bastante claro que no debías pasearte por el cementerio.

Aquella amenaza la descolocó tanto que ni siquiera se le ocurrió rebatirle la palabra. En lugar de eso, Emma ladeó el rostro y lo observó mientras intentaba discernir si aquel fantasma era consciente de que se encontraba muerto. El contorno de su silueta era firme y, aunque el rostro poseía una palidez imposible, los ojos oscuros parecían tan vivos como lo estaba ella en ese mismo momento, a diferencia de los de otros fantasmas, cuyos ojos eran simples pozos vacíos, huecos.

—¿Quién eres?

La pregunta lo dejó anclado mientras Emma lo contemplaba con absoluta incredulidad. Quería las respuestas que no había podido entregarle la otra tarde.

—¿Quién eres tú, chica marcada por la muerte? —replicó él tras un largo silencio, y señaló el ojo blanco en su rostro. Emma se sintió juzgada, demasiado incómoda como para replicar—. Mi nombre es Caín…

La frase quedó ahogada por un lamento que obligó a Emma a levantar la cabeza con precaución. Un aullido feroz, inhumano.

Tragó saliva, repentinamente nerviosa, y giró el rostro hacia las sombras apagadas que cubrían las lápidas. Salvo ella y aquel espíritu, no había nadie más, ni siquiera otra alma rondando cerca. Todos los fantasmas que había visto al llegar acababan de desaparecer.

Emma miró a Caín y la tensión de sus hombros alertó el pánico dentro de ella. Sujetó el saquito de sal y sus pies retrocedieron por puro instinto.

—¿Qué ha sido eso?

No tardó en escucharlo de nuevo. El singular lamento de una mujer. Un susurro confuso que le llenó los oídos y erizó todo el vello de su nuca.

He escuchado ese sonido antes, pensó. Pero ni ella, ni el fantasma osaron moverse. Tenía las manos cubiertas de sudor y las piernas débiles, ancladas a la tierra. Su primera suposición había sido que se trataba de un espíritu torturado, un alma en pena cuya consciencia empezaba a apagarse. Eso significaba que Emma necesitaba intervenir, al menos si pretendía otorgarle el descanso y permitirle el tránsito hasta el otro lado del velo, que separaba sus dos realidades. Una punzada de miedo le recorrió la espalda cuando el ruido se convirtió en otro lamento, un llanto cargado de desgracia y dolor.

—No te muevas…

Pero la advertencia de Caín llegó demasiado tarde. Emma apreciaba una honda desesperanza, la certeza de la muerte campando a sus anchas y, casi sin pensar en ello, se acercó hasta el panteón con las piernas temblorosas y una aguda preocupación. En cuanto el olor fétido le alcanzó las fosas nasales y contempló una sombra distante a través de la verja oxidada, se le puso la carne de gallina. Había alguien allí dentro.

Las manos de Emma apretaron la reja, temblaban tanto que apenas pudo apartar la barra y tirar de esta destapando un profundo olor a podredumbre. Una bandada de grajos echó a volar y cientos de polillas se alzaron sobre ella mientras retrocedía alarmada. Dante ladró con fuerza y Emma se estremeció cuando las polillas se disiparon en el aire, una nube de alas negras se mezcló con la niebla. La voz seguía crepitando, se volvía intensa, tan afilada como un cuchillo.

Emma entrecerró los ojos y ahogó una maldición mientras tiraba de la reja para entrar al mausoleo. Entonces la vio. Los haces de luna cayeron sobre el interior de la estructura y una figura imponente se alzó entre las sombras. Era una mujer, un espíritu femenino se movía dentro del panteón envuelta en un vestido negro.

—No la mires a los ojos.

Las palabras de Caín se doblaron bajo el viento y Emma apreció el rostro de la mujer en medio de su miedo. Unos ojos negros, tan profundos que parecían absorber la luz. Una boca alargada llena de gusanos que se movían sobre la piel mustia.

A Emma se le atragantó la saliva en la garganta, casi era capaz de sentir el aliento rancio en la cara, las uñas clavándosele en los hombros. Dante emitió un chillido y saltó al otro lado haciendo que el corazón de Emma se precipitara contra sus costillas. Justo en ese instante, el pequeño espacio que los separaba se redujo. Sus huesos chocaron contra la tierra y su cabeza impactó contra el suelo en cuanto la criatura se le echó encima.

—No, por favor —susurró Emma.

La voz se le rompió en la garganta poco antes de que la masa de huesos la aprisionara contra la tierra y el aire se le escapara entre los labios. Los recuerdos del internado la asaltaron y unas lágrimas de pura desesperación se le escaparon de los ojos. La sal se le resbaló y comprendió que estaba indefensa.

—Vete, Dante —gritó cuando las manos se le hundieron en la tierra y otro lamento desesperado inundó el aire.

La mujer clavó una garra en su brazo y Emma vio un destello de reconocimiento en sus ojos sin vida, un brillo codicioso.

—Necesitas algo de plata —gruñó Caín, cuyas manos sujetaban en vano los hombros de la criatura. Estaba intentando ayudarla.

El dolor rompió a lo largo de su piel y Emma apenas alcanzó a mover los dedos rígidos de su mano hasta el colgante plateado que le rodeaba el cuello. Lo arrancó con poca precisión y se le escapó un sollozo. No era hábil, tampoco valiente, y comenzaba a notar las pestañas pesadas cuando apretó la plaquita de plata contra la palma de su mano. La furia de la criatura la sacudió y el hedor a la muerte llenó sus fosas nasales de sal y óxido. Luchó contra aquella fuerza inhumana y se aferró a la tierra para impulsarse contra la criatura, levantar la muñeca y enganchar la cadena contra el cuello de la mujer.

El cuerpo convulsionó mientras un chillido ahogado se le escapaba de la boca negra. Decenas de gusanos blancos se le desprendieron de la piel cuando soltó a Emma, retrocedió y se alejó hasta desaparecer entre la niebla.

Emma se llevó una mano a la herida del brazo y pensó en la historia que había contado Mia Rinaldi sobre el sepulturero: había una banshee y ella acababa de sobrevivir a su ataque.

—Sigues viva —dijo Caín y ella lo miró de soslayo con el estómago revuelto por culpa del miedo. No recordaba cómo invocar las palabras y presa del miedo, le dio exactamente igual.

—¿Qué era eso? ¿Una banshee? —preguntó.

—Un errante.

La voz de Caín sonó tranquila, casi formal, pero la seriedad de su rostro apenas disimulaba el terror vivido hacía tan solo unos minutos. *Miente*, comprendió Emma intentando dar un significado a la angustia grabada en esa expresión taciturna.

—Los errantes son seres que fueron enterrados en vida, guardianes de tesoros —explicó Caín—. Se encuentran en medio de las dos vidas.

Caín la miró durante un largo momento.

—Si no hubieses usado la plata, te habría devorado —continuó—. Es uno de sus repugnantes hábitos, alimentarse de carne, por lo general descompuesta.

Emma se puso en pie y un mareo le sobrevino de forma repentina. Sentía la cabeza pesada y una extraña rigidez en la espalda.

—Tengo que encontrar a mi perro —soltó de pronto girando el rostro hacia el otro lado.

—Insisto: no deberías estar aquí.

Alzó los ojos y notó la curiosidad de Caín mientras la estudiaba.

—Créeme, no quiero estar aquí. Es la tercera vez que me sueltas esa advertencia con tono de amenaza —le recriminó y él alzó una ceja—. Necesito contexto, alguna explicación.

—Me refiero a Edén, a tu casa. —Caín se puso en pie y alzó la vista hacia ella—. El errante, esa criatura de la que te acabas de liberar, es tremendamente peligroso, por no mencionarte que este lugar está maldito.

Caín debió leer la sorpresa en su rostro porque señaló el panteón con un dedo y ella vio a Dante escondido cerca de la puerta. El perro gimoteó y a Emma el corazón se le encogió en el pecho al contemplar la posibilidad de haber liberado a esa criatura.

—Ese errante, o lo que sea, ya llevaba algún tiempo aquí, no ha llegado por mi culpa —se defendió, buscando también convencerse a sí misma. Los pensamientos se sucedían en su cabeza con poca precisión; pese a que intentaba darle un significado a lo que acababa de pasar, no lo comprendía. Notaba el aire cargado de un olor rancio y dulzón, como si una energía oscura y pesada se asentara en el cementerio.

Emma aguantó la respiración y escrutó las sombras de la noche.

—Alguien lo había encerrado en ese panteón.

No dejó que se le notara el miedo, ese terror primitivo que comenzaba a inundarle la cabeza de un dolor pesado, denso. Miró a Caín a los ojos e ignoró el susurro del viento, algunos espíritus acababan de aparecer en el cementerio.

—¿Quién lo encerró? ¿El sepulturero? Dijeron que estaba muerto y aún no hay reemplazo. —Se levantó y sacudió la tierra del camisón con un movimiento cauto.

—No sé quién lo hizo, pero estaba allí por una razón.

Emma ignoró ese último comentario y, temblando, se acercó hasta Dante y lo cogió en brazos. Un rayo de luna iluminó la tumba sobre la que se encontraba y algo oscuro llamó la atención de la joven. Rodeó el monumento y Caín la imitó en medio de un silencio susurrante.

Ahogó una mueca de asco y se alejó del majestuoso arco con una arcada sacudiéndole las entrañas. Allí, sobre una losa de piedra, yacía un cadáver. Una mujer abierta de par en par con la carne descompuesta y cientos de larvas reptando por su rostro.

—Está… no me lo puedo creer —dijo mientras retrocedía con el ardor ascendiendo por su pecho. Miró a Caín y luego el cuerpo sin vida—. ¿Esto lo hizo esa criatura?

Las espesas cejas de Caín se alzaron y Emma movió la cabeza bruscamente; de repente era demasiado consciente del peligro.

— Lo habría devorado —dijo con el rostro serio y giró el cuello hacia un silbido agudo que se escuchaba en la distancia, la advertencia de que había alguien más en el cementerio.

Emma quería ser valiente y estudiar aquel lugar siniestro, pero el silbido rítmico la arrancó de su ensimismamiento. Había alguien en el cementerio y bajo ninguna razón podían verla allí. No en la noche y, mucho menos, cerca de un muerto.

Apenas tuvo tiempo de volver a cerrar la reja. El silbido se detuvo casi al mismo tiempo que el eco de los pasos y Emma tuvo la certeza de que estaba metida en un lío tremendo. No tardó ni medio segundo en reconocer el rostro pálido y asustado que apareció: Hazel, el chico que trabajaba en la casa de Eliot.

—Hazel…

Ni siquiera tuvo oportunidad de intentar detenerlo, los labios rígidos eran una señal de desconcierto y horror. Emma miró la sangre de sus brazos y luego se fijó en el cadáver dentro del mausoleo, casi al mismo tiempo que lo reconocía el chico.

—Te prometo que esto no lo he hecho yo. Sé que no debería estar aquí, pero…

Las excusas se le murieron en los labios. Hazel se movió entre las tumbas, desapareció con la misma facilidad con la que había llegado y ninguno de los gritos de Emma lo detuvo.

—Mi hermano me va a matar —exclamó en cuanto resultó evidente que Hazel no volvería.

—Pero él tampoco debería estar aquí, ¿no? —Caín señaló el lugar por el que Hazel acababa de desaparecer.

Emma no estaba segura de que aquello pudiese suponer alguna salvación para ella. Los dos estaban en el lugar y en el momento equivocados, pero no era Hazel el que estaba en una situación comprometida por segunda vez en su vida, cosa que no le gustaría en absoluto a su hermano. La amenaza que entrañaban aquellas circunstancias era suficiente como para que la tía Lucy la encerrara de por vida.

Suspiró con fuerza y se fijó en la expresión confundida de Caín. No lo entendía.

Se apoyó sobre la tumba junto al mausoleo y alcanzó a leer la inscripción sobre la losa gastada. El corazón le retumbó contra el pecho al descifrar el nombre grabado en el granito, uno que ella esperaba encontrar.

Eliot había mentido.

6
LIRA

Lira se acuclilló junto al viejo sofá y evaluó las marcas del tapizado color crema antes de echar una mirada cauta al resto del piso. Un leve escozor la increpó y no se resistió a rascarse la costra ennegrecida que se le había formado en el brazo. Era un recuerdo de su vida pasada. Una herida fea y larga, el resultado de las decisiones absurdas que había tenido que tomar.

Ser una mujer de mundo con estudios y el anhelo de convertirse en académica era difícil. Cuando Jorgen le propuso matrimonio, Lira tuvo el impulso de rechazarlo al instante. De niña había jurado que no se casaría nunca y al contemplar el anillo se vio en una terrible tesitura. Lira necesitaba la estabilidad financiera que Jorgen podía ofrecerle gracias a su estatus como conde y, por supuesto, a su enorme fortuna.

Una boda parecía la manera más sencilla de arreglar su vida y garantizar el acceso a los médicos que tanto necesitaba su padre. Así que básicamente podía presumir de haber aceptado casarse por amor, solo que no era el tipo de amor que Jorgen esperaba, sino la lealtad al hombre que le dio la vida. Esa era la verdadera razón, la única. Cansada de librar batallas con las deudas, de ver cómo su padre se convertía en un fantasma del hombre que había sido. Lira aceptó las poesías de Jorgen. Las promesas de un amor infinito y aquellas manos ansiosas que reptaban por sus muslos y se le clavaban en la cadera con la intención de dominarla.

Le desgarraba la carne y dejaba grandes cicatrices invisibles a ojos del mundo. Jorgen era un amante famélico, un hombre insaciable al que las negativas solían poner de muy mal humor. Al principio, se contenía, no mostraba signos de una violencia demasiado preocupante, eran marcas muy pequeñas que pronto evolucionaron a heridas considerables.

Sacudida por esos recuerdos amargos, se mordió el labio y dirigió toda su atención en investigar aquel viejo departamento en el que se suponía que no debería estar.

Estaba convencida de que no era legal allanar la vivienda de un muerto solo para saciar la curiosidad. Pero la culpa de todo aquello la tenía la hermana pequeña de Eliot. Acababa de sembrar el pánico en todo Edén y Lira no podía estarle menos agradecida. Si algo no beneficiaba la excavación era el recelo de los vecinos, una situación que, en los pocos días de estancia en el pueblo, sentía como una sombra persiguiéndola cada mañana hacia el cementerio. Esas miradas hoscas cargadas de aprensión, los saludos vagos y las muecas de desagrado empeoraron en cuanto la noticia corrió como la pólvora y los periódicos locales se hicieron eco del suceso.

Una mujer asesinada.

Una oleada de nerviosismo la asaltó mientras entraba al comedor y contemplaba la mesa en la que una montaña de platos esperaba a una mujer que nunca regresaría a casa.

—Me dijeron que estarías aquí.

La voz de Eliot la pilló por sorpresa y Lira sintió cómo el corazón le bailaba contra el pecho. Sus ojos azules la escrutaron con cautela mientras ella esquivaba las dudas que le producía la cercanía entre los dos.

—Quería ver si encontraba algo de utilidad —explicó con la voz nublada por el cansancio.

—¿Y la policía sabe que entraste a la casa de una mujer asesinada? Todo lo que hay aquí es evidencia y no deberías tocar nada.

Un brillo malicioso le iluminó el rostro afilado, y ella se fijó en las grandes ojeras que le rodeaban los ojos y en la sombra de la barba alrededor de sus labios.

—Tal vez —mintió al tiempo que se encogía de hombros y deslizaba el dedo índice sobre la superficie de la ventana dejando una marca sobre la gruesa película de polvo—. Soy consciente de que la policía no me dejará revisar, al menos hasta que se hayan llevado cualquier prueba o indicio, y para entonces no encontraré nada de utilidad. ¿Han determinado ya la causa de la muerte?

—Van a practicar una autopsia —replicó él y giró el rostro admirando la casa sumida en una oscuridad absoluta—. El capataz cree que podría ser un crimen pasional, quizá un ajuste de cuentas. Era una mujer solitaria, nadie denunció su desaparición.

Lira giró la cabeza de forma abrupta y levantó una ceja. Eliot llevaba un traje discreto del color de las piedras sobre un chaleco negro y una corbata gris. El pelo bien peinado hacia un lado y una expresión de bochorno.

—¿Y te fías de O'Brien?

—¿Tú no? —Se encogió de hombros a modo de respuesta y el rostro de Eliot se ensombreció. Por norma general, Lira no confiaba en las personas. Había conocido a muchos mentirosos, embaucadores talentosos, y sabía que, en ese mundo, pocas personas son realmente lo que dicen ser. El capataz no le parecía un hombre libre de secretos—. A veces se me olvida que sueles juzgar a la gente de la misma manera en que otros lo han hecho contigo.

—Si crees que se trata de un capricho o…

—No estoy hablando de eso, Lira —susurró él y la voz se demoró un segundo de más al decir su nombre, como si pronunciarlo en voz alta le supusiera un esfuerzo—. Estás siempre tan a la defensiva, esperando ver entre las sombras de los demás, al acecho de sus errores. O'Brien es un íntimo amigo de mi familia y coincido con él en que no se puede sacar una conclusión apresurada hasta que el forense emita un informe.

—Tienes tanta facilidad para verme desde el cristal de tus privilegios que a veces me sorprende que seas consciente de la cantidad de problemas que hay fuera de esa burbuja en la que te encierras. Ojalá entendieras que las personas no tienen que actuar o pensar como tú quieres. Tienes una hermana y ni siquiera te has parado a escucharla, la dejas encerrada como si de una vergüenza se tratara.

No esperaba que la frase fuese a ruborizar a Eliot, pero el gesto la hizo arrepentirse. Había mencionado a Emma porque pensaba en ella con cierta frecuencia. Sophia le contó que no la dejaban salir de la casa y, después de la última incursión de la joven en el cementerio, Lira podía hacerse una idea de las repercusiones que tendría en su libertad. Sentía un atisbo de pena por aquella criatura y no pudo evitar pensar en ese ojo lechoso en medio de un rostro compuesto por luces y sombras, en la inocencia de su expresión.

Eliot contuvo una mueca y se giró hacia la cocina para contemplar el aspecto descuidado que ofrecía la casa.

—No metas a Emma en esto, por favor —dijo con suavidad—. La policía ha cerrado el cementerio en busca de pruebas, pero no han encontrado nada, lo que nos retrasa considerablemente —continuó tras unos minutos de silencio y de que ninguno de los dos se moviera—. No es algo que deba preocuparte, me encargaré de solucionarlo.

Lira se enfureció ante el desprecio de su voz.

—Si compartieses la información conmigo, si te ocupases de tenerme al tanto de la situación, quizá podría ser más sencillo este trabajo —refutó mientras reducía la distancia que los separaba hasta quedar delante de él.

Eliot apretó los labios con fuerza y ella sintió una oleada de frustración. Había una distancia considerable entre ellos y no era solo física.

—¿De la misma manera en que tú compartes toda la información?

—Tienes los documentos que yo misma redacté —soltó levantando el dedo en su dirección y la rabia doblándose entre sus palabras—. El director de la Academia los envió y no te voy a mentir, me negué, pero sé que los tienes. Allí están las cartas de Morrigan, su historia e incluso el acta de bautismo que es más de lo que nunca se ha conseguido…

Eliot la interrumpió. Pero no lo hizo con una frase desagradable ni tampoco con un gesto. En realidad le apartó la mano y el roce de sus dedos arrojó una corriente eléctrica a lo largo de su columna vertebral. Era la primera vez que la tocaba y no había intimidad en tal contacto, ni siquiera delicadeza. Eso la molestó.

—Dime —susurró a un palmo de distancia—. ¿No has ocultado las transcripciones de las criadas de Morrigan en sus últimos años de vida? Aquellas que hablan de los desvaríos y de su repentina muerte. Si los dos jugamos a escondernos cosas no vamos a encontrar la tumba. Tienes el cráneo, ese objeto de cristal que perteneció a Morrigan, y que encontraste junto con esas cartas y el acta.

—Lo tengo a buen recaudo y de momento no es relevante para el trabajo de campo —susurró Lira sin aire, ese cráneo era el único elemento que poseía a su favor y lo último que pretendía era entregárselo al Museo. Eliot alzó la barbilla y entrecerró los ojos. De cerca, Lira podía ver las líneas negras dentro de sus iris. Las mentiras que aquellos labios redondos habían susurrado una tarde de agosto, el hoyuelo que a veces aparecía en su barbilla—. No soy una mentirosa, Eliot. Simplemente necesito esto, necesito estar aquí cuando encontréis la tumba, es lo mínimo que me merezco.

Ahí estaba. La verdad desnuda entre los dos.

Para frustración suya, Eliot no bajó la mirada y Lira se preguntó si él todavía recordaba el momento en el que había hechizado su corazón y luego lo había roto con el silencio.

—¿Crees que yo quiero apartarte? No es una decisión que quiera tomar, pero te conozco y sé que tienes tendencia a complicar las cosas. —La indignación lo obligó a dar un paso atrás y Lira notó el vacío devorándole el pecho—. Debiste quedarte en tu casa.

—Lo que me faltaba por escuchar —se quejó y soltó un suspiro de hastío. No pretendía demostrarle lo mucho que le dolía semejante afirmación. Reducirla de esa manera era de cobardes y Lira no estaba dispuesta a tolerarlo—. Eres un cínico, estás tan metido en la necesidad de satisfacer a tu padre que eres incapaz de ver más allá de tus propias narices.

—¿Y qué es lo que no veo? Según tú.

A Lira le irritó la condescendencia de sus palabras. Le burbujeaba una ira incendiaria en las venas.

—No eres capaz de ver cómo tu ego te ciega en una investigación que es mucho más importante que nosotros dos —replicó ella y sonrió con desidia—. Te crees que puedes sabotear mi hallazgo simplemente porque te rechacé.

Eliot ladeó el rostro. Lira era consciente de la indignación que acababa de provocar con aquellas palabras y no se arrepentía. Cambió el peso de su cuerpo a la otra pierna y recordó cómo la hizo sentir aquella tarde en la que le propuso una vida diferente. Las mariposas de su estómago revolotearon y Lira se obligó a fruncir los labios y recordarse que nadie podía producirle aquellos sentimientos sin su consentimiento.

—No sé a qué te refieres.

Pero era tarde. Eliot cruzó los brazos sobre el pecho y ella tomó aire:

—Por favor, Eliot, esperaba que fueses mucho más profesional.

Era fácil perderse en la inflexible actitud con la que Eliot encaraba la vida. Lira lo vio debatir consigo mismo durante varios minutos, en los que el olor a humedad se volvió casi asfixiante. Finalmente, Eliot cedió casi a regañadientes.

—De acuerdo. Es probable que me haya comportado como un idiota —asintió y ella notó lo mucho que le costaba ceder. Llevaba días esquivando ese momento definitivo—. Pero si vamos a trabajar juntos deberíamos tener unas reglas.

Lira asintió en silencio.

—No esperaba trabajar contigo y lo cierto es que me causa cierto recelo porque te conozco, Lira. Sé de primera mano todo lo que estás dispuesta a hacer y no me gusta. Por eso necesitamos unos límites para que la confianza sea mutua. —Estaba luchando consigo mismo—. Primera regla: nada de mentiras o secretos. —Levantó una ceja y se pasó una mano por el rostro—. Tienes que compartir conmigo todo lo que sabes y yo haré lo propio.

—Está bien. Sinceridad entre los dos.

—De acuerdo —continuó y la nuez de su garganta subió y bajó. Estaba nervioso, y aunque intentaba disimularlo ella podía verlo—. Segunda regla: si estamos juntos en esto, defenderemos el trabajo del otro con uñas y dientes, no nos expondremos.

Lira supuso que era justo y asintió a sabiendas de que esas reglas no la amilanarían.

—Y la última regla: no quiero ninguna insinuación de tu parte. Eres una mujer casada y espero que te comportes como tal.

Ahí estaba. Lira no contuvo la carcajada que le produjo el comentario y, sin pretenderlo, agitó las pestañas con fuerza. Eliot temía repetir sus errores una vez más. Porque no le quedaba duda de que así la veía: como un error.

—Eso me suena a miedo, pero lo considero justo: acepto.

A modo de respuesta, Eliot alargó una mano y ella la estrechó con demasiada fuerza.

—Bien, encontraremos la tumba.

Pese a la franqueza de su voz, Lira notó cómo el corazón se le aceleraba. Por desgracia, la frase quedó en el aire, suspendida, entre un golpe ligero a la puerta. En aquel momento, Gray apareció en el umbral y Lira se apresuró a alejarse hasta la ventana y disimular el abatimiento.

—Perdón por la interrupción, pero el capataz viene hacia aquí —dijo y luego se giró hacia Eliot—. Arthur ha enviado un mensaje, podemos irnos al cementerio si quieres y redactar las cartas para tranquilizar a los inversores.

Gray miró a Lira con aprensión y supo que aquel asunto no era de su incumbencia.

—No te preocupes, yo ya me iba. —Se giró hacia Eliot—. Tenemos un trato.

No le dio la posibilidad de replicar. Ella salió de aquel piso marcado por el intenso olor a lejía y se encaminó a través de la calle. Envuelta en las sombras del atardecer, sentía una inquietud tensa enroscada a la base de la garganta.

Apretó el bolso contra el pecho y deshizo el pensamiento. Miró a su alrededor con la sensación de que alguien la estudiaba, pero la calle se mantenía vacía y Lira apreció una extraña molestia en la nuca; no había nadie además de ella, ni una sola alma en esa calle, salvo un coche negro aparcado en la esquina. Un pitido le inundó los oídos, el murmullo de la sangre en sus venas, un presentimiento helado. El vehículo tenía la ventanilla bajada, pero no se veía a nadie en el interior. Una ausencia voraz la golpeó, era demasiado consciente de que Jorgen usaba un coche exactamente igual.

En ese mismo instante, un frío descorazonador le agarrotó el pecho. Entonces apareció un hombre alto y erguido con la piel morena. Llevaba un sombrero y un bastón, y ni siquiera se fijó en ella al subirse al coche. *No es Jorgen*, comprendió al escuchar el rugido del motor. Por primera vez en varios minutos, Lira respiró profundo. Caminó con prisa, envuelta en una marea de nervios con el corazón bombeándole con violencia. No se detuvo hasta que llegó a la esquina y apoyó la espalda contra un escaparate mientras sacaba un mechero y un cigarrillo del bolso.

Dio una suave calada mientras apretaba los ojos y el sabor del humo le empapó los labios. Percibía los latidos erráticos de su corazón, el sudor humedeciéndole la espalda. Se quedó muy quieta y observó la calle vacía a esa hora de la tarde; estaba sola y pese al humo subiéndole hasta la cabeza no conseguía desprenderse de la impresión de que alguien la vigilaba.

¿Quién? Se preguntó, cansada de entrever el fantasma de su marido en cada esquina.

Distraída, apoyó la mano en el cristal de la tienda y un destello dorado atrajo su atención. Era un colgante pequeño con una incrustación con la forma de una polilla. Las alas abiertas mostraban la marca de la muerte; una calavera negra grabada sobre el metal; un símbolo remoto que había visto en uno de los diarios que hablaban de Morrigan. El brillo de la plata atrajo la atención de sus ojos. Había algo conocido en aquella baratija y atraída por esa sensación, Lira empujó la puerta de la entrada.

El olor a cerrado flotaba como una presencia invisible, húmeda y real. Una docena de brújulas, relicarios y pitilleras de oro destacaban sobre las baldas de madera, como un tesoro a la espera de quien se atreviese a descubrirlo. Lira se sumergió entre los cachivaches y se acercó al colgante cuando un ruido al fondo del local le advirtió de una presencia. Un hombre mayor de aspecto afable le sonrió desde las sombras.

—Veo que te ha gustado —dijo el anciano con una sonrisa mientras se colocaba unas gafas sobre la nariz ganchuda—. Tiene historia. Lo vendieron hace una década o más, perteneció a una familia muy importante de Edén.

A Lira no le pasó inadvertida la forma en la que el anciano

fruncía los labios bajo el bigote. Tampoco la delicadeza con la que alargó una mano arrugada y sacó el colgante para dejarlo sobre los dedos de Lira.

—No tiene valor alguno —continuó el hombre—. Está demasiado gastado.

—Es muy bonito —susurró ella—. Me gustaría comprarlo.

—Por supuesto. Perteneció a los Monroe —explicó, y el precario equilibrio que sostenía la tranquilidad de Lira se rompió. Había una sequedad hosca en las palabras del anciano, ¿era miedo?, ¿sospecha?—. Creo que fue el hijo mayor el que me lo trajo hace ya mucho tiempo. Pobre chico.

Hacía un día a Lira no le habría importado aquel comentario, pero en ese momento la suspicacia prendió en sus ojos.

—No creí que fuesen el tipo de personas que se desprenden de las cosas en un lugar como este.

—De pocas cosas puedo presumir tanto como de todas las historias que llegan a mi tienda —replicó el anciano, que se movió hasta el aparador—. Y por muy viejo que sea, recuerdo todos y cada uno de los objetos que compro. Ese medallón llegó antes de que la tragedia golpeara a la familia. La madre se paseaba por el pueblo y parecía orgullosa de sus hijos, incluso me atrevería a decir que era feliz. Pero los que llevamos toda una vida aquí sabemos que en este lugar ese sentimiento es efímero, al menos para los que siempre han vivido en esa colina tan cerca del cementerio.

Aquellas palabras le provocaron un escalofrío.

—Todavía me acuerdo de ese chico, siempre fue el más amable de los Monroe. Fue muy extraño porque, cuando me dejó ese colgante, había una desesperación profunda en su voz. Luego ocurrió el terrible accidente, ya sabe. —Pero Lira lo desconocía y no estaba convencida de que hacer las preguntas en ese momento fuese correcto—. Y se fueron, todos salvo la mujer esa que cuida la casa.

—¿Lucy?

Asintió.

—Yo no me quedaría más tiempo del necesario —apuntó el hombre, y sus ojos se asemejaron a dos cavernas carentes de luz—. Esa casa, ese cementerio, carga con el peso de la desdicha y arrastra al abismo a cualquiera que se atreva a desafiar al destino.

7

EMMA

Aquella tarde había abierto las cortinas poco antes de sentarse con sus acuarelas en el salón. Dante dormitaba a su lado mientras los rayos de sol agonizaban sobre los pliegues de su vestido azul cielo. A su lado yacía un ejemplar desgastado de Jane Eyre cuyos bordes dorados había pintado un par de noches atrás.

Cuando Eliot volvió a casa dos horas antes de lo acordado, Emma supo con absoluta certeza que estaba metida en un buen lío. Hazel se apresuró a quitarle la chaqueta en cuanto apareció por la puerta. Encendió la chimenea poco antes de que Eliot la llamara a voces mientras movía con insistencia la punta del pie derecho. Unos momentos después, estaba sentada junto al fuego con las manos sobre las rodillas y un gesto de puro arrepentimiento.

—No llevas ni una semana en esta casa y ya puedo hacer una contabilidad de todos los daños que has causado.

Su voz resonó con violencia y Dante bajó las orejas. En ese momento, Gray entró a la sala y, con una sonrisa sarcástica, apoyó la espalda en la pared mientras sus dedos jugaban con un trozo de papel arrugado. De reojo, Emma se fijó en el fantasma que había al otro lado. Caín estaba apoyado en la ventana mirando la escena con algo parecido a la curiosidad.

—Mi intención nunca fue molestarte —se excusó ella, y los

ojos inflexibles de su hermano ahogaron cualquier otra réplica que pudiese soltar.

—Tampoco es algo de lo que debas escandalizarte —intervino Gray acercándose a la mesa y sirviéndose una taza de té de la bandeja que Hazel acababa de dejar en el salón—. El capataz O'Brien ha quitado hierro al asunto y nadie más ha visto nada. Dudo que le den mucha importancia, si controlamos a la prensa, todo se arreglará. —Hizo una pausa y le guiñó un ojo—. Además, nadie tiene que mencionar a Emma.

Eliot lo fulminó con la mirada y Gray se encogió de hombros antes de alzar las manos con un gesto apaciguador.

—Un cadáver, Emma, y tú lo has encontrado.

—Una mujer muerta, Eliot. Asesinada, y que, por cierto, no tiene nada que ver con nosotros ni con nuestro trabajo —explicó Gray y Caín asintió, aunque todos ignorasen su presencia. Emma se esforzaba por no dirigir su atención hacia la ventana y temía no estar disimulando demasiado bien—. No es el fin del mundo y no supone nada para nuestra excavación. La gente se muere todos los días, otra gente roba tumbas. Estoy convencido de que no deberíamos preocuparnos tanto.

Pero Emma sabía que aquello no era verdad. Esa noche en el cementerio había cometido un grave error y los ecos de la culpa la increpaban como una losa gastada sobre sus hombros. Casi nadie parecía tener tiempo en la casa, y le dolía que la poca atención que recibía fuese para un recuento de todos los daños ocasionados por su curiosidad.

Eliot, que seguía con la taza entre los dedos, la dejó sobre la bandeja y miró a su secretario a los ojos. Caín contuvo una crítica y acto seguido desapareció para alivio de Emma, que de esa manera podía centrar toda su atención en la conversación y no en el espíritu que desde esa noche la asediaba.

—¿Te parece que no supone nada un cuerpo en medio del cementerio que estamos investigando?

—No te lo tomes a mal, pero…

—¿Y cómo me lo voy a tomar?

Gray guardó silencio y Eliot caminó alrededor de él con el rostro serio. Emma se miró las manos, estaban surcadas por una maraña de cortes desde hacía dos noches. Las apretó sobre las rodillas y se mordió la boca para no decirle a Eliot que aquello no era su culpa.

—Todos hablan de que estabas en el cementerio durante la madrugada. Dicen que hablabas a la nada, Emma. Es precisamente el tipo de situación que no nos podemos permitir —soltó su hermano, y ella alzó los ojos. No podía evitar el nudo que le oprimía la garganta cuando recordaba aquel cadáver maloliente.

—Eso ha sido culpa de Hazel, no de ella, él también estaba en el cementerio y nadie lo menciona —la defendió Gray—. Además, si hubiese mantenido la boca cerrada, nada de esto sería un problema.

Eliot lo fulminó con una mirada:

—Hazel cumplía mis órdenes. Daba una ronda nocturna para asegurarse de que todo estaba en orden.

Emma se inclinó hacia adelante para lanzarle una mirada suplicante a su hermano.

—Lo siento —dijo Emma mientras abrazaba a Dante con fuerza. Era una disculpa sincera, lamentaba haber visitado el cementerio, lamentaba haber sido testigo del errante, haberle abierto la puerta.

Eliot dejó escapar un suspiro pesado y la miró.

—Tal vez debería mandarte de regreso al internado.

—Por favor, Eliot —suplicó sin saber muy bien la razón. En el internado dejaron en claro la decisión irrevocable y, aunque no creía que la admitiesen de regreso, la simple posibilidad despertaba un miedo animal en ella. No podía volver a esas noches en vela, no podía regresar y ser perseguida por sus compañeras.

El corazón se le contrajo dentro del pecho y Eliot se acercó hasta ella.

—Necesito que seas sincera conmigo respecto a una cosa. —Ella asintió y Eliot se colocó a su altura—. ¿Había algo más en el cementerio? Lira cree que hay piezas que no encajan en tu declaración, ¿viste a alguien?

Emma se mordió el labio en silencio. Temía que el rubor en su rostro fuese una prueba irrefutable de la verdad, que Eliot descubriera el secreto que con tanto celo se guardaba.

—Solo vi el cuerpo.

Eliot miró a Gray en busca de comprensión y tras un silencio largo, asintió.

—Hablaré con Hazel para que no vuelva a comentar nada de lo ocurrido —sentenció y se dejó caer en la silla junto a la chimenea. Llevaba la camisa arrugada y el pelo algo revuelto—. Pero por favor, no le des más razones para tenerte miedo.

Emma frunció el ceño dándole un significado a esa última frase.

—No llames la atención —continuó—. Falta poco para celebrar las fiestas del pueblo.

Contuvo una mueca. La Noche de las Luciérnagas se celebraba en Edén como la festividad más importante del año. Un día en el que rendían homenaje a los fundadores del pueblo y en el que acudían a dejar flores secas al pie de las estatuas mientras se encendían cientos de farolillos por todas las calles. La tía Lucy llevaba toda la semana hablando de los preparativos e incluso en las cocinas de Silverwood House se hablaba de la celebración. A Emma se le llenó el pecho de una nueva emoción.

—¿Entonces padre vendrá para la fiesta?

—Probablemente.

La respiración de Emma se aceleró. Llevaba años queriendo volver a ver a su padre y la posibilidad de una visita arrojó un destello de esperanza en su cuerpo. Gray dio un golpecito a su taza y en la puerta del salón apareció la tía Lucy con el pelo recogido en un moño alto y un jarrón repleto de rosas rojas. Miró a Emma y el rostro se le ensombreció justo antes de dejar el arreglo junto a la ventana y mirar a Eliot.

—¿Ya lo sabe?

Emma intuyó que se refería a ella. Su hermano negó con la cabeza y sacó un sobre dorado del bolsillo de su abrigo.

—Haría bien quedándose en casa —apremió como si Emma no fuese una prisionera ya y se alejó dejándolos solos.

Eliot vaciló un instante. Cambió la postura rígida del cuello y Emma notó cómo su garganta se tensaba. Pensaba que la conversación había terminado, pero la inquietud inicial de su hermano no solo se debía a la reprimenda por la noche del cementerio.

Emma supo que no le iba a gustar lo que venía a continuación.

—Los Foster están en la ciudad —soltó de pronto, cogió uno de los papeles guardados en el cajón y lo plegó en la mesa. Era una invitación, una carta a nombre de Eliot.

Emma se tensó en cuanto la primera frase escapó de los labios de su hermano. Mientras él hablaba y explicaba la situación, la mente de ella iba a toda velocidad, trastabillaba ante el miedo inherente a esa verdad.

—No te preocupes por esto, intentaré que no coincidas con ellos —murmuró ante su silencio.

Como única respuesta, Emma asintió mitigando la serpiente invisible que comenzaba a enroscársele en la garganta. Eso significaba que la persona que más la odiaba en el mundo estaría en la misma ciudad que ella.

—Estoy bien —mintió, y por la expresión sombría de su hermano intuyó que las cosas no serían nada fáciles para ninguno de los dos.

Emma caminó a la luz del quinqué envuelta en un metódico silencio. El camisón se le pegaba a la piel sudada y, pese al aire fresco que entraba por la ventana, sentía un calor latente en un rincón oculto de sí misma. Eran las pesadillas. La aturdía la culpa en medio de una niebla en la que se asomaban las lápidas desnudas, un sentimiento que desde hacía días no conseguía reprimir. Emma apreciaba las polillas sobre ella. Diminutas garras se afincaban en su piel mientras sus ojos atisbaban un borrón sobre la tumba: el nombre de su madre.

Pero las pesadillas se deshilachaban y, al final, la cordura se imponía. Olvidaba al errante, olvidaba a su madre y se alejaba de aquellas noches frías encerrada en el internado. Despertaba con los dientes castañeándole y un dolor agudo en el corazón.

Entonces llegaban los ruidos. El correteo de las ratas en el piso de arriba, el zumbido de los mosquitos y, por supuesto, un eco tenso que se producía con el crujido de las tablas.

Dante había ahogado un gruñido y Emma sintió un pinchazo en la cabeza cuando abrió los ojos. Se incorporó en medio de la noche y arrugó los labios en cuanto el murmullo de una voz le inundó los oídos. Era un susurro suave y femenino, demasiado ligero como para proceder de alguna conversación.

Cruzó el pasillo hasta la escalera y examinó su sombra contra el papel color crema. Los bordes se extendían y se amplificaban creando un efecto borroso. Como si el mundo titilase bajo los destellos pardos de la lamparita.

El crujido de la madera la alertó.

Emma se apartó hasta las cortinas y se ocultó como pudo antes de apagar la luz del quinqué. Se hundió en la oscuridad de la casa y percibió el quejido de unos pasos. Los pies resonaron en las escaleras y, a los pocos segundos, la figura robusta de la tía Lucy se desdibujó en la zona a la que ella no tenía permitido el acceso.

Contuvo el aliento y la vio subir envuelta en un chal. Sostenía una caja en una mano y en la otra una llave oxidada. Incluso envuelta en las sombras de la madrugada, Emma distinguió la imponente firmeza en sus ojos, la voluntad en sus pasos acelerados al perderse en las entrañas del ático.

Aquella se había convertido en su rutina. Emma se levantaba en medio de la madrugada y veía como su tía subía hasta la zona prohibida de la casa. Siempre lo hacía cobijada por las sombras.

¿Por qué a ella no la dejaban subir? ¿Qué se ocultaba allí? El corazón se le tambaleaba ante estas preguntas y no podía evitar construir teorías al respecto. Tal vez allí estaban las antiguas pertenencias de su madre. Recuerdos de una mujer olvidada. Quizá las respuestas a todas sus preguntas yacían en ese lugar al que no la dejaban entrar.

Ese pensamiento proliferaba por el borde de su mente con demasiada frecuencia.

No, no puedo desobedecer a Eliot, se dijo, y decidió que lo mejor era volver a su habitación. El frío caló en sus huesos y Emma se abrazó las costillas mientras un escalofrío le bajaba por la espalda. No podía dejar de tiritar pese a que todas las ventanas se encontraban cerradas. Estaba a punto de salir de su escondite cuando una puerta se abrió de golpe y Gray abandonó su estancia. Iba bien vestido con el pelo hacia atrás y un abrigo de paño sobre los hombros. Desde su escondite, vio cómo Gray cerraba la puerta de su habitación con cuidado mientras miraba a ambos lados del pasillo. *No quiere que nadie lo vea*, comprendió perpleja, y se fijó en la expresión sombría de su rostro al desaparecer por las escaleras.

Así que no era ella la única que tenía escapadas nocturnas. Tanto su tía como el mismo Gray se escabullían en medio de las sombras. Una parte de Emma quiso saber qué escondían, deseaba seguirlo, descubrir el secreto que con tanto ahínco guardaba. Pero no sería justo, no cuando ella también ocultaba trozos de sí misma.

Contuvo la respiración un segundo y tomó el quinqué para encerrarse en su habitación.

Al día siguiente cuando el reloj marcó la hora del almuerzo, Emma se echó sobre la cama dispuesta a ignorar al espíritu que vagaba por la planta baja de la casa. Cogió el bloc de dibujo y sacó los lápices para empezar a garabatear con fuerza sobre el papel. Llevaba dos días haciendo el mismo boceto, la estatua de mármol del cementerio parecía grabada a fuego tras sus párpados. Dibujar le daba paz, sentía una conexión especial con el pasado, con esos recuerdos que se le escapaban y que ella luchaba por conservar. Había dejado pasar tres ocasiones para preguntarle a su hermano por la tumba. Sentía las palabras retumbando dentro de ella. Cuando Eliot le dedicaba una pizca de atención, Emma intentaba sacar el tema, pero su hermano esquivaba cualquier mención hacia su madre. Apenas soltaba el nombre de Dulcinea, Eliot se tensaba y buscaba cualquier excusa para alejarse.

Deslizó el grafito nuevamente y un escalofrío le bajó por la espalda en cuanto se fijó en la figura silenciosa que reposaba en el alféizar.

—¿Cuánto tiempo llevas espiándome? —preguntó sin levantar los ojos.

—Dos minutos —admitió Caín, y Emma se encogió bajo el peso de la respuesta. Los últimos dos días el fantasma aparecía y desaparecía de la casa, y aunque su actitud taciturna y sarcástica a veces la irritaba, era agradable hablar con alguien—. Es muy aburrido verte dibujar.

Lo dijo en un tono lacónico que hizo que los dedos de Emma se quedaran quietos y solo entonces alzó la mirada hacia el chico. Caín lucía exactamente igual que la tarde que lo vio por primera vez en el cementerio: llevaba una gabardina granate de aspecto elegante que se derramaba sobre la silla que ocupaba. Una sombra de aburrimiento se cernía sobre su rostro acentuando la pose de hastío, que parecía bastante ensayada.

—Hace años que no conozco a nadie con quien pueda mantener una conversación digna de mi atención. Los espíritus del pueblo suelen ser muy aburridos y pocos son conscientes de su... situación, por lo que se afanan en repetir lo mismo una y otra vez.

—¿Cuánto tiempo llevas aquí?

—No lo recuerdo.

La voz arrastraba un deje de tristeza mal disimulado, como si le costase admitir esa verdad delante de ella.

Emma había conocido a muchos fantasmas sin recuerdos. Parecían ser víctimas de un trauma y sus casos eran tan puntuales como extraños. Resultaba difícil comprender qué motivo tenían para continuar en ese plano, por lo que ayudarlos a cruzar el velo era tremendamente complicado.

Por alguna razón, Emma notó ese tirón suave en el pecho. No el tipo de malestar que le producía un misterio por resolver, no. Era algo distinto, un sentido de fascinación por todas esas piezas sueltas que necesitaba encajar. Saboreando esa mezcla de emociones, se inclinó un poco hacia Caín e intentó dilucidar qué se ocultaba tras aquel rostro impávido.

—¿Qué recuerdas exactamente?

—Mi vida pasada está emborronada. Es como si mi memoria hubiese perdido los fragmentos más importantes. —Se encogió de hombros y Emma notó una profunda ausencia en sus ojos.

A veces había querido perder algunos de sus recuerdos. Especialmente los que estaban relacionados con sus últimos años en el internado.

Ese razonamiento arrojó un destello de angustia y Emma recordó la conversación con su hermano la tarde anterior, la mención a los Foster. Se pasó una mano por el rostro y se permitió abrazar la preocupación que le producía aquella familia, la amenaza implícita en la advertencia de Eliot. De hecho, sentía tanta ansiedad por ese asunto que casi no se había permitido pensar en Gray abandonando su habitación a hurtadillas, ni en su tía subiendo hasta el ático en silencio.

Sintió un intenso rubor en las mejillas al ser consciente de los secretos que pululaban en la casa. Las mentiras que aguardaban en las esquinas.

—No recuerdo nada de mi pasado —continuó Caín—. Sé que tocaba la flauta, me gustaban los dulces y nadar en el río.

Cerró el bloc de dibujo y paladeó el silencio.

—Es que pensé que, si llevabas tiempo en el pueblo, tal vez recordarías algo de cuando mi madre vivió aquí.

La interrogante se le escapó de los labios incluso antes de que llegase a pensar en ello.

—Dijiste que para protegerme de los espíritus debía llevar plata. —Una sonrisa triste se deslizó por los labios de Caín—. ¿Cómo lo sabes? ¿Cómo puedo tener la certeza de que no encontraré nada peor que el errante?

El fantasma se inclinó un poco sobre la cama y Dante ladró al percibir el cambio en el aire.

—¿No sabes nada de nada? ¿De los errantes? ¿De las sombras en tu realidad? —Emma se encogió de hombros y esperó con los nervios agazapados en la garganta. Hasta hacía unos días creía conocer lo necesario sobre el velo, pero el encuentro con aquella criatura le había roto los esquemas—. Hay espíritus anclados a este plano porque no están preparados para irse. Otros que están vinculados a objetos o lugares, como si se tratara de una maldición. También los hay con fuerza suficiente como para que incluso los que no tienen vista puedan percibirlos.

—Poltergeist.

—Exacto. Esos son peligrosos, especialmente para la gente como tú.

Emma tragó saliva y el estómago le dio un vuelco. Había estado cerca de uno y no quería volver a experimentar nada parecido.

—Y luego los errantes. Son escasos, pero existen, y son criaturas poco racionales. El del cementerio era antiguo.

—¿Es peligroso?

—Tú misma lo has visto. —Miró hacia la ventana y se encogió de hombros.—. No creo que se haya ido, no suelen hacerlo. De hecho, es probable que esté ligada a este lugar. Y creo que de alguna forma te ha marcado.

Caín señaló la larga herida en su brazo y a Emma no le gustó como sonaba esa teoría.

—No puedo estar marcada...

—Los errantes se alimentan de carne —le espetó con seriedad—. Volverá, de eso puedes estar segura, ha probado tu sangre y eso será suficiente para que quiera terminar lo que empezó.

Emma meditó esa respuesta y se abrazó las rodillas. No sabía qué posibilidad le aterraba más. Un espíritu deseando consumir su carne o que Eliot fuese consciente del desastre en el que Emma estaba metida. La tía Lucy le había planteado la posibilidad de enviarla a un convento y ella tembló solo de pensar en esa opción.

—¿Sabes cómo podemos encontrar al errante? Tal vez podría arreglar este asunto sin que nadie se entere. Yo he ayudado a otros espíritus a cruzar al otro lado, quizá exista una forma de solucionar esto.

Caín alargó el silencio un par de minutos y al final se inclinó un poco hacia adelante.

—Tal vez, no es eso lo que me preocupa, no en realidad —respondió Caín, incorporándose sobre el codo izquierdo, atraído por aquella pregunta—. Podría ayudarte si tú me echas una mano, quiero recuperar mis recuerdos.

8
LIRA

—De manera que Morrigan nació en Edén, pero a los pocos años su familia se trasladó a Londres para estar cerca de la corte —continuó Eliot apoyado sobre la mesa. Sus dedos reposaban sobre una brújula oxidada mientras leía un estudio reciente sobre Morrigan y su familia—. ¿Piensas que esa maldición fue algo de lo que se habló en vida o simplemente la idea surgió después de su muerte?

La pregunta quedó flotando en el aire mientras él volvía a revisar los documentos con el ceño fruncido. Lira bebió un sorbo de su taza de café antes de observar el gesto contrariado de Gray. El secretario estaba apoyado en el extremo contrario de la mesa, fumaba de su pipa mientras seguía la conversación sin intervenir.

—Cuando Leroux murió y ella se volvió una mujer huraña, empezaron a circular rumores sobre una extraña aflicción. La corte le dio la espalda a los Clifford por las decisiones que había tomado Morrigan, por lo que el odio era mutuo. Su familia nunca le perdonó su caída en desgracia —replicó, cansada—. No fue hasta que se recluyó en Edén y juró vengarse de toda su familia, que esas historias empezaron a hablar de un pacto con el demonio, de una maldición.

—¿Siempre eres tan terca?

Ella lo miró desde la esquina de la mesa con un gesto de cierta irritación.

—Tengo pruebas que avalan mi teoría —espetó, y vio cómo Eliot se reclinaba en su silla como si no creyese en ella. Era una prueba, y desde el punto de vista empírico podía comprender la reticencia de él para creer en esas leyendas abstractas y la necesidad por apegarse a los datos contrastados—. Mi trabajo no consiste solo en encontrar la tumba. He estudiado su vida desde cualquier perspectiva con la intención de comprender quién era realmente Morrigan.

—Conocer al dedillo sus datos no nos acerca a la tumba —susurró con ese rastro de superioridad que irritaba profundamente su ánimo—. Aprecio la recopilación de los archivos históricos que nos han traído hasta aquí, pero ahora mismo confío en la búsqueda de esos indicios físicos en el cementerio. Todo mi equipo está identificando las inscripciones en las lápidas, además de los análisis a la tierra.

Una sensación de ardor le trepó por el rostro y Lira tuvo que tragarse la indignación.

—Estoy hablando de esa maldición y de cómo podría haber afectado la forma en la que Morrigan fue enterrada —espetó con la voz doblada por la rabia—. Y para ello no puedes ignorar el asunto de su familia.

—Pero nunca llegó a vengarse de ellos, ¿no? —añadió Eliot, y sus ojos brillaron bajo la luz dorada que a esa hora de la tarde bañaba el mausoleo.

—No tenemos pruebas al respecto, es verdad —susurró Lira con los nervios atizados al fondo de la garganta—. Aunque una de sus doncellas escribió esto en su diario.

Extendió la libreta gastada y Eliot sostuvo el papel amarillento mientras sus ojos devoraban las líneas.

DÍA 145

Hoy nos ha llegado una misiva funesta. Era un aviso de esos que sacude los cimientos del mundo, y aunque mi señora ha encajado la noticia con absoluta entereza, todo nos sentimos abatidos por esta.

Nos hemos enterado de que anoche se produjo un lamentable incendio en el caserón familiar de los Clifford. Según informaba la carta, toda la propiedad fue consumida por las llamas y nadie sobrevivió al fuego. Los testigos aseguran que las llamas lo consumieron todo y nada fue capaz de apagar los gritos de la familia, que había quedado encerrada en su interior.

En la casa nos hemos entristecido mucho por el suceso. Mi señora había cortado la relación familiar y en ocasiones transmitió sus deseos de venganza por lo ocurrido con el señor Leroux, pero incluso en ese silencio con el que abordó la noticia, pudimos ver una sombra inquieta. Quizá sea esa actitud distante y taciturna, sus escapadas nocturnas o esos presagios de los que habla solo con el ama de llaves.

Me preocupa que todos nuestros esfuerzos no sean capaces de atarla a este mundo y que esa maldición que ronda dentro de su cabeza se la lleve. Es culpa de ese objeto. Le dijimos que se deshiciera de él, que no podía ser bueno para ella. Tenerlo cerca solo atraía la desgracia. Cada vez que estoy en su presencia tengo la sensación de que acabaremos condenados por sus deseos y por ese juego macabro con las fuerzas de…

A partir de allí, las letras se hallaban emborronadas por la humedad y no se alcanzaba a descifrar nada relevante o útil para su trabajo. Eliot levantó los ojos y la miró con un brillo de entusiasmo.

—¿Piensas que ella tuvo algo que ver? ¿Significa algo para mi trabajo?

Lira dejó la taza sobre la mesa y le hizo un gesto a Eliot para que le devolviera el cuaderno.

—Sé que suena muy místico, pero la mención a ese objeto y el miedo que suscitaba entre sus criados es una pieza clave. El padre de Morrigan dedicó una parte de su vida a coleccionar reliquias y al morir fue ella quien heredó toda la fortuna de los Clifford. Esos tesoros yacen en la tumba, quizá alguna inscripción en las lápidas podría darnos una pista. Al Museo debería interesarle la leyenda, la historia, y no solo el tesoro. A menos que seáis unos simples saqueadores.

La frase lo desestabilizó.

—¿Hay alguna mención más específica sobre ese asunto? ¿Hacia ese objeto o qué significó? —preguntó Gray de pronto.

—Esa es una teoría poco probable —contravino ella, pensativa—. Ten en cuenta que, a partir de entonces, todo el círculo de Morrigan empezó a morir. Criadas, gente del pueblo, sus cuñadas. Esto alimentó esa idea colectiva de que estaba maldita y que todo lo que la rodeaba también.

Por primera vez, Lira entrevió un entusiasmo en el rostro de Eliot y no supo cómo sentirse al respecto. Era alentador percibir su interés, sí, pero no dejaba de alimentar el recelo que le producía entregarle una parte de su investigación y escuchar las dudas con las que cuestionaba algunas de sus teorías.

—De acuerdo —asintió él arrancándola de su ensimismamiento—. Tenemos como base de partida todo esto y, aunque el asunto es interesante, no nos ha acercado mucho más a descubrir dónde está la tumba.

Gray tomó aquella frase como el aviso de que la jornada finalizaba, y sin añadir nada se puso en pie mientras Eliot lo imitaba y recogía las cartas y los mapas desplegados sobre la mesa. Se alisó el chaleco sobre la camisa blanca y las mangas se le tensaron alrededor de los brazos fuertes; una imagen que ella disfrutó, aunque jamás llegaría a admitirlo.

Sacudió ese confuso pensamiento y tomó sus libretas antes de seguirlos. Acto seguido abandonaron el mausoleo que habían acondicionado para su trabajo.

—Voy a estudiar los nuevos archivos que me ha mandado el Museo —musitó Eliot—. Algunos son densos, pero pueden ser un precedente para determinar la antigüedad de los mausoleos al norte del cementerio.

Lira cruzó los brazos y se movió a su lado hasta la salida. Cuando se disponían a abandonar el cementerio oyeron una sarta de gritos y maldiciones al otro lado del camposanto. Eliot se detuvo en el acto e intercambió una mirada tensa con ella y Gray. Tuvieron que volver sobre sus pasos y seguir el bullicio rodeando la zona sur para descubrir qué ocurría.

—¡Roy! —exclamó Gray con la voz empapada de preocupación. Corrió hacia los trabajadores y Lira contempló la escena con un rastro de angustia. Uno de los panteones más antiguos se había derrumbado y un trabajador yacía en el suelo con una herida en la cabeza—. ¿Qué ha pasado?

El chico que respondía a ese nombre lo miró con cara de pena:

—No sabemos muy bien qué ha ocurrido —explicó con la respiración acelerada, y Lira se fijó en el grupo que atendía al hombre en medio de una discusión acalorada—. Estábamos delimitando este perímetro y estudiando el suelo cuando la estructura ha empezado a tambalearse sin motivo aparente.

—¿Hay más heridos? —preguntó Eliot, y varios hombres se volvieron hacia él con la rabia marcándoles las facciones.

—La gente del pueblo tiene razón —gritó un cuarentón con el rostro empapado de sudor—. Este lugar está maldito. Jamás, en todos mis años excavando, he visto nada similar. Simplemente se vino abajo y una nube de polvo y polillas lo envolvió todo.

—Ha sido un accidente —intentó tranquilizarlo Eliot, pero el resto de hombres bramaban indignados.

—Estas condiciones no son normales.

—Calma, por favor —pidió Roy, y les rogó a Eliot y a ella que lo siguieran hasta la parte lateral del panteón—. No quiero avivar esa discusión, pero en algo tienen razón. Mirad esto.

Señaló un montón de huesos a los que se adherían larvas pálidas y trazos de carne deshecha. Lira se cubrió la boca con la mano y, con una punzada violenta en el pecho, estudió los restos menos descompuestos.

—Pero es que, además, hemos recibido una carta, una advertencia.

Lira vio la hoja de papel en las manos del chico.

—¿Qué dice? —inquirió Eliot, contrariado.

—Que dejemos descansar a los muertos si no queremos acabar entre ellos.

9
ELIOT

Cuando Eliot dejó la excavación, se fue a casa directamente. Había pensado en tomar una cena ligera, encerrarse en el despacho con un vaso de whisky bien cargado y leerse de nuevo todos los archivos que su padre le había enviado. Una caja repleta de documentos facilitados por la Academia de Historia cuyos libros eran un compendio de biografías desfasadas y aburridas.

Apartó uno con desidia y se concentró en otros archivos de mayor interés. Una punzada de horror le sobrevino al recordar el altercado y la nueva amenaza que ponía en tela de juicio su trabajo. Lira tenía razón en una cosa: al Museo le interesaba la historia de Morrigan por el simple hecho de que la investigación era un trámite para satisfacer a los inversores, que esperaban los objetos que la mujer se había llevado a la tumba. Eran como mercenarios amparados en ese interés y esnobismo que su padre odiaba, y que él mismo fomentaba con su participación.

Tal y como se imaginaba ella, la historia era un aspecto secundario. A Eliot le llevó un buen rato quitarse de la cabeza los pensamientos que lo arrastraban de regreso a Lira, a esos pantalones que lucía con descaro y la mueca de insatisfacción de su rostro.

Cansado, miró la libreta sobre el escritorio y recordó que su carrera pendía de un hilo. La investigación era importante, por supuesto, pero todos esos datos y el contexto histórico de Morrigan no valía de nada si no encontraba la tumba. Sacudió la cabeza y resopló. La presión lo mantenía al borde de los nervios. Dormía mal y sentía un tirante vacío cada vez que estaba dentro de la casa.

Al menos en ese despacho podía mantenerse aislado de los habitantes del pueblo, de Lira e incluso de su propia tía, cuyos esfuerzos por integrarlo a la vida social de Edén comenzaban a agotarlo. Con un suspiro, Eliot se acercó hasta la ventana y admiró la noche cerrada. Unos densos nubarrones mordían un cielo sin estrellas y se extendían como una tormenta cargada de electricidad, a punto de comenzar. Normalmente, a Eliot le gustaba el sonido de la lluvia rebotando contra el cristal. El olor a tierra húmeda despertaba un regusto agradable al fondo de su paladar y lo trasladaba a esas noches en calma cuando estudiaba en la biblioteca. Pero aquella noche sin luna se sentía extrañamente tenso. Quizá eran las escasas horas de sueño o las constantes cartas de su padre reclamándole un adelanto. Eliot no tenía tiempo para dudas y mucho menos para divagar entre su melancolía.

Esquivó la frustración y tomó uno de los archivos. Era un trabajo de investigación de un alumno de Cambridge. El documento parecía bastante íntegro y detallaba el árbol genealógico de Morrigan, abarcando cinco generaciones completas. No era el carácter divulgativo lo que le llamaba la atención; para ser un estudio de carrera le parecía bastante completo, salvo por las incongruencias respectivas a la muerte de Morrigan. Era un debate aireado en el que nadie se ponía de acuerdo, un detalle menor si consideraban que hacía tan solo unos años la leyenda de la mujer había empezado a recobrar su antigua relevancia.

Hasta hacía unos meses a él no le interesaba demasiado la investigación sobre Morrigan. Había algo fatídico en torno a esa leyenda que no atraía su interés, y pese a todo el trasfondo histórico, era cierto que a Eliot la tumba le importaba más por el tesoro que guardaba que por la figura de la duquesa maldita. Pero en los últimos días, se había producido un cambio en él. Acababa de descubrir esa historia oculta de una mujer incomprendida y quizá algo adelantada a su época. Y si había algo que a Eliot le gustaba, eran esas historias llenas de secretos y enigmas.

Sujetó el papel y leyó en silencio:

> Se dice que, en sus últimos días, Morrigan se encerró en su casa. Vivía dentro de una habitación a oscuras, sin comodidades ni lujos de ningún tipo, ni siquiera una cama. Era una mujer de alta cuna, cuyas riquezas le habían garantizado una vida rodeada de tesoros, y era bien sabido que la duquesa poseía un gusto particular por los objetos con historia. Joyas de reyes antiguos, tiaras malditas... Morrigan poseía una extensa colección de valor incalculable, por lo que esta actitud frugal era inesperada y preocupante.
>
> Los criados no solo documentaron este cambio, también hablaban de una disposición taciturna y distante. Además de una preocupante alteración en su dieta, puesto que Morrigan se negaba a beber agua y se alimentaba de carne cruda. Por las noches, los gritos eran tan horribles que nadie en la casa podía dormir y por la mañana su dama de compañía la encontraba con pequeñas calvas en la cabeza, heridas y arañazos en los brazos y piernas. Morrigan se sumía en unos letargos silenciosos, estados de vacío en los que nadie era capaz de hacerla hablar o interactuar.
>
> Resulta evidente que Morrigan sufría alguna especie de colapso nervioso, y aunque por desgracia no conservamos los diarios de sus médicos ni damas de compañía, se han encontrado cartas de su familia en las que se menciona la existencia de estos ataques nerviosos. Morrigan decía que veía a la muerte. Hablaba sola y lloraba con una pasión desgarradora que ahuyentaba a los criados de la casa cuando la veían pasear por el jardín descalza en medio de las noches.

El ladrido de un perro sobresaltó a Eliot y el cuaderno se le cayó al suelo. Eliot se restregó los ojos y con el corazón acelerado dejó a un lado la lectura. La casa estaba en silencio. El fuego de la chimenea se había extinguido y estaba a punto de remover las brasas cuando el eco de una puerta lo sobresaltó. Era un sonido inusual y demasiado brusco, casi violento, ¿quién podría estar despierto tan tarde? Tragó saliva y esperó a que el ruido de los pasos arrojase alguna evidencia, pero no escuchó más que el sonido aletargado de la lluvia y una vibración acústica que provenía del tejado de la casa.

Consultó el reloj y se dio cuenta de que ya había pasado la media noche, estaba tan enfrascado en la lectura que ni siquiera había sido consciente del tiempo. Bostezó y sacudió la cabeza. Decidido a conciliar el sueño, dejó el despacho y encontró el recibidor envuelto en sombras, el suelo salpicado de lluvia y el viento colándose desde el exterior, batiendo la puerta de la entrada con fuerza.

Le dio un vuelco el estómago en cuanto vio a Dante, el perro de su hermana, en el jardín, y casi sin pensar se arrojó hacia la lluvia.

—Dante, ven aquí —gritó, y el cavalier le dio la espalda para adentrarse en los arbustos.

Lo último que quería era que al perro le ocurriese algo malo. Por mucho que le molestasen los pelos en la alfombra, Dante era una criatura dócil y la única compañía constante en la vida de Emma. Se tragó el orgullo y se limpió la lluvia de los ojos antes de seguirlo. Tendría una conversación muy seria con Emma y le pediría que dejase las puertas cerradas para evitar ese tipo de situaciones.

No había terminado de llegar cuando se fijó en que Dante estaba cavando un hoyo. Sus patas rascaban la tierra con furia, pero no fue eso lo que lo horrorizó. Allí, bajo la tierra, un rostro le devolvió la mirada, una expresión humana cuyos ojos carecían de vida. Se le agarrotó la garganta y el corazón le trastabilló. Intentó gritar, pero sus labios no se movieron. Se quedó sin habla ante la imagen siniestra que tenía delante de sus ojos. Aturdido, finalmente notó las esquirlas del miedo en su pecho, retrocedió y tropezó con sus propios pies al verse a sí mismo dentro de una fosa. Una versión de él con los ojos abiertos, vacíos y la piel del cuello chamuscada.

Estaba muerto.

Una arcada le sobrevino y el corazón le retumbó cuando su versión muerta abrió los labios y una polilla negra salió volando.

—¡Eliot!

La voz lo sacudió con fuerza. Cayó sobre la alfombra y lo primero que vio fue una sonrisa lenta en el rostro de Gray.

—¿Qué ha pasado?

—Te quedaste dormido, bajé a por un té y vi la luz encendida.

—¿Dónde está Dante? —Por la expresión confundida de Gray adivinó que no entendía su exaltación.

—Supongo que en la habitación de Emma —repuso su amigo y frunció el ceño al ver como el pecho de Eliot subía y bajaba con violencia—. ¿Seguro que estás bien?

Eliot hizo un gesto afirmativo mientras recomponía la calma. Había sido un sueño, por supuesto. No se había visto a sí mismo muerto. Sin embargo, un crudo temor se extendió por su cuerpo en cuanto se percató de la tormenta en el exterior.

—Eliot, ¿necesitas algo? Te ves muy pálido y…

—No es nada —cortó con sequedad y se puso en pie con algo de dificultad. Le temblaban las piernas y el sudor frío le bajaba por la espalda—. Ha sido una pesadilla, me voy a la cama.

Gray no insistió más, le dio una palmadita amistosa en la espalda y Eliot agradeció la ausencia de preguntas. Había sido un sueño lúcido, demasiado real e inquietante, y aunque no quería darle demasiadas vueltas, una parte de sí mismo no dejaba de pensar que se trataba de un augurio.

La improvisada mesa que descansaba en el centro del mausoleo de piedra estaba abarrotada de papeles y cuadernos viejos. Cogió el bolígrafo negro y estampó su firma en un nuevo informe que requería de su máxima atención y al que no podía dedicarle ni dos minutos de lectura. Detestaba los trámites burocráticos que parecían consumir las horas del día y, aunque se consideraba organizado y metódico, añoraba los tiempos en los que deambulaba por el Museo y se perdía entre las historias que decoraban las salas de su lugar trabajo.

Eliot era un apasionado de las leyendas que escondían los objetos. El arte alimentaba su alma y quizá eso era lo que más disfrutaba de trabajar en el Museo. La posibilidad de un nuevo descubrimiento.

Por desgracia, la excavación estaba resultando una tortura para la ansiedad que con frecuencia le costaba dominar. Los últimos dos días se había visto en la obligación de rendir cuentas no solo a su padre, sino también a la gente del pueblo, a los periodistas y, por supuesto, al capataz. Era una coincidencia molesta que su llegada se viese marcada por un asesinato, eso por no mencionar el accidente y la amenaza. Tenía claro que no sería sencillo abordar la excavación con todos los prejuicios que conllevaba saquear un cementerio. Pero hacerlo en un pueblo que lo había visto crecer y conocía sus secretos familiares ayudaba muy poco.

Eliot frunció el ceño y se abrió un poco la camisa. Desde su llegada a Edén, se esforzaba por esquivar los recuerdos adheridos a la casa, al cementerio y, en ocasiones, a la gente de allí. A veces sentía que cuando lo miraban, solo veían a su madre, a León o incluso a Arthur.

León.

Edén estaba despertando unos recuerdos enterrados, un pasado que no deseaba despertar y que en aquel pueblo parecía volver a por él.

Se mordió el labio inferior y contuvo aquellos pensamientos. Por eso no quería volver a Edén. Allí se sentía expuesto. Sentía sus miedos como una segunda piel, el nudo en el estómago y el silencio pesado que se hacía cada vez que llegaba a un lugar. Todos veían algo oscuro en él, algo que intentaba socavar a base de trabajo y esfuerzo.

La tía Lucy tiene razón, se dijo. *Una fiesta de bienvenida es una tregua. Una en la que puedo ceder a las conversaciones y mostrarme amable, si con ello consigo esquivar el desdén con el que me ven.*

Suspiró agotado y se encontró solo en medio de aquel lugar. Era la primera vez en meses que tenía espacio para aquellos pensamientos. En Londres los mitigaba, los ocultaba en medio de las rutinas propias de la ciudad, reuniones, trabajo hasta la madrugada. Pero allí no resultaba tan sencillo.

Al menos llevaban tres mausoleos descartados y teniendo en cuenta lo grande que era High Gate, resultaba un avance pequeño, pero un avance, a fin de cuentas.

Frustrado, se pasó una mano por los ojos y dio un sorbo a la taza de café que yacía sobre la mesa. Se había enfriado y no le importaba. Solo necesitaba un estimulante que le ayudara a despejar el agotamiento de sus párpados mientras revisaba los nuevos apuntes que le había dejado Lira.

—Eliot.

La voz de Gray lo sobresaltó.

—Hay algo que tienes que ver.

—Por favor, dime que no tiene nada que ver con otro muerto o desaparecido —pidió mientras dejaba su libreta en la mesa y se apretaba el puente de la nariz. El pulso se le aceleró al instante—. ¿Han conseguido abrir los mausoleos que están tapiados?

Gray negó con la cabeza y apartó un par de picos olvidados sobre una carretilla vieja. A un lado, yacían varias bolsas selladas, bien dispuestas y organizadas, con hallazgos por documentar.

Eliot tomó una y estudió la roca rojiza que rodeaba un diminuto pendiente de plata. No era un objeto digno de su atención, salvo por los zafiros incrustados y una inscripción antigua escrita en otra lengua.

—¿Es esto lo que me quieres mostrar?

—Eso es evidencia que Lira clasificó de un siglo antes de Morrigan. No tiene nada que ver con lo que…

Pero Eliot dejó de escucharlo y continuó estudiando los hallazgos.

—Han saqueado un par de tumbas.

La frase lo sacudió.

La mandíbula de Eliot crujió.

—¿Qué tumbas eran?

—Muy antiguas, están casi al margen del cementerio y no sabemos a quién pertenecieron.

—¿Lo sabe alguien más?

Los labios de Gray se tensaron en una línea recta.

—El capataz —admitió, y con la mano se apartó un mechón oscuro de la frente—. He visto como mandaba a uno de sus hombres a la comisaría para enviar un telegrama al Museo, y están registrando los límites autorizados por el Gobierno. No tiene buena pinta.

Por supuesto que no la tenía. Que hubiesen burlado la seguridad del cementerio, dejaba en clara evidencia la más que mediocre gestión de Eliot. Era la primera vez que organizaba y dirigía una excavación y su padre esperaba una correcta administración de los recursos.

—¿Dónde están?

—El capataz está fuera hablando con la paleógrafa. Lira…

Al escuchar el nombre, Eliot se mordió el labio, se aflojó la corbata y se movió con una velocidad pasmosa que impidió que Gray pudiese terminar la frase.

Eliot caminó entre las tumbas desnudas y el silencio que se

respiraba en High Gate, y al final del camino situado a la derecha, contempló el contorno de un grupo de personas. Los nervios hervían dentro de él por lo que tardó un segundo en reconocer a Lira, con el cuello en alto y el cabello corto alrededor de su rostro. Tenía los brazos cruzados sobre el pecho mientras asentía en silencio, los ojos abiertos y un ligero mohín entre los labios. Pero no era solo aquello lo que la hacía destacar del resto. Lira llevaba unos pantalones caqui demasiado ceñidos y una blusa blanca que dejaba muy poco a la imaginación, una que por desgracia conocía casi de memoria y que evocaba en sus más cruentas pesadillas.

—Eliot. —Lira fue la primera en reparar en su presencia, sus pestañas aletearon con fuerza y él se fijó en el lunar junto a sus labios redondos—. Supongo que Gray ya te habrá puesto al día.

Al instante, el capataz se quitó el sombrero sin relajar la postura rígida que mantenía. Sus mejillas enrojecidas eran el indicio de una discusión acalorada y Eliot se preguntó qué podría haberlo puesto tan nervioso.

—Siento mucho todo el revuelo, me llamaron hace un par de horas y la señora se prestó para prestar declaración. —Lira asintió y le dio las gracias. El hombre no se quedó quieto, se movió hasta Eliot y esbozó una sonrisa cansada, marcada por la profunda animadversión que le provocaba estar tan cerca de él.

Nunca olvidará lo que pasó, comprendió Eliot y entrecerró los ojos con suspicacia.

—Doblaré la vigilancia por las noches —musitó Eliot—. No voy a permitir que nadie entre en el cementerio.

Lira se apresuró a sacar las manos de los bolsillos del pantalón y señaló las tumbas vacías. Un sudario descansaba entre la tierra húmeda y diminutas gotas de sangre salpicaban un trozo de tela mugrienta.

—No creo que deba preocuparse demasiado por ello —oyó decir al capataz—. Hemos arrestado a alguien.

—¿Tienen al responsable? —titubeó, y el capataz movió la cabeza con firmeza.

—Un hombre de unos sesenta años —explicó el capataz sacando un cigarrillo del bolsillo. Sus dedos callosos lo encendieron—. No tiene identificación, pero solo con verlo nos hacemos una idea de qué persona es. Probablemente se ha escapado de un sanatorio mental, o simplemente es un borracho incauto que vagaba por el pueblo.

Eliot se echó hacia atrás y miró las fosas vacías mientras el capataz continuaba hablando.

—Está en la comisaría.

—Estaba desnudo —aclaró Gray—. Cubierto de sangre y rascaba la tierra. Escarbaba con sus propias manos y no decía nada coherente.

Una exclamación indignada se abrió paso en los labios de Lira. Levantó los ojos hacia él y atisbó la misma preocupación. No era extraño que las excavaciones atrajesen a ladrones, pero estos solían rebuscar piezas de valor en las cuadriculas marcadas por estacas, y esta era una zona que ni siquiera entraba en sus mapas.

Un trastornado saqueando tumbas, pensó. Aquello no encajaba del todo.

—Si está loco… —dudó. No le gustaba el sonido de esa palabra en sus labios. Cargaba el estigma social de los incomprendidos y él, de primera mano, sabía lo dañino que resultaba—. ¿Cómo es posible que se llevara los cuerpos? ¿Dónde están?

—No creo que actuase solo —replicó el capataz dando una calada al cigarrillo. Sus ojos huraños, demasiado pequeños, lo estudiaban con una sombra de recelo—. De momento lo tenemos en la comisaría.

A Eliot no le costó mucho fijarse en la lápida desgastada y en una moneda dorada que yacía medio enterrada en ese mismo punto. Se agachó y tomó el pañuelo de su bolsillo para extraer con delicadeza el objeto.

—Esto…

—Podría ser del siglo XII —exclamó Lira acercándose hasta él y examinando con cierta fascinación la moneda a la luz del sol. Eliot detectó el brillo en sus ojos y supo que habían encontrado algo—. Guardadla bien, me encargaré de analizarla luego.

Se giró de pronto hacia el capataz y dijo:

—Me gustaría hablar con ese hombre.

El capataz pareció sorprenderse, aunque lo disimuló dando otra calada al cigarrillo.

—Es absurdo, ya os he dicho que está fuera de sus cabales.

Lira insistió y Eliot comprendió que la movía una intuición que tal vez necesitaban seguir.

—Le aseguro, señorita, que no sacará nada útil de ese hombre —prometió el capataz.

El edificio de la comisaría se encontraba en el centro del pueblo y era una de esas estructuras viejas y fantasmales que apenas sobrevivían al paso del tiempo. Las paredes decoradas por capiteles blancos se hallaban adornadas por un par de cuadros del rey en los que se lo veía formal y casi glorioso, una imagen que distaba mucho de la que Eliot tenía en su cabeza.

La mera idea de hablar con un ladrón de escasa cordura le provocaba una inquietud irracional, quizá incitada por un atisbo de la ansiedad arraigada entre aquellas paredes o por un fantasma de su propio miedo. Por eso, Eliot ignoró el resto de la edificación y apreció el contorno elegante de Lira, que caminaba junto al capataz. Las manos a la espalda y el rostro delicado en alto, con una sonrisa amable, cauta. En todo el camino le había dedicado un par de miradas afligidas que él no comprendía. Ese era el talento especial de aquella mujer, llenar el aire de significado, como si él pudiese interpretar sus silencios. Una habilidad que lo ponía siempre de los nervios y en la que no podía permitirse pensar demasiado si pretendía encontrar las respuestas al asunto que se traían entre las manos.

—Resulta vagamente sospechoso que todo esto ocurra justo cuando no somos capaces de acceder a las cámaras inferiores de los mausoleos más antiguos —susurró Lira a su lado y Eliot no pudo quitarle la razón. Continuó caminando y ella lo estudió con los ojos entrecerrados. Los últimos dos días habían intentado acceder a esa zona del cementerio, pero las puertas estaban tapiadas desde adentro, algo poco usual—. Algo no me huele bien en este asunto.

Él no respondió porque justo en ese instante llegaron a una sala abovedada en la que las luces alargaban las sombras sobre el suelo de parqué. Al fondo, una celda amplia y alejada recluía a un hombre que yacía en el camastro con el rostro enterrado en las rodillas. De la cabeza sucia le colgaban varios mechones de pelo enmarañado sobre la frente amplia, cubierta por una gruesa capa de grasa.

—Aquí está —dijo el capataz al tiempo que sacaba un manojo de llaves e introducía una en la puerta, que se abrió bajo un chirrido mecánico que no arrancó ningún movimiento en el reo—. Tenéis diez minutos. Mis hombres esperarán en las escaleras.

Lira suspiró y entró a la celda. En cuanto escuchó los pasos perdiéndose, se animó a aproximarse hasta el individuo mientras le hacía un gesto a Eliot para que se mantuviera cerca.

—Disculpe, señor —empezó a decir Lira. Alargó una mano para sacudir el hombro del preso, pero no se atrevió a tocarlo, una inspiración profunda, angustiada, escapó de los labios del hombre y Eliot fue consciente del hedor pestilente que emanaba desde el catre—. Nos gustaría hacerle un par de preguntas, sabemos que lo encontraron en el cementerio y queríamos hablar con usted.

El reo no se movió y Lira cambió el peso de una pierna a la otra.

—¿Qué hacía en ese lugar? ¿Se llevó algo de allí?

La pregunta colgó entre los tres. El hombre abrió los ojos de golpe y se reclinó hacia atrás en el camastro, sin despegar los labios, mientras hacia un gesto violento con las manos y se sujetaba la cabeza.

—Solo queremos una repuesta, después lo dejaremos en paz —continuó Lira y algo frío destelló en la mirada del reo.

A Eliot se le erizó el vello de la nuca y sus ojos cayeron sobre las marcas alargadas que le cruzaban las muñecas y ascendían hasta los codos. Heridas cicatrizadas de una vida en guerra, unas lesiones que Eliot sentía que había visto antes, solo que no podía recordar dónde. Carraspeó suavemente y atrajo la atención de Lira.

—Creo que no vamos a sacar nada —susurró ella, pero cuando estaba a punto de dar media vuelta el hombre rompió el silencio y le sujetó la muñeca con fuerza. Lira apenas reaccionó—. Me está lastimando.

Hacía unos minutos, no había sido capaz de contemplar el rostro de aquel hombre, tenía la piel manchada de hollín y el pelo grasiento le caía sobre los hombros ocultando las facciones hoscas. Pero bajo aquel horror, había algo, una expresión conocida, unos ojos vidriosos que Eliot recordaba de otra vida.

Algo en el aire vibró con fuerza agitando el cuerpo del hombre, que tembló sobre la cama con un gesto de dolor. Se le doblaron las muñecas y los ojos se le convirtieron en dos rendijas pálidas mientras un susurro débil se le escapaba de entre los dientes. A Eliot le bajó un escalofrío por la espalda, el sudor le empapó la camisa y apenas tuvo tiempo de sujetar el brazo de Lira y apartarla hacia la reja.

—Ella es el heraldo de la muerte… salid de la casa. Lo ve todo. Lo siente. —Tomó a Eliot por los hombros y lo sacudió con fuerza—. Volverá a por ti… la maldición ha regresado.

La última palabra se ahogó bajó un gemido de horror. Un sonido líquido, feroz, irrumpió en su cabeza como un disparo en medio de la noche.

El hombre lo soltó y se hundió en el camastro ocultando el rostro en la almohada sucia, mientras una sarta de frases ininteligibles se le escapaban de los labios.

Eliot se apartó de golpe y el corazón trastabilló amenazando con romperle las costillas. Necesitaba salir de allí, necesitaba alejarse de ese lugar. Lira dudó mientras él se acercaba los barrotes y llamaba a los policías.

—¿Qué le habéis dicho? —preguntó el capataz en cuanto se fijó en el estado del reo.

—Ni siquiera hemos cruzado dos palabras con él —replicó Lira—. Simplemente se puso a dar chillidos.

Eliot deseó poder borrar de su mente la desesperación que había sentido en la voz del hombre, una trágica verdad en sus palabras, un presagio de muerte. Miró a los ojos del capataz y una burla brilló en su rostro redondo.

—Os dije que no conseguiríais nada —apuntó O'Brien mientras sacaba una pipa de su chaqueta y se la ponía en la boca—. Ya podéis iros.

—Vamos —dijo Lira y él la siguió, poco consciente del dolor frío que le nublaba la razón, de esa presión aplastante entre las costillas.

El olor a cerrado, a moho, lo acompañó incluso cuando salió de la comisaría y se alejó a grandes zancadas hasta la carretera vacía. Fuera del edificio hacía incluso más frío que dentro de aquellos muros pálidos en los que todavía podían escucharse los gritos atormentados del hombre. Esos chillidos se le clavaron en los oídos y supo que tardaría mucho en olvidar el sonido rasgado de esa voz, la advertencia funesta y la sensación de horror en los labios rotos.

Eliot era muy consciente del mundo girando bajo sus pies, de los latidos violentos de su corazón, de la sangre desbocada bombeando dentro de sus venas. Se estaba muriendo. Apenas podía llenar los pulmones de aire, pero este no lo aliviaba. Algo se esforzaba por destrozarlo desde dentro. El propio ritmo violento dentro de su pecho luchaba por partirle las costillas.

Algo malo pasaba, algo horrible.

Eliot había visto un eco del pasado. Un fantasma del día en el que su vida se había convertido en un destello gris, en una realidad apagada.

León, pensó. Toda su vida sería la sombra de León, de sus acciones, de lo que había ocurrido.

Apretó las manos con fuerza contra las rodillas y recordó que la noche que había muerto León, también lo hizo una parte de sí mismo.

Dejó que sus pies se hundieran en el suelo. Las manos de Lira lo aferraron por los hombros. Se acercó y le sujetó la mano, se la apretó y el tacto tibio de sus dedos, de su piel, le recordó que seguía vivo. Lo mantuvo atado al mundo. Esos ojos oscuros, la redondez de sus labios, todo le gritaba para que se quedara allí.

Apretó las manos con fuerza y se las sacudió contra las perneras del pantalón mientras el rostro de León volvía a ocultarse en ese rincón apartado de sus recuerdos. Un espacio creado para contener ese dolor. Algo extraño, porque Eliot no cedía a ese miedo delante de nadie, nunca había permitido tener testigos de uno de sus ataques de pánico.

Pero Lira estaba allí, consciente de su debilidad y sus manos rodeándole las muñecas lo devolvían a la realidad.

—Respira, suelta el aire por la boca —dijo ella con suavidad y a él le extrañó que pudiese hablar con semejante tranquilidad. No se había dado cuenta de que Lira lo miraba con preocupación, con una pizca de lástima.

Eliot obedeció. Notaba la bilis en el fondo de la garganta, los músculos laxos y la consciencia agitada. Le avergonzaba exponerse delante de aquella mujer que desde su llegada a la excavación solo juzgaba sus decisiones. Pero si Lira sentía la necesidad de burlarse de él, no dio muestras de ello, algo que le preocupaba incluso más que escuchar la mofa en sus palabras, porque significaba ser digno de su lástima. Un sentimiento detestable que no ansiaba despertar en nadie.

Le hizo un gesto con la mano y se alejó tanto como pudo.

—Déjame, vete de aquí —pidió en un intento por ocultar el rostro, y Lira apretó los dedos sobre sus manos impidiéndole escapar de su vergüenza. Hubiese sido fácil que lo dejara allí, que se marchara convencida de lo débil que era Eliot Monroe. Al menos así él habría podido fingir, tomar su orgullo y recomponerlo.

Pero en ese momento, se veía incapaz de interpretar el papel. No podía levantar el mentón y esbozar esa capa de indiferencia que con tanta facilidad esgrimía su padre.

—No te voy a abandonar, no pasa nada. Todo está bien.

Pero no lo estaba.

Le llevó una eternidad recuperar la tranquilidad y solo cuando pareció que no vomitaría, se puso en pie y ajustó la chaqueta como si el episodio hubiese sido un simple sueño, una pesadilla. Solo que no lo había sido. Y lo cierto era que Eliot estaba profundamente avergonzado. Sentía los ojos de Lira sobre su rostro, el calor de sus dedos había dejado una huella sobre la piel y ahora apreciaba un ligero hormigueo ante la ausencia de ella.

—Lo siento —dijo con la voz rasposa cuando la niebla de su cabeza se disipó—. No era mi intención que vieras esto, de verdad que…

—No volveremos a hablar de lo que ha ocurrido si es lo que quieres, no es necesario —prometió ella, pero Eliot no creía que fuese justo. Arrugó la boca en un gesto reticente. La distancia que los separaba dolía. Acababa de verlo en un estado deplorable y la inquietud vaporosa persistía como una sensación punzante dentro de los huesos. No quería fingir que aquello no había pasado.

—Ese hombre, el de la celda —observó con la voz seca—. Lo conozco.

Lira tuvo la decencia de no increparlo con ninguna pregunta y eso le ofreció una tregua. Pensó en esos ojos atormentados, en aquellas noches otoñales, cuando seguía a León en sus aventuras. Él apenas era un niño, pero León era un adolescente con un gran poder de persuasión. Una fuerza avasalladora a la que nadie podía resistirse. Eliot se esforzaba por parecerse más a León, creía que era la manera más sencilla de ganarse la aprobación de su padre, pero no era verdad. Una diminuta parte de su ser lo desafiaba a romper ese molde. Una parte que se esforzaba en silenciar porque Arthur confiaba en León más que en ninguna otra persona.

Sintió nauseas al rememorar el rostro perturbado del hombre. Estaba diferente, ya no era el mismo, y Eliot sabía que era por culpa de León. Los había cambiado a todos, esa noche en el cementerio, ninguno de ellos volvería a ser el mismo.

—Ese hombre trabajaba para mi padre —continuó—. Yo era un niño el día que desapareció.

10

EMMA

Emma se revolvía en sueños acechada por la misma pesadilla que la perseguía desde hacía un mes.

A Emma le gustaban los cementerios. El silencio entre las tumbas, las inscripciones grabadas en la piedra y, por supuesto, las figuras traslúcidas que nadie más que ella podía ver. Eso la hacía sentirse especial, diferente. La belleza de la muerte sobrecogía al resto de personas. Pero a ella no. Emma apreciaba la perfección del amor que admiraba en las lápidas, en las flores mustias que, con cariño, los familiares depositaban a la espera del eterno descanso del fallecido.

A veces su don le parecía una cadena al cuello, una maldición de la que no podía librarse. En otras ocasiones lo sentía como un regalo que le permitía encajar en una realidad diferente. Resultaba problemático saber que en el mundo de los muertos se acoplaba con tanta facilidad, mientras que en el de los vivos no encontraba un lugar en el que pudiese sentirse cómoda. Su ojo blanco no solo ahuyentaba a las personas, también suponía una advertencia, suscitaba el terror en quienes la conocían.

Siempre se había preguntado si de haber sido una persona corriente, su padre la habría querido; si de tener los ojos del mismo tono, Arthur le hubiese ofrecido la posibilidad de un resguardo bajo su propio techo. A veces añoraba a ese padre desconocido.

Suspiró temblorosamente y se pasó una mano por el cuello. Era medianoche cuando cruzó la verja que separaba los jardines del internado y se adentró en el cementerio donde enterraban a las madres superioras y a la gente del pueblo. Un lugar tétrico que colindaba con un precipicio. Al otro lado, se alzaba el edificio de piedra que llevaba décadas educando a jovencitas de la clase alta.

—Espérame aquí, Dante —susurró con la voz seca, y el perro alzó las orejas sin intención de seguirla a ese mundo de oscuridad.

Con cuidado, se recogió el bajo del camisón y avanzó entre las tumbas con el susurro de los muertos en los oídos. El aire frío de la noche ayudaba a templar sus pensamientos revueltos y afianzaba esa decisión que, desde hacía casi dos semanas, le rondaba la cabeza. Sujetó con fuerza el saquito que llevaba entre los dedos y no se detuvo hasta alcanzar la lápida que había junto a la iglesia, en cuya inscripción apenas se podía divisar la fecha del entierro. Era la más vieja del lugar y aquello debía ser suficiente.

—Robar tierra sagrada es de mala educación —murmuró una voz tosca a su izquierda. Emma no necesitó girar el cuello para contemplar a Valentino, el jardinero muerto. Llevaba casi una década rondando los jardines del internado y a Emma le agradaba su conversación—. ¿Qué pasa esta vez? ¿Son las pesadillas?

Emma escarbó un poco, hundió los dedos en la tierra húmeda y empezó a llenar el saco de terciopelo antes de mirar a Valentino con una mezcla de resignación y aburrimiento. El pelo oscuro estaba recogido en una coleta que dejaba a la vista una serie de cicatrices feas, tenía un bigote ancho y unos labios rectos que componían una sonrisa torcida. Su expresión hubiese aterrorizado a cualquiera que se dejase impresionar por una belleza poco común. Pero a Emma le agradaba todo lo que rompía el patrón armónico y atractivo del mundo. Le gustaban las cosas rotas, quizás porque ella misma no encajaba en ese molde de perfección que se suponía que una jovencita debía representar.

—No son pesadillas —admitió tras un largo silencio. Valentino arqueó una ceja y la comisura de sus labios se elevó un poco—. Hay un espíritu dentro del ala norte. No lo he visto, pero siento su presencia por las noches, lo escucho respirar y no puedo dormir tranquila. Voy a intentar ayudarle a cruzar el velo.

—Ya sabes lo que pienso sobre robar en un cementerio.

—No estoy robando, nunca lo haría —se defendió, mientras estiraba una mano para coger otro poco de tierra—. Digamos que es un préstamo y es por un bien mayor. Voy a mezclar la tierra con sal, necesito descubrir qué lo mantiene atado al edificio.

El fantasma asintió con sorna y Emma percibió cierta sensación de culpa en lo profundo de sus huesos.

—Un fantasma en el viejo castillo, ¿lo has hablado con Amy?

Emma no contestó. Se limitó a apretar los labios mientras la pena se espesaba dentro de su cuerpo. El nombre de la chica le produjo un escalofrío y durante un largo momento, no se movió. Sus recuerdos volaban hacia la chica de sonrisa dulce que hacía varias semanas que no le dirigía la palabra. Amy había sido su única amiga. Llevaba cerca de un mes y medio en el internado y desde el primer día hicieron tan buenas migas que se volvieron inseparables. Al igual que Emma, Amy estaba rota. Venía de una familia disfuncional y llena de secretos.

Parecía que nadie en su sano juicio quería ser amiga de Emma. Ser una marginada social no era un destino que una elegiría y Emma no podía culparla por forjar una relación con el grupo de Wren.

—No quiero hablar de eso—dijo ella y apretó el saquito entre los dedos manchados—. Espero que esto sea suficiente.

Las palabras se le quedaron ancladas al fondo de la garganta en cuanto percibió un suave murmullo que llegaba desde el otro extremo del cementerio. A la luz de la noche, apenas pudo apreciar el contorno de un trío de figuras que se reían entre cuchicheos y señalaban al edificio en el que debía estar durmiendo el claustro de profesoras. Por desgracia, Emma reconoció a las chicas y el corazón se le contrajo dentro de las costillas al ver cómo se le acercaban. No era buena señal y por la mueca de Valentino adivinó un destello de su misma preocupación.

—Así que estabas hablando con los fantasmas —dijo Wren y alzó la barbilla con la superioridad que solía caracterizar cada uno de sus actos—. Me preguntó qué dirá la directora cuando lo descubra.

Sus dos compañeras soltaron unas risitas divertidas que tensaron aún más el nudo que le oprimía el estómago a Emma. Por alguna razón, Wren la odiaba y se había esforzado lo suficiente en evidenciar el disgusto que sentía cada vez que la veía. La perspicacia con la que estudiaba todos y cada uno de los movimientos de Emma, la mantenía bajo una estricta vigilancia y con un temor aciago a cualquier error que pudiese utilizar en su contra.

Abrumada por el peso de su propio miedo, la audacia que poco antes Emma había empuñado en el cementerio, se disolvió.

Apoyó los pies en la tierra y escondió el saquito a su espalda, tenía las medias caladas y el sudor en la espalda se le pegaba a la tela del camisón.

—¿Sabías que el sacerdote dice que los impíos irán al infierno? —Wren miró hacia el cielo y le dio un golpecito a la lápida—. Siempre me he preguntado qué clase de castigo le esperaría a un error de la naturaleza como tú. Tiene que haber algo peor que el infierno.

El odio en su voz dejó a Emma perpleja. Estaba acostumbrada a los comentarios hirientes, a la inquina de sus palabras e incluso a la crueldad de sus actos. Pero Wren no actuaba movida por impulsos. Sus acciones eran premeditadas y acarreaban consecuencias con las que Emma debía aprender a vivir.

Los pies de Emma vacilaron cuando dio un paso hacia atrás

para alejarse de Wren, sus movimientos fueron erráticos y vulnerables, sentía las piernas temblorosas y el sudor empapándole las manos. Wren lo supo, percibió la duda en ella y eso hizo que la sonrisa en sus labios se acentuara.

—Wren, por favor. —Amy salió de detrás de las otras dos chicas. Estaba envuelta en un batín grueso con los tirabuzones negros recogidos en un moño. Sus labios resecos se abrieron en una nueva protesta que Wren silenció con aquella facilidad que poseía para doblegar a todos ante ella.

—Cada día te esfuerzas por superarte, eres tan rara que incluso hay quien sospecha que estás maldita.

La rabia oprimió el pecho de Emma. Quería alejarse de allí, correr de vuelta a su habitación, esconderse del mundo en ese rincón del edificio en el que nadie podía alcanzarla, pero los pies se le habían quedado helados, se negaban a reaccionar.

—Van a expulsarte después de esto —gruñó Wren ante el silencio y le clavó las uñas en la piel desnuda del antebrazo—. Vas a terminar como una desgraciada, olvidada, igual que tu madre.

El pánico dejó de oprimirle el pecho cuando se movió con brusquedad e hizo un amago de dirigirse al edificio, pero el orgullo de Wren era inquebrantable y esto la empujó hacia Emma, que apenas pudo esquivar la bofetada.

—¿Qué pasa contigo? —preguntó estupefacta. Acababa de encontrar un resquicio de su voluntad perdida y pretendía usarla como escudo. Levantó el mentón—. Quiero que me dejes en paz.

Wren se echó a reír, un sonido amargo que rebotó contra las lápidas del cementerio.

—Ni se te ocurra pensar que vas a salirte con la tuya después de esto —dijo Wren, y, con un movimiento precipitado, alargó la mano para soltar un puñetazo que impactó contra el mentón de Emma.

Cayó de espaldas, desorientada ante la violencia y el estallido colérico de la chica. Mientras el dolor se extendía por su rostro, la pequeña brasa de valentía se extinguió, así que en lugar de enfrentarse a Wren, se quedó tumbada sobre la tierra. Ya la habían golpeado antes, tenía marcas, pequeñas cicatrices que hablaban de aquellos encuentros que las madres superioras del internado ignoraban.

Emma se llevó una mano al lugar en el que Wren la había golpeado y por primera vez en toda la noche, Emma la vio como lo que era. Una joven llena de odio hacia el mundo, con una sed de poder que la impulsaba a demostrar su superioridad por la fuerza.

—Creo que estamos a punto de descubrir si realmente los muertos están contigo.

No apartó los ojos de Emma mientras pronunciaba aquellas palabras, ni siquiera cuando la ira le desdibujó el rostro. A Emma le tomó medio segundo darse cuenta de que tenía razón y de que se arrepentiría durante toda la vida de lo que estaba a punto de ocurrir.

Wren le mostró los dientes dispuesta a herir, a matar, y con nueva determinación se arrojó sobre ella. Emma escuchó el crujido de sus huesos cuando las manos de Wren impactaron contra su cuerpo. Forcejeó y Emma cayó de costado sintiendo la fuerza aplastante de las amigas de esta, que corrieron a sujetarle las manos y a apresarla contra una de las tumbas negras.

—Amy, ayúdanos —dijo una de ellas. La que apretaba la mano izquierda de Emma.

Su antigua amiga dudó un instante fugaz hasta que finalmente cedió a la presión y se acercó hasta Emma, que notaba la vitalidad de Valentino en el aire, una especie de vibración, cerca de ella.

—No sé cómo puedo ayudarte —dijo el espíritu con algo parecido a la desesperación y Emma apreció que no solo Valentino seguía de cerca la escena, también el resto de los fantasmas del cementerio la rodeaban con expresiones de duda.

Emma soltó un sollozo cuando la inmovilizaron y la sombra de

Valentino titiló a su lado. El jardinero se acuclilló y alargó una mano traslúcida que ella nunca antes había tocado. Existía un límite entre el plano de los muertos y no podía cruzarlo, no podía forjar un vínculo con un muerto.

—Emma, podemos hacerlo —insistió Valentino, ella casi no podía respirar con la presión de Wren a su espalda, tenía el rostro contra la tierra y los ojos humedecidos.

—No puedo hacerlo, no puedo dejarte entrar…

Pero conforme lo dijo, se dio cuenta de que no quería que Wren volviera a ganar. No podía permitirlo.

Cedió. Nunca antes había hecho algo parecido, pero esa noche descubrió algo, una verdad oculta de sí misma. Los dedos de Valentino apretaron los suyos. Se sacudió y una llamarada de dolor le cruzó el vientre haciendo que Emma se doblara por la mitad.

Todo el mundo se desdibujó. Las sombras horadadas de la noche se alargaron sobre el césped y cubrieron el cementerio con un apagado manto gris de insectos, cuervos y gorriones que venían desde el otro lado de la vida.

Tardó mucho en acostumbrarse a la presencia que rondaba dentro de su cabeza. Como si dentro del cuerpo coexistiesen dos personas diferentes, dos seres compartiendo la carne.

No tuvo tiempo a acostumbrarse a los pensamientos de Valentino. Wren embistió contra su pecho y le sujetó el brazo mientras levantaba una soga rota para rodearle el cuello. La brutalidad de sus dedos la empujó contra la tierra y Emma vio cómo el miedo se convertía en cenizas debajo de su lengua. El dolor fue un latigazo, un destello voraz en sus huesos.

—¡Wren, le estás haciendo daño!

Era Amy quien gritaba desde algún lugar. Pero la ira de Wren la movía mientras Valentino se hacía un espacio dentro de los huesos de Emma y llenaba cada recoveco de su cuerpo de una fuerza sobrenatural, de un aliento de la venganza.

Emma se impulsó hacia adelante con una fuerza que no le pertenecía y el aire pesado del cementerio se llenó de insectos. Las mariposas se agitaron sobre Wren y un cuervo aleteó junto a ella, le arañó la cara, el cuello y la chica retrocedió, asustada, con las manos en alto. La rabia de Valentino se condensó, se convirtió en una tormenta mientras los insectos se revolvían frenéticos sobre Wren y sus amigas.

—Valentino, para —gritó Emma, pero incluso el fantasma había perdido el control.

Algo no iba bien. En algún rincón de la mente de Emma, supo que la energía del fantasma comenzaba a desbocarse, a escurrírsele a través de los poros, de los labios y de la nariz, como una niebla densa.

Se quedó completamente quieta y se llevó una mano temblorosa al pecho para expulsar el espíritu de su cuerpo.

—Valentino —suplicó, pero ni siquiera le dio tiempo a actuar. El alma de Valentino se estremeció y arrojó una corriente helada que acarició las tumbas del cementerio.

Un estallido que acabó con todas las mariposas e insectos.

Emma tembló y notó el vacío. Los brazos le colgaban laxos y las piernas apenas conseguían mantenerla en pie. Estaba tan aterrorizada que tardó casi un minuto entero en abrir los ojos y comprender cómo la energía de Valentino había consumido la suya hasta dejarla exhausta.

Con los dientes castañeándole, paseó la vista por el cementerio y entonces lo vio, una escena cruenta, digna de sus peores pesadillas. El miedo, un terror líquido, le invadió las venas, se derramó sobre sus hombros y la mantuvo estática, como una sombra en medio del camposanto.

—No, no, no… por favor.

Las cuatro chicas yacían desplomadas sobre la tierra. Wren sollozaba, pero no era en ella quien centraba su atención.

Amy.

El cabello flotaba alrededor del rostro apagado y cubierto por unas finas manchas de sangre que formaban un charco bajo ella. Sangre por todos lados. En la piel imposiblemente pálida, en las lágrimas atrapadas dentro de unos ojos abiertos que ya no veían nada.

Supo que nunca olvidaría la mueca de horror en el rostro de Amy, que nada no sería capaz de borrar el hondo dolor que se cernía sobre ella.

—Esto no es lo que yo pretendía, solo quería ayudar…

—Tomaste posesión de mi voluntad —dijo ella consternada, y se rascó el brazo con violencia. Las uñas afiladas se le clavaron en la carne y la sangre le recordó que estaba viva.

A lo largo de los años había visto a muchas personas morir, pero hasta entonces, nunca le pareció que la muerte fuese una presencia constante y silenciosa dentro de su vida. Hasta ese momento.

—Yo no quería hacerlo.

Pero era tarde.

Amy estaba muerta y Emma era la culpable.

Era media tarde cuando Emma cruzó las puertas del parque en el centro de Edén. Dante la seguía con el hocico en alto mientras ella paladeaba esos escasos minutos lejos de la supervisión de su tía.

La tía Lucy estaba haciendo la compra, preparaba una fiesta de bienvenida para Eliot. No quería dejarla sola, pero tampoco pretendía arrastrarla por el pueblo y presentarla a los vecinos, por lo que dejarla allí le pareció la opción menos peligrosa. A Emma le gustó esa nueva oportunidad, añoraba ese tipo de libertad, así que aceptó y le prometió que se mantendría apartada de las multitudes.

El parque estaba en flor y los almendros arrastraban notas de colores mientras los pétalos se mecían en el viento. Olía a primavera y ella sentía esa picazón en el fondo de la garganta que le causaba el polen en el aire.

La emoción de la mañana se había enfriado mientras buscaba un lugar para sentarse a dibujar. Se alejó del lago y buscó un refugio entre la sombra de los árboles mientras las notas amargas de la culpa la acechaban. El optimismo, reducido a un residuo en cuanto el rastro de la pesadilla se asomó entre sus recuerdos. Los ojos sin vida de Amy la perseguían cada noche, casi tanto como el sonido de su cabeza al estamparse contra la piedra. La imagen se repetía una y otra vez, ahogándola, recordándole aquel ruido atronador que conseguía ponerle los pelos de punta y regresarla al momento en que su vida se había arruinado para siempre.

Aturdida por el recuerdo de esas emociones, se alejó hasta una sombra apartada, sujetó el lápiz y esbozó una silueta oscura sobre el lago. Le agradaba esa rutina meticulosa, el suave siseo del lápiz sobre el papel. Las sombras que se convertían en formas redondas para luego recrear escenas difuminadas a través de sus ojos. Ese sonido era su favorito porque cuando dibujaba sentía la mente en calma y las voces de los espíritus se callaban.

Le llevó un buen rato trazar las líneas rectas y difuminarlas lo suficiente como para que se asemejasen al rostro de Caín. No se había atrevido a empezar el boceto en la casa, no quería que este se fijara en el retrato, al menos hasta que estuviese terminado.

Pero Caín no era el único que le llenaba los pensamientos. A veces se descubría buscando retazos de la vida de su madre entre las paredes descoloridas de la mansión. Rebuscaba entre las esquinas y escarbaba con la necesidad de quien no tiene a nadie. Por desgracia, solo encontraba el vacío, toda presencia de Dulcinea había sido borrada de la casa. No quedaba nada, salvo el retrato antiguo que decoraba la entrada del salón.

La punta del lápiz se le rompió y cuando giró para buscar uno nuevo dentro del bolso, descubrió unos ojos femeninos que la estudiaban desde una distancia corta.

—Perdón, no pretendía asustarte —comentó la mujer, sujetando con fuerza un bolsito de seda contra su pecho—. Eres la hija de Arthur.

No había pizca de duda en su voz, solo la certeza de un reconocimiento que desconcertó a Emma.

—Seguro que no me recuerdas, eras apenas una cría cuando te vi por primera vez. —Los labios redondos se estiraron y Emma la contempló al detalle con una sensación extraña en la boca del estómago. Un moño alto le sujetaba el pelo gris arenoso dejando a la vista un rostro bronceado y marcado por las arrugas de la edad. Tenía los ojos alargados, unas pestañas tupidas y una elegante postura—. Era muy amiga de tu madre.

A Emma la sacudió un escalofrío, y el anhelo por saber más sobre su madre la increpó. Allí tenía la prueba irrefutable de que su madre había existido, de que otros la recordaban.

—Era una mujer llena de sensibilidad, le gustaba mucho pintar y poseía un gran talento. —Sonrió y se acercó hasta ella con familiaridad—. Lástima que enfermase.

La mujer se sentó a su lado y Emma no encontró las palabras para participar en la conversación.

—Soy Amaltea, por cierto. Dudo que tu tía hable mucho de mí, no le gusto demasiado.

—Sé quién eres —dijo, y la mujer pareció sorprenderse ante la afirmación. Amaltea era una de las sopranos más importantes del país. Tan famosa que incluso en el internado se hablaba con devoción de ella y de los recitales en los que había participado, una mujer retirada por el desgaste de sus cuerdas vocales.

—Creí que tu hermano te mantenía resguardada del mundo, pero es un alivio ver que no eres un débil pajarito encerrado en una jaula —replicó mientras levantaba la mano para saludar a dos caballeros que pasaron frente a ellas—. Me agrada que vuestra llegada aleje un poco los chismorreos de mi casa. La gente de Edén tiene mucho tiempo libre y, al ser un pueblo pequeño, se deleitan en las desgracias de otros.

—No he podido hablar con nadie —admitió Emma, y sus ojos vagaron hasta el otro lado del parque. Una chica joven las observaba con un gesto de absoluta curiosidad.

—Es Lavinia Davies —susurró Amaltea siguiendo la dirección de su mirada. Emma se sonrojó ante el escrutinio de aquellos ojos—. Creo que tiene tu edad, una chica encantadora, esta temporada tienen pensado presentarla.

El rostro de Lavinia era suave y redondo. Un conjunto de luces sobre tonos pastel otorgaban una expresión risueña, enmarcada por un bonito pelo del color del fuego y unos ojos oscuros coronados por dos cejas espesas. A Emma le gustó el aspecto alegre y la sutileza de sus movimientos.

—Creo que le caes bien —le contó Amaltea sin disimular una sonrisa. Cuando la chica inclinó el mentón y sacudió la mano a modo de saludo, Emma se tensó. El corazón le saltó e imitó el gesto en un torpe intento de amabilidad—. Allí está su padre, es el hombre flacucho que acaba de llegar.

La mano de Lavinia vaciló en el aire en cuanto el recién llegado le sujetó el hombro y la obligó a salir del parque.

—Es demasiado estricto —continuó la soprano—. Como todos en este pueblo.

—Me temo que tendré que acostumbrarme, todo parece indicar que estaré una buena temporada en Edén —advirtió Emma.

—Pues entonces necesitarás hacer amigas, podríamos organizar una merienda o quizá un pícnic.

Emma apreció el gesto. Por desgracia, era demasiado consciente de sus escasas dotes para congeniar con otros y temía volver a sentir el rechazo en Edén. Por no mencionar a su tía y las escasas probabilidades de que le permitiera salir. Sin embargo, una sonrisa tironeó de la comisura de sus labios y, por un momento, por un instante fugaz, se permitió ser optimista.

—Tendré que…

—Creo que yo podría hablarlo con Eliot —interrumpió la mujer, y Emma se encogió de hombros—. Quiero decir, le vendría muy bien integrarse en el pueblo y estoy segura de que querrá que su hermana pueda codearse con otras chicas de su edad.

»La excavación de tu hermano ha supuesto un cambio a todo esto. Hay rumores e imagino la cantidad de trabajo que tiene encima. Dicen que ha encontrado la tumba de Morrigan. —Hizo una pausa y entrecerró los ojos oscuros—. Bueno, en realidad, se dicen muchas cosas y pocas de ellas son positivas.

La mujer sacó una pitillera de su bolsito y encendió un cigarrillo con los ojos clavados en el lago.

—Yo creo que todo esto es absurdo. La tumba, la excavación para encontrar los huesos de una mujer maldita, y ese tesoro que todos anhelan.

Una sombra cayó sobre los ojos de la anciana.

—¿Entonces no cree que la tumba esté en el cementerio?

—Seguro que sí, pero no estoy convencida de que escarbar entre los muertos sea una buena idea. —Hizo un mohín y tras guardar silencio un minuto, continuó—. Este pueblo está ligado a la descendencia de Morrigan. Pero creo que Eliot no es consciente del peligro que entraña rebuscar entre los restos de un pasado calcinado. León lo supo, pagó un precio muy alto y a tu padre le costó bastante más de lo que nunca llegará a admitir.

El nombre le produjo un chispazo de reconocimiento, una sensación familiar, como el sonido de la lluvia.

—Este pueblo está cargado de leyendas, gente que habla de fantasmas, de maldiciones —prosiguió Amaltea mientras se ponía en pie. Alargó una mano hacia Emma y la aceptó sin quitarse de encima una creciente sensación de inquietud—. Pero no son los muertos de los que debes cuidarte, ellos ya no pueden dañarte. Son los vivos los que suponen un verdadero peligro, ocultan su verdadera naturaleza para encajar en un mundo en el que tú y yo no somos más que piezas disfuncionales.

A Emma se le secó la boca.

—No creo que sea cierto nada de la maldición de Morrigan.

—Deberías creerlo —le dijo Amaltea, observando cómo Emma cogía sus cosas y las guardaba en el bolso—. Algo me dice que tú tienes una sensibilidad especial. Algo que sin duda heredaste de tu madre, aunque, por desgracia, Dulcinea conoció de primera mano las consecuencias de esa maldición.

Las palabras calaron en el ánimo de Emma, como si se tratase de un augurio.

—¿Qué es lo que sabe usted de...?

—Ah, mira. Allí está tu tía. —Amaltea señaló la figura de la tía Lucy en la entrada del parque y a Emma la invadió una sensación de pesadez, quería continuar con la conversación, pero Amaltea le regaló una sonrisa amable—. No la hagas esperarte o te reñirá. Ya sabes cómo es, no le gusta que le lleven la contraria, era algo que exasperaba a tu madre.

Amaltea hizo un amago de marcharse, pero Emma se precipitó a seguirla sin quitarle los ojos de encima a su tía. Era la primera vez que alguien hablaba con soltura de su madre y le apetecía saber más. Necesitaba juntar todos los trozos del pasado y descubrir quién había sido esa mujer a la que nadie en su familia se atrevía a mencionar.

—¿Podría hablarme de mi madre? ¿Otro día?

La mujer le dedicó una mirada consternada y asintió.

—En la fiesta hablaremos —prometió apretándole la mano con cariño antes de alejarse.

Emma notó un cosquilleo allí donde la había tocado. Nadie

cruzaba esa barrera, nadie solía acercarse hasta ella y mucho menos mostrar semejante amabilidad. Emma se aferró a la promesa de una charla extendida y cuando se acercó hasta su tía Lucy percibió el muro invisible que las separaba. La tirantez en el rostro de su tía, la forma en la que la evitó sin siquiera rozarla cuando subieron al coche en silencio.

—¿Por qué hablabas con esa mujer? —preguntó después de varios minutos. Dante levantó la cabeza y Emma le rascó las orejas observando la mueca de disgusto en el rostro de su tía.

—Se acercó a saludarme, pensó que estaría con Eliot.

Los labios de la tía Lucy se estiraron en un gesto terco. Una mueca cargada de desdén, la certeza de lo mucho que le frustraba que Emma hubiese faltado a su palabra.

—No creo que a tu padre le entusiasme demasiado que te rodees de esas personas, Emma. —La miró y un destello de malicia le alcanzó los ojos. A Emma se le retorció el estómago al sentir la cólera contenida de su tía—. Amaltea no pertenece a nuestra clase, se alimenta de rumores y, desde luego, siempre ha sentido cierta envidia hacia nuestra familia.

—Pero me dijo que iría a nuestra fiesta…

—Seguro que sí. Después de todo no puedo dejarla fuera de la lista de invitados, no sería correcto. Solo te pido que mantengas las distancias. Además… —Se pasó una mano por el moño y se ajustó los lazos que le sujetaban las trenzas a la cabeza—. He invitado a otras jovencitas de tu edad. —Aquello significaba un cambio dentro de las normas, uno que le gustaba—. No es correcto que te juntes con mujeres tan mayores. Esperamos un comportamiento intachable de tu parte, es tu última oportunidad para encajar.

11

LIRA

Una frase le carcomía la consciencia con demasiada frecuencia: «No se acerque a los Monroe». Lira se preguntaba qué escondía Eliot, qué era lo que ella no sabía. Por desgracia, no estaba en posición de seguir la recomendación de aquel periodista, no si esperaba encontrar la tumba de Morrigan y obtener el reconocimiento que merecía antes de que su marido diese con ella o de que la Academia la apartara de la excavación.

Ese día por la mañana todos los periódicos de Edén se hicieron eco del accidente del panteón. Los titulares alarmistas detallaban con cruentas palabras un suceso que no había trascendido más allá de los nervios suscitados, tanto en el personal de la excavación como en los vecinos del pueblo. Lira había tomado uno de los periódicos justo cuando el periodista la asaltó por sorpresa:

—¿Podría hablarme de la mujer muerta? ¿Ha escuchado el canto de la muerte mientras escarba entre las tumbas? ¿Qué sabe del secreto de los Monroe y de su cercana relación con este lugar?

Esquivó las preguntas con un gesto de fastidio. No necesitaba atraer esa gente a la fiesta. Sophia insistía en mantener un perfil bajo y aunque Lira lo entendía, no podía escapar de la atención que generaba la excavación. *Parece que todo se complica*, pensó con cansancio y apartó el recuerdo del periodista cuya intervención había acabado en esa fría advertencia. Tenía una larga noche por delante y necesitaba hacer gala de toda su simpatía si esperaba cumplir con el plan.

Notó los nervios en la punta de los dedos y se metió una mano en el bolsillo de la falda, tanteó el colgante y un atisbo de determinación la llenó. Había decidido asistir a la fiesta por recomendación de Sophia. No se sentía capaz de quitar los ojos de encima a Eliot y la velada era la excusa perfecta para dominar los chismorreos del pueblo, tomar los rumores y llevarlos hasta su terreno.

Se había enfundado en un vestido de terciopelo violeta a juego con una gargantilla de diamantes negros que Sophia había sujetado alrededor de su garganta. Llevaba el pelo recogido en un moño del que escapaban ligeros tirabuzones que le enmarcaban el rostro acentuando la curva pronunciada de su mandíbula.

Eran las nueve y media de la noche cuando Lira cruzó las enormes puertas de la mansión de los Monroe y desfiló sobre la alfombra azul con la cabeza en alto y una sensación inquieta anclada en las cuerdas vocales. Al llegar al recibidor, percibió el murmullo apagado de las conversaciones y dejó escapar el suspiro que llevaba varios minutos conteniendo. Se había prometido que aquella noche encontraría a los posibles culpables del saqueo de las tumbas, o al menos un indicio, si estos vivían en el pueblo. Estaba convencida de que unos forasteros no conocían High Gate como para llevar a cabo un robo con semejante facilidad y sin que nadie reparase en ellos.

El ruido de la música cortó el hilo de sus pensamientos y en ese momento fue consciente de las miradas fijadas en ella. Lira se detuvo al borde de las escaleras y miró a los invitados dentro de la sala. Algunos hablaban con cortesía mientras otros se mantenían al margen de las conversaciones, bebiendo y comiendo.

—Mi querida señora Jones. —La sorprendió el tono de reconocimiento de Matteo Rinaldi. El hombre se tiró del bigotillo bien peinado y se deslizó bajo las luces de lámpara para interceptarla de camino al salón—. A decir verdad, me sorprende mucho verla esta noche. La imaginaba tan ocupada que no pensé que vendría.

Lira le regaló una sonrisa taimada y cogió una copa de vino de la mesa.

—No puedo trabajar en el cementerio por las noches. —Hizo una pausa y caminó lentamente alrededor de él mientras miraba al resto de los invitados—. No si lo único que encontramos en este pueblo son dificultades.

Matteo sonrió por mecánica y le puso una mano sobre el brazo mientras la conducía a una zona un poco más privada del enorme salón.

—El capataz me comentó lo ocurrido. —Rinaldi levantó su copa antes de dar un sorbo y ella apretó el pesado abanico de plumas negras en una mano—. Es una lástima, pero estas cosas siempre atraen a los vándalos.

—Una semana y media es muy poco tiempo como para que los rumores alcancen a los ladrones —trató de contextualizar ella, un poco incómoda ante la mirada inquisitiva del hombre—. Estas cosas suelen ocurrir cuando hay hallazgos importantes.

—Desde luego —respondió él, casi indignado con su apreciación—. Todas las familias del pueblo queremos que esto termine cuanto antes. No nos agrada la idea de tener forasteros rondando a nuestros muertos.

Un brillo malicioso prendió en sus ojos de halcón.

—Ya —replicó Lira sintiendo como el estómago se le encogía—. Imagino que no será agradable que otros revuelvan entre tus secretos.

—Diría que el problema es de los Monroe.

Lira se apresuró a beberse el vino de golpe. Tuvo que reconocer casi a regañadientes que en Edén parecía que los Monroe, por muchos aires de grandeza que tuvieran, no terminaban de agradar a los vecinos.

—Supongo que la fiesta es una especie de tregua, ¿no?

—Supone bien —dijo Matteo y asintió—. Pero tal vez no se ha dado cuenta de que hay figuras importantes que nos han privado de su presencia.

Los ojos de Lira se pasearon por los invitados.

—¿El capataz? —se aventuró ella. Rinaldi confirmó la teoría con una sonrisa enigmática. A Lira le complació recibir un poco de información y decidió que no pasaba nada si tanteaba un poco a ese hombre cuyos ojos vagaban con demasiada frecuencia hasta su escote—. Pero O'Brien se ha mostrado bien dispuesto a trabajar codo con codo junto a Eliot. Quizá tuviese guardia esta noche.

Al escuchar su hipótesis, los labios de Matteo dejaron escapar una risita que carecía de diversión. Se acercó un poco a ella y el olor a tabaco y whisky le impregnó las fosas nasales.

—O'Brien odia a los Monroe —soltó mientras deslizaba los ojos por el salón y los invitados bien acomodados que disfrutaban de la velada. En el centro se había dejado un espacio para el baile, mientras junto a la puerta, un par de músicos arrancaban unas notas discordantes de un viejo piano y un violín desafinado—. Es una animadversión que viene de hace años, de hecho, solo mantienen una relación cordial en conveniencia mutua para evitar el escándalo.

Matteo se acercó y Lira se quedó quieta al sentir como el hombre deslizaba una mano sobre su espalda y la apoyaba cerca de la cadera. A juzgar por la risita silenciosa, Rinaldi esperaba que Lira no montara un escándalo, no si esperaba obtener todos los detalles que se guardaba.

Ella no supo reaccionar a tiempo. Era una mujer de carácter, sí, pero temía la presencia imponente de esos hombres que parecían controlar el mundo. Le ardió la cara de pura rabia y muy a su pesar se mantuvo erguida con el rostro impasible y el corazón retumbándole contra el pecho.

—¿Sabes lo que pasó hace más de una década en el cementerio? —Lira negó lentamente y la mano de Matteo subió hasta su cintura—. Murió la hija del capataz. Un accidente terrible. Aquello alejó a los Monroe de la gente del pueblo porque dicha desgracia fue por su culpa. Siempre han ocultado cosas, desde que Dulcinea enfermó se volvieron evasivos, dejaron de asistir a cualquier evento e intentaban recluirse dentro de esta casa. —Bajó la voz y se aseguró de que nadie los veía—. Desde hace años todos saben que Arthur oculta a su hija y muchos nos hemos preguntado qué esconden de los demás, si es que esta heredó la enfermedad de su madre.

Lira se mantuvo impávida y lo miró a los ojos:

—¿A qué se refiere?

—No lo sabe —comprendió él y casi se echa a reír al ver la incredulidad en su rostro. La música seguía sonando y Lira era consciente de que la mujer de Matteo no estaba en el salón—. Dulcinea era propensa a sufrir estados de tristeza, algunos ataques incluso eran violentos y sus últimos años vivió encerrada en la casa.

De su boca escapó una exclamación y una sonrisa tranquilizadora se extendió en el rostro de Matteo.

—No se preocupe, no es un gran secreto, aunque si me permite decírselo, muchos en el pueblo creen que la enfermedad de Dulcinea venía de la influencia de esta casa, de su cercanía con el cementerio y esa tierra llena de muerte. —Señaló las ventanas amplias. Un escalofrío le bajó por la espalda—. Hay algo en Silverwood House, señorita Jones. Todos en el pueblo lo dicen. Es como si el espíritu de Morrigan rondase por aquí, como si su alma estuviese atrapada en el cementerio.

La música se detuvo y Lira lo miró a los ojos antes de responder:

—No creo en los fantasmas, señor Rinaldi.

—Y sin embargo aquí está, buscando la tumba de uno.

Lira iba a replicar cuando Eliot apareció en el salón con aquella actitud taciturna y distante que tanto lo caracterizaba. Llevaba un elegante traje oscuro de tres piezas y el pelo bien peinado hacia atrás. Al verlo, el corazón le retumbó contra las costillas y Lira no pudo más que admirar el porte distinguido de su rival.

—Matteo —dijo Eliot al fijarse en ellos. Lira se tensó al sentir la atención de Eliot en ella y cuando se acercó, la mano del hombre abandonó su cintura—. Me parece que su esposa lo está buscando en la otra sala.

Matteo vaciló antes de amagar una disculpa y desaparecer de camino al pasillo. Si se había fijado en la cercanía entre ellos dos, no dio muestra alguna. Lira notó la ausencia del hoyuelo en el rostro de Eliot.

—Bonita fiesta —dijo ella mientras Eliot se situaba a su lado—. Esperaba algo… —dudó un instante y él enarcó una ceja— mucho más sencillo.

—No ha sido cosa mía —se apresuró a contestar Eliot—. No soy un buen anfitrión, de hecho, me temo que ni siquiera he sido puntual y no estoy convencido de que los invitados se lo tomen demasiado bien. Espero que Matteo no estuviese incomodándote, ¿debería preocuparme?

—Solo si te sientes celoso de nuestra conversación.

Eliot resopló y por un instante fugaz casi pareció relajado.

—Puede que te sorprenda, pero jamás estaría celoso de un hombre que no tiene ninguna oportunidad contigo. —Sus labios se entreabrieron y Lira atisbó el tono divertido en su voz—. Pero si estaba siendo inapropiado o intentaba propasarse, no dudaré en tener una conversación poco amable con él.

A Lira se le nubló la mirada al darse cuenta de que, con toda probabilidad, se había fijado en la mano de Matteo en su espalda. Carraspeó y se bebió el resto de la copa.

—Me estaba contando una historia de fantasmas —explicó ella.

Temía que sus palabras pudieran apartarlo, pero para su sorpresa, se dio cuenta de que Eliot asentía mientras libraba una batalla silenciosa consigo mismo.

—¿De las que dan miedo?

—No, de esas que casi parecen de verdad.

Los ojos de Eliot la estudiaron un segundo demasiado largo.

—Quería hablar contigo —susurró Eliot despacio y a ella le pilló de sorpresa la urgencia en su voz, su actitud volvía a ser seria, distante—, sobre lo del otro día.

Ahí estaba; esa era su preocupación. Lira levantó una mano y sacudió la cabeza.

—No es necesario.

—Siento mucho la forma en la que me viste. No quería que tuvieses que presenciar algo así.

—Eliot, está bien. Realmente lo entiendo y me parece comprensible —comentó mientras se apoyaba en la pared y percibía la tensión en los músculos del cuello de él—. Eres humano, aunque a veces te esfuerces por demostrar lo contrario, creo que es normal que reacciones de esa forma ante una situación tan inesperada.

Se quedó callada cuando los ojos de Eliot se fijaron en sus labios. El calor le inundó las mejillas y evitó mirarlo. No era desagradable, no como cuando Matteo la había tocado, tampoco como cuando su marido la estudiaba con intensidad. Había una diferencia rotunda en ellos. Jorgen buscaba recorrerla con afán y cada mirada estaba cargada del deseo de dominio propio de un conquistador. Eliot simplemente la veía a ella y, por primera vez en mucho tiempo, Lira pensó que no le desagradaba.

—No deberías esconder lo que sientes —continuó y, esta vez, Eliot alzó una ceja—. No siempre.

Lira sabía que era hipócrita decirle eso, pero en ese preciso instante sentía una absurda necesidad por recordarle que no necesitaba esconderse delante de ella. Quería ver las piezas discordantes de su personalidad, todos los retazos que componían a ese hombre que se ocultaba de los demás. Le atraía la imagen de ese erudito que ocultaba tantas partes de sí mismo, tantos secretos que ella quería conocer. En eso se parecían demasiado. Lira también mantenía su verdad lejos de todos, pero en su caso, era por razones egoístas.

—¿Quieres una copa…?

La voz de Eliot se perdió bajo el murmullo de las conversaciones y a Lira le llamó la atención cómo toda su expresión cambió. En ese momento, la música se detuvo de golpe y el murmullo de los invitados sirvió como antesala de recibimiento al hombre alto y estilizado que entró al salón.

—Padre —musitó Eliot a su lado y Lira vio la confusión en su rostro—. ¿Qué haces aquí?

—Yo también me alegro mucho de verte —contestó el hombre quitando peso al desconcierto de su hijo. Luego la miró a ella y un gesto de desprecio le llenó los labios delgados—. Lira, un gusto volver a coincidir.

Las palabras sonaron vacías y Lira no se atrevió a responder. Tenía una extraña sensación de ese momento, como si lo estuviese viendo desde afuera. Quizá era demasiado consciente de que todos en la fiesta los observaban. Percibía aquellos ojos de buitre sobre ella. Atentos a los movimientos de su rostro, a la postura que mantenía.

—Me gustaría hablar, a solas —propuso Arthur y Eliot asintió antes de señalar el pasillo a la izquierda.

Eliot se alejó sin decirle nada a Lira, sin siquiera intercambiar una mirada con nadie en el enorme salón, como una marioneta a merced del titiritero que marcaba sus movimientos. Pero antes de que Arthur lo siguiera, giró hacia ella y susurró:

—Al final ha conseguido lo que tanto quería; inmiscuirse en mi trabajo.

La verdad yacía entre los dos y Lira no estaba de ánimos para disimular su disgusto. Se frotó el puente de la nariz y respiró con fuerza intentando calmarse, consciente de que los observaban.

—Querrá decir mi investigación —replicó ella. Arthur esperaba adulación y no estaba dispuesta a tocar esa tecla, no ante él—. Llevo años siguiendo la línea familiar de Morrigan y los diarios, además del acta de defunción, los encontré yo. Todo lo encontré yo.

Arthur sacudió la cabeza con incredulidad y una sonrisita petulante se estiró en sus labios. Lucía joven y elegante para un hombre entrado en la cincuentena.

—Espero que hayáis disfrutado de la excavación. —Sus ojos de alquitrán cayeron en su rostro—. El tiempo se ha agotado y ya corren rumores. Su esposo la está buscando.

12
EMMA

Emma nunca había estado en una fiesta.

Notaba el cabello tirante, recogido en una coleta demasiado apretada que le estiraba la piel hacia atrás. No se sentía como ella misma, sino que era una versión amoldada a las expectativas de su tía y a lo que esta pretendía que otros vieran en cuanto se fijaran en ella. Llevaba un vestido de tul azul con una falda demasiado ancha, un corpiño bordeado con flores blancas y unas mangas que terminaban en volantes. La tía Lucy lo había dejado sobre la colcha de su cama y le aseguró que luciría espléndida con aquella cantidad de capas de tela en las que pretendía esconder cada uno de sus defectos.

Pero a Emma no terminaba de convencerla. Le sudaba la espalda y le llamaba la atención la cantidad de lazos y perlas azules que tintineaban a cada movimiento de su cuerpo, algo en lo que deseaba no pensar demasiado cuando estuviese en la fiesta. Socializar era una tarea pendiente para ella, y aunque la perspectiva de conocer gente nueva resultaba excitante, Emma temía el rechazo. Tragó saliva con fuerza, estiró los brazos y se despojó de todos esos pensamientos incómodos; después de todo, la conversación con Amaltea se mantenía como una firme promesa dentro su cabeza. Emma estaba convencida de que la vería en la fiesta y que, con suerte, conseguiría conocer mucho más sobre Dulcinea.

Caín se deslizó a su lado y Emma lo observó en silencio.

—Pareces un cervatillo aterrado —dijo con sorna, y ella le restó importancia al comentario—. ¿Vas a bajar así?

La pregunta la hizo palidecer.

No le respondió. Al menos no de forma inmediata, se quedó en medio del pasillo y contempló la oscuridad sobre las paredes empapeladas. La casa albergaba una música suave, la melodía del piano conjuntaba con las notas sueltas de un violín. Una cadencia triste, aletargada, y Emma notó que dentro de la mansión se respiraba rabia, tal vez una ira frustrada que se ocultaba bajo una emoción desconocida para ella. Por debajo de ese sonido primario ella atisbaba unas notas apenas perceptibles para cualquier oído humano. Un eco sombrío sobre la madera, como el aleteo de una mariposa.

—¿Sientes eso? —preguntó, y Caín negó en silencio mientras miraba a su alrededor—. Son pasos.

Caín parpadeó sorprendido.

—No creo que sea nada, deberías bajar.

A pesar del frío, dentro de la casa se respiraba el tibio olor de los cigarrillos y de la madera en las chimeneas volviendo el aire más cálido. Emma se deslizó a través de las escaleras y atravesó una cortina de voces formada por las conversaciones interpuestas al sonido de la música. Las luces encendidas en el recibidor de la planta baja le dieron la bienvenida y Emma se encontró en medio del salón contiguo al de la fiesta, con los nervios enroscándosele en la garganta y una inquietud creciente en el cuerpo.

—Emma, estás aquí. —Gray apareció frente a ella y una mueca de alivio se deslizó en sus labios. Llevaba un traje negro y una pajarita de color azul—. Te están esperando.

La vergüenza le inundó las mejillas y Emma se conformó con el silencio poco acusatorio de Gray. Este esbozó una sonrisa amable y, con formalidad, extendió un brazo que Emma aceptó con escasa confianza.

—¿Vamos?

Dudó un momento y tras lanzar una mirada hacia las escaleras, asintió. Dejó que Gray la arrastrara a través del murmullo de la música. Al otro lado, reunidas en pequeños grupos, una veintena de personas sonreían mientras las copas de champán se vaciaban a una velocidad pasmosa.

—Hay mucha gente —susurró y su mano titubeó sobre el brazo de Gray.

Una mujer de aspecto solemne y ojos pequeños le lanzó una mirada fulminante mientras otra le dedicaba una inclinación de cabeza.

—No los conozco —admitió y esquivó el rostro de una mujer joven cuyos ojos oscuros la estudiaban con atención, casi con genuina curiosidad. La piel de su escote resaltaba bajo las luces doradas y Emma notaba la tensión en su estómago—. A nadie.

—Pero ellos a ti sí —le recordó Gray, cuyas piernas se movían con agilidad sobre el salón—. Saben quién eres, Emma Monroe, la dueña de esta casa.

Una emoción primitiva le subió por la espalda y permitió que las palabras de Gray le infundieran una pizca de ánimo. La sombra de una chica salvaje se escondía debajo de ese vestido bonito, en la actitud recatada y en los hombros demasiado rectos, mientras se movía hacia la ventana y era consciente de la atención de todos sobre ella. Odiaba ese deseo que pugnaba dentro de su pecho, la necesidad por encajar, la facilidad con la que permitía a otros esconder trozos de ella.

—¿Has visto a la tía Lucy? —preguntó mientras se sentaban en dos de los sillones más apartados de la pista, lo suficientemente próximos a la mesa de canapés pero, también, alejados lo suficiente de la chimenea.

—Puede que esté en la entrada recibiendo al resto de invitados, aún es pronto —explicó Gray sujetando una copa de champán entre los dedos. La línea tirante de sus labios evidenciaba una inquietud que Emma no había percibido en él los días previos.

Tiene que salir bien, necesitan la aprobación de esta gente, se recordó mirando a los músicos y dirigiéndole una mirada afable a Gray mientras pensaba en el precario equilibrio social. Esas fiestas, esos bailes, eran un símbolo de poder, un juego entre clases sociales, un recordatorio de la aceptación de otros. Emma, cuya existencia había transcurrido al margen de todos ellos, sabía de primera mano lo que era sentirse sola y aislada. Una paria, algo en lo que nadie deseaba volver a convertirse.

—Eliot debería estar por aquí —reconoció Gray escrutando el salón—. Es como un gato huraño, preferiría arrancarse las uñas antes que tener que fingir interés y cortesía con todos estos desconocidos.

A Emma se le escapó una risita y se dio cuenta de que había muchos aspectos que desconocía de su hermano.

—¿Eliot siempre es tan serio? —preguntó, y el rostro de Gray se llenó de sombras.

—Cuando estudiábamos se divertía —reflexionó Gray y tardó un momento en continuar con la conversación—. Muy de vez en cuando salíamos a beber y volvíamos a casa tan borrachos que apenas nos sosteníamos en pie. Siempre ha sido propenso a esa actitud taciturna y distante, no te lo niego. Pero en cuanto empezamos a trabajar para el Museo se convirtió en un amargado que se niega a los placeres de la vida y solo piensa en dedicarse al trabajo. Creo que hay muchas cosas que se guarda solo para sí mismo, la responsabilidad, esa necesidad de asumir todo el trabajo. No lo juzgues duramente.

En la voz de Gray había lealtad, un sentimiento de compañerismo que Emma había visto en los dos y que secretamente envidiaba.

Levantó la vista hacia el salón. La tía Lucy apareció en medio de las mesas redondas y saludó a un par de mujeres que le dedicaron cuatro palabras amables. Sus ojos duros y fríos se deslizaron sobre la multitud hasta caer en ella. En silencio, estudió la figura de Emma antes de negar por lo bajo y regresar a la cocina con una sombra de decepción.

—Dale tiempo —continuó Gray mientras le apretaba el hombro en un gesto cercano. A Emma le agradaba la tonalidad de su voz, la firmeza de las palabras y que no girara el rostro cuando ella lo miraba—. Eliot es retraído y le cuesta establecer vínculos emocionales con otros, pero debajo de esa capa de indiferencia, te aseguro que hay un hombre lleno de matices.

En vez de responder, Emma asintió con lentitud y soltó un suspiro cansado.

—Creo que tengo algo que atender —dijo de pronto Gray con tono de advertencia mientras ladeaba el rostro hacia uno de los pasillos—. Ahora vuelvo.

Gray dejó la frase en el aire y se perdió entre los invitados mientras ella se alejaba hasta una de las mesas. Cogió una tartaleta con crema dorada y fresas y se la metió a la boca. El azúcar se le derritió en el paladar y no dudó en tomar otra y repetir el acto.

—Tiene pinta de estar muy bueno —gruñó Caín y ella notó la envidia en su voz. No le quedó más remedio que asentir—. Creo que es la única cosa que echo de menos de estar vivo.

—Pensé que te gustaba la buena conversación.

—Puede que te parezca social y encantador, pero nunca me ha gustado demasiado la gente, al menos no tanto como la comida. Extraño el sabor del queso, la nata dulce y, por supuesto, las ciruelas. —Caín miró los pastelitos sobre la mesa con un gesto codicioso y Emma arrugó los labios—. La mayoría de estas personas son pretenciosas, artificiales y… espera. —Hizo una pausa—. Alguien nos está mirando.

Tardó un momento en reconocer a la mujer a la que Caín se

refería, pero efectivamente alguien la estudiaba con atención. Una copa languidecía en su mano derecha y su rostro afilado denotaba un destello de angustia.

—Te recuerdo del cementerio —dijo acercándose sin recato alguno. Agitó el abanico de plumas y le regaló una sonrisa taimada—. El día que te caíste en la tumba. Soy Lira, trabajo con Eliot en la excavación.

A Emma le gustó la seguridad de aquella mujer. La firmeza de la sonrisa en unos labios redondos y bonitos, los ojos cautos y la voz tenue. Era atractiva de una forma indescriptible y poco convencional, el pelo corto recogido con delicadeza, el lunar junto al ojo izquierdo.

Lira se acomodó junto a ella y se bebió la copa de golpe. Dejó el cristal vacío sobre la mesa y giró el mentón hacia Emma, mientras deslizaba la mano en su bolsito y sacaba un colgante con forma de polilla.

—¿Sabes de quién podría ser esto?

Cogió el colgante y admiró el relieve. Estaba desgastado por los años, pero en la parte posterior tenía una letra «L» grabada sobre una fecha imposible de leer.

—No, ¿dónde lo has encontrado?

Lira volvió a coger la cadena y se la guardó encogiéndose de hombros.

—Pensé que podría ser tuyo o de alguien de tu familia. Me lo regaló el dueño de la tienda de antigüedades del pueblo y dijo que pertenecía a los Monroe.

Notó cómo las comisuras de sus labios temblaban suavemente al pronunciar su apellido.

—No lo había visto antes —reconoció—. Tal vez Eliot pueda decirte algo.

—Ya se lo preguntaré, es solo que me resultó curioso. Tu familia vivía aquí hace años y parece que la mayoría de la gente os trata como forasteros…

Mientras Lira hablaba, algo dentro de Emma vibró e hizo trastabillar su corazón. No quería ser grosera con Lira, pero sus ojos se deslizaban sobre los invitados a la expectativa de la llegada de Amaltea y la conversación prometida. Pero, en su lugar distinguió a un grupo de chicas de su edad que entraron al salón en medio de una conversación animada.

Wren.

El mundo perdió consistencia y Emma notó las piernas laxas, incapaces de reaccionar al impulso de correr, huir. Allí estaba Wren, después de semanas, en el mismo salón que ella.

La persona que conocía su más oscuro secreto, la persona que más la odiaba en el mundo, estaba en Edén, en su propia casa.

Atraída por sus pensamientos, Wren alzó los ojos de alquitrán y se fijó en ella. Una sonrisa venenosa se deslizó en sus labios al verla y aprovechó para atravesar el salón con la elegancia que solía caracterizar cada uno de sus movimientos.

—¡Emma! —exclamó su excompañera del internado con un tono nasal—. Pero qué curiosa sorpresa nos ha jugado el destino. Mira que encontrarnos aquí.

El corazón se le saltó de un latido, dos. Sintió que se ahogaba con su propia saliva.

—Queridas… —Wren se acercó con su séquito hasta ella y Emma no pudo hacer otra cosa que apartarse un poco para no tropezar con los lustrosos botines negros de la chica. Los diminutos rizos engominados le enmarcaban el rostro pálido—. No esperaba verte por aquí. Debo admitir que es muy valiente por tu parte. Yo no me hubiese atrevido a mostrarme delante de nadie en años. —Las voces se silenciaron y Emma notó la creciente tensión que se le enroscaba en la garganta al convertirse en el centro de las miradas. Wren era mucho más alta que ella, le sacaba una cabeza y Emma odiaba tener que inclinar el cuello para mirarla desde abajo—. Imaginaba que te recluirías en un convento o algo así, pero claro —hizo una pausa y esbozó un gesto de desprecio—, no aceptan a quienes tienen las manos sucias.

Como única respuesta, Emma retrocedió ante la sonrisa burlona de Wren. Era consciente de que Lira la miraba con preocupación, de que las otras chicas estudiaban sus forzados movimientos y probablemente esperaban un gesto que la traicionara.

—Wren, déjala en paz, sé amable —pidió una de las chicas.

Wren soltó una risotada al ver a la chica que acababa de incordiarla y Emma la reconoció. La había visto en el parque cuando hablaba con Amaltea. Era una joven preciosa con el cabello recogido en varias trenzas y unos labios rosados y voluptuosos. Sus ojos se quedaron fijados sobre los de Emma y le pareció que en ellos había un destello de amabilidad, de comprensión.

—Lavinia. —Wren pronunció el nombre con cuidado—. Siempre te ha gustado ejercer de abogada de las causas perdidas. Haz como tu hermana. —Señaló a una de las chicas cuyo rostro pálido anunciaba que estaba a punto de vomitar—. Anna no interviene porque sabe que este es un caso perdido.

La aludida contuvo una respuesta y sus ojos redondos cayeron sobre Emma con una disculpa silenciosa. Dijo algo ininteligible y se acercó hasta una Anna temblorosa para ayudarla a sentarse. Entonces Wren soltó una risita complacida.

—Si supieras todos los secretos que esconde Emma no te atreverías a acercarte a ella.

Emma no podía soportarlo. No podía resistir la presión brutal que le oprimía el pecho. Se levantó con un movimiento ágil y la cara ardiendo, solo quería desaparecer.

El pasado volvía y Emma no estaba dispuesta a repetirlo. Se remangó la falda del vestido y corrió hasta su habitación sin atender a los gritos divertidos de los invitados.

Se pasó cerca de media hora encerrada en la habitación con Dante entre los brazos. El perro empujó la cabeza contra su pecho y se quedó quieto, como si pudiese sentir la misma angustia pesada que Emma notaba crepitando en su pecho. Batallaba con el polvo de los recuerdos, con la imagen de Wren volviendo de entre los muertos para recordarle que lo del internado siempre la perseguiría.

—Me parece que esa muchacha ha sido cruel contigo —comentó Caín después de varios minutos de absoluto silencio; estaba sentado en la buhardilla con los brazos cruzados sobre el pecho.

En lugar de contestarle, Emma dejó a Dante sobre la alfombra y se retorció las manos mientras pensaba en todas sus opciones. Caín parecía tan confundido que Emma se preguntó si sería capaz de explicarle lo que Wren significaba. No solo por su presencia, era todo lo que arrastraba con ella, los secretos oscuros que las encadenaban la una a la otra, las mentiras y, por supuesto, la muerte de Amy. Wren volvía como una aparición siniestra de unos días que creía casi sentenciados al olvido. Miraba esos recuerdos a través de la neblina del dolor y se convencía de que en Edén no podrían alcanzarla.

Pero se equivocaba. La actitud sibilina de Wren era una prueba irrefutable de que Emma siempre sería una sombra en la vida de los demás. Un recordatorio de que en cualquier momento, su secreto podía quedar libre y aplastarla bajo el peso de sus mentiras.

El corazón amenazó con estallarle y estuvo a punto de romper a llorar. Se sacudió las manos y contuvo el temblor en sus huesos antes de explicar:

—Se regodea en su propia maldad. Estudiamos juntas en el internado. —Levantó los ojos hacia él antes de ponerse en pie—. Se esforzó por demostrarme que me odiaba. Cada noche temía al silencio que precedía cualquiera de sus actos. Le gustaba asustarme, esconder mis cosas, hacer cualquier tipo de jugarreta cruel.

Empezó a deshacer los lazos del vestido con rabia, Caín se dio la vuelta con amabilidad mientras ella sacaba una camisola de algodón y se la echaba sobre los hombros. Las manos le temblaban tanto que tardó más de lo habitual en quitarse la ropa y atar los cordones de la bata. Entonces se dejó caer sobre la alfombra y enterró el rostro entre las rodillas. Escuchó cómo Caín se acomodaba junto a ella y Dante se aovilló en sus pies.

Se quedaron en ese silencio durante una eternidad, al menos hasta que las piernas se le quejaron ante la rigidez de sus músculos y Emma cedió al cansancio.

—¿Cuántos años llevas muerto? —preguntó de pronto, y Caín soltó un suspiro pesado. No quería ser tan directa, pero necesitaba llenar el vacío en su cabeza, necesitaba ahogar el eco entre sus pensamientos.

—No lo recuerdo.

Caín suspiró y dejó los brazos alrededor del cuerpo.

—El tiempo pierde significado cuando no tienes un cuerpo de carne y huesos.

A Emma le entristeció el sonido de su voz.

—No me compadezcas, por favor —apremió él girando el rostro taciturno hacia la ventana—. Me gustaba estar solo, la gente es demasiado ruidosa.

Pero no era verdad. Ella lo veía por la forma en que se le crispaban las comisuras de los labios cada vez que mentía.

—Puede que esa sea una mentira que te quieras contar, pero he pasado suficientes noches en vela como para conocer de primera mano el vacío de la soledad.

Caín soltó una risotada amargada y cruzó las piernas.

—Pequeño cervatillo, eres demasiado joven y has vivido aislada porque otros lo han decidido así. Deja de sentir pena por mí, no creo merecerla.

—¿No tienes ganas de pasar al otro lado?

Emma dejó que las palabras flotaran entre los dos y pensó en todos los fantasmas que había conocido.

—¿Para qué? —preguntó con un bufido—. Quiero saber quién era. Hay algo… siento algo que me dice que necesito recuperar mis recuerdos, no puedo explicarlo, pero una cosa es eso y otra muy distinta es pasar el velo. No tengo intención de lo segundo.

—Puede que tu muerte fuese traumática —apuntó ella dándole vueltas al asunto y abrazándose las costillas para protegerse de la brisa que se colaba a través de la ventana entornada—. Tu cabeza bloquea el incidente y cualquier recuerdo relacionado con este. Puede que incluso estés vinculado de alguna forma a la casa o al cementerio, tal vez trabajases aquí…

La última frase quedó ahogada por el eco de unos pasos. El susurro apagado de unos pies arrastrándose sobre la madera, reverberando por toda la casa.

Recordó el rostro extasiado de Wren y el temor a que la estuviese buscando dentro de su propia casa la hizo tiritar de pura ansiedad. No quería repetir su época del internado, no quería volver a huir, y veía escasas posibilidades para escapar de aquella chica, especialmente si volvían a compartir el mismo círculo. Emma contuvo un lamento y se levantó a pesar de que no tenía ningún interés por abandonar la habitación. Encerrarse con su miedo no era una opción. Abrió la puerta hasta dejar una rendija diminuta. En el pasillo se dibujó un halo dorado y la tía Lucy descendió las escaleras del ático para luego volver hasta la celebración.

—¿Qué es lo que hace arriba? —preguntó.

Caín se encogió de hombros. Emma apretó la mandíbula y aferró la cadena de plata que le colgaba del cuello. Su tía Lucy subía al menos dos veces al día, pero Eliot jamás lo hacía.

—Voy a echar un vistazo —decidió.

En silencio, abrió la puerta de la habitación y se deslizó casi de puntillas hasta el pasillo. Las voces y la música se mantenían como un sonido aislado, muy distante del zumbido que cada noche percibía en la planta de arriba. Era como si la casa la estuviese llamando. Sentía un eco que rebotaba contra las paredes, la tonalidad de una presencia que nunca llegaba a manifestarse. No como un espíritu. Era diferente, una sensación pegajosa, el aire seco revuelto.

—¿Estás segura? —preguntó Caín a su espalda al ver que Emma ya había subido dos escalones.

—Quiero saber qué hay allá arriba —dijo en voz baja y una emoción silenciosa se abrió pasó a través de sus vértebras. Estaba rompiendo las normas, era muy consciente de ello y no le importaba—. Si es donde guardan las cosas de mi madre, creo que merezco verlas.

Caín asintió y Emma subió el resto de las escaleras aplacando las dudas que comenzaban a morderle los huesos. Aquella casa rodeada de secretos escondía tantas partes de su madre que Emma quería descubrirlas, atesorarlas. Le enfurecía llevar tantos días allí y ser testigo de cómo todos habían intentado reducir la vida de Dulcinea a un cuadro viejo en el salón del recibidor. ¿Tan poco había significado? ¿Por qué se crispaban cuando Emma pronunciaba su nombre?

Apartó las preguntas con rabia mientras alcanzaba el último tramo de las escaleras. Contempló un ático en ruinas, el polvo acumulándose en las esquinas y la suciedad campando sobre la madera. Contuvo un gesto de incredulidad. Densas telarañas poblaban el suelo carcomido por el desgaste del tiempo y se afianzaban sobre una lámpara salpicada de óxido. Apoyó la mano en la pared cubierta de moho y de repente, se fijó en dos cuadros dispares al fondo. Uno era un retrato en el que se veía a Arthur durante su juventud y en el otro estaba una mujer de pelo rubio y rostro ceniciento tan parecido al suyo que la mueca triste de sus labios la desalentó.

Esto lo hizo ella, es un autorretrato, comprendió alargando una mano hacia el óleo. Los trazos eran firmes en contraste con las sombras y luces que le nublaban los ojos. Como si la chispa que mantenía viva su expresión estuviese apagándose.

—Es como si me hablase a través del lienzo —susurró y apartó los ojos del retrato. Le costó desprenderse de la sensación de anhelo que la atravesaba, de la quietud y tristeza que había visto en el arte de su madre.

Evaluó el ático casi vacío y se fijó en las puertas cerradas a ambos lados del pasillo. El silencio se alzaba en medio de las telarañas y Emma giró el pomo de la puerta que estaba a su izquierda, pero esta no cedió.

—No entiendo qué hace tu tía aquí, esto está tan… sucio.

Las palabras de Caín tropezaron con Emma cuando se giró hacia la otra puerta y esta abrió sin ofrecer resistencia. Una nube de polvo salpicó el aire y Emma se cubrió la nariz con el antebrazo mientras entraba en una habitación diminuta. Daba la sensación de que nadie había pisado aquella habitación en años, como si los recuerdos encerrados permaneciesen ocultos del mundo.

Los dedos de Emma acariciaron las paredes desnudas y las polillas volaron a su encuentro.

A pesar de la oscuridad, Emma vislumbró la cama mugrienta y varias cadenas que colgaban del dosel y caían hasta el suelo como una condena. Las manos se le empaparon de sudor y un escalofrío le bajó por la nuca cuando alargó los dedos hasta una de las cadenas. Era un castigo cruel. La ira burbujeó en ese rincón oculto de su cuerpo y contuvo el impulso de gritar, de golpear las paredes y de permitir que su voz se impusiera a la de todos los que habían consentido que su madre estuviese encerrada como un animal.

—¿Cómo podía vivir alguien aquí? —preguntó Caín a su lado. Su voz era un murmullo en la noche.

— No fue por voluntad propia. Mi madre enfermó y mi padre pensó que lo mejor era apartarla para que no supusiese un peligro para otros —dijo ella repitiendo las palabras de su tía como único consuelo—. Pero las cadenas, este lugar…

Las palabras se le rompieron en los labios y esquivó las lágrimas mirando fijamente los muebles.

—Me da la sensación de que a tu familia se le da muy bien recluir a cualquiera que no encaje en su forma de ver la vida —repuso Caín. Emma notó cómo el nudo en su estómago se tensaba con violencia. No respondió, no tenía fuerzas para ello.

Así que, decidida a encontrar algo, Emma se agachó junto al aparador en la puerta y revisó los cajones de uno en uno. La mitad se encontraban vacíos y, aunque sabía que no podía perder el tiempo en el ático, se negaba a marcharse sin registrar todo el lugar. Necesitaba encontrar una evidencia, una señal de que su madre había estado allí, de que había sido algo más que una prisionera de ese lugar.

Llevaba varios minutos de búsqueda cuando Caín descubrió que una de las tablas de debajo de la cama no encajaba del todo. Con la emoción contenida, levantó la trampilla y sacó una caja diminuta.

—Era de mi madre…

—Ábrela —instó Caín acuclillado a su lado.

Emma se sentó recta y encontró una bolsita de terciopelo negro en el interior. Las manos le temblaron cuando sacó un viejo reloj de cuerda roto, la superficie chapada en oro poseía una letra «L» grabada sobre una polilla negra.

—Hay algo más —le dijo Caín al ver que ella se quedaba ensimismada con el reloj en los dedos. Debajo de este, yacía una foto rasgada, un trozo de una instantánea manchada por el tiempo y un sobre arrugado.

—Esto…

La voz le supo a dudas en la lengua y sintió que Caín se quedaba tan quieto como ella mirando aquel rostro cuyos ojos no habían envejecido.

—Eres tú —dijo Emma, y Caín, que siempre parecía tener una

respuesta para todo, se quedó en silencio, estupefacto, mirando su rostro en la foto—. ¿Por qué mi madre tendría una foto tuya?

Caín observó la instantánea con los labios apretados.

—Ese no puedo ser yo —aclaró sombríamente, pero para ella no existía duda alguna. Era él.

Emma tomó el sobre amarillento y bien doblado que había al fondo de la cajita, cuando de repente, algo cortó el hilo de sus pensamientos. Tardó un segundo en reconocer el ruido: un lamento herido, un llanto.

Supo de inmediato que no podía seguir allí. Nerviosa, se apretó el reloj contra el pecho y se guardó el sobre volviéndose hacia el pasillo vacío. Caín parecía tan confuso como ella e incluso se acercó hasta la puerta solo para confirmar que continuaban solos.

—Tú también lo escuchaste —susurró con un débil temblor en los labios.

Asustado, Caín asintió confirmando que no eran imaginaciones suyas. No tardaron en oírlo de nuevo: un grito, un lamento estridente capaz de rasgar el viento. Caín y Emma se miraron en silencio. Esta vez, consiguió identificar de dónde procedía el ruido y corrió hasta la ventana empañada, se apoyó en el marco, como si este pudiese ayudarla a mantener el equilibrio ante la situación en la que se encontraba.

—¿Ves algo? —preguntó Caín con el rostro pegado al cristal.

En vez de responder, Emma limpió el cristal de la ventana con la mano y se dio cuenta de que una espesa niebla había caído sobre el jardín durante la fiesta. Forzó la mirada en medio de la oscuridad y no le llevó ni medio segundo identificar una figura alargada que cortaba la neblina.

—Es el errante.

Las palabras le quemaron las cuerdas vocales y la puerta de la habitación se cerró de golpe, dejándolos encerrados.

13
ELIOT

—Has estado muy callado desde que llegué —comentó Arthur sirviéndose una copa de vino mientras lo miraba de soslayo—. No te tenía por un supersticioso.

A Eliot le disgustó el sarcasmo de la frase casi tanto como la sonrisa mal disimulada. Su padre había desestimado la historia del hombre del cementerio; incluso cuando le recordó que conocía al jardinero, Arthur se mostró impasible y negó en silencio. El rostro del reo permanecía como una pesadilla recurrente dentro de los límites de su memoria y por esto le pareció correcto contárselo. No imaginaba que Arthur insistiría tanto en lo absurda que le parecía la situación.

Se habían encerrado en el despacho, lejos de los invitados, donde la conversación no pudiese trascender hacia la fiesta. Las respuestas escuetas de su padre comenzaban a despertar su mal humor. Eliot no era de esos hombres brillantes cuya inteligencia lo hiciese destacar en su trabajo. Su mayor atributo era la entrega, lo tozudo que se mostraba frente a las negativas y su capacidad para entregarse a los proyectos renunciando a cualquier necesidad física.

—Escucha. —Arthur ahogó un suspiro y se bebió el vino de golpe—. No sé qué es lo que crees haber visto, pero ya sabes cómo es este pueblo. Puede que su influencia te esté afectando. O quizá sea el hecho de trabajar con una mujer dentro de la excavación; no puede existir nada peor que compartir tu mérito con ella.

—Ese hombre probablemente fue el último en ver a León con vida —dijo Eliot demasiado consciente de que, al ver la nula cordura del hombre, sus esperanzas por obtener una respuesta sobre lo ocurrido aquella fatídica noche caían en saco roto—. Pensé que a lo mejor podría aclarar un poco qué fue lo que vio, qué pasó realmente.

—Déjalo estar, Eliot. Han pasado demasiados años y tú mismo has visto que es un loco.

A Eliot le disgustó el tono infame de su voz. Aquella postura firme y cuidada formaba parte de la voluntad de un hombre lleno de matices y con capacidad de liderazgo. A diferencia de su hijo, Arthur había escalado hasta lo más alto de la sociedad a base de mérito y trabajo, lo que significaba que todos en el Museo cuestionaban si Eliot realmente se esforzaba lo suficiente o si simplemente obtenía las sobras de su padre.

—No hay ningún mérito sin su hallazgo —soltó ante el reproche de su padre muy consciente de que lo único que sabía de la tumba era gracias a Lira. Le escocía reconocerlo, pero se veía incapaz de negar la evidencia.

Arthur sonrió con condescendencia y Eliot no le devolvió el gesto. Desvió su atención hasta el escritorio y se fijó en la pila de cartas sin abrir que había junto a un par de archivos a medio revisar y una biografía no oficial que Lira le había dejado.

—Precisamente eso es lo que me preocupa —continuó Arthur mientras se acercaba hasta la ventana, Eliot abrió la boca para rebatir y la volvió a cerrar enseguida—. En el Museo están bastante inquietos ante el retraso de la excavación. ¿No era esto lo que más querías? ¿El reconocimiento de todos los eruditos? ¿Ganarte tu lugar? Pero dudas, y esa vacilación te hace parecer débil delante de los demás.

Se volvió hacia él y expulsó el humo del cigarrillo por los labios.

—Sabes lo importante que resulta este hallazgo y no solo vas con retraso —dijo tras una pausa larga—, es que ni siquiera has conseguido que te entregue todos los documentos, de lo contrario me lo habrías informado, y tus cartas cada día son más escuetas. No quiero pensar que ha sido un error ponerte al mando de la excavación.

—Estoy trabajando día y noche—se defendió—. Pero no contaba con un asesinato en medio del campo de investigación. Tampoco imaginaba que sería tan difícil reconocer el terreno y rebuscar entre los mausoleos. Estaba convencido de que teníamos algo sólido y no siento que esté cerca de encontrarlo.

Arthur soltó el aire de golpe. De pronto, Eliot se sentía juzgado, diminuto y asustado. Como si su padre le hubiese regalado aquel trabajo y él no estuviese a la altura.

—Me sorprendes, Eliot, y no para bien. He puesto la mano en el fuego por ti y espero que me devuelvas con creces el favor. Necesitábamos la financiación, los fondos, y tú te estás dejando llenar la cabeza de patrañas por una mujer problemática. ¿Has conseguido que te entregue el cráneo de cristal?

Allí estaba.

Su padre había mostrado una creciente inquietud por este objeto y en las cartas manifestaba la importancia de que el cráneo se hallase en manos del Museo. Era la pista más sólida sobre la tumba.

—Ni siquiera lo he mencionado…

—Ahí está tu problema —irrumpió Arthur—. ¿Cómo podemos estar siquiera seguros de que lo tiene? ¿Y si solo es una mentira para inmiscuirse en nuestro trabajo?

Eliot se sentó sobre el escritorio y vio la rabia contenida en los ojos de su padre.

—Escúchame bien porque no voy a repetírtelo. Quiero que seas un hombre de palabra. Nada de juegos, nada de tonterías. Necesitamos ese cráneo, necesitamos ese objeto que prueba la historia de Morrigan —dijo—. Ya tenemos suficiente con los Davies y con los Rinaldi aquí en el pueblo.

—No puedo excluir a Lira de la excavación, tampoco puedo arrebatarle el cráneo.

La mención de Lira hizo que su padre pusiera los ojos en blanco.

—No es quien tú crees —replicó Arthur mirando el cristal de forma pensativa, luego giró el rostro y lo enfrentó—. Sé que sientes que es la responsable de que tú estés aquí, que sin su hallazgo nada de esto sería posible, pero no te dejes engañar. Esa mujer no va a encontrar la tumba, solo es un incordio que pretende retrasarte.

»Comprendo que Lira sea una fantasía exótica para ti. Una mujer que se pasea en pantalones y se escuda en una inteligencia afilada. No serías el primero en ceder a sus encantados —explicó con cautela—. Pero es tu obligación completar este trabajo y mientras ella ronde por la excavación, mucho me temo que no tendrás la cabeza despejada.

Hacía un par de días, Eliot no habría discutido semejante argumento, pero aquella noche, no estaba tan convencido. Lira era una molestia y una distracción, desde luego, pero también era inteligente, mordaz. Sus conocimientos sobre paleografía y leyendas antiguas dentro del marco histórico del país resultaban una prueba irrefutable de lo necesaria que era su presencia para continuar con la investigación.

Eliot esquivó la culpa que le producía ese pensamiento y se concentró en su respiración.

—¿Y qué es lo que pretendes que haga?

Esta vez Arthur dibujó aquella sonrisa felina que Eliot había visto en tantas ocasiones, era la que destinaba a los juegos sucios. No le gustó. Quizá por la incomodidad que sentía en el cuello o el ligero picor que le producía verse reducido ante la actitud desafiante de su padre.

—Aprovecha sus conocimientos. —Arthur dejó el vaso vacío sobre el escritorio y se movió hacia la puerta. Se echó la chaqueta sobre los hombros y Eliot intentó no pensar demasiado en el gesto complacido con el que su padre lo miraba—. De momento, puedes sacar toda la información que necesites de ella sin hacerla partícipe de tus descubrimientos. Y consigue la calavera.

Eliot bufó y se pasó una mano por el rostro cansado, esperó con paciencia a que su padre dejara los documentos en la mesa y girara hacia la puerta.

—Además —comentó con una sonrisa amplia—, en pocos días, dejará de ser un problema.

—¿A qué te refieres?

—A que Lira no es una mujer libre y si ha llegado hasta Edén, ha sido a base de mentiras.

Eliot se esforzó por darle un significado a la frase y antes de que pudiese decir algo más, Arthur abrió la puerta y soltó:

—Regreso a la capital, espero que para finales de semana tengas algún adelanto.

—Pero podrías esperar hasta mañana y visitar el cementerio, ver el terreno tú mismo.

—Eliot, esta es tu investigación, no voy a inmiscuirme —espetó como si no acabase de poner a su hijo en una terrible tesitura. Se caló el sombrero y el bigote tembló sobre una sonrisa tirante—. Pero quiero resultados y los quiero cuanto antes.

Dando por zanjada la conversación, Arthur inclinó la cabeza y Eliot lo vio salir por la puerta de atrás. Había resultado una visita lamentable si tenía en consideración que su padre acababa de cruzar el país para advertirle de la decepción que le producía su trabajo. Un recordatorio de la presión que lo envolvía y que no podía quitarse de encima.

Frustrado, se movió hasta el escritorio y sus ojos vieron a través de la ventana cómo su padre se subía a un coche y desaparecía en la noche.

—Necesito un trago —se dijo repentinamente mareado y se arrojó de regreso a la fiesta. Notaba el pecho inquieto. Las emociones revueltas del encuentro acababan de recordarle lo precaria que era su situación, la necesidad de un descubrimiento que pudiese firmar con su nombre para que una docena de hombres, trajeados y enfundados en sus egos, aprobaran su labor en el departamento. Se puso rígido ante el pensamiento y no pudo contener un gruñido de frustración. Arthur había sido demasiado conciso, quizá un poco esquivo y algo le decía a Eliot que las preocupaciones de la noche solo acababan de empezar.

En ese momento, notó un destello de impaciencia en el cuerpo, el regusto de su inquietud pegado al velo del paladar. No necesitaba llegar al salón para respirar el aire viciado por el humo del tabaco de la fiesta. La noche había arrastrado la música hasta cada recoveco de la casa y, desde allí, escuchaba el rumor de las conversaciones y el retumbar seco de la melodía. El olor a whisky y cigarro. Eliot agudizó el oído y se encontró pensando en Lira. En el vestido violeta que llevaba y en lo mucho que remarcaba la delicadeza de sus hombros, el contorno bronceado de sus clavículas. Era difícil pensar en ella como una mentirosa después de los últimos días, pero tampoco podía olvidar que estaba casada.

No es una mujer libre.

Confundido por esa reflexión, Eliot sacudió la cabeza y atravesó el pasillo con la mirada perdida. Se había quedado ensimismado en suposiciones absurdas mientras la fiesta continuaba en el salón, una absurda celebración repleta de flores que en un par de días se quedarían mustias y llenarían la casa de ese olor dulzón de la muerte. Se alisó la camisa blanca y salió al pasillo en penumbra. Aquella zona de la casa permanecía vacía y Eliot esquivó una silla mal colocada frente a la puerta. El ruido de una conversación le advirtió de una presencia, guardó silencio muy atento al rumor de las palabras. No tardó en encontrarse con Gray recostado contra la pared y con una mano apoyada en el hombro de un chico.

—¡Eliot! —Se sobresaltó al verlo. El aire tenso parecía demasiado tibio y no se le pasó por alto el brillo radiante en los ojos de su amigo—. Hace rato he visto que Arthur se iba de la casa, yo... estaba buscándote.

El otro chico fingió que examinaba el techo mientras Eliot miraba a uno y otro sin decir nada. Roy era estudiante de geología y había trabajado junto a ellos en otra ocasión. Eliot lo había visto analizando el suelo en ocasiones puntuales, pero lo recordaba por Gray y lo mucho que sacaba su nombre a colación.

—Lo sé, ha sido una visita repentina.

Roy carraspeó un poco y se ajustó la corbata azul antes de soltar:

—Yo... tengo que irme.

Gray no se movió, se quedó con las manos en los bolsillos y una expresión ilegible en el rostro, mientras Roy les daba la espalda y se alejaba. Eliot solía bromear con lo mucho que Roy miraba a hurtadillas a Gray, a veces lo pillaba ensimismado admirándolo de reojo y, hasta ese momento, no había comprendido el alcance de sus sentimientos. Miró a su amigo. Tenía el rostro enrojecido y los ojos oscuros, brillantes. Se quedó callado un par de minutos y Gray fingió no darse cuenta del escrutinio de su amigo hasta que levantó la vista hacia él.

—Deberías decirle que te gusta —dijo Eliot finalmente, apoyándose a su lado—. Creo que él siente lo mismo.

Su compañero enarcó una ceja.

—Tal vez deberías escuchar tus propios consejos. —Sonrió señalando la puerta entreabierta desde la que se veía a Lira sentada en un sillón. La vista de su espalda prendió una chispa en el pecho de Eliot.

—Está casada.

—Venga, no me creo que esa sea la razón por la que te pones tantas excusas.

Eliot abrió la boca para rebatirlo, pero ninguna palabra alcanzó a salir de su garganta. Una explosión le hirió los oídos poco antes de que las luces se apagaran por completo y los gritos se alzaran. Casi no tuvo tiempo de ver cómo la enorme lámpara que colgaba en el techo del salón, caía sobre el suelo. Alguien chilló, una voz que se elevaba por encima de los ruidos desesperados, un aullido animal, antinatural, que le erizó la piel. Algo rebotó contra las paredes y, en medio de la noche, Eliot no pudo ver más que cristales cortando el aire y una marea de cuerpos que huía del salón envuelto en la cacofonía de los gritos.

Confuso, se movió entre las sombras, pero apenas veía algo. Un lamento sordo inundó el silencio que precedía a la desgracia, y de no ser por las manos de Gray, que lo agarraron y lo obligaron a dar media vuelta, Eliot no se habría movido para protegerse de los invitados que corrían en bandada como animales salvajes huyendo de la catástrofe.

—¡Eliot! —gritó Gray por encima del bullicio, y por un momento, Eliot no supo reaccionar, estaba de pie al otro lado de la puerta, la espalda apoyada en la pared. Escuchó los gritos contenidos y se quedó inmóvil, apartado de los invitados a los que apenas podía vislumbrar en la oscuridad.

Eliot se sacudió el miedo y le tocó el hombro a Gray.

—Busca un quinqué o una vela, lo que sea —musitó como pudo y abrió una de las puertas laterales dejando que los invitados salieran al jardín: les hizo señas y les mostró el camino.

Gray lo miró con las cejas arqueadas antes de alejarse en dirección contraria. Eliot ayudó a dos mujeres a bajar las escaleras y se quedó inmóvil junto al canto de la puerta. Con una especie de sobresalto, vio densos jirones de niebla escurrirse sobre la hierba y, a lo lejos, le pareció que una figura se deslizaba por camino hacia el cementerio.

—¡Un fantasma! —gruñó Mia Rinaldi que estaba en el rellano con los brazos alrededor del cuerpo. Eliot volvió a mirar al jardín, pero la extraña silueta que había vislumbrado segundos antes ya no estaba allí.

Parpadeó con fuerza y ladeó la cabeza sin comprender del todo lo que acababa de ver.

Otras personas levantaron la voz en medio de la confusión y Eliot ladeó la cabeza sintiendo la rabia condensarse dentro del pecho. No tenía tiempo para tonterías, no sin antes saber qué acababa de ocurrir dentro de su casa.

—Por favor, atención —bramó justo cuando Gray apareció con un quinqué en la mano.

Tragó saliva y se esforzó por dominar la preocupación.

—Ha habido un accidente —dijo subiéndose al muro que había contra la casa y observando a la multitud congregada afuera—. Aseguraos de que todos estáis bien y a salvo. Voy a echar un ojo para ver qué ha pasado, os pido un poco de calma.

Pasaron varios minutos hasta que finalmente imperó una tensa tranquilidad. Algunos de los invitados tenían pequeñas heridas y los vio acomodarse en el porche. Mientras, Hazel repartía mantas y un poco de agua. Eliot giró el cuello y estudió el camino que daba hacia el cementerio, resopló sin saber muy bien qué era lo que él y varios más habían visto. No podía tratarse de un fantasma, desde luego existía una explicación racional, aunque en ese momento se le escapara de las manos darle un sentido a la imagen.

Ansioso, cogió la lamparilla y regresó al interior de la casa sintiendo las piernas pesadas, los hombros tensos. Eliot se dio cuenta de que no se había asegurado de que su hermana y la tía Lucy estuviesen bien, ni siquiera se había fijado en las cocineras o en los mozos de la casa.

Se sonrojó ante su desconsideración y respiró hondo antes de deslizarse hasta el interior del salón y evaluar los daños. Lo que encontró despertó un desasosiego feroz, una preocupación que hasta entonces no había sentido.

—Lira —susurró, y el nombre se le antojó raro en sus labios, cargado de anticipación, de anhelo. Algo dentro de su pecho se fracturó, un sentimiento anómalo, casi ajeno y desconocido.

Ella se volvió con los ojos opacos. Tenía el rostro manchado de sangre y varios cortes irregulares en el brazo. No dijo nada, pero Eliot escuchó cómo aspiraba con fuerza y contenía un aullido de dolor.

—No te muevas —dijo colocando la mano libre sobre su cintura, la aferró y ella no se resistió, parecía confusa, y él, por alguna extraña e inaudita razón, necesitaba asegurarse de que estaba bien—. Déjame ver esa herida.

—No —se negó Lira sin apartarse de él. Eliot miró el rostro de Gray, que permanecía erguido sobre la puerta. No lo había escuchado llegar, pero la sombra en sus ojos lo alertó de inmediato. Miró a Lira. Algo dentro de ella temblaba—. Tienes que verlo, tienes que... no sé, solucionarlo.

Dijo algo confuso, con un tono brusco, y a Eliot le llevó medio segundo comprender qué era lo que le señalaba. El nudo en su garganta se acentuó y unas nauseas profundas lo increparon al percibir el cuerpo de una chica contra las escaleras. El pelo oscuro le cubría el rostro y varios manchurrones de sangre le empapaban el vestido celeste.

—Es Anna Davies —susurró Gray arrodillándose al lado de la chica—. Está... muerta.

14
LIRA

—¿Qué vamos a hacer?

El rostro de Eliot mutó a una expresión marcada por la misma angustia que la corroía a ella. Lo vio inflar el pecho y sacudir la cabeza con estupor. Anna era la hija mayor de los Davies y estaba a sus pies, completamente inmóvil con los ojos abiertos y la sangre manchándole la boca. La expresión plácida de su rostro evidenciaba una muerte tan limpia como carente de violencia.

—Llamad al médico y al forense —instó ella, y tanto Gray como Eliot la miraron en silencio.

Eliot permanecía muy quieto, con el rostro descompuesto y los hombros caídos, la postura de alguien que no está preparado para asumir el control de una situación traumática. Era evidente que necesitaban a alguien con la mente fría. Así que Lira se levantó como pudo, se tragó el dolor, y mareada, decidió poner su cabeza en marcha. Lo primero que hizo fue cerrar las puertas del gran salón, luego se movió y corrió las cortinas mientras despejaba la entrada de los cristales rotos en el parqué.

—No dejéis que ninguno de los invitados se vaya hasta que llegue la policía, querrán interrogarlos. —Giró hacia Gray y se fijó en la manera en que jugueteaba con los botones sueltos de su camisa, los dedos le temblaban cuando Lira le quitó la lámpara y la acercó hasta el cuerpo inerte de Anna—. Es evidente que no murió por el accidente. No tiene heridas ni contusiones.

—¿Qué sugieres? ¿Qué alguien ha hecho esto? —preguntó Eliot con la mano en el puente de la nariz y los ojos apretados. Era la primera reacción que tenía en varios minutos y Lira deseó que pudiese recobrar el control de sus emociones. La línea dura de su mandíbula tensa y la nuez de su garganta subía y bajaba—. ¿Quién podría haber hecho algo así?

El desconcierto de su voz evidenciaba lo disgustado y nervioso que estaba. Lira se acuclilló junto a Anna y estudió la posición recta de la boca, el tono parduzco de los labios y unas ampollas que asomaban en la lengua hinchada. Sujetó el mentón con delicadeza. Tenía la piel fría, los ojos velados por lágrimas de sangre.

—Veneno.

Las palabras se le escaparon incluso antes de ser consciente de ellas y un ligero mareo le sobrevino. El aroma dulzón se percibía incluso debajo del perfume floral impregnado en el cuello de la chica. Era un olor amargo, bien disimulado por el vino en sus labios.

—No, eso no es posible.

¿Quién podría hacer algo así? ¿Por qué?

—Miradme, los dos. —Gray fue el primero en ceder y luego Eliot lo imitó con un arrogante movimiento de barbilla—. Alguien en esta fiesta ha asesinado a esta chica.

Eliot frunció el ceño y vio que sus palabras acababan de prender una chispa en él. No había pretendido pronunciar esa acusación en voz alta, pero la incredulidad del momento y el temblor en sus hombros la habían obligado.

Las dudas prendieron los ojos de Eliot que se movió hasta la puerta y regresó, preso de los nervios. Lira veía las gotas de sudor resbalándole por la frente, sentía el latido violento en su pecho como un eco del suyo propio. ¿Quién podía hacer algo así? No lo sabía y tampoco había pensado en ello. Hasta hacía pocos minutos

Lira estaba replegada al fondo del salón bebiendo una copa mientras el miedo se extendía como una segunda piel.

Eliot se detuvo y la miró:

—Tú estabas aquí, ¿acaso viste algo?

—No —admitió con pesar y la voz se le rompió. Odió el sonido de su vergüenza, de su debilidad—. Solo sé que la lámpara cedió y las luces se apagaron, todos empezaron a correr y luego se desplomó.

Lira se pasó una mano por el rostro y notó la sangre sobre la piel, en el vestido. El dolor se encendió como si hasta entonces se hubiese mantenido apartado por culpa del miedo o la impresión.

—Hay un asesino en la casa —reconoció Eliot sin convicción. El pelo le caía desordenado sobre la frente sudada y tenía la camisa arrugada y sucia—. Si lo que estás diciendo es cierto, todo el mundo en esta fiesta, incluso tú o yo, seríamos sospechosos. —Miró a Gray—. Busca al capataz y que investiguen todo esto. No hables con su familia y asegúrate de que nadie entre al salón. Y por favor, asegúrate de que Emma está bien. —Parecía recuperar el dominio sobre sí mismo.

Antes de obedecer, Gray se quitó la chaqueta y, con delicadeza, la extendió sobre el cuerpo de Anna. Un gesto galante que conmovió a Lira. Eliot se dedicó a revisar el enorme salón como si buscase algún indicio de lo ocurrido. Sus ojos barrieron cada esquina y analizaron las mesas, las sillas, hasta que, frustrado, miró a Lira y la expresión de su rostro se tornó sombría.

—Tenemos que limpiarte esas heridas —susurró Eliot de pronto, repentinamente consciente de la sangre de ella. Lira miró los cortes irregulares sobre su piel y dejó escapar un resoplido, repentinamente agotada. Le dolía el brazo, pero no tenía la fuerza para dirigir su atención a las heridas, no cuando una chica muerta yacía en la sala.

—Estoy perfectamente...

—Lira —interrumpió, y ella notó el sabor del aire viciado en los labios. Se sintió expuesta ante él, como si Eliot pudiese verla a través de las capas de soberbia con las que disfrazaba sus miedos—. Por favor, déjame ayudarte.

La petición la pilló por sorpresa y tal vez fue la extenuación mental o la idea de que una chica joven e inocente acababa de morir, pero Lira aceptó.

Estaba a punto de seguir a Eliot cuando Gray apareció en el pasillo seguido por Emma, que ni siquiera se detuvo delante de ellos. Tan solo se excusó y salió a trompicones con el perro entre los brazos y el rostro salpicado por el horror.

—¿Debería preocuparme? —preguntó con una ceja en alto.

—Está bien… —dudó Gray—. Estaba en su habitación, voy a buscar al capataz.

Lira se fijó en el temblor de sus labios y supo de inmediato que no decía la verdad. La gravedad del asunto le impidió rebatir el argumento y, cansada, Lira dejó que Eliot la llevara hasta un despacho bien organizado situado al otro extremo de la casa. En cuanto Eliot cerró la puerta, ella atisbó la preocupación en su rostro, una especie de miedo que nunca antes había visto en él. Le resultaba extraño que alguien quisiese ayudarla de esa manera, era Lira quien cuidaba de sí misma. No mostraba su debilidad delante de nadie, se tragaba el dolor con facilidad.

—Será rápido. —Lira asintió y se dejó caer en la silla junto a la ventana. Escuchaba el bullicio de la gente, las preguntas cargadas de incertidumbre doblándose bajo el silencio de lo ocurrido. Necesitaba una copa, algo fuerte que la ayudara a recobrar el calor de su cuerpo.

Eliot la miró con una ceja en alto y se quitó la chaqueta en silencio, con un movimiento elegante y seguro. Parecía que dentro de la tensión propia del desastre, era capaz de actuar con aquella soberbia.

Lira lo estudió a la sombra de la noche y vio cómo se movía hasta la licorera y servía dos vasos con ginebra. El despacho olía como él: una mezcla cítrica de naranjas y limón con ese toque de colonia masculina.

—Ten —dijo—. Lo necesitas.

Lira aceptó y se bebió la ginebra de golpe, paladeando el sabor amargo y las notas de tristeza en la punta de la lengua.

—¿Por qué alguien asesinaría a una cría? —preguntó pasados unos instantes.

—Me cuesta elaborar una respuesta —apremió Eliot sacando un botiquín.

Bajó la voz y la culpa acechó en sus ojos claros.

—No tenía que haber aceptado celebrar la fiesta —murmuró casi para sí mismo—. Esa chica tendrá un par de años más que Emma, no me imagino qué mal podría hacerle a alguien.

Lira apretó los labios porque sus pensamientos corrían con la violencia de la pólvora. No conocía a Anna Davies, y aunque era una muchacha joven, Lira sabía que en un mundo hecho a la medida de quienes llevaban los pantalones, cualquiera como ellas podía ser la víctima. Anna podía haber escuchado alguna conversación secreta, o podría haber metido las narices donde no la llamaban. Tal vez Eliot no lo viese con la misma certeza, jamás había tenido que justificar su existencia dentro del mundo académico. Para él todo era más fácil, más sencillo. Ni siquiera tenía que buscar algún mecenas para financiar sus investigaciones; su padre tenía los bolsillos suficientemente llenos como para pagarlas sin problemas.

—A veces siento envidia de ti —dijo él con la voz grave y Lira sintió un destello de sorpresa ante tal afirmación.

—No se me ocurre por qué.

En lugar de contestar de inmediato, Eliot dio un sorbo a su vaso y meditó con calma las palabras, como si batallara consigo mismo por dejarlas salir.

—Eres resolutiva, ves las cosas desde un prisma que no alcanzo a comprender. Además, tú eres la pieza clave de esta excavación. —Hizo una pausa y se atrevió a mirarla a los ojos sin escudos, sin mentiras—. La primera vez que escuché hablar sobre Morrigan no me interesó en absoluto. Era un crio, desde luego. Pero una duquesa llena de riquezas cuyo amor prohibido la había obligado a hacer un trato con un demonio no me interesaba.

A Lira le escoció aquella verdad. Llevaba años estudiando a Morrigan y allí estaba él, admitiendo el escaso interés por su historia mientras lideraba la investigación. Frunció los labios y evitó el contacto visual.

—Su leyenda es más que un romance. Es la historia de una mujer rota por el dolor cuya alma fue corrompida por aferrarse a lo imposible. A la gente se le olvida que Morrigan estaba sola, aislada de los que alguna vez la amaron —replicó ella con tono crítico—. Era una mujer de mundo, sí, con dinero a su disposición, doncellas y lacayos dispuestos a cumplir sus órdenes. Pero no todo el mundo sabe que sufría la desdicha de ser la hija menor en una familia numerosa llena de talentos. Ella no poseía nada que la hiciese destacar; no tocaba el arpa como sus hermanas y tampoco era buena bordando. Según se decía, ni siquiera resultaba atractiva. Además, tenía una personalidad proclive a la tristeza. Se pasaba días enteros encerrada sin salir de la cama, llorando, amparada en la oscuridad de su alcoba. Y es un dato curioso, porque eso da sentido a que se sintiese terriblemente atraída cuando conoció a Leroux.

»Se enamoró al instante. Tenía veinte años y Leroux era la única persona que la había visto como algo más que una triste chica solitaria. Morrigan languidecía encerrada en esa casa de enormes paredes y Leroux fue un bálsamo para sus noches tristes. Como todos sabemos, él no tenía dinero, ni tierras y mucho menos un título. La familia de ella no lo aceptaría jamás. Y para asegurarse de que la distancia entre los dos fuese insalvable, el padre de Morrigan lo mandó a matar.

—Entonces ella se convirtió en un alma en pena atrapada en el mundo de los vivos —continuó él, y a Lira se le erizó el vello de la nuca. Estaba simplificando la leyenda a unos niveles extremos, pero le agradaba la cadencia de su voz, el brillo en sus ojos. La historia de Morrigan era más que eso, recogía mitos propios del folclore de su época—. Se dedicó a jugar con los espíritus. Buscó médiums hasta que escuchó hablar de Donn, un señor del otro mundo, y probó todo hasta invocarlo.

»Donn pidió sangre a cambio de entregarle un talismán con el que podría ver a Leroux cada noche: el cráneo de su mismísimo amante, que fue convertido en cristal, en una reliquia poderosa. Pero Morrigan no sabía el precio que pagaba, cada una de las personas que la rodeaban se consumiría. Todo tiene un precio y en este caso era la muerte de todos aquellos destinados a pasar por su vida.

Lira se hundió en la silla y miró a Eliot de reojo. Él cogió el botiquín y se acercó para examinarle los cortes del brazo. El calor de los dedos supuso un bálsamo para su piel helada y se obligó a retomar la conversación por miedo al rumbo que podían tomar sus pensamientos.

—Estás reduciendo demasiado su relevancia histórica.

Los dedos de Eliot se detuvieron sobre su mano.

—Lira, a ti se te da mucho mejor que a mí lo de seguir las pistas en un cementerio, ver más allá de lo que tenemos delante de las narices y comprender el contexto.

A Lira le irritó la forma en que había pronunciado aquellas palabras. Como si escondiese algo, una verdad que no era capaz de manifestar en voz alta.

—Pero la excavación te la han asignado a ti —recordó, y él puso los ojos en blanco.

—Solo porque mi padre se ocupó de que así fuera —admitió él con el rubor en el rostro y ella se dio cuenta de lo mucho que le costaba reconocerlo—. Aunque, muy a mi pesar, he de admitir que la única que ha conseguido hallazgos relevantes en el cementerio, eres tú.

—Saquear tumbas podría ser mi talento —bromeó Lira en un esfuerzo por reducir la tensión entre los dos.

—Lo digo en serio y no como algo negativo —continuó él—. Eres decidida y apasionada.

Los ojos de Eliot cayeron sobre sus labios y Lira sintió unas ganas absurdas de hablar. Pero no lo hizo. Mantuvo las palabras recluidas en la garganta y miró el rostro pensativo de Eliot. Sostenía una gasa con firmeza y la deslizaba por su brazo limpiando la sangre pegada a su piel. El dolor la estremeció y Lira se mordió el labio inferior cuando él soltó una ligera disculpa y volvió a humedecer el algodón. Lira dudaba que pudiese pensar en nada más que Anna o en la amenaza de Arthur, y pese a esa inquietud que le nublaba el juicio, sentía algo más, algo primario, prohibido en lo profundo de su pecho.

Un escalofrío le recorrió la espalda, era la cercanía entre ellos, la ausencia de luz, que le permitía fijarse en esa expresión y en las estrellas cautivas dentro de unos ojos apagados. Ya la había tocado antes, pero nunca en medio de semejante soledad, en un ambiente en el que solo podía escuchar los latidos de su corazón.

No, no pienses en él, se dijo notando como la gasa subía hasta su hombro y el aliento le acariciaba el cuello desnudo, *acaba de morir una chica, eso es lo único que debes mantener en la cabeza*, se recordó. Y aunque algo le gritaba que se aferrase a esa preocupación, una parte inexperta y expuesta de sí misma, apenas podía resistirse al roce de los dedos de Eliot. Se sintió ridícula, infantil y demasiado humana. Llena de contradicciones y anhelos. Se separó un poco. Necesitaba remarcar la distancia entre los dos. Necesitaba escapar de sus ojos.

Las pestañas de Eliot aletearon y los nervios dentro de su estómago bailaron al mismo ritmo. ¿Cómo sería volver a besarlo? ¿Notaría los nervios mezclados con el alcohol?

Eliot entreabrió los labios como si pudiese leerle los pensamientos y el cuerpo de Lira se inclinó hacia él. Notó como las manos de Eliot le aferraban la espalda, se hundían en su cuello y todas sus terminaciones nerviosas saltaron.

—Lira —susurró, y ella se dio cuenta de que Eliot había dejado caer todas las murallas que contenían sus emociones. Lo veía real, cercano.

Reaccionó, deseando hundirse en sus labios, sentir un roce…

—Yo… —apretó los labios y una voz interna se quejó—. No puedo, Eliot. Soy una mujer casada.

La frase cayó como un golpe rígido y durante un segundo solo hubo frío entre los dos. El eco de sus respiraciones y el sonido de la traición. Lira no sabía cómo interpretar la resignación anclada en sus ojos y no fue hasta que él se separó, que notó una ausencia tremenda, como si algo dentro de ella se rompiera de forma irremediable. Un agujero que la engullía a ese mundo gris del que provenía, a la sombra de Jorgen sobre ella.

—Lo siento —dijo Eliot deslizándose hasta el otro extremo del despacho, remarcando toda la distancia física que podía existir entre los dos—. Es culpa mía, me he dejado llevar y…

—No, por favor, no digas nada.

Un golpe contra la puerta alivió la repentina tensión y no fue hasta que Gray entró en el despacho que Lira volvió a respirar con tranquilidad.

—Acaba de llegar la policía —anunció—. Han entrado al salón y van a proceder a levantar el cuerpo para una autopsia.

Eliot parecía abatido y Lira quiso saber si era por las palabras de Gray o por lo que ella acababa de arruinar. Se mordió el labio y estudió la expresión seria de Eliot.

—¿Han dicho algo más?

—Es muy pronto, me temo.

Lira era la única que no parecía decepcionada.

—Me gustaría ir a mi hotel —dijo de repente, como si en la seguridad de aquella habitación que no consideraba un hogar pudiese hallar un consuelo al vacío que sentía en ese momento. Miró en su corazón, buscando el recelo que siempre sentía por Eliot y pese a las palabras de su padre, Lira descubrió que no podía odiarlo. Al menos no como antes.

Suspiró y Eliot la miró con un gesto serio e imperturbable.

—¿No hablarás con la policía?

Lira les dio la espalda y observó la noche cerrada al otro lado de la ventana. Los músculos apenas la sostenían, demasiadas cosas en una sola noche.

Lira no quería, no podía, estar ni un minuto más en ese lugar. Necesitaba salir de ese sofocante ambiente lleno de la presencia de Eliot.

—Prestaré mi declaración cuando sea necesario, pero ahora mismo quiero descansar y recomponerme de todo.

Eliot no la retuvo y le agradó ver cómo disponía toda la situación para marcharse sin que nadie reparase en su ausencia.

Gray se ofreció a llevarla de vuelta a su hotel y Lira estaba tan agotada que no se vio con fuerzas para rechazar la propuesta. Se acomodó en el coche y dejó que el traqueteo de las ruedas meciera todas las preocupaciones. Solo quería tumbarse en una cama. Escuchar la voz de Sophia mientras fumaba un cigarrillo.

El coche se detuvo frente al hotel y Lira bajó con la cabeza espesa y una pesada sensación de vacío en los huesos. Pasó delante de la recepción y en cuanto llegó a la habitación y vio la expresión sombría de Sophia, supo que algo no iba bien.

—Lo siento, muchísimo —dijo Sophia y le tendió una carta cuyo remitente fue suficiente para ponerle los pelos de punta.

No fingió. Simplemente sujetó el sobre contra su pecho y lo arrugó hasta que las uñas se le clavaron en la palma de la mano.

—Ha ido mal —aventuró Sophia, no era una pregunta y Lira no tuvo fuerzas para replicar—. No tienes que hablar de esto, al menos no ahora. Creo que hay algo que podría mejorar tu humor.

Lira prefirió guardarse los acontecimientos de la noche. Ya habría tiempo para poner al día a Sophia y se imaginaba que la noticia figuraría en todos los periódicos al día siguiente. Se sentó en la cama y ocultó las heridas de los brazos bajo el abrigo que continuaba llevando.

—Creo que los mapas que tenéis no están completos —dijo Sophia con una emoción prendida en los ojos—. Lleváis más de una semana abriendo zanjas y rebuscando entre las capas superiores del terreno, ¿verdad? —Lira asintió y Sophia se movió hasta la mesita para sujetar un libro antiguo, una recopilación de la historia de Edén—. Pero he visto los planos que os han entregado a Eliot y a ti y no coinciden con este mapa, míralo.

Cansada, Lira se tragó el dolor de la noche y estudió lo que Sophia le mostraba. Tenía razón, aquella enciclopedia desfasada variaba en cuanto a la geología y los límites de High Gate. El cementerio se extendía mucho más allá de la zona señalada.

—¿Una copa?

Aceptó de buen grado el vino y dejó que el sabor ácido y amargo le quemara las cuerdas vocales. Como si el ardor pudiese arrastrar la desgracia. Acarició las páginas amarillentas y dejó que sus ojos volaran sobre el papel, ávidos de conocimiento. Si lo que veía en aquel libro era cierto, significaba que estaban estudiando un ala demasiado moderna del camposanto, una que por ninguna razón podría albergar una tumba tan antigua como la de Morrigan.

Se mordió el labio con fuerza y dejó el vino aparte. El hallazgo significaba una diminuta esperanza a la que podía aferrarse, una que necesitaba con desesperación. En especial en ese instante en el que un profundo dolor se le instaló en el pecho y le recordó que su libertad era un espejismo. Apretó la carta que a su llegada Sophia le había tendido y una ráfaga de dolor le sacudió las vértebras. Tomó el sobre y, con el corazón en un puño, leyó la misiva en silencio tan solo para arrugar el papel y arrojarlo al fuego de la chimenea.

Sophia apreció su dolor y le tomó la mano con cuidado, como si el gesto pudiese aliviar esa pesada carga. Nada lo haría. Lira era demasiado consciente de cómo todos sus miedos volvían para perseguirla.

Jorgen la había encontrado y no tenía dudas de que iría a por ella.

15

EMMA

De todas las formas en las que podría haber terminado la fiesta, Emma no había imaginado un asesinato. La puerta se había cerrado con violencia y no cedió hasta que la explosión sacudió los goznes de la casa y una sarta de chillidos le perforaron los oídos. Cuando salió del ático gracias a que Gray escuchó sus gritos, Emma encontró la casa en sombras bajo un silencio adusto y supo que algo iba terriblemente mal. Gray la arrastró hasta el salón con la promesa de que ninguno de los dos hablaría de lo ocurrido, no se lo mencionarían a Eliot y mucho menos a la tía Lucy. Desde entonces, sus rutinas yacían envueltas en la sombra de la pena y en ese regusto amargo que deja el desconcierto.

Emma se ajustó los guantes e irguió la espalda mientras sacudía los pensamientos lúgubres de su consciencia. Aquella tarde, le enorgullecía el aspecto casi anodino con el que otros podían admirarla. Por norma general, siempre se fijaban demasiado en ella en cuanto sus ojos dispares caían sobre el rostro de alguien, cosa que en medio de un funeral suscitaba un murmullo inquieto y derivaba en esquivar su presencia. Por eso se había mantenido apartada durante todo el velorio de Anna, como una sombra a la deriva, una presencia silenciosa que contemplaba el dolor ajeno desde la distancia. Ni siquiera Wren se atrevió a dirigirle algún comentario esquivo y eso ya le supuso una victoria.

—No la veo por ninguna parte —susurró Caín a su lado y ella mantuvo la postura recta mientras Hazel servía el té y le dedicaba una mirada aviesa. A Emma se le encogió el estómago al pensar en la promesa que le había hecho hacía un par de días, necesitaba descubrir quién era él y qué lo ataba a ese plano. La cuestión era que pasaban tantas cosas que apenas había tenido tiempo para pensar en ello—. Tampoco en el cementerio, ¿la has sentido en la casa?

Se refería al espíritu de Anna y con algo de disimulo, Emma negó por lo bajo mientras estudiaba con recelo a todos los que estaban sentados en el jardín. A Eliot no parecía importarle la mueca desdeñosa de los Davies y tampoco era capaz de contener el gesto de bochorno en sus ojos. Se había convocado una pequeña merienda al día siguiente del funeral y, aunque su hermano se mostró reticente, finalmente cedió tras una carta enviada por Arthur en la que le pidió un poco de consideración por la familia afectada. Una idea un tanto peculiar en opinión de Emma, pero respaldada por la tía Lucy.

Los Davies no se mostraron muy agradecidos ante el detalle y aunque Emma comprendía las razones para evitar la enorme casa, no encontraron ninguna razón convincente como para rechazar semejante ofrenda de paz. En especial después de la autopsia y los rumores que circulaban en torno a Anna. El mundo era un lugar cruel con las mujeres y de Anna se decían tantas cosas que no sabía cuáles podían ser verdad. Fuera como fuera, no había señales del espíritu de Anna, por lo que Emma intuía que había cruzado el velo dejando un rastro de preguntas e incógnitas tras ella.

—Puedo volver al ático y echar un ojo si eso te tranquiliza —continuó Caín, y ella sintió un destello de agradecimiento. Lo miró en medio del silencio y volvió a negar con la cabeza.

Caín y ella no se habían atrevido a volver a subir. Sentía un miedo primario por las noches, cuando el ruido de la casa se volvía insistente y ella se apreciaba atrapada en medio de las pesadillas, rodeada de insectos, perseguida por los fantasmas. Al menos Caín era un bálsamo en aquellos momentos de desesperación. Casi tanto como Dante.

La carta de su madre le parecía uno de los descubrimientos más valiosos de su existencia. La letra pulcra y redonda denotaba una actitud meticulosa pese a la firma veloz. Había memorizado cada palabra, cada letra, cada trazo:

> Para cuando leas esto yo ya no estaré. Las vigilias se han incrementado y me debato entre estados de sopor y una inconsciencia que me deja agotada. Me cuesta percibir la realidad y no concibo espantar las pesadillas. Ellos lo saben. Conocen ese secreto y me quieren usar como las han usado a todas antes de mí. Es la maldición arraigada a mi carne, a la sangre que corre por mis venas. Me necesitan. Morrigan llevaba la maldición en los huesos y me temo que no podré escapar a menos que lo destruya.
>
> Me prometiste que lo harías y siempre he confiado en ti. Espero que nadie más lo descubra, todos los que saben algo, enloquecen.
>
> Al menos tú, mi querido León, eres un vago consuelo en medio de semejante aislamiento. La casa me consume, me roba el aliento. Este maldito lugar me retiene y ellos no me dejan escapar, saben que mi linaje está manchado y quieren hacerse con el poder de ella. No se los permitas, o si lo haces, si realmente consigues ese tesoro, visítame cuando ya no esté entre los vivos.
>
> Ojalá todo pase pronto.
>
> Te quiero.

Emma se reclinó en su asiento y estiró las piernas bajo el pomposo vestido negro. No era solo la intención funesta de aquella carta. La desesperanza inquieta entre las letras. Había una advertencia en ella, una que Emma no era capaz de comprender del todo. Sentía un nudo profundo en la barriga, el miedo tenaz a una muerte prematura la perseguía desde la noche de la fiesta. Para colmo, la policía permanecía vigilando el cementerio y la excavación, una situación que parecía retrasar los planes de su hermano y lo dejaba de muy mal humor.

¿Qué tenía que destruir? Su madre hablaba de una maldición, pero, ¿qué significaba? A propósito del pensamiento, Emma se fijó en el rostro de Eliot. Permanecía en una de las sillas más apartadas y murmuraba algo junto a Lira. Estaba pálido y serio, con los ojos grisáceos rodeados por densas ojeras. A su lado, los Davies se mantenían en un silencio taciturno mientras su hija menor, Lavinia, escapaba de las conversaciones frugales y se arropaba en la distancia que le proporcionaba haberse sentado cerca del jardín. Los Rinaldi, por su parte, conversaban animadamente mientras Amaltea estudiaba su taza con poco interés.

Emma se bebió el té de un sorbo y dejó la taza vacía sobre la mesa.

—¡Es una tragedia!

La voz atrajo su atención y apenas levantó los ojos se encontró con el rostro redondo de la soprano. Lucía un pañuelo negro atado a la barbilla, un vestido de raso gris y un bolsito de encaje blanco. Los rizos cenicientos le caían por la espalda y la convertían en una figura ajada en medio del jardín.

—Una chica demasiado joven —continuó mientras se sentaba en la silla vacía que quedaba junto a Emma—. Y una situación lamentable, la policía ha confirmado que se intoxicó con arsénico.

—Escuché a mi hermano hablar sobre el asunto. —Emma bajó una octava el tono de su voz, no quería que nadie más fuese testigo de la conversación—. Creen que se ha tratado de un accidente.

Por la forma en que la mujer movió los labios, Emma desestimó la teoría. De reojo vio a Caín y este se movió por el jardín siguiendo el resto de las conversaciones con atención.

—¿Cómo podría alguien tomar veneno por accidente?

—Lo desconozco —admitió con desgana, ni siquiera había pensado en ello y, de pronto, se sintió un tanto egoísta. Estaba tan centrada en el hallazgo de su madre, en todas las preguntas que la acosaban por las noches y en el errante, que dentro de su mente no quedaba mucho espacio para dedicar a Anna Davies—. No hablé con ella en la fiesta.

Emma se reclinó en su asiento y volvió a rellenar su taza. Empezaba a enfriarse el té, casi tan gélido como parecía estar ya el ambiente.

—Esto es una pantomima absurda —musitó Amaltea en tono de confidencia—. Supongo que eres consciente de que los Davies culpan a tu hermano de lo ocurrido. Creen que el accidente es solo una excusa.

—No quiero hablar de esto —admitió Emma y miró a los demás para asegurarse de que nadie le prestaba atención—. Esperaba que pudiésemos continuar la conversación del otro día, cuando hablamos sobre... mi madre.

—Cielo, no creo que este momento sea el más oportuno.

—No, necesito que me escuche —insistió Emma con firmeza, era su oportunidad, quizá la única que iba a tener—. Estuve en la habitación de mi madre y encontré una carta. No sé muy bien en qué momento la escribió, pero es evidente que nunca llegó a enviarla.

La urgencia se diluyó en su voz y se percató de la reticencia de la mujer.

—Parecía desesperada, asustada. Convencida de que algo la alcanzaría.

Una sombra cayó sobre los ojos de la anciana.

—Tu madre estaba enferma, los nervios la obligaron a permanecer en cama —recordó la mujer, pero Emma se dio cuenta de que no había convicción en su voz.

—Era una carta destinada a León y usted mencionó ese nombre. —Respiró hondo y vio cómo la expresión seria de Amaltea se turbaba. Temía que la mujer hablase de un amante, de un desconocido con el que su madre engañaba a su marido. Pero algo irreconocible destelló en sus ojos.

—Me gustaría…

La frase murió en sus labios en cuanto la tía Lucy se acercó e interrumpió la conversación.

—Niña —dijo con la voz llana mientras la sacudía por el hombro con demasiada fuerza—. Lavinia está sola y triste, acércate a hacerle algo de compañía y, por el amor de Dios, compórtate como una criatura normal.

Los ojos de Emma vagaron hasta Lavinia y con los labios tensos cedió. No le apetecía abandonar a Amaltea, no cuando resonaba una verdad muda entre las dos, pero no quería incordiar a su tía. Se sacudió las manos en el vestido y con algo de pesar se despidió de Amaltea, que no se atrevió a mencionar nada más.

Antes de sentarse en la silla junto a Lavinia, cogió a Dante y se aseguró de colocarlo sobre sus piernas.

—Te han mandado a vigilarme, ¿verdad?

Lavinia lucía el luto riguroso y pese a la palidez extrema de su piel, Emma veía la belleza oculta en un rostro que parecía arte, las formas, los colores. Deseó pintarla. La curva de unos labios rosados, la delicada línea de la nariz y, por supuesto, unos ojos azules que parecían abarcar el mismo cielo.

—Sí —admitió casi a regañadientes.

Lavinia puso los ojos en blanco y se abrazó las costillas.

—No esperaba menos, la lástima es lo que mueve a la gente en estas situaciones.

— La lástima es un sentimiento inútil e insustancial. Nunca me ha gustado —confesó, y la chica alargó una mano para acariciar a Dante en la cabeza.

Los labios de Lavinia esbozaron una sonrisa amable que llenó de luz su semblante, al menos un poquito. Lo suficiente como para que Emma apreciara la calidez de sus ojos.

—No deberías. —Lavinia se sonrojó—. Quiero decir, no creo que tengas mejor suerte que yo, según lo que dicen de ti.

Emma la miró con el gesto marcado por la preocupación. La sombra de los rumores se cernía sobre ella como una segunda piel.

—Si he de serte sincera, esperaba que fueras más… intimidante. —La palabra se le resistió un segundo demasiado largo—. Aunque también sentía curiosidad. Me gustan las causas perdidas, en especial cuando despiertan la indignación de aquellos que presumen de una moral intachable. Siempre son los que más tienen que esconder.

—¿Y qué es lo que dicen?

—Que estás marcada por la muerte —soltó de repente, y Emma sintió que se le cerraba la garganta ante la facilidad con la que la frase se le escapó de los labios—. Que percibes cosas que los demás no vemos.

Se hizo un silencio que duró lo suficiente como para que Emma se sirviera otra taza de té. Lavinia se reclinó en su asiento y su rostro se tensó.

—¿La ves? —Lavinia respiró hondo y la miró sin pizca de miedo—. A mi hermana, quiero decir.

Emma entornó los ojos con desconfianza, ¿se estaría burlando de ella?, ¿sería una suposición infundada por Wren?

—Perdona —dijo Lavinia, y Emma giró la cabeza hacia ella con una ceja arqueada—. He sido grosera, no pretendía ofenderte.

—No puedo verla. —Su voz sonó débil y la mano de Lavinia se acercó hasta la de ella. Un chispazo eléctrico la recorrió, pese a la expresión triste, en los ojos de esa chica existía una promesa—. Lo siento.

Era la primera vez en mucho tiempo que hablaba con una chica de su edad y esta era cordial. Resultaba agradable, pero también le aterraba. Sentía un miedo visceral a decepcionar a Lavinia, a que viese todas las mentiras que ocultaba de sí misma y decidiese que era tan mala como todos decían.

—Muchas personas dicen que ese día en la fiesta vieron a un fantasma —continuó Lavinia con tono de mofa mientras acariciaba la cabeza de Dante—. Una criatura hecha de niebla.

Emma se ruborizó intensamente. Se refería al errante y le sorprendió que alguien además de ella lo hubiese visto.

—No quería incomodarte. —Sus manos acariciaban la panza de Dante que, sin ningún recelo, se había tumbado sobre sus piernas. No solía ser un perro social, pero parecía que le gustaba aquella chica y Emma no podía culparlo—. Creo que tienes un perro muy simpático. Tal vez podrías visitarme algún día, si prometes no mostrar lástima como todos los demás, sería agradable tener una amiga.

El corazón de Emma dio un vuelco repentino. Era una promesa. Una frase llena de intención. Se aferró a ese consuelo muy consciente de que las cosas buenas no solían durar mucho en su vida.

16
ELIOT

A Eliot le sirvió de poco aquella tensa merienda con los Davies. El dolor de la pérdida suponía una herida abierta y era muy consciente de que nada aliviaría la tristeza. Por eso cuando se fueron de la casa y la tía Lucy manifestó su intención de irse a la cama, Eliot se acomodó en la soledad del salón y se sentó junto a todos los recuerdos de una infancia olvidada.

El olor a castañas llegaba desde lo profundo de la cocina, se mezclaba con el de los bollos recién horneados, y despertó un anhelo dormido que durante años creía sepultado en el fondo de su consciencia. Recordaba a su madre en los días buenos. Estaba embarazada de Emma y aquella radiante sonrisa era la muestra de una estabilidad de la que meses después carecería. Él era un niño habituado a los juegos solitarios. Corría por los pasillos de la casa y se ocultaba en los recovecos solo para que su madre o León lo encontraran varias horas después. Dulcinea le regalaba besos y unos abrazos que dejarían huellas marcadas sobre su piel.

Cuando Gray entró en la sala con el rostro pálido y la corbata desanudada, suspiró y se pasó una mano por el pelo. Llevaba un plato en la mano derecha y en la izquierda una botella de vino tinto que Eliot aceptó sin reparos. Dio un largo sorbo y dejó que el calor de la bebida le quemara la garganta y alejara aquellos pensamientos pesarosos.

—¿Crees que ha sido un accidente? —preguntó sentándose a su lado y estirando el plato.

—En este pueblo nada lo es —repuso él con firmeza recordando como su madre había mencionado que aquel lugar era una cárcel sin precedentes—. No me creo que Anna consumiese veneno por accidente.

—No puedo ni imaginar lo que significará perder a un hijo.

—No es la primera persona que lo hace —contestó—. El capataz tenía una hija, tendría la edad de Anna cuando murió. Nadie sabe exactamente qué paso esa noche en el cementerio, pero Ciara apareció sin vida cerca de la verja de entrada.

Gray lo miró en silencio y Eliot bebió otro trago largo de aquel vino dulce; no estaba diciendo la verdad, al menos no del todo. Había alguien que sí sabía lo que había ocurrido, pero jamás hablaría de ello.

—No quiero creer lo que he escuchado últimamente acerca de este pueblo, Eliot. Nunca hemos sido supersticiosos, mi intención no es empezar ahora.

—Hay cosas peores que los fantasmas.

—Entonces no crees que se trate de la maldición de Morrigan.

Eliot se volvió para mirarlo.

—¿Un talismán que consumía a los demás para darle unos minutos con su amor? No lo sé, creo que hay monstruos de carne y hueso en este pueblo que son mucho peores que los de las leyendas. Asesinar a una cría…

—¿Y crees que Lira te ha dicho toda la verdad?

Era una pregunta insustancial y, por el tono de Gray, supo que no pretendía sembrar dudas. Sin embargo, allí estaban, acechando en un rincón aletargado de su mente.

—No la conozco lo suficiente, pero la vi hablando con tu padre el día de la fiesta y, por su expresión, no parecía muy contenta. Arthur me comentó que la habían expulsado de la Academia.

—Tiene una carta firmada por el director —le recordó.

—Ya. —Gray se recostó un poco en el sofá—. No digo que mienta. Solo creo que no te ha dicho toda la verdad. No hemos visto el supuesto diario, tampoco la calavera, y Roy me comentó de pasada que Lira goza de mala fama entre los cargos directivos de la Academia. Dicen que por eso se casó con Jorgen, para evitar que la echaran.

Se quedó callado mientras Gray daba un sorbo de su copa y dirigía su atención a la chimenea.

—Está certificada por la Academia, Gray. Nuestro trabajo es encontrar la tumba, registrar y documentar todo, no alimentar vagos rumores.

Sabía muy bien que aquella reticencia venía sembrada por la visita de Arthur. Eliot decidió que podía convivir con el recelo de Gray y con las mentiras de Lira, siempre y cuando pudiese continuar con la investigación y ahogar sus penas en el alcohol.

—Lira puede ser un problema si no sabes lidiar con ella, pero hay otras cosas que estás dejando pasar.

Se levantó de golpe y sintió las dudas ancladas en los huesos. Sus palabras solo eran una advertencia, no un reproche, pero Eliot estaba demasiado cansado y tenía un par de archivos pendientes de revisión, por lo que no quería alargar demasiado aquella conversación.

—Me voy a la cama.

Su secretario no le dijo nada y él se acobijó en el cansancio y subió las escaleras en medio del ruido de la tormenta. Llovía con fuerza y el viento del norte mecía los cristales de las ventanas como el rugido de un fantasma. No estaba acostumbrado al ambiente húmedo del norte y los últimos días había permanecido alejado de la excavación, de sus hombres, por lo que sentía una inquietud adusta en el cuerpo.

—Eliot.

La voz de Emma lo detuvo a escasos metros de la puerta de su habitación. Cuando giró en medio del pasillo se encontró con su hermana descalza con el cabello rubio alrededor de los hombros y Dante en los brazos.

—¿Estás bien? ¿Pasa algo?

Ella sacudió la cabeza y una expresión de tristeza le inundó los ojos. Apoyó la espalda en la pared y apretó a Dante con fuerza mientras rebuscaba en las palabras. De pronto, Eliot fue consciente de la distancia que los separaba, de lo mucho que le recordaba a su madre y de un profundo dolor en el que no había reparado hasta ese momento porque era un cobarde. Había hecho todo por alejarla, apartarla de un hermano amargado cuyo tiempo discurría entre reuniones, yacimientos y oficinas. Pero en ese momento, bajo la luz de la noche, Eliot sintió pena por su actitud, una vergüenza que probablemente estaba acentuada por el vino y la impresión de los últimos días.

—No podía dormir —susurró ella, y Eliot sintió el fuego tomando espacio dentro de su corazón.

—¿Es por lo de Anna? No creo que debas darle muchas vueltas a esta situación.

—No, es solo que… —dudó y el incendio dentro de él se hizo mayor—. Siento mucho que haya pasado esto. No quiero que pienses que allí donde voy atraigo la muerte.

Una punzada de culpa arremetió contra Eliot.

—¿Alguien te ha dicho eso? —Ella negó con suavidad, pero él supo que mentía. La fragilidad de su rostro, el temblor en sus ojos, Eliot reconoció un destello del miedo con el que llevaba toda una vida conviviendo. Entonces apoyó una mano sobre su hombro y la obligó a mirarlo a los ojos—. Emma, deberías descansar, creo que estás teniendo demasiado tiempo de ocio y tal vez la tía Lucy deba encontrar una institutriz.

Ella se mordió el labio inferior y sacudió la cabeza, indecisa.

—O podrías dejarme visitar a Lavinia algún día.

Eliot escuchó como ella tragaba saliva y se le atascaron las palabras en la garganta. No se había tomado muy en serio el tema de educar a su hermana pequeña y en ese momento se cuestionó por ello. Emma parecía demasiado proclive al desastre y él huía de ella porque en el fondo necesitaba mantener las cosas bajo control y en un perfecto orden, algo que no podía hacer con las personas. Por eso se recluía en su despacho. Allí podía controlar las libretas alineadas, los documentos por firmar y el trabajo que sacaría adelante durante el día.

Lavinia era una buena chica y aunque los Davies suponían una fuerza contraria a su investigación, quizá fuese bueno tener a Emma de su parte. El fuego dentro de su pecho arrasó el orgullo y, sin pensarlo demasiado, asintió. Dejó caer la mano y una sonrisa cálida e inesperada prendió los labios de su hermana, dando paso a una expresión de puro alivio. Eliot notó un cosquilleo suave en el pecho. Se dio cuenta de que llevaba años rehuyendo sus propias emociones.

Eliot miró a su alrededor desanimado. El límite del cementerio no mostraba ningún indicio de presencia humana, tampoco rastro de huellas y mucho menos restos de la excavación. Por lo que resultaba poco probable que alguien del equipo se hubiese pasado por aquella zona. A decir verdad, dudaba que aquel paraje hostil cerca del cauce del río recibiera visita alguna. Si estaba allí, era por la insistencia de aquella inquietante mujer, cuyas fuerzas parecían dispuestas a doblegar a cualquiera.

Lira era incontenible. Se movía como un huracán y en ocasiones Eliot odiaba aquella voluntad que la impulsaba a actuar sin pensar con calma en la situación. En ese momento, detestó la manera en que Lira redoblaba la marcha y lo obligaba a aumentar el ritmo de las zancadas con la única intención de no quedarse atrás. Maldijo en silencio la vitalidad con la que sus piernas subían la ladera y esquivaban las raíces con una gracia que no parecía humana.

Hubiese deseado seguir algún indicio. Una prueba a la que aferrarse y con la que mantener sosegadas las preocupaciones de su padre. Pero continuaba a ciegas, estudiando y reconociendo el terreno, y una intensa frustración lo mantenía en vela durante las noches en las que se dedicaba a estudiar las cartas y los diarios de Morrigan. Aquella falta de sueño se debía al trabajo, no tenía nada que ver con Lira, aunque en ocasiones, el hilo de sus pensamientos se desviaba y terminaba recreando el momento en el que sus dedos limpiaban las heridas y él notaba un anhelo dormido incrustado en el pecho.

Ella lo había rechazado, pero no era eso lo que despertaba una profunda preocupación en él. No. Algo había cambiado la noche de la fiesta. Desde entonces, Lira estaba especialmente nerviosa y se mostraba a la defensiva cada vez que Eliot o Gray abrían la boca.

—¿Estás segura de que es una buena idea? —preguntó por segunda vez desde que abandonaron la seguridad de la excavación.

—No voy a quedarme de brazos cruzados en los límites que has marcado. Llevamos muchos días estancados, quiero ver si encontramos algo más antes de que las cosas empeoren o alguien más muera. Además, tengo una teoría.

—¿Y consideras que fuera del cementerio tenemos más posibilidades?

—Algo escuché el otro día —comentó ella y se metió las manos en los bolsillos del pantalón mientras continuaba caminando—. Han pasado siglos desde que Morrigan vivió en el pueblo y aunque se conservan algunos edificios de la fecha, todo ha cambiado. No estoy convencida de que los límites del cementerio sean correctos, incluso cuando tus arqueólogos insisten en que los planos coinciden con la información que tenemos. Esas tumbas que saquearon son antiguas sí, pero no tanto como esperaba. Puede que en las últimas décadas se haya movido el terreno; suele pasar en épocas de enfermedades y no descarto que el cementerio fuese mucho más amplio antes.

Eliot no podía quitarle razón, pero él confiaba en su equipo y no pretendía restarle credibilidad a su trabajo.

Suspiró, cansado, y se detuvo en medio del sendero.

—Pero has visto los planos, los has estudiado tú misma y no hay nada relevante al otro lado —apremió.

—¿Tienes algo mejor que hacer ahora mismo? ¿Alguna cita importante?

Eliot despegó los labios y los cerró al instante.

—Lo sabía —apuntó ella triunfante, y él maldijo esa energía y las nulas capacidades de Lira para ceñirse a los planes que tan organizadamente él preparaba.

—Esto ni siquiera está bien. He dejado que me arrastres por la fuerza y me encargaré de recordarte este momento cuando descubras que no tenías razón.

—Estoy convencida de que ardes en deseos por verme fracasar, Eliot. Pero no será hoy. Por una vez en la vida, deberías dejarte llevar.

A regañadientes, la siguió. Quizá Lira estaba empeñada en encontrar nuevas respuestas tras la muerte de Anna Davies y el creciente rechazo de la gente del pueblo hacia la excavación. La desconfianza inicial de los parroquianos había derivado en una animadversión profunda que obligaba al capataz y a sus hombres a vigilar las calles durante las noches para evitar alguna revuelta o incursión poco deseada al cementerio.

Después de dos muertes relacionadas con su familia, Eliot no podía esquivar el disgusto hacia su trabajo. Por desgracia, continuaban sin ninguna pista relevante sobre el asesinato de la mujer y mucho menos sobre Anna. Esas cuestiones solían demorar y, aunque ansiaba un informe forense además de una teoría y un culpable, Eliot no estaba demasiado sorprendido de que ningún parroquiano estuviese dispuesto a ayudarles. Eso por no mencionar el incidente del trabajador.

Sacudió la cabeza con fuerza y, de reojo, se fijó en la expresión cauta de Lira. Llevaba el pelo corto y suelto alrededor del rostro, los ojos delineados y los labios redondos, rojos. Quizá era consciente de que el tiempo se les agotaba y pretendía exprimirlo siempre que existiese una oportunidad. Fuese cual fuese la motivación de Lira, él no se sentía en condiciones de juzgarla. No después de lo que había sentido aquella noche cuando su resentimiento desaparecía bajo los silencios que ella imponía.

—Estás preocupado.

No era una pregunta.

—No.

Lira se detuvo en medio de las lápidas grises y entornó los ojos hacia él.

—¿Es por Emma?

—Tal vez —dijo, y la repentina claridad de sus palabras lo obligó a optar por la sinceridad—. Me inquieta que su cercanía con Lavinia empeore los rumores. Emma es demasiado joven y la veo muy expuesta, la idea era que mantuviese un perfil bajo aquí en Edén.

Aquello era todo cuanto podía decir. Emma sobrevolaba el borde de sus pensamientos, pero también la advertencia de Gray, sus palabras aviesas y la desconfianza con la que últimamente miraba a Lira.

—Deberías arrancarte los prejuicios, Eliot. Deja de condicionar a tu hermana, es una chica normal y no necesita que la limites.

Estaba a punto de responder cuando Lira reanudó la marcha y lo dejó con una disculpa anclada en los labios. Tras unos segundos de incómodos pensamientos, Eliot admiró la grácil silueta de Lira al borde de la pendiente y la imitó poco convencido sobre su afirmación.

Llegaron a un muro lo suficientemente alto como para no ver hacia el otro lado. Una verja de madera cortaba el resto del camino y se perdía entre los árboles cubiertos de enredaderas marcando el límite del terreno. Eliot esquivó la barrera y sus ojos cayeron sobre el muro salpicado de musgo y humedad.

Sacudió la cabeza y se guardó los planos en el interior de la chaqueta. Hincó la rodilla en el suelo mojado y acercó el rostro hasta uno de los huecos para ver hacia el otro lado.

—Hace tan solo unos minutos estabas convencido de que no encontraríamos nada y ahora nos damos con este muro.

A Eliot le escoció el tono de triunfo en su voz, por lo que amagó una sonrisa tirante.

—De acuerdo, tendré que admitirlo. Puede que tengas algo de razón en querer estudiar ese valle y no seré yo quien te detenga —replicó en voz baja y una corriente de aire helado le pegó la camisa al pecho.

Como esperaba, Lira lo miró con un gesto de absoluta desconfianza.

—No sea que el descubrimiento lo haga yo y tú te quedes al margen en tu propia excavación.

—Debería sentirme ofendido.

—Me sorprende que no lo estés.

A Eliot le entraron ganas de reír, el ambiente entre los dos empezaba a destensarse y le agradaban las notas musicales de su voz, las comisuras de sus labios predispuestas a alzarse.

—Al final esto resulta mucho más grande de lo que imaginaba —musitó ella sacudiéndose las manos en las perneras del pantalón caqui. Eliot evitaba fijarse demasiado en cómo estos se ceñían a sus piernas, pero fracasaba de forma estrepitosa y cada vez que ella lo pillaba mirando, esbozaba una sonrisa cargada de triunfo que solo conseguía irritarlo—. Tal vez esto les facilita mucho las cosas a los saqueadores, si realmente pueden moverse y ocultarse aquí, no tendrían mucha dificultad para salir de la zona vigilada del cementerio.

—A mí me parece un lugar desolador.

Y lo era. El suelo árido, la niebla espesa y aquel silencio atronador. El bullicio de los insectos había sido sustituido por una quietud inusual y un tanto tétrica. Se le antojaba como una pesadilla mal esbozada, y aunque las pesquisas de Lira los llevaron hasta ese límite, Eliot ni siquiera estaba convencido de que los saqueadores estuviesen detrás del asunto del sepulturero o de Anna, tal y como ella se empeñaba en creer. Lira continuó la caminata junto al muro y sus ojos centellearon al vislumbrar un camino oculto entre la maleza.

—¿Has escuchado los rumores? —preguntó sin disminuir la marcha y Eliot se dio cuenta de que su voz sonaba un poco floja—. Mia dijo que vio un fantasma la noche de la fiesta. Incluso alegó que se trataba de la mismísima Anna Davies, y bueno, los chismorreos no han hecho más que extenderse. Yo creo que pudo ser un saqueador, un ladrón de tumbas, pero la gente cree otra cosa, hablan de la maldición y nos culpan por esto.

Eliot paladeó su pesquisa sin dar demasiado crédito. Lira llevaba días deseando abordar el tema y, cada vez que lo traía a colación, él lo cortaba poco dispuesto a dar pie a los cuchicheos. Ni siquiera estaba convencido de lo que había visto esa noche y era poco propenso a creer en apariciones. Quizá Lira tenía razón en ese asunto, quizá los saqueadores estaban intentando sabotear su trabajo.

—Si quieres que te diga la verdad, me desconcierta estar envuelto en unos sucesos tan extraños —admitió con desgana y Lira lo contempló, pensativa—. He participado en distintas excavaciones y jamás había visto una resistencia como esta. Es como si alguien no quisiera que estuviésemos aquí, como si estuviesen dispuestos a todo por alejarnos.

—Puede que así sea, pero —Lira hizo una pausa y sus ojos barrieron el valle—, ¿quién? No creerás lo que dicen de la maldición, ¿verdad? Estamos hablando de asesinatos. No es simplemente un accidente, unos robos a tumbas o que nos pongan trabas —Lira soltó un suspiro y lo miró antes de subirse al muro y saltar al otro lado, acababa de llegar a la conclusión de que no existía otro método para cruzar al otro lado. Él la imitó—. Empiezo a cansarme de dar vueltas sin llegar a nada.

En medio de la penumbra, Eliot asintió y Lira emprendió la marcha hacia la falda del valle. El camino empinado estaba salpicado de arbustos secos y rocas enormes que Eliot esquivaba como buenamente podía. A diferencia de Lira, el trabajo de campo no era su fuerte y en cuanto comenzaba a caminar con prisas, notaba el sudor empapándole la espalda.

Lira se detuvo al borde del camino y negó con la cabeza. Había algo inquietante en su expresión, algo que le recordó las advertencias de su padre respecto a ella.

—Allí veo algo —señaló ella.

Cuando Lira empezó a descender la ladera deprisa, Eliot solo pudo asentir con la cabeza y apresurarse a correr detrás de ella. Bajó un pequeño tramo del camino y apoyó la mano en la corteza de los árboles desnudos, que servían como apoyo en el inclinado trayecto. La escasa luz apenas servía para vislumbrar bien por dónde pisar. Estaban cerca de alcanzar la parte llana cuando los pies de Lira trastabillaron y el terreno se deslizó varios metros en picado. Eliot actuó movido por el impulso, sujetó la mano de Lira y retrocedió como pudo antes de caer por el borde de la senda. El corazón le retumbó contra las costillas y un grito se le escapó de la garganta mientras la oscuridad del terreno los engullía.

Se golpeó las costillas y la espalda contra las piedras, y no supo muy bien cómo, pero aterrizaron sobre una explanada lisa. Lira cayó sobre él y a Eliot le costó disimular la sorpresa al encontrar las manos de ella contra su pecho y su rostro demasiado cerca. Se le cortó la respiración y mantuvo apartados sus deseos por quedarse así.

El instante duró un segundo demasiado tenso en el que Lira se apartó violentamente de él. Se miró las manos aporreadas y esquivó los ojos de Eliot sin poder disimular un temblor en los labios.

—¿Estás bien?

Eliot respiró hondo. Para su sorpresa, Lira se había puesto de nuevo en pie y no lo miraba a él. Sus ojos inseguros estaban fijos en un enorme mausoleo de piedra tallado en la montaña, una estructura imponente e inusual cuya fachada se sumergía en la piedra. Avanzó hasta las enormes columnas jónicas y deslizó una mano sobre la superficie rugosa y blanca. Había un rastro de belleza y de misterio en aquellos relieves que denotaban el desgaste de los siglos, y que se enroscaban alrededor de dos pilares rectangulares enmarcando una puerta enorme de granito.

—Esto no aparece en los planos. —Fue todo lo que alcanzó a decir y un estremecimiento de emoción lo sacudió. Sus dedos se cerraron en torno a los papeles que guardaba en el bolsillo y Lira se los arrebató con un movimiento veloz.

Eliot había estudiado los planos con tanto ahínco que los conocía de memoria y era consciente de que esa zona no aparecía en ninguno de los documentos.

—Podría ser la tumba —apremió ella con los planos en las manos—. Estos grabados que ves aquí —señaló la parte inferior de la puerta en la que diminutas muescas se veían bajo el polvo— son de la época de Morrigan…

Tieso, Eliot la vio moverse de un lado a otro y esgrimir palabras que no estaban dirigidas hacia él.

—He de reconocer que no esperaba encontrar una estructura como esta. Si te fijas en esos grabados sobre las columnas, hay dos serpientes enroscadas sobre una polilla y un par de letras desgastadas. —Lira se mordió el labio y sonrió—. Habría construido este lugar con tiempo, incluso muchos antes de su muerte.

Alrededor de la puerta se extendían unas sombrías imágenes talladas sobre el granito y a Eliot le entusiasmó la belleza dormida en esas columnas, casi tanto como el destello en los ojos de Lira. Se preguntó si existiría alguna forma para apagar el fuego dentro de su pecho, si sería capaz de extinguir las llamas en su cuerpo cuando ella lo miraba. No lo creía posible, estaba convencido de que por mucho que se esforzara en socavar esas sensaciones, fracasaría de forma rotunda.

Respiró por la boca, con los ojos fijos en Lira. Los grabados que señalaba con una mano eran diminutas representaciones pictóricas, tan provistas de muescas y polvo que bajo la noche apenas se podían diferenciar.

Lira se acuclilló junto a ellas y evitó acariciarlas.

—Me gusta.

Aquella frase la desconcertó.

—La manera en la que te brillan los ojos cuando algo te apasiona —dijo con la voz suave—. Es probable que estés ante el descubrimiento más importante de tu carrera.

Una sonrisa radiante se abrió paso en sus labios.

—Mira esto —soltó ella y señaló una esquina del plano—. Esta zona sigue perteneciendo al cementerio, pero no está registrada. Es la más antigua.

—Tendré que preguntar por unos planos actualizados.

—No —irrumpió ella y una arruga le cruzó la frente—. Tengo otra idea.

—Por tu expresión diría que no me va a gustar.

—Puede, pero si lo piensas, no creo que esto se trate de un

error. Me parece incompresible que solo nos hayan ofrecido unos mapas que delimitan ciertas zonas del cementerio dejando otras fuera. Creo que los han guardado con toda la intención de mantenernos alejados. Desde que llegamos a Edén, el capataz ha sido una traba constante. ¿Y si nos está retrasando con un propósito? ¿Y si nos oculta la verdad?

Al escuchar esto, Eliot se sintió abrumado. Aquella era una idea descabellada con la que no se sentía cómodo. Ante todo, a Eliot le gustaba el orden e improvisar no era su punto fuerte. En especial, cuando O'Brien era un hombre lleno de contradicciones, cuyo pasado permanecía marcado por una pérdida que Eliot conocía de primera mano. Aunque su reticencia hacia la excavación era evidente, a él le costaba comprender por qué el capataz querría ocultarle una información tan importante y necesaria.

Eliot se quedó en silencio y estudió el imponente mausoleo mientras las dudas lo acechaban. ¿Sería la tumba? ¿Por fin la habían encontrado? ¿Qué esperaría adentro?

—Escribiré a mi padre y le pediré…

—No —interrumpió Lira—. Deja a tu padre en paz. Esta vez lo haremos a mi manera. Nos vamos a colar en la oficina de O'Brien y vamos a encontrar los planos.

17
LIRA

Lira era toda una profesional en romper las reglas, pero incluso cuando infringía la ley y mentía, sabía muy bien cuáles eran sus límites. Tal vez por eso, aquella noche era demasiado consciente de que sus posibilidades de éxito dependían de la incursión y lo que estaba a punto de descubrir.

Caminó en silencio con los zapatos colgando en la mano y la respiración acelerada de Eliot a su espalda. Avanzaban a través de un largo corredor envuelto en la oscuridad de la noche.

Momentos antes, Gray había demostrado una brillante capacidad de distracción para el policía de la entrada. Lira lo vio apoyarse en el mostrador poco antes de tropezar con la mesita auxiliar y derramar todos los archivos sobre el suelo. Un momento de pánico que les otorgó una ventaja suficiente como para colarse dentro del edificio sin que nadie se fijara en ellos.

—Es aquí, la oficina de O'Brien —señaló Eliot cuando pasaron frente a una puerta ancha en la parte central de la comisaría. La abrió y Lira entró en un despacho amplio, oscuro y bien decorado que, por la cantidad de objetos apostados en la estantería adosada a la pared del fondo, le recordó a la oficina de su jefe.

Pese a lo nerviosa que estaba, no pudo ahogar la curiosidad que le producía aquella habitación inundada de un tenue aroma a tabaco y humedad. El escritorio yacía junto a una ventana cerrada y sobre este descansaba una máquina de escribir, un florero con dalias mustias y una fotografía en tono sepia en la que un O'Brien mucho más joven sonreía acompañado por una adolescente de aspecto risueño.

—Era su hija —dijo Eliot a su lado y ella dejó el retrato donde estaba con un mohín. La chica poseía unos rizos oscuros y la misma mandíbula prominente del padre. El parecido era evidente, salvo por la alegría que empañaba los ojos del capataz en aquella época y de la que en la actualidad no quedaba rastro—. Era muy joven cuando murió y fue bastante violento. O'Brien se pasó meses en silencio, apenas comía. Su mujer lo abandonó después de eso y creo que no lo ha superado.

Un tirón en el pecho amedrentó el buen ánimo de Lira.

—Creí que simplemente era un hombre resentido —admitió con una pizca de pesar—. Supongo que todos arrastramos distintas formas de dolor.

—¿Tú arrastras algo?

De repente, las manos de Lira temblaban. Se apoyó un poco sobre el escritorio y barajó la posibilidad de negar en silencio. Hacía meses que se había entregado a un pozo de absoluta oscuridad, había odiado la voz lastimera con la que otros le daban el pésame sin entender la magnitud de su dolor.

—Mi padre —admitió con la voz floja y alargó una mano hasta alcanzar el retrato. Seguía sin ser capaz de asumir su ausencia y cómo su partida se había llevado muchas partes de sí misma—. Enfermó. Pasó todo tan rápido que apenas fue consciente de lo que ocurría.

—Lo siento —dijo Eliot y su rostro se llenó de lástima, una que ella no quería, que no necesitaba.

—No hace falta que digas nada.

Lira sabía que la mayoría de las personas necesitaban llenar el silencio de excusas cuando se hablaba de la muerte. Sophia era la única persona que compartía su pena y si algo había aprendido con el duelo era que, sin pretenderlo, el amor era un arma mortal.

Si a Eliot le molestó la sequedad de su respuesta, no dio muestras de ello, y Lira agradeció la ausencia de palabras en aquel momento.

—¿Te molesta la soledad? —preguntó Eliot con tanta franqueza que ella no pudo más que pestañear y saborear su tristeza—. Llevo años preguntándome cómo otros la esquivan cuando yo me siento completo, nunca he sido capaz de dar con una respuesta.

Lira lo miró intentando descifrar qué partes de sí mismo escondía ante el mundo.

—Tengo a Sophia —admitió—. Pero incluso aunque no estuviese en mi vida, no tengo miedo a la soledad. Me gusta, me siento cómoda conmigo misma. Sophia simplemente me mantiene atada al mundo.

Eliot no dijo nada, asintió, y ella lo vio moverse hasta unas estanterías al fondo del despacho para rebuscar entre los archivos perfectamente alineados dentro de las baldas. Su aspecto era casi tan lamentable como el de ella, pero a diferencia de Lira, él parecía mucho menos entusiasmado con el descubrimiento. Su rostro serio permanecía impasible y Lira recordó que apenas había intercambiado palabra alguna con ella mientras abandonaba el cementerio. Le frustraba esa capacidad para encerrarse en sí mismo y evitar que ella leyera su expresión.

Debería sentirme aliviada, se dijo al recordar lo cerca que estaba del hallazgo de su vida. Encontrar la tumba era la primera parte del plan, quizá la más importante porque, a partir de entonces, tendrían mucho trabajo por realizar, pruebas que calificar, teorías por descartar y analizar. Solo que el alivio no era el sentimiento que primaba dentro de su cuerpo. No. En sus huesos encontraba una turbia emoción cargada de contradicciones. Después de todo, no sabía lo que encontraría dentro, y el miedo a la decepción anticipaba una ansiedad crispante que siempre acudía cuando Lira estaba a punto de alcanzar un objetivo.

Esto es por Jorgen, pensó con cierta angustia y recordó las vagas amenazas de Arthur y la carta. Un temblor le sacudió la espalda y Lira boqueó como si aquel suspiro pudiese amilanar el miedo. Su marido no podía alcanzarla hasta que hubiese terminado la excavación.

—¿Ves algo?

La voz de Eliot la sobresaltó, miró el reloj en la pared y soltó un suspiro pesado. Llevaban casi media hora rebuscando en el despacho sin encontrar nada relevante.

—No —respondió—. Pero no creo que sea un hombre descuidado y apostaría cualquier cosa a que si tiene los planos. Los ha escondido a consciencia.

Eliot la contempló en la penumbra con aquella postura rígida.

—Lira, ¿realmente crees que nos ha escondido algo tan importante? ¿Qué ganaría con esto?

—Con las pistas que tenemos encima de la mesa y el comportamiento de este hombre, está claro que hay algo turbio de por medio.

—Lo dices como si fuera un hecho ineludible y no una simple hipótesis.

La duda en su voz la ofendió.

—¿Sabes cómo encontré los diarios de las damas de compañía de Morrigan? —Eliot negó y cruzó los brazos sobre el pecho—. Estaba en una fiesta en la casa de un viejo académico jubilado. Era un hombre de inteligencia soberbia, pero un fiel defensor de que las mujeres no deberían estar dentro de la Academia. Siempre me miraba con ese desdén de los que nos toman por unas incautas, con ínfulas de grandeza e incluso cuestionó mi presencia en la Academia, haciendo bromas con sus compañeros. Decía que mi interés por la historia solo era una diversión momentánea, la excusa para buscar marido.

Apoyó las manos sobre el escritorio.

—Esa tarde me habían enviado una carta de despido y podría decirse que era mi último día, pero yo había escuchado rumores, comentarios insustanciales a los que nadie daba crédito. Una de las doncellas me dio un chivatazo y no me arrepiento de haber invertido una buena parte de mis ahorros en pagarle para que me informara de cualquier cosa que viese en la casa.

»Así que fui a la fiesta que ofrecía por su jubilación. Me colé en su biblioteca personal y gracias a la doncella conseguí llegar hasta una habitación en la que parecía que nadie había puesto un pie en décadas. Encontré una zona con obras tan antiguas que las páginas se deshacían al tacto. Eran libros robados. Antiguos tratados, diarios de guerra que nunca fueron a parar al Museo y mucho menos a la Academia. Allí lo encontré en una caja junto al cráneo de cristal. Tuve que amenazarlo con hablar de aquellos tomos secuestrados para que reconsiderara mantenerme en mi puesto.

La confesión lo pilló por sorpresa.

—Pero es denunciable, Lira.

—¿Y crees que me tomarán en serio? —Sentía la rabia bullendo en su cuerpo. Una ira ardiente que desde hacía años alimentaba su determinación—. ¿A mí? Solo soy una mujer. Mis palabras se escurrirían entre sus sobornos y a los pocos días, nadie recordaría la denuncia, nadie apoyaría mis palabras.

Lira tragó saliva y le dio la espalda.

—Necesito los planos, quiero tener pruebas en caso de que realmente hayamos dado con la tumba porque podrían haberse estado guardando esa información a posta. El valor de las piezas dentro del tesoro de Morrigan podría ser equiparable al del mismísimo rey.

El rostro de Eliot volvió a mostrar la misma preocupación que ella había visto en la fiesta. Odiaba confesar una verdad tan profunda, odiaba revelar sus cartas a ese hombre incorruptible que sin lugar a dudas la juzgaba.

Sus dedos titubearon en torno a los cajones y el tiempo discurrió con una pasmosa lentitud mientras la frustración la asediaba.

—Creo que acabo de encontrar algo —exclamó Eliot tras unos minutos de búsqueda. Un suave jadeo se le escapó de los labios cuando Lira lo empujó y miró la caja que sostenía en las manos—. Estas fotografías…

A Lira se le escapó una palabrota y la caja se le resbaló de las manos.

—Los planos —susurró apoyando el contenido sobre sus rodillas. Ante ellos se extendía un archivo detallado con un punto marcado en rojo justo en la colina en la que habían encontrado el mausoleo.

Había una serie de notas y documentos, varias cartas sin remitente y un sobre lleno de dinero. Lira se quedó sin palabras mirando los detalles marcados en el papel, todos esos documentos, pero eso no era todo. También había una fotografía suya y otra de Eliot, notas sobre el asesinato de Anna Davies y un dibujo de un cuerpo desmembrado.

El estómago le dio un vuelco involuntario. Aquello no tenía sentido.

—¿Crees que está relacionado?

—¿Y tú no? —inquirió ella con los pensamientos desbocados. Hacía días tenía la sensación de que alguien la seguía, ¿era O'Brien? Se mordió la lengua y contuvo la ira al fondo de su estómago, luego miró a Eliot y continuó—. ¿Hace cuánto murió el sepulturero? Estoy segura de que no fue antes de que aprobaran la excavación.

Intercambiaron una mirada cargada de significado y antes de que ninguno pudiese añadir nada, el sonido de una conversación los obligó a guardar todo dentro de la caja y salir del despacho con los planos.

Con destreza, Eliot la arrastró en dirección contraria al ruido. Se ocultaron en las sombras del pasillo con la respiración acelerada y el miedo retumbando en el cuerpo.

—Por aquí —susurró Eliot, y Lira lo siguió a través del vestíbulo blanco, una bóveda carente de decoración alguna, rodeada por varias celdas mohosas y vacías.

No llegaron a descifrar quién se acercaba porque en ese momento descendieron por una escalera inclinada y pasaron frente a una de las celdas solo para quedarse anclados en medio de un pesado silencio. Lira sintió un frío helado en los huesos, como si alguien la hubiese lanzado desde lo más alto de una torre y todos sus músculos se hubiesen convertido en agua tras la caída.

Su compañero a duras penas consiguió que la impresión no lo desestabilizara y, cuando su mano tanteó la de Lira, tragó saliva sin quitar los ojos de encima al pesado bulto que se balanceaba desde el techo. Ella no se vio con fuerza para rehuir del contacto, no cuando la muerte los miraba directamente a los ojos.

—Es el hombre con el que hablamos el otro día.

Decir aquello le dio consistencia a la imagen que tenía delante de sus ojos. Las paredes estaban salpicadas de sangre y diminutas gotas carmesí manchaban el suelo blanco sobre el que yacía ahorcado el hombre.

—Tenemos que salir de aquí —le dijo Eliot tirando de su mano con suavidad. No se resistió, se dejó llevar en medio de la niebla que comenzaba a agolpársele dentro de la cabeza.

18
ELIOT

—Así que O'Brien no solo lleva semanas mintiendo, también está trabajando de forma consciente para retrasarnos —dijo Lira mientras atravesaba el enorme arco dorado que daba a la recepción. Eliot apenas la escuchaba. Sus pensamientos se condensaban en torno al cuerpo colgado dentro de una celda. Ese hombre que había conocido de niño y que con toda probabilidad era el último en haber visto a León con vida se había ahorcado y dejaba un rastro de preguntas con su muerte—. ¿Estás bien?

La pregunta lo asaltó en medio de la corriente errática de sus pensamientos. En silencio, asintió tragándose otra preocupación en la que ya pensaría más tarde.

El hotel en el que se alojaba Lira estaba suficientemente cerca como para que insistiese en ir hasta allí en lugar de visitar Silverwood House. Eliot notaba un sabor amargo y oxidado en la lengua. Era la culpa mezclada con una impresión violenta tras encontrar los mapas, las fotografías y, por supuesto, el cadáver en la celda.

¿Todo en Edén estaba destinado a perecer? Apretó los párpados e inspiró con fuerza mientras la voz de Lira continuaba elevándose alrededor de él. Dejó escapar el aire y repitió el procedimiento un par de veces, al menos hasta que sus pulsaciones erráticas retomaran el ritmo habitual. Solo entonces se fijó en los ojos rojos de Lira, la boca torcida y una extraña palidez en sus mejillas.

—¿Tienes los planos contigo? —Ella asintió y le mostró un fajo de papeles doblado—. Se dará cuenta.

—Por supuesto, pero no creo que quiera una confrontación, tendría que admitir que ha mentido y dudo que sea su estrategia. O'Brien buscará la manera de retrasarnos y me mantengo en lo que ya te he dicho, creo que hoy hemos encontrado la tumba.

Parecía tan convencida que él no se vio con fuerzas para derribar sus ánimos.

—¿Por qué ha hecho esto?

—En ese mausoleo hay casi seiscientos años de historia —reflexionó—. Piensa en todo el dinero que podría sacar vendiendo un par de objetos del ajuar.

—Me cuesta creer que O'Brien haya maquinado esto en solitario —Lira enarcó una ceja—. Hay más gente detrás, gente poderosa.

Eliot contuvo las palabras al fondo de la garganta y cuadró los hombros disimulando la frustración.

—Necesito beber algo —apremió ella—. Quiero estar sola.

Pero no se lo permitió. No al fijarse en el suave temblor de sus manos cuando se alejó en dirección a su habitación y se detuvo a escasos pasos de una puerta entreabierta. Lira se quedó muy quieta y él se fijó en los hombros tensos, en los ojos velados por un miedo irracional.

Frente a la habitación número veinticinco se extendía un rastro de sangre.

A su compañera pareció sorprenderle la rapidez con la que él reaccionó. La apartó con cuidado y empujó la puerta sin dificultad. El olor a cenizas cargaba el aire y él le dirigió una mirada suspicaz poco antes de hacerle un gesto para que se mantuviera cerca de la entrada, preparada. Aquello no podía ser una casualidad.

—Espera un momento —lo detuvo Lira apoyando una mano en la pared amarillenta y girando el rostro para asegurarse de que no había nadie escondido en el pasillo—. ¿Dónde está Sophia?

La voz se le rompió al pronunciar el nombre de su doncella y Eliot vio el miedo reptando sobre la expresión confusa de Lira. Había algo sustancial en sus ojos, algo a lo que apenas podía dar un significado, por lo que Eliot no dudó. Se movió hasta el interior de la alcoba y se enfrentó al desastre que tenía delante de sus ojos. Las sábanas estaban revueltas y las almohadas derramadas sobre la moqueta gris, una de las cortinas yacía rasgada mientras el diminuto escritorio bajo la ventana estaba volcado con los libros dispersos y las páginas arrancadas de golpe. La pared salpicada de sangre fue el aviso siniestro de la amenaza que colgaba junto al dosel de la cama.

—Es una nota —musitó Lira con la voz rota y sus manos se apresuraron a tomar el sobre arrugado y alisarlo sobre la mesa.

—Léela —dijo Eliot en voz alta mientras inspeccionaba el resto de la habitación.

Lira se sentó sobre la colcha, derrotada.

—Una amenaza —susurró ella y atrajo su atención—. Dice que por mi propio bien es mejor que me vaya de Edén y no vuelva. No menciona a Sophia. —Volvió a registrar la habitación, desesperada—. Debería estar aquí.

Durante un instante, Eliot se quedó perdido, preso de la confusión.

En cuanto los ojos de Lira cayeron sobre unos libros destrozados, abandonó la carta sobre la colcha y se arrodilló frente a los papeles desperdigados por el suelo de la habitación.

—Eliot. —El nombre se le escapó como una exhalación—. Se han llevado todas mis notas.

Sintió una llamarada de rabia atravesándole el esternón cuando Lira se volvió de forma violenta y rebuscó entre los papeles con la desesperación de quien lo acababa de perder todo.

—El diario, las notas en los libros, las fotografías —continuó—. No están, las han robado.

La voz le falló y la vio moverse hasta un arcón y retirar la tapa con cuidado para sacar una caja pesada de un fondo falso. Sus dedos se movieron hasta una cerradura en la que encajó una llave pequeña y por primera vez, la vio: una calavera diminuta, del tamaño de su puño, yacía en el interior rodeada de notas y pergaminos viejos.

—Podría haber sido O'Brien —comentó él mientras algo en su pecho se rompía al contemplarla en ese estado.

—¿Y si fue él quien asesinó a Anna? ¿Y si no era ella el verdadero objetivo?

—Podría haber sido Emma —señaló él con el creciente horror cerrándole la garganta—. Tal vez su intención era hacerle daño a ella.

Lira sujetó la calavera con fuerza contra el pecho. Era la primera vez que Eliot admiraba una pizca de debilidad en ella, como si algo dentro de su voluntad se hubiese resquebrajado. Contempló el desastre en la habitación y se debatió entre llamar a la policía y denunciar la desaparición de Sophia o buscarla por su cuenta. Si O'Brien estaba detrás de aquello, no servía de nada ir a la comisaria.

Se volvió con brusquedad y se acercó hasta la ventana. La calle vacía al otro lado de la cortina de encaje no suponía ningún consuelo. No cuando la expresión desconcertada de Lira le acuchillaba la consciencia y le arrojaba un destello de culpa.

—No puedes quedarte aquí, no es seguro —dijo de pronto.

Lira, paralizada, no podía apartar la mirada de la calavera. Tomó la caja y la apretó con fuerza mientras soltaba:

—No pienso volver a mi casa.

Eliot sacudió la cabeza con decisión, no quería dejarla allí, no podía.

—Puedes quedarte en mi casa, tenemos habitaciones de sobra.

Lira parpadeó, confusa, y él apenas fue consciente de lo que significaba su propuesta.

—Será temporal —se apresuró a añadir—. Al menos hasta que sepamos quién ha hecho esto.

Pero Lira lo observaba con los ojos llenos de resentimiento.

—No. Necesito encontrar a Sophia.

Sacudió la cabeza con vehemencia y se apartó de él como si la cercanía la quemase.

—No necesito que me cuides, Eliot. Soy una mujer adulta.

Y pese a la convicción de sus palabras, él apreció un miedo irracional en su rostro. Como si Lira estuviese demasiado acostumbrada a velar por sí misma y no quisiese que nadie pensase lo contrario.

—Lira —dijo en voz baja—. No dudo de tus capacidades, pero ha muerto gente. Acaban de entrar a tu habitación y se han llevado tu trabajo. No sabemos dónde puede estar Sophia en este momento y no creo que sea seguro esperar aquí. Estoy convencido de que habrías plantado cara a la persona, de que te habrías defendido, pero por favor, basta de imprudencias.

Sus palabras tocaron algo dentro de ella. La vio debatir consigo misma, destruir las dudas y finalmente, poco convencida, aceptó la oferta.

Gray dejó la *Gaceta de Edén* sobre el escritorio y Eliot lo sujetó con fuerza mientras daba un trago largo del café bien cargado. Había vuelto a soñar con su propia muerte. Esta vez no era Dante quien encontraba su cuerpo, no, en este sueño Eliot seguía a su padre de camino al funeral de su hijo y lo veía enfundarse una bufanda negra sobre el chaleco de seda mientras admiraba el féretro en el que descansaba.

—No dice nada —apuntó el secretario con una sonrisa sombría y a Eliot le dio un vuelco desagradable el corazón. Apartó la pesadilla de su cabeza y se fijó en los ojos oscuros de su amigo, en las ojeras. La influencia del cementerio, las muertes, todo estaba alertando un sentido crítico que, cuando dormía, lo arrojaba dentro de un mundo repleto de oscuridad—. No hay ninguna mención al hombre de la cárcel, ¿estás seguro de lo que viste?

Asintió y tomó la taza en las manos. El café caliente le quemó el paladar y Eliot se reclinó en la silla con un humor tan agrio como su bebida. Lira dormía en la habitación de arriba, recién instalada con todas sus maletas dispersas sobre la moqueta y un centenar de preguntas para las que no tenían respuestas.

—¿Se sabe algo sobre Sophia?

—No —replicó con cansancio—. Nada. He preguntado a todos en el pueblo, pero nadie la ha visto. Es muy sospechoso, casi tanto como lo del hombre de la celda.

—¿No me crees?

—Por supuesto, pero no soy demasiado proclive a creer en ella.

No necesitaba decir su nombre, Eliot sabía perfectamente a quién se refería. Abrió el primer cajón y sacó la caja con cuidado mientras le hacía un gesto para que echara un vistazo en su interior. Los dedos de Gray no titubearon y él sintió un ligero tirón en el pecho en cuanto vio de nuevo el plano del cementerio.

—No tiene por qué ser la tumba de Morrigan —apuntó, y Gray lo miró con recelo—. Pero no voy a negarte que es muy desconcertante encontrar ese mausoleo precisamente en una zona que no aparece en nuestros planos. En especial cuando sabemos que O'Brien nos ha negado el acceso a esa zona del cementerio.

—Puedo avisar a los hombres y preparar un grupo para…

—No —lo interrumpió y pensó en su promesa a Lira, en la súplica silenciosa de sus ojos cuando le pidió que nadie supiese de ello. Suspiró, demasiado consciente de cómo aquella mujer lo estaba poniendo en una situación complicada con su carrera y, sin embargo, no se arrepentía, de nada. Miró los ojos confusos de Gray—. Nadie puede enterarse de esto, al menos hasta que estemos seguros. Si es la tumba de Morrigan movilizaremos la excavación, pero de momento no.

—¿Y entonces qué haremos al respecto?

Eliot se pellizcó el puente de la nariz y suspiró. Era la misma pregunta que llevaba toda la noche rondando su cabeza. Nada más ayudar a Lira a instalarse en la casa, había salido a caminar por el cementerio porque necesitaba asimilar esa punzada triste en el estómago, la sensación de que había algo que no encajaba y que no llegaba a comprender, al menos no del todo. Además, el silencio entre los dos parecía tan tenso, tan insoportable, que le resultó imposible pegar ojo el resto de la noche, no con ella durmiendo bajo el mismo techo. Por eso se calzó las botas, dejó la casa y deambuló por el bosque mientras la noche daba paso a unos tonos naranjas en un cielo raso sin nubes. El aire limpio del pueblo debería haber bastado para aclararle las ideas, pero Eliot estaba tan cansado que ni la caminata supuso un alivio, ni consiguió dar con una respuesta a sus problemas.

—Seguiremos como estamos —puntualizó tras un minuto de silencio—. Y en cuanto podamos ir al mausoleo, lo haremos. Pídele a Roy que te acompañe, lo necesitaremos.

No tenía sentido que siguiera dándole vueltas al asunto, al menos no hasta que despejaran las sospechas. Sabía que Roy no se negaría a la petición de Gray y él contaba con su discreción para ese asunto.

Eliot removió la taza de café en la que había añadido un chorrito de coñac y se la bebió de golpe. Necesitaría la cabeza despejada, en especial si pretendía dedicar el día a revisar a consciencia toda la información robada del capataz. Tendría que estudiar los mapas y contrastar los datos con lo encontrado y, por supuesto, con los diarios de la criada de Morrigan.

—Eliot —susurró Gray y en su rostro vio absoluta preocupación—. Si necesitas hablar, sabes que puedes hacerlo conmigo, ¿verdad?

Sonrió sin ninguna alegría y apoyó los codos sobre el escritorio mientras abría uno de los archivos y rebuscaba en sus notas. Era un gesto mecánico, una posibilidad de huir del escrutinio de Gray y de aquellos ojos que buscaban rastros de inquietud en él.

—Estoy bien —mintió, y se puso en pie de golpe mientras se movía hacia las estanterías—. Lo estaré mucho más cuando el asunto quede zanjado.

—Cuando me dijiste que vendríamos me preocupó que no estuvieses preparado para afrontar el pasado. Temí que volvieses a caer en ese foso, pero no esperaba que el reto de la excavación entrañase un peligro tan real. Te estás encerrando en ti mismo, ni siquiera me estás contando toda la verdad.

»Tal vez esto sea demasiado, tal vez nos está superando y quiero recordarte que la excavación, el hallazgo, no lo son todo.

—Si te refieres a las muertes, lo tengo controlado. No me voy a dejar llevar por el miedo.

Era una verdad a medias, desde luego. Eliot sabía cuáles eran sus límites y tenía consciencia de cómo se los estaba saltando. Tragó saliva y esquivó la mirada acusatoria de Gray.

»—Entonces no irás a la fiesta de Amaltea.

Eliot compuso una mueca de disgusto. Pensó en la fiesta y las nulas posibilidades de escaquearse.

—No veo cómo voy a librarme de ella —admitió con sorna—. Has visto como todo sigue un ritmo habitual dentro del pueblo, incluso cuando la tragedia golpea. La vida no se detiene y si queremos mantener las apariencias, lo justo es seguir con la agenda que marca la gente de aquí.

—Mantener las apariencias —repitió Gray alargando las palabras y él pestañeó con fuerza ante el deje de sarcasmo en su voz—. ¿Eso es lo que Lira recomienda? ¿O lo ha dicho tu padre?

—No vayas por ahí…

—Eliot, ha muerto gente. Han asesinado a una cría, el único

hombre que probablemente sabe algo se ahorcó en su celda. Creo que las apariencias son menos importantes de lo que tú crees.

—¿Y qué propones? ¿Renunciar a la excavación? Hemos gastado los fondos, no tenemos más dinero y esta es nuestra única oportunidad si queremos mantener la reputación del Museo. Tú también necesitas esto —le recordó—. Mantienes a tu familia, tu padre tiene deudas.

Incluso antes de que la última frase se le escapara de los labios, supo que estaba a punto de hacer algo estúpido.

—¿O lo dices por tus escapadas nocturnas? —Consiguió pronunciar la pregunta sin que la voz le temblara—. ¿Crees que no me he dado cuenta de cómo desapareces? Parece que escondes tus propios secretos.

—Yo... —Gray apretó los labios y se apresuró hacia la puerta. La rabia ardía en su rostro—. Hablaré con Roy para que nos acompañe, no te preocupes, me encargaré de todo.

Su mano giró el pomo y antes de que Eliot pudiese detenerlo, abrió la puerta con decisión.

—Estaré en la excavación.

—Gray —llamó, pero su amigo no se detuvo y una marea de arrepentimiento le sobrevino.

Apoyó la frente en el escritorio y maldijo su estupidez. Acababa de cruzar un límite, acababa de ofender a Gray y no sabía muy bien cómo lo arreglaría.

El fuego de la decepción lo sacudió y se prometió que resolvería la situación más tarde, cuando tuviese la cabeza despejada del todo.

Tomó un trozo de papel y una pluma y garabateó una nota rápida para su padre. Hasta hacía un par de días, estaba convencido de que Lira no suponía otra cosa que un problema en su vida, pero en ese instante, ya no estaba tan seguro.

Las letras se extendieron sobre la carta y esbozó una explicación rápida sobre sus dudas respectivas a O'Brien mientras evitaba mencionar el hallazgo. En cuanto tuviese la certeza, Arthur sería el primero en enterarse y los fondos económicos volverían a fluir en el Museo.

Eliot dejó el sobre en la mesa y se consoló con ese último pensamiento. Se alejó de los libros, de los archivos. Abandonó el despacho cargado de un potente olor a libro viejo y subió las escaleras. La casa estaba en silencio, uno que parecía a punto de romperse en cuanto las cocinas se pusieran en marcha y toda la actividad propia de la rutina despertase. Quería postergar el momento. Quería alejarse del cementerio y gritar en un lugar oculto en el que nadie pudiese juzgarlo.

Nunca lo reconocería en voz alta, pero Eliot tenía miedo. Miró el pasillo sumergido en las sombras de la mañana y se encerró en la habitación con el corazón encogido entre las costillas. Todo estaba como siempre y al mismo tiempo, nada lo estaba. La cama perfectamente hecha, las almohadas alineadas, un vaso sobre la mesa junto a la ventana y los gemelos de León sobre una copia de *Viaje al centro de la Tierra*.

Acarició el libro y cada página gastada lo llenó de una presencia invisible. Si cerraba los ojos, casi podía escuchar la voz de León, su risa suave y sus disparatadas ideas sobre la vida. León había sido un soñador, quizá en eso se parecía a Emma. Con la cabeza en las nubes y los pies dando tumbos sobre la tierra.

Un rastro de tristeza le empañó la memoria.

Bajó los ojos con resignación y rebuscó en el fondo del armario. Hacía años que no se acercaba a esa zona y comprendía la necesidad primaria que en ese momento lo impulsaba a tomar una medida desesperada. No fue hasta que sus dedos tropezaron con un falso fondo, que comprendió el alcance de su decisión.

Sujetó el pequeño cofre de metal y el sonido de lo que ocultaba le aceleró la respiración. Dentro guardaba una pequeña pistola, un arma de hacía más de una década que yacía olvidada entre los pliegues de ropa. No le pertenecía a él y sentir el frío metal en los dedos era un recordatorio de la muerte anclada al cañón.

Todo el miedo de las últimas noches orbitó en torno a la pistola que sostuvo en medio del silencio. El nombre de León aparecía garabateado en letras negras, casi invisible para cualquiera, menos para él.

Tratando de ignorar la advertencia de su consciencia, Eliot se puso en pie y antes de que llegase a erguirse del todo, dos golpes rebotaron contra la puerta y esta se abrió de golpe.

—¡Emma! —exclamó al ver a su hermana de pie en el umbral y, sin pensarlo, se apresuró a ocultar la pistola detrás de su espalda—. ¿Qué haces aquí?

—La tía Lucy me pidió que te viniera a buscar, el desayuno está en la mesa —apuntó ella alisándose el vestido de tul celeste—. Ha puesto un aviso para encontrarme institutriz.

Por la forma en la que soltó la información, supo que no estaba contenta.

—De acuerdo, ya hablaremos de esto.

Emma alzó las cejas y cruzó los brazos con decisión sobre el pecho.

—¿Te pasa algo?

Negó en silencio y aprovechó el despiste de su hermana para dejar el arma dentro del cofre y bajar a desayunar. Su hermana no hizo más preguntas y hasta que no le sirvieron unos huevos revueltos con tocino y un té bien cargado, no se atrevió a retomar la conversación. La tía Lucy se sentó con ellos y Hazel rellenó las tazas mientras la conversación de la mañana languidecía.

—Voy a ir a la librería con Lavinia, esta tarde —dijo Emma de forma repentina.

A Eliot se le atascó la comida en la garganta y necesitó un vaso de agua para recuperar el habla.

—No quiero que regreses tarde…

—Dudo que sea una buena idea —interrumpió la tía Lucy con ese tono nasal que no auguraba nada bueno. Rara vez cuestionaba las decisiones de Eliot y en aquel momento apreció el matiz de disgusto implícito en su voz—. Emma ya ha tenido suficiente de paseos con esa chica. Hasta que no tenga institutriz, es mejor que se quede en casa.

—Pero si fuiste quien me dijo que tenía que hablar con ella.

—Fue durante la merienda, Emma, y solo porque es reprochable mantener conversaciones privadas con una mujer como Amaltea. Y no hables con la boca llena, es de mala educación.

—Yo no veo nada malo en el paseo —apuntó él, y su tía dejó los cubiertos sobre el plato con demasiada violencia.

—No estás aquí para cuestionarme —lo reprendió, y las arrugas alrededor de los labios pintados se tensaron. Llevaba un moño perfectamente recogido y un vestido de paño gris impoluto—. La educación de Emma es un asunto que solo me concierne a mí. Vendrán fiestas y allí podrá socializar, de momento no quiero que se pasee por el pueblo.

—Pero Lavinia no irá a las fiestas.

—¡Basta! —Las patas de la silla chirriaron con fuerza cuando se apartó—. A tu habitación.

Sin protestar, Emma dejó el plato a medias y con el rostro contorsionado por la rabia subió las escaleras con Dante como compañía. La tía Lucy negó con la cabeza y cogió el cuchillo y el tenedor para picar un trozo de tocino grasiento y llevárselo a la boca con normalidad, como si aquella discusión no se hubiese producido nunca.

—No puedes encerrarla aquí como si se tratase de un animal.

—¿Ah no? —Levantó los ojos—. ¿Acaso sabes lo que dicen de tu hermana?

Su tía rio ante el silencio.

—Por supuesto. Tocada por la muerte, un ojo maldito que puede ver a los que ya no están, ¿es bueno esto para tu reputación? ¿Beneficia algo a la carrera de tu padre? ¿Te ayudará a encontrar una esposa? No. Hay que mantener las apariencias y Emma tiene que esforzarse mucho más que cualquiera de nosotros, cuanto antes lo entienda, más fácil le será sobrevivir en este mundo. Has traído a esa mujer a esta casa, Lira… no pienso tolerar nada más al respecto.

Lo dijo con un tono seco, carente de emoción alguna. Como si estuviese demasiado cansada de lidiar con él o con su hermana.

Eliot no tuvo fuerzas para responderle, se apartó de la mesa y la dejó disfrutando de su desayuno mientras una espina comenzaba a envenenarle el pecho.

19

EMMA

Tal vez Emma hubiese pecado de ingenua al creer que escapar de la estricta vigilancia de la tía Lucy sería tarea sencilla o simplemente había albergado unas esperanzas inútiles al respecto. Como si intuyese su desagrado, Dante olfateó el aire cuando las caderas anchas de su tía aparecieron en el umbral de la habitación. Arrastró a Emma hasta la sala donde aguardaba una mujer cargada con unas pesadas tijeras y una cinta de medir bien dispuesta a ceñir a Emma en los trozos de tela celeste que yacían en el mueble. La costurera poseía un rostro menudo, con las mejillas afiladas y los labios delgados pintados de un intenso color carmín.

—No te muevas —gruñó la mujer con una voz nasal mientras le envolvía los brazos en una pieza de tela rustica. Miró a Lucy y sonrió—. Es demasiado enclenque.

—Come muy poco —apuntó la tía Lucy desde el sofá de cuero. Sus manos sostenían una bonita taza de porcelana pintada—. He intentado mejorar su aspecto, pero es un fracaso.

—Pero, Lucy, no debes culparte por esto —apremió la mujer y pinchó el brazo de Emma con un alfiler, que se quejó aunque las dos la ignoraron. A decir verdad, pese a la mueca triste de su tía, en el rostro de esta no había rastro de pena. Al contrario, parecía satisfecha con el sufrimiento de Emma—. Hay muy poco que hacer con este conjunto de huesos, no tiene forma.

—Es lo que siempre digo, las nuevas generaciones son cada vez más debiluchas, esas sufragistas están sacando las cosas de quicio. Se creen que con todos los discursos de los nuevos derechos pueden hacer lo que quieran. Olvidan que la base de nuestra sociedad es la familia, el decoro.

La costurera miró con suspicacia a su interlocutora y durante un fugaz instante se olvidó de la presencia de Emma.

—He oído que la mujer de la excavación está aquí.

—¡Ni me lo recuerdes! —La tía Lucy dramatizó un desmayo y se abanicó con fuerza—. Es inmoral. La he visto con pantalones paseándose por el cementerio como si se tratase de un hombre más. —Dejó el abanico a un lado y se mordió el pulgar—. Ya tenía suficiente con una adolescente y el perro, ahora Eliot me ha traído a una cualquiera.

Emma suspiró, agotada de la conversación y compadeció a Lira.

—Pero está casada y nada menos que con un Lord.

—Será una cazafortunas de esas, seguro que es sufragista también.

La costurera no pareció impresionada por el disgusto con el que su tía escupió la última frase.

—Créeme, dudo que le deparen buenas cosas con todo lo que se dice en el pueblo.

La tía Lucy soltó una carcajada y el té se le derramó por los bordes de la taza. Lo limpió con la mano y Emma aprovechó la distracción para buscar la presencia de Caín en la sala; sabía que él sería un vago consuelo en medio de la tirante conversación. Por desgracia, no lo encontró y eso significaba que probablemente se pasaría el resto de la tarde sin verlo. El espíritu llevaba casi dos días sin aparecerse y una parte de sí misma temía el abandono al que tan acostumbrada estaba.

Había registrado el despacho de Eliot la tarde anterior y no había ningún indicio al que aferrarse respecto a Caín. Tampoco nada referente a su madre y a la misteriosa carta que guardaba con recelo dentro de su bloc de dibujos.

—Con esto tengo suficiente —dijo la costurera, y Emma se deslizó fuera del parloteo mezquino que la tía Lucy retomó en cuanto ella bajó del banco. Un escalofrío le recorrió la piel al sentir los ojos de su tía escrudiñando desde su sofá y, sin pensárselo mucho, las dejó a solas con su charla.

Emma tenía sus propios motivos para esquivar cualquier presencia de la casa, resultaba desalentador el sentirse siempre vigilada y le disgustaba el aire hosco que se respiraba en Silverwood House. Subió el segundo tramo de escaleras y miró a través de las ventanas hacia el jardín. Se dio cuenta de que la niebla había rodeado el bosque. El cielo encapotado auguraba una tarde de lluvia y el olor a tierra húmeda ya flotaba incluso en el interior de la casa.

Sus dedos enguantados rozaron el cristal al ver la figura cristalina que en ese momento atravesaba el jardín. Una mujer con un velo gris flotaba junto a la verja de la entrada, sus ojos oscuros permanecían fijos en el horizonte, esperando con un inquietante silencio que Emma reconocía en otros espíritus. Los fantasmas no siempre hablaban. Algunas veces solo podía escuchar el forzoso llanto con el que abandonaron el mundo o incluso, en el peor de los casos, gritos estridentes. A Emma se le encogía el alma en el pecho al ser testigo de aquello. Percibía el dolor envuelto en una desesperación que no siempre desaparecía y que se adhería a su piel como si fuese su propio sufrimiento.

Un suspiro pesado se le escapó de entre los labios y con un poco de tristeza recordó la discusión que había tenido con su tía por la mañana. Eliot se había puesto de su lado, pero la negativa de la tía Lucy solo reafirmaba su encierro y las pocas intenciones que tenía de ofrecerle una vida normal. Había algo en su actitud que hería el orgullo de Emma. No era solo la indiferencia absoluta o el desdén con el que se dirigía a ella, sentía su animadversión como una afrenta personal.

Esquivó la frustración y decidió refugiarse en la soledad.

Tal y como imaginaba, en cuanto entró a su habitación se dio cuenta de que Caín tampoco estaba allí. Cogió la caja de galletas que ocultaba bajo la cama y se comió una de chocolate con avena mientras tomaba la carta de su madre y acariciaba el relieve de las letras con la otra mano.

¿Quién era Caín y por qué su madre había guardado una foto de él?

Pensó en visitar el cementerio y rebuscar entre las tumbas hasta encontrar el nombre de Caín, pero la idea de encontrarse con el errante la aterraba casi tanto como las consecuencias que podía traerle a Eliot.

Dejó escapar un resoplido y se aovilló junto a Dante en la alfombra. Las voces de la conversación continuaban presentes dentro de la casa y Emma sintió un impulso tironeándole de las tripas. Miró el cielo sombrío y recordó las palabras de Lavinia el día anterior.

—Estoy cansada de ser una sombra dentro de mi familia —había dicho mientras estaban a solas en el recibidor de su casa—. Anna lo era todo para ellos, solo piensan en Anna y se olvidan de que yo sigo viva.

Sus ojos opacos esquivaron el rostro de Emma, quizá por vergüenza o simplemente era la tristeza que le empañaba el ánimo. De cualquier forma, Emma jamás se atrevería a juzgarla por abrazar unos sentimientos tan humanos. Puede que esa lealtad se debiera a que todos la señalaban como un monstruo, la aislaban, y por eso no veía nada censurable en la opinión de su nueva amiga.

Amiga.

Degustó la palabra mientras una decisión se abría paso dentro de sus entrañas. Llevaba toda una vida apartada del mundo, atada por unas cadenas invisibles que la separaban de la realidad de los vivos y la empujaban al lado de los muertos. Si quería formar parte del mundo, era hora de que empezase a actuar por voluntad propia.

Lavinia la esperaba sentada junto a una de las baldas más alejadas de la entrada. Llevaba el cabello rojizo recogido debajo de un sombrero negro con unas flores de seda. Algunos de sus diminutos rizos se le escapaban y enmarcaban el delicado contorno de un rostro en el que resaltaban unas ojeras profundas y una nariz afilada y recta. Lucía una falda negra amplia y una blusa con botones de coral que se enganchaban hasta el cuello.

—Pensaba que no vendrías —la saludó en voz baja mientras señalaba una silla vacía frente a ella. La calidez de sus ojos arrojó una sensación tibia a través de las tripas de Emma—. Mis padres ni se han fijado cuando me he ido. No me han respondido las dos frases que pronuncié en el desayuno. Creo que podría presentarme a la fiesta de Amaltea y les daría lo mismo.

—¿Se lo dirás?

—Creo que sí. —Sus delicadas manos cerraron el libro que yacía sobre sus rodillas y, por el movimiento de estas, pudo adivinar que estaba nerviosa—. La muerte de mi hermana es demasiado reciente y entiendo que ellos no quieran asistir, pero no puedo quedarme encerrada en casa con todos sus recuerdos.

Sin pensarlo, alargó el brazo y apretó los dedos de Lavinia esperando transmitirle un poco su comprensión. Toda una vida al margen de las relaciones le ofrecía una torpeza natural, por lo que no sabía qué límites establecer ni cómo manifestarle su compañía. Por suerte, Lavinia respondió al contacto de su piel y una sonrisa triste le tironeó los labios redondos. Notó cómo se le aceleraba el pulso.

El reloj de la entrada marcó las tres de la tarde y el rostro de Lavinia se volvió hacia las agujas antes de que un suspiro pesado se le escapara de entre los labios.

—Además —dijo Lavinia bajando un poco la voz. Sus ojos se escurrieron por la librería atestada de personas y al asegurarse de que nadie le prestaba especial atención, continuó—. Quiero saber qué ha pasado con mi hermana.

A Emma le dio un vuelco el corazón al ser consciente de lo que venía a continuación. Lavinia estaba profundamente consternada con la de idea de que alguien hubiese envenenado a Anna y la perspectiva de que su hermana ingiriera arsénico por error le parecía ridícula.

—Estoy segura de que en algún momento veré algo que no encaja, alguien cometerá un desliz. Pero encerrada en mi casa nunca tendré esas respuestas.

—Tal vez deberíamos hablar con la policía, puedo preguntarle al secretario de mi hermano, Gray suele ser…

—No —Lavinia la interrumpió con tranquilidad—. Por favor, sé que tus intenciones son buenas, pero no quiero que nadie se meta en esto. No es la primera vez que algo así ocurre. —Bajó la voz y se acercó hacia ella—. El otro día escuché una conversación entre el personal de las cocinas. Hace poco más de trece años pasó algo similar en Edén, la hija del capataz murió envenenada.

El silencio prosiguió aquella frase funesta y Emma notó una punzada inquieta en el corazón.

—¿Envenenada?

—La encontraron en el cementerio —repuso Lavinia. Su voz era neutra, pero la curiosidad le ardía en la expresión—. Nadie supo qué pasó realmente. Ni siquiera investigaron la muerte de la chica.

—¿También dijeron que fue un accidente?

Lavinia se encogió de hombros y soltó:

—Algo parecido, pero a diferencia de esa chica y lo que todos aseguran, mi hermana no tomaba azúcar. No pudo confundirlo con arsénico y está claro que no guardábamos algo así en la cocina de nuestra casa.

Emma cuadró los hombros y escrutó la librería en silencio. Una maraña de pensamientos empezaba a enredársele dentro de la cabeza y no sabía con certeza cuál de ellos podía arrastrar un deje de verdad.

Tardó unos instantes en permitir que todas esas ideas se asentaran y cuando notó esa brasa convertirse en fuego, irguió la espalda y soltó la mano de su amiga.

—Mi madre también murió en esa época —apuntó de repente, y Lavinia ladeó el rostro—. No sé si las fechas coinciden del todo, pero siempre me dijeron que estaba enferma.

Lavinia frunció el ceño, era evidente que no entendía el sentido de esas palabras.

—Pero creo que han mentido —soltó y la presión en su pecho se desanudó de forma repentina—. Hay una tumba en el cementerio y mi hermano dijo que su cuerpo había sido incinerado. También encontré una carta, una nota en la que pedía ayuda. No sé si mi madre fue apartada y asesinada, no sé si realmente estaba enferma o si solo eran los desvaríos de una mujer adolorida. Solo sé que no me han dicho la verdad.

Antes de que Emma tuviese tiempo de decir nada más, Lavinia se acercó y sujetó sus manos con fuerza, una chispa incendiaria brilló en sus ojos al contemplar la tristeza aguda de su amiga.

—Lo averiguaremos —dijo Lavinia justo cuando la puerta de la librería se abrió y un grupo de personas entró, pareció debatirse consigo misma y finalmente se quedó muy quieta—. Voy a pagar esto. —Levantó el libro—. Es un regalo que quiero hacerte, *Grandes esperanzas* de Charles Dickens.

Una sonrisa le tironeó de los labios al escucharla y durante los siguientes minutos, Lavinia se alejó hasta el mostrador mientras ella se dedicaba a analizar una a una sus palabras. Se regodeó en esa compañía y estaba inmersa en sus pensamientos, cuando una sombra distante la desafió con una mirada al otro lado del cristal.

—Caín —musitó confusa y se apresuró a abandonar la librería sin llamar la atención—. ¿Dónde has estado?

—Te escapaste.

Parecía una acusación y allí, en medio de la calle bajo un cielo ensombrecido, tuvo la sensación de que Caín no estaba de un humor muy afable.

—¿Mi tía lo sabe?

—Te busqué, llevaba horas mirando por toda la casa y el cementerio, y no te encontraba.

—Llevas dos días sin aparecer.

Caín la miró, perplejo. Había algo diferente en él, una sombra en los ojos, el miedo empapándole la voz, la preocupación arañándole el semblante.

—Voy y vuelvo como quiero —soltó, y ella se conmovió ante el tono lúgubre que empleaba—. Pero tú solo estás con Lavinia.

—Eso no es…

Dejó la frase a medias cuando una anciana que paseaba a su perro la miró de malas formas y cruzó la calle sin quitarle los ojos de encima. Emma apretó los labios con fuerza y bajó la mirada con rabia. Nadie podía ver a Caín. Los que caminaban por allí solo percibían a la hermana de Eliot, la chica del ojo blanco, hablándole a la nada.

—No podemos hablar aquí, esta noche, te espero en mi habitación —dijo, disimulando el movimiento de sus labios y esforzándose por no mirar hacia el espacio en el que estaba él.

Caín sacudió la cabeza y varios mechones sueltos le cayeron sobre la frente pálida, ¿se lo parecía a ella o estaba mucho más traslúcido de lo que recordaba? No tuvo tiempo de descifrarlo,

Lavinia salió de la librería con un paquete entre las manos y se lo extendió con un gesto risueño.

—Para ti.

Confusa, quiso agradecerlo, pero tenía los labios demasiado rígidos como para formar palabras. Miró a Caín y las sombras de sus ojos la fulminaron.

—Ábrelo —la instó Lavinia al ver que no se movía.

Se movió bajó la presión de su voz y con el corazón golpeándole las costillas, Emma rasgó el papel. Esperaba encontrar el ejemplar de *Grandes esperanzas* y así fue, pero debajo de este se encontraba un tomo mucho más pequeño, un libro corto revestido en cuero negro con unas letras doradas en el dorso.

—Lo encontré antes de que llegaras, es una recopilación de la historia de Edén, pero hubo algo que me llamó la atención. —Lavinia abrió el libro en una página doblada y le mostró el apartado superior—. Son las familias fundadoras del pueblo, creo que esta es la de tu madre.

—¿Cómo lo supiste?

Lavinia se encogió de hombros.

—Dijiste que sentías que no pertenencias a ningún lugar y creo que esta es la prueba irrefutable de que tus lazos de sangre están bien arraigados a esta tierra. Por mucho que el mundo se haya esforzado en borrar tu pasado, ahí tienes la prueba.

20
LIRA

Lira había conseguido pasar el día sin que los nervios se le crisparan cada medio segundo. La excavación mantenía una indiferencia absoluta hacia ella y su hallazgo gracias a que Eliot aceptó su propuesta de mantener la información oculta hasta que estuviese convencida de que la tumba de Morrigan se hallaba en el límite prohibido del cementerio.

En cuanto llegó a la casa aquella tarde, notó la mirada resentida de la tía de Eliot. La mujer bien entrada en carnes fruncía el ceño ante su presencia y no dejaba de echarle miradas descaradas a los pantalones que con tanto orgullo Lira lucía. En unas circunstancias normales, habría esquivado los sentimientos incómodos y se habría regodeado de las sensaciones esquivas que producía en una persona de moral correcta. Pero estaba cansada. Demasiado agotada de los acontecimientos de la noche anterior, preocupada por la ausencia de Sophia.

Cada vez que pensaba en su amiga, una punzada de tristeza le recorría las tripas.

—Si vas a cenar debes notificárselo a Hazel con tiempo —gruñó la mujer desde su labor de bordado, por la mañana se había mostrado fría y distante, pero el cambio de la tarde rozaba el hastío—. Le diré que ponga un plato más en la mesa.

—No es necesario. No tengo hambre.

Al escuchar aquello, la mujer asintió complacida y se dedicó a ignorarla.

Lira subió las escaleras y se encerró en su nueva habitación sin molestarse siquiera en pensar en la comida. Sus nuevos aposentos no eran tan espaciosos como los del hostal, carecían de ventanas y el murmullo de la madera se quejaba bajo el peso de sus pies, por lo que la sensación de enclaustramiento reafirmaba el anhelo de libertad que solía moverla a diario.

Lira dejó caer su libreta sobre la cama y se quitó las botas con cuidado, le dolía el cuello y sentía los hombros demasiado tensos. Revisó sus maletas y con pesar recordó el robo de los diarios y los apuntes de su investigación. Había escondido el cráneo y aunque el valor de este era incalculable, no conseguía apartar la pena de su pecho al recordar todos los archivos robados, el trabajo de años. Un dolor agudo la increpó, esa sensación de añoranza hacia lo perdido le había impedido pegar ojo la noche anterior. Cada vez que pensaba en su ropa revuelta, en la nota de amenaza y en la alfombra manchada de sangre, un ardor violento le inundaba el estómago.

Quizá Sophia se lo llevó todo y consiguió huir, pensó. Pero la hipótesis no suponía un gran alivio. No con la certeza de que Jorgen sabía dónde estaba, la amenaza, y que probablemente los directivos de la Academia estaban a punto de dar con ella.

Se derrumbó sobre la cama y enterró la cara entre las almohadas con la sensación de que el mundo, al menos el suyo, se venía abajo. No era nadie sin el hallazgo. Su carrera se iría al traste y ella terminaría moviéndose al ritmo marcado por Jorgen, siempre en la búsqueda de satisfacer sus necesidades, olvidándose de sí misma, de sus pasiones.

¿Quién podría tener un especial interés en apartarla? La primera persona en acudir a sus pensamientos era su jefe, por supuesto. Linus podía engañar a cualquiera dentro de la Academia, se mostraba cercano, afable e incluso amigable, pero era un mentiroso de la peor calaña y si sabía que Lira estaba en Edén, no dudaría en mover sus dedos para apartarla de la excavación.

O tal vez era alguien del pueblo. Alguien poco interesado en que se destaparan sus secretos.

Todo eso era un problema enorme. Sophia, su trabajo, Jorgen, su jefe. Pero además podía sumar a Eliot a la ecuación.

Golpeó la almohada con el puño cerrado y un gemido se abrió paso entre sus labios al recordar la forma en la que él la había mirado anoche. El aliento en medio de los dos, sus dedos suaves, las pulsaciones violentas en su pecho. Lo estaba complicando todo con unos sentimientos que no necesitaba, que no había elegido.

¿Cómo podía huir de eso?

Estaba a punto de ceder al cansancio cuando un ruido potente la alertó. El sonido de una voz y una maldición ahogada alejaron el agotamiento físico y reemplazaron ese cansancio por una genuina curiosidad.

En silencio, Lira escapó de la cama. Se movió hasta la puerta y pegó el oído a la pared notando el sonido persistente de unas manos dando golpes. Aquella casa llena de secretos se le antojaba como una puerta a un mundo que distaba mucho de parecerse al suyo.

El ruido repiqueteó de nuevo y, esta vez, sus dedos entornaron la puerta mientras deslizaba la mitad del cuerpo hacia el pasillo. La luz del atardecer se derramaba sobre las paredes color crema arrastrando los matices cobrizos hasta el suelo negro.

Lira se asomó a las escaleras de la planta superior y aunque la oscuridad envolvía las paredes, reconoció la silueta de un arco desnudo. Enarcó una ceja con escepticismo y estaba a punto de subir cuando un nuevo golpe en algún lugar de la casa la sacudió. Le dio la impresión de que aquel sonido provenía de la habitación que tenía a la izquierda y, sin pensarlo, se asomó al distribuidor oeste antes de acercarse a una puerta desde la que le llegó el ruido de una voz.

—Desapareciste, dos días enteros sin que supiese nada de ti. Al menos podrías decirme qué está pasando.

Era Emma, pero desde donde estaba, no podía ver a su interlocutor.

—Te prometí que te ayudaría y lo haré, pero por favor, no vuelvas a hacer algo parecido.

La voz entrañaba una zozobra pujante y Lira comenzó a acercarse. Una corriente de aire helado le atizó el pelo cuando giró el pomo y empujó la puerta para encontrarse con una imagen desconcertante y casi divertida.

—No es lo que parece —espetó Emma azorada con las manos alrededor del marco de la ventana. El sudor le pegaba el pelo rubio a la frente y las mejillas estaban arreboladas de un tono rosa. Lira enarcó una ceja y se mordió el labio, deseosa de una explicación—. Por favor, no se lo digas a mi tía.

Emma hizo un impaciente gesto de súplica y Lira supuso que, al menos en aquel asunto, eran aliadas. Sin decir nada entró al dormitorio deseando escuchar la versión de aquel suceso y no pudo esquivar una punzada de compasión hacia Emma; de alguna forma extraña le gustaba aquella adolescente que se imponía de modo indecoroso a las normas. Había algo salvaje en ella, algo reprimido que despertaba una inmensa curiosidad en Lira.

Emma se incorporó de forma repentina y cerró la ventana con fuerza.

—Así que además de esas caminatas por el cementerio, también te gusta escapar de la estricta vigilancia de los adultos.

—No me escapé —replicó ella mientras el perro se acercaba con la cola agitada para recibir a su ama—. Es decir, no era mi intención.

Lira sonrió divertida y se dejó caer en una silla junto a un escritorio desordenado. La mesa estaba salpicada de pinceles y varias hojas de papel sueltas en las que se podía apreciar una gran destreza para el dibujo.

—¿Esto lo has hecho tú? —preguntó mientras tomaba un bonito retrato en blanco y negro en el que se veía el rostro ladeado de un muchacho. Los tonos oscuros se mezclaban con los grises y otorgaban destellos pálidos en unos ojos que parecían mirar a la muerte—. ¿Quién es?

—Oh, no es nadie. Lo hice hace mucho —contestó Emma un poco azorada y se esforzó por quitarle el dibujo de las manos con un movimiento demasiado precipitado. Se había apartado tan rápido de la ventana que tropezó con Dante. Se aferró al dosel de la cama antes de que pudiera caerse al suelo y soltó una maldición antes de apresurarse a tomar a Dante en brazos.

—Se parece a Eliot —dejó el retrato sobre la mesa y encaró a la adolescente que en ese momento parecía confundida, quizá un poco nerviosa. Lira la contempló al detalle bajo la luz del atardecer. Tenía un rostro bonito y armonioso, unas cejas espesas sobre los ojos dispares que, aunque parecían avergonzarla, le conferían un aire místico, atemporal—. No le diré nada a tu tía —prometió, y Emma se desinfló de puro alivio—. Pero me veo en la obligación de recordarte que no es seguro que una cría como tú esté fuera de casa sola.

Emma pareció confundida.

—Creí que tú no le tenías miedo a nada.

Una sonrisa triste se le dibujó en los labios.

—Jamás sería imprudente —repuso bastante sorprendida por la reflexión, y los ojos de Emma se deslizaron hasta las sombras de la ventana—. Hay una diferencia bastante notoria entre poseer seguridad y ser irremediablemente descuidada. En especial cuando ha muerto una chica.

—Anna —pronunció con un eco de desconsuelo—. Solo he ido a la librería. Eliot me había dicho que podía, pero la tía Lucy no.

La sola mención de aquella mujer bastaba para encender la rabia de Lira. Arrugó la nariz con desagrado.

—Te escuché hablando —cambió el tema con algo de brusquedad y los ojos de Emma se abrieron de golpe—. Supongo que con el perro.

—Sí, con Dante, por supuesto.

Con suspicacia, Lira entornó los ojos y asintió. No era verdad, lo veía en la forma en la que Emma bajaba los ojos hasta la punta de sus zapatos negros y se retorcía los dedos de las manos.

—No tienes que fingir conmigo. No voy a decirle nada a tu tía, pero si en el futuro quieres volver a salir puedes decírmelo y te acompañaré.

—¿De verdad? —Lira asintió y ella soltó una exclamación alegre.

Quiso alargar una mano y estrechar los hombros de la chica como habría hecho su padre con ella en otro tiempo. Sentía un deseo absurdo por protegerla, por recoger cada una de las piezas y recomponer un espíritu que la sociedad había roto. Le resultaba extraño apreciar un sentimiento tan humano y cercano en ella. Desde que su padre había muerto hacía tan solo unos meses, Lira sentía que su parte más humana le había seguido a la tumba, como si aquellas emociones se hubiesen vaciado de golpe dejando a una mujer herida. Su trabajo la había salvado. Tal vez era la pasión hacia la paleografía y la historia de aquellas mujeres fascinantes cuyas vidas yacían olvidadas en el pasado, o quizá solo era la necesidad de probarse a sí misma.

Estaba a punto de continuar con la conversación cuando dos golpes sacudieron la puerta y apareció Eliot. Su expresión afable cambió de forma radical al verla en la cama junto a su hermana.

—¿Qué haces tú aquí?

—Ahora me alojo en tu casa, por si lo has olvidado.

Eliot se quedó muy quieto en el umbral y Lira se sintió discordante dentro de aquella casa.

—Me gustaría hablar de algo importante.

Lira abandonó el dormitorio de Emma con unos pasos tan lentos que le dio tiempo a cruzar una mirada de alarma con la adolescente. La chica le dedicó un gesto de ánimo y Lira siguió a Eliot hasta su despacho sin intercambiar ni una palabra.

—Esta noche vamos a confirmar si se trata de la tumba.

Lira suspiró.

—¿Tú y yo? —señaló la ventana con el dedo índice y él negó con condescendencia.

—Vendrán Gray y Roy —expresó, y una punzada de decepción recorrió a Lira. Era absurdo que se sintiera un tanto defraudada por la revelación; después de todo, la compañía de Eliot no era lo importante—. Necesitamos ayuda y en vista de que te niegas a compartir esto con otras personas…

—Lo prometiste —le recordó—. Nadie se interpondrá hasta que estemos convencidos.

Una punzada en el estómago le hizo creer que estaban pensando en lo mismo.

—No quiero terminar como el hombre de la celda, ni como el sepulturero, ni como Anna.

Las palabras se le escaparon de los labios. Era una verdad mal ejecutada, una en la que llevaba demasiadas horas pensando y a la que no se atrevía a dar forma, hasta ese momento.

—No voy a dejar que eso pase —aseguró él, y de pronto, todo el hielo que los separaba se derritió. La firmeza de las palabras se le antojó como una caricia, una delicada garantía de su alianza—. El mundo está lleno de crueles monstruos amparados por nuestras leyes, pero te aseguro que no te van a alcanzar aquí.

Lira se aferró a su voz cálida. Aún no sabía que aquella era una promesa que no podría cumplir.

Los muertos siempre eran silenciosos. Dormían plácidamente bajo la tierra en una noche gris y sin luna.

Lira aspiró el aire frío y forzó sus piernas sobre el terreno para controlar el temblor anticipativo que hacía chocar sus delgadas rodillas. Había pasado la media noche y la zona apartada del cementerio se hallaba desierta. Una niebla densa alargaba los dedos sobre la colina sepultando las tumbas en medio de una oscuridad casi perpetua.

Gray levantó la lámpara de gas y Eliot señaló un camino de tierra por el que se deslizaron en silencio. Desde que habían salido de la casa, apenas se atrevían a intercambiar palabras, como si aquella falta de conversación fuese un acuerdo tácito entre los cuatro y no la respuesta natural propia del miedo.

—¿Estará demasiado húmeda la piedra? —preguntó Roy en cuanto llegaron hasta el mausoleo. Su expresión recordaba a la de un niño, los ojos embelesados admirando la fachada y una sonrisa tímida llena de admiración mientras asimilaba el hallazgo. El chico alargó la mano hasta la fachada del panteón y estudió con atención la cornisa elegante y los relieves decorativos que rodeaban las columnas junto a la entrada—. Hay muescas aquí, esta puerta parece que fue forzada.

La dureza de esa afirmación la sacudió y, sin quererlo, Lira guardó silencio unos instantes; nadie había estado allí antes, no podía ser verdad.

—No es posible —replicó ella, a sabiendas de que cualquier detalle, por irrelevante que pareciera, podía ser importante. Se acercó hasta él y miró lo que señalaba.

—Míralo tú misma —respondió y apartó el rostro. Roy era demasiado tímido como para imponerse y su voz sonaba floja, carente de voluntad. A Lira le cayó bien. Le gustaban las personas cuyo mundo interior resultaba tan fascinante que se perdían en él—. Aquí está fracturada la estructura.

El chico levantó la lámpara y sus dedos callosos señalaron unas marcas presentes en la piedra. Tenía razón. Lira tardó un instante en reaccionar y cuando lo hizo, Roy ya estaba señalando otras marcas en la parte lateral de la misma entrada.

—Esto lo han hecho con una palanca.

Los cuatro se miraron en un pesado silencio y Lira reparó en un detalle que hasta entonces le había pasado desapercibido: se respiraba una profunda tensión en el aire. Miró a Eliot y luego a Gray, el segundo parecía incómodo, casi a disgusto, y Lira se preguntó qué habría pasado para que no fuese capaz de sostenerle la mirada a su amigo.

—¿Podéis abrirla? —preguntó Eliot con tranquilidad.

Roy apretó los labios y se quedó callado un minuto.

—Sí, pero no es seguro —admitió Roy mientras se rascaba la nuca, y Lira vio las dudas en sus ojos—. No tenemos los medios para garantizar que, una vez dentro, no ocurra algún accidente o derrumbe. Necesitaríamos más personas y los equipos adecuados.

Eliot cruzó los brazos sobre el pecho y, tras un silencio meditativo, Roy pareció leer la urgencia que había en su expresión, por lo que soltó:

—De acuerdo, Gray y yo abriremos la puerta, pero tened en cuenta que es peligroso y no es algo que me entusiasme.

Gray le apretó el hombro y Roy apenas contuvo una mueca preocupada. Sus ojos destellaron cuando el chico le acercó una de las palas y luego cogió una palanca para sí mismo.

—No deberíamos hacer esto de noche, ya has escuchado lo que dicen de la maldición —susurró Roy, y Gray le quitó peso al comentario apretándole la mano en silencio.

Un comentario aislado sobre la importancia de seguir las normas y la seguridad dentro de la excavación le hizo comprender a Lira que Roy era del tipo de personas que no solía actuar sin antes meditar la situación con calma. Había miedo en sus ojos, en la línea tensa de su boca. Si cedía, ante todo no era por Eliot, era por Gray. Lo había pillado mirándolo de reojo y Lira veía la fuerza de gravedad con la que sus cuerpos parecían dispuestos a encontrarse.

—Espero que realmente hallemos algo relevante —susurró Eliot con voz ronca, y se situó a su lado mientras veía como Roy y Gray trabajaban improvisando con las escasas herramientas que habían llevado—. Si el Museo se entera de esto es probable que acaben con mi carrera.

—Siempre puedes echarme la culpa —lo tranquilizó ella—. Di que te he sobornado o que amenacé con venir sola.

—¿Lo hubieses hecho?

—Me ofende la duda —replicó Lira y ocultó una sonrisa engreída—. Aunque si al final resulta que tengo razón, supongo que no dudarás en echarte encima todo el mérito.

La mandíbula de Eliot se tensó y ella lo vio arrebujarse un poco en el abrigo de paño gris. El cabello castaño le caía sobre la frente y en su rostro se adivinaba una barba de pocos días que le daba un aspecto desenfadado y casual, que, en opinión de Lira, le favorecía mucho.

—Creí que el alto al fuego era suficiente como para demostrarte mis intenciones.

Lira no respondió, solo se encogió de hombros.

—Si quieres que te diga la verdad, me da la sensación de que te esfuerzas bastante por demostrarle a todos que no posees sentimientos. Te muestras dura, capaz y, por supuesto, fría. —El corazón de Lira se aceleró y, bajo la noche profunda, sintió un chispazo inquieto en el pecho—. Pero he visto la cara que escondes a otros, lo he notado esta tarde mientras hablabas con Emma.

A Lira se le abrió la boca al reparar en la amabilidad en sus ojos, la facilidad con la que él podía leerla. Ladeó la cabeza y fijó la vista en el horizonte, batallaba con esa calidez serpenteante en su estómago, el miedo a descubrir algo que la hiciera cambiar para siempre.

—¿Por qué haces esto? ¿Por qué quieres encontrar la tumba?

—Por las mismas razones que tú, ambos ambicionamos el éxito.

—No —cortó ella, y observó con el gesto fruncido cómo Eliot respiraba de forma superficial—. Tú quieres demostrar algo, pero no hay pasión en lo que haces. Estás aquí porque te sientes obligado. ¿Qué te gustaría hacer de verdad? Si nadie te mirase, si a nadie le importase.

Al escuchar esa pregunta, Eliot tragó saliva y giró el cuello para estudiar las tumbas al fondo del cementerio. Sus ojos grises la esquivaron y Lira supo que acababa de dar en el blanco.

—¿Esto es un intento por esquivar el comentario que te he hecho antes? Porque si es lo que intentas, no te saldrá bien —contraatacó él con la voz rasgada, y Lira sintió las mejillas acaloradas.

Los ojos de Eliot la miraron con una pizca de resentimiento y ella no lo detuvo cuando se alejó dispuesto a ayudar a Roy y Gray. Echó un vistazo al cementerio vacío y se arrebujó en su bufanda de lana azul en un intento desesperado por protegerse del viento. Lira tenía un don para alejar a las personas y sabía que con él se le resistía cualquier impulso por mantenerlo a distancia. *Estás jugando con fuego*, se reprendió al ver cómo Eliot se deshacía del abrigo y los músculos de los brazos se le tensaban bajo la camisa al sujetar con fuerza una de las palancas.

Durante las siguientes dos horas, los cuatro se dedicaron a trabajar en la apertura de la puerta. Roy tenía razón al decir que ya había sido forzada; lo descubrieron en cuanto consiguieron que cediera y una profunda nube de polvo rojizo los envolvió. La cámara principal estaba marcada por el rastro de las suelas de unas botas. Unas marcas poco profundas que comenzaban a acumular el polvo del abandono y apenas eran visibles en medio de la oscuridad.

Eliot observó el rostro de sus compañeros con cierta sorpresa y tomó la lámpara en la mano derecha para ser el primero en adentrarse en aquellas espesas sombras sin decir nada. Lira se detuvo en el umbral, notó el pesado olor a cerrado y podredumbre que impregnaba el aire, el aroma de la muerte.

Temblando de pura emoción, se deslizó tras Eliot y se quedó quieta a su lado con la boca abierta y una sensación de asombro que no le cabía en el pecho. La belleza de otra época se alzaba delante de sus ojos y se extendía por cada recoveco de la sala.

—Esto… —La voz se le rompió, la luz teñía la cámara de un tenue tono naranja y arrojaba sombras sobre un suelo rojo cubierto de tierra—. Es increíble.

La mano de Eliot vagó hasta la suya y, por un momento, no fue capaz de mover ni un músculo. Fue un gesto rápido y demasiado sutil como para que nadie más que ella se diera cuenta. Lira respondió y le apretó los dedos, una tormenta de mariposas revoloteó en sus tripas.

—¿Es la tumba de Morrigan?

La pregunta la hizo Gray, cuya voz traicionaba un profundo malestar.

—Es pronto para decirlo, pero este símbolo era el que solía utilizar en sus cartas —señaló la entrada, un arco decorado con pequeñas piedras azules y coronado por dos polillas cuyas alas negras se extendían y en las que se veía la marca de una calavera blanca—. Déjame echar un ojo.

Tomó la lámpara en una mano y se internó en la cámara funeraria con ese cosquilleo nervioso en el estómago. Sus pies no titubearon ni siquiera cuando percibió una de las columnas derruidas cerca del pórtico. Las piedras no habían resistido el peso de la cúpula y una parte de estas yacía derrumbada cerca de un arco de mármol que hacía de entrada hacia un pasillo amplio y poco luminoso. La antecámara era una sala de aspecto elegante con un bonito mural que el tiempo había despintado bajo los efectos de la humedad. Un caballo negro se alzaba sobre la tierra en la que se vislumbraban dos serpientes pardas con las lenguas bífidas afuera. Era una imagen desconcertante y pese a lo rudimentario de las formas y el color desvaído, poseía cierta belleza. Lira levantó la lámpara y vio un delicado mueble de madera en el que reposaban una docena de objetos, una pátina de polvo cubría las baldas desnudas y no consiguió reprimir una emoción intensa que nunca antes había percibido en sí misma. El orgullo inundó sus huesos: ella lo había encontrado, después de tantos años, Lira era la responsable de encontrar la tumba de Morrigan. Envuelta en esa marea de sentimientos, un escalofrío le bajó por la espalda y ella alargó una mano hasta el mueble. Un pequeño cofre de aluminio con las letras grabadas en oro. También un instrumento de cuerda cuya superficie había perdido el lustre y dejaba a la vista el óxido.

—Son sus iniciales —susurró Eliot al ver que Lira deslizaba el pulgar sobre la tapa del cofre. Gray se acercó y Roy dio un paso hacia atrás.

Ninguno respondió. Lira estaba tan concentrada en cada detalle que apenas era consciente de los movimientos de Eliot a su espalda, para ella no existía mayor emoción que la revelación de la noche. Complacida en esas emociones, se sumergió en las sombras de la antecámara y accedió a un pasillo estrecho que llevaba a lo que parecían bóvedas funerarias. El sudor le resbaló por la espalda y no se permitió percibir duda alguna hasta que alcanzó una puerta de metal. Lira pegó un respingo en cuanto vio el nombre de Morrigan delante de sus narices.

—Lo he encontrado —dijo más para sí misma, y odió que su propia voz traicionara la emoción. Un temblor frío le sacudió la garganta y no fue capaz de contener una carcajada producto de esa emoción, de todo el nerviosismo que entrañaba.

—¿Abrimos la puerta? —inquirió Gray que en ese momento la alcanzó seguido por los otros dos.

—Ni se os ocurra —contestó Roy de pronto, su rostro estaba alterado por la preocupación y el pecho le subía y le bajaba con fuerza—. Mirad esas estatuas. —Señaló dos figuras de granito que precedían la puerta y la vigilaban como centinelas, justo encima del marco se vislumbraba un agujero con forma circular en el que brillaba una mariposa negra—. Es un augurio y no pienso arriesgarme, no con todo lo que ha ocurrido.

—No te tenía por supersticioso —dijo Eliot y ella distinguió los nervios en sus ojos. Comprendió que esa era la verdadera razón por la que Roy se había negado en un principio: *cree en la maldición, en lo que dice la gente en el pueblo.*

Gray les dio la espalda y susurró algo al oído de Roy, pero este continuó en sus trece. Sacudió la cabeza con fuerza y se apartó.

—No voy a entrar allí. —Roy cruzó los brazos sobre el pecho y señaló un pequeño grabado en la pared—. «Oh vida que trae de la tierra y araña esta muerte a la que nuestra condena nos ha dejado varados en el paso donde no existe el descanso. Que la muerte sea leve y todo aquel que profane mi dolor sea condenado por la misma perjura que me ha convertido en una esclava del infierno…».

Las palabras cayeron sobre los cuatro y Roy se mantuvo al otro lado del pasillo mientras la voz se le apagaba. Lira no lo miró, no lo haría porque ella ante todo no creía en maldiciones. Había llegado demasiado lejos como para retractarse por unas palabras que invocaban a la muerte. No, Lira no iba a amilanarse, no en ese momento y con todo lo que estaba en juego.

—¿No os dais cuenta? —continuó Roy en el mismo tono de frustración—. Le dije a Gray que me parecía una mala idea venir solos hasta aquí. Han asesinado a una chica, una mujer muerta en el cementerio y todos hemos escuchado… cosas extrañas. Llantos por la noche, una voz.

—Tu cabeza te está sugestionando —lo acusó.

Pero Roy no parecía dispuesto a ceder.

—De acuerdo —espetó Lira sin contener la furia que le agarrotaba la garganta. Desterró cualquier rasgo de elegancia en el momento en que se arremangó la camisa y se echó el pelo detrás de las orejas con un movimiento cargado de determinación—. Si sois unos blandengues con demasiado miedo os recomiendo que os larguéis, yo misma abriré esa puerta.

Sujetó la barra de metal con ambas manos e ignoró los quejidos de Roy y Gray. Presionó la herramienta contra la puerta y apoyó todo el peso de su cuerpo sobre esta. Los músculos de su espalda se quejaron y ella volvió a impulsarse sobre la barra deseando ser poseedora de una fuerza animal.

Roy podía permitirse el lujo de esperar, pero ella no.

El ruido de las columnas rebotó en la sala y creó un efecto de eco a lo largo de la antecámara.

—Mira eso —gritó Roy por encima del rugido del viento que en ese instante sacudió a Lira y le pegó la ropa al cuerpo.

Lo ignoró. Sentía un suave temblor en los pies y solo podía significar una cosa: estaba a punto de abrir aquella puerta. Volvió a presionar la barra y notó la ayuda de dos brazos robustos que hicieron que la estructura se sacudiera arrojando una nube de polvo en el aire. Eliot forzó la barra y el mausoleo entero se estremeció.

—¡Dejadlo! No es seguro…

Pero era tarde.

Una de las columnas se derrumbó y una tormenta de tierra los envolvió. Lira soltó un grito atragantado y Eliot se arrojó sobre ella para apartarla de los restos de granito y piedra que cayeron del techo. Una nube de polillas sobrevoló su cabeza y apenas pudo protegerse el rostro cuando los insectos abandonaron su escondite y llenaron toda la cripta con el murmullo violento de sus alas.

Los sintió arañarle la piel de las manos, revolotear sobre sus ojos. El suelo debajo de sus pies perdió consistencia y Lira solo sintió un profundo dolor en el costado y un golpe sordo en la cabeza al derrumbarse con los pilotes y las paredes.

El dolor le inundó los músculos, un tirón lacerante en sus costillas.

—¿Estás bien?

La pregunta provenía desde la oscuridad, lo que indicaba que seguía viva. Le tomó casi un minuto adaptar sus ojos a la ausencia de luz y comprender lo que acababa de ocurrir.

—Creo que sí —mintió y contuvo las lágrimas de dolor. No le servían de nada en aquella situación—. El suelo ha cedido y creo que se han desplomado las estatuas.

Eliot encendió la lámpara que milagrosamente arrojó un débil destello dorado, el cristal se había roto en la caída, pero continuaba funcionando. Lira echó una mirada cauta a su alrededor. Estaban en una especie de habitación llena de cacharros y restos de la construcción. El rostro de Eliot estaba marcado por la suciedad y por un ligero corte en la mejilla derecha. Salvo eso, parecía ileso.

—¡Eliot! —La voz de Gray llegaba ahogada desde la parte superior de la cripta—. Lira…

—Estamos bien —gruñó Eliot y el ruido de las palancas rebotó contra la última palabra—. ¿Puedes sacarnos?

Silencio.

Eliot y ella intercambiaron una mirada antes de que otro ruido perforara el aire.

—Estáis atrapados —gritó Gray y una corriente eléctrica sacudió la columna de Lira—. Las columnas han bloqueado el acceso al vestíbulo y no podemos alcanzar el pasillo. Vamos a buscar ayuda.

En cuanto las palabras se perdieron a Lira le costó mantener la expresión sosegada con la que solía encarar las situaciones complicadas. Se quedó sin aliento al recordar lo tarde que era en ese momento y lo mucho que tardarían Roy y Gray; casi se le antojó descorazonador el tener que compartir uno de los mejores momentos con Eliot, en una situación que solo ponía en evidencia su desesperación.

Se sentó en una piedra y se abrazó las costillas. Eliot parecía inmensamente cansado, tenía los labios apretados y arrugas diminutas alrededor de los ojos. Parte del abrigo se había desgarrado y dejaba a la vista un enorme agujero en la espalda.

—Estás herida —dijo acercándose hasta ella con el ceño fruncido—. Espera.

En otro momento, Lira se habría apartado, habría rehuido de los dedos que Eliot estiraba para limpiarle la sangre del rostro, pero en ese momento no tenía fuerzas para escapar de él. En vez de incorporarse, Lira estiró el cuello y cerró los ojos cuando la piel de él rozó su mejilla y bajó por el cuello hasta la clavícula. Tragó saliva y se esforzó por enterrar el hormigueo nervioso que comenzaba a extendérsele por las mejillas.

Tengo miedo, pensó Lira y sus labios se entreabrieron cuando Eliot tomó el abrigo y lo dejó suavemente sobre sus hombros. Se sentó a su lado y ella se olvidó de respirar cuando sintió el calor de su cuerpo.

—Vamos a tener que ponernos cómodos, me parece que tardarán bastante en sacarnos de aquí.

Aquella frase se le antojó como una promesa, una de esas que no auguraban nada bueno.

21
EMMA

Emma no podía dormir.

Aquella noche se parecía mucho a las que vivía en el internado. Los ruidos del tejado acababan de alejar el cansancio de ella y sentía la mente demasiado despierta como para volver a conciliar el sueño. Incluso así, lo intentó. Acomodó la almohada y abrazó a Dante en medio de la noche, mientras sus pensamientos se le escurrían y volvían a tropezar con el recuerdo de Lavinia y la tristeza de sus ojos.

No necesitaba abrir los ojos para saber que Caín seguía en la habitación. A Emma le agradaba el silencio de su compañía incluso cuando se suponía que ella dormía. Aunque en ese momento no era así. Suspiró y cambió de posición en el colchón. Sentía un ligero picor en el estómago y sabía que no era una buena señal. Ese escozor solo podía significar algo terrible, algo que ella no hubiese deseado volver a sentir nunca. Así que Emma se incorporó en silencio y se deshizo de los calcetines para volver a ponérselos al revés. Era una forma de confiar en el destino, o quizá simplemente se trataba de pura sugestión. Pero cuando Emma completaba el ritual y llevaba cualquier prenda al revés, los espíritus no podían tocarla, al menos eso se decía en las noches negras sin luna.

No se quitaba de la cabeza las palabras de Lavinia y la relación que guardaban con la muerte de la hija del capataz.

¿Por qué alguien asesinaría a Anna Davies? ¿Podría estar relacionado con la muerte de su propia madre? Las preguntas la envolvían y la sacudían con la fuerza inquietante que solo sentía hacia lo desconocido.

Cuando llegó a Edén, Emma pensó que si encontraba esa línea de conexión con su madre podría conocer más de la mujer de la que nadie hablaba. Incluso había creído que de alguna manera encontraría un sentido a esas raíces olvidadas de su pasado y quizá un sentimiento de pertenencia a algún lugar. Pero aquella casa vieja llena de secretos le ofrecía nuevos misterios e incógnitas a los que no podía dar significado.

Todas las heridas de su alma continuaban abiertas.

—¿Otra pesadilla?

Caín estaba sentado al borde de la ventana. Emma se abrazó las rodillas contra el pecho y asintió.

—No puedo dormir —replicó mientras se echaba un batín de terciopelo gris sobre el camisón—. Y en parte es culpa tuya.

A la luz de la noche, le pareció que Caín parecía más triste, casi apagado. Seguía esbozando esas sonrisas a las que ella estaba acostumbrada, pero en sus ojos campaba el miedo.

—Ya te dije que lo lamento —dijo con la voz floja y era verdad, pero Emma notaba esa espina atravesada en la garganta, la certeza de que Caín no le estaba contando algo.

—Una disculpa que no se siente no es real —soltó y lo miró de soslayo.

Caín levantó una ceja y soltó un suspiro de fastidio. Con la habitación sumergida en la penumbra, apenas alcanzaba a ver el contorno de su silueta desgarbada y alta, una sombra apostada en el cristal de la ventana.

—Solo te estoy recordando que antes tenías una prioridad —soltó él, y la luz de la noche le iluminó las facciones—. Emma, con absoluta sinceridad puedo decirte que me pareces una chica brillante y creo que cometes un error olvidándote de lo que querías cuando llegaste aquí. Ni siquiera has vuelto a preguntar por tu madre, ni por la fotografía.

Emma intentó no mirar demasiado a Caín. El halo de tristeza a su alrededor fue como una sacudida, un violento recordatorio de su realidad.

—Quieres saber qué hacías en esa foto, ¿verdad?

Él dudó, una emoción prendida en sus ojos. Lo había pillado mirando la fotografía a escondidas y en su expresión leía una genuina necesidad de comprender quién era.

Caín asintió.

—Ya te lo he dicho, me gustaría descubrir qué me mantiene anclado a este plano.

Su voz revelaba una aflicción tan honda que Emma no fue capaz de esquivar la culpa. Se arrodilló a su lado y deseó que Caín fuese de carne y hueso, deseó poder transmitirle su comprensión a través de un gesto cercano. En lugar de ello, dejó sus ojos a la altura del rostro de él y dibujó una mueca de cansancio. Seguía siendo un fantasma, pero en ese momento a Emma le pareció mucho más humano que todos dentro de la casa. Alargó una mano y la puso donde se suponía que estaba su rodilla, salvo que lo atravesó y una sensación helada le acarició la piel. Recordó la promesa que le hizo y no pudo evitar sentirse como una egoísta al ignorar el deseo de Caín; ella era la única que podía verlo y estaba tan poco acostumbrada a socializar que en los últimos días apenas pensaba en la preocupación del fantasma.

—No recuerdo mi vida, no sé por qué sigo aquí y esa foto ha despertado dudas que no sabía que tenía. El otro día me vi en esta misma casa, una versión diferente de mí mismo, una versión hecha de carne en la que tenía una vida.

—¿Y qué pasaba? ¿Crees que se trataba de un recuerdo?

—No lo sé —replicó y se encogió de hombros—. Solo me vi al

pie de las escaleras y llevaba un libro en la mano. Pero no había nada más.

Estaba a punto de decir algo más cuando un portazo sacudió las paredes de la casa. Caín se sobresaltó y Emma notó una astilla de miedo en la espalda.

—¿Qué ha sido eso?

El errante, fue el primer pensamiento en ocupar su mente y todo su cuerpo se quedó rígido, presa del temor que suscitaba un nuevo encuentro con aquella criatura del infierno.

Emma se puso en pie con el miedo titilando en los huesos e intercambió una mirada de preocupación con el fantasma. Se armó de valor y llegó hasta el salón vacío. La puerta estaba cerrada y las cortinas echadas impedían ver algo hacia el exterior. El aire denso de la sala estaba viciado por un aroma que podía tentar a cualquier fantasma a escapar, un olor cargado de podredumbre, carne quemada. Emma arrugó la nariz y cualquier pensamiento coherente se le escurrió en cuanto una sombra alargada y oscura cruzó la ventana.

Oyó el rumor de una conversación ahogada, el sonido apaciguado de unas voces que llegaban desde el jardín trasero y, en cuestión de segundos, cruzó la casa con el corazón acelerado.

Gray y Roy se tensaron en cuanto la vieron abrir la puerta, los dos estaban cubiertos de polvo y Gray tenía un corte diminuto sobre la ceja izquierda además de los pantalones rotos a la altura de las rodillas.

—Pero… ¿qué os ha pasado?

—Hemos tenido un accidente —explicó Gray dejándose caer en las escaleritas frente a la puerta. Roy ni la miró, apoyó la espalda contra la pared y se apretó el puente de la nariz mientras cerraba los párpados—. Tenemos que ir al pueblo y pedir ayuda.

Emma se apresuró a volver a la cocina y buscar unas vendas húmedas para que se limpiaran las heridas de las manos. Gray lo hizo como un acto mecánico y en cuanto terminó, salió hasta el porche sin decir ni una palabra.

—Voy contigo —enfatizó Roy, pero Gray le puso una mano al pecho y lo impidió.

—No. Quédate aquí y avisa a Hazel para que esté preparado y nos acompañe.

Roy parpadeó y antes de que pudiese rebatir, Gray se acercó y le plantó un beso casto en los labios. Fue un movimiento poco meditado y demasiado rápido que lo dejó con el rostro desencajado. Gray sonrió con tristeza y le acarició la mejilla con ternura.

—Por favor, quédate.

Silenciado por aquel movimiento, Roy asintió y se acercó hasta Emma que se sentía como una intrusa. Una invasora de un momento íntimo y privado.

No reflexionó mucho al respecto porque en ese momento el coche se alejó de camino al pueblo. Roy señaló la casa con el pulgar y se encaminó hasta ella sin decir nada en el trayecto. En cuanto alcanzaron el recibidor, Roy cogió su pitillera y encendió un cigarrillo dejando el apestoso aroma del tabaco en el aire. No le prestó atención y no se inmutó ni siquiera cuando una mujer apareció en el recibidor.

—No se fuma en esta casa —espetó la tía Lucy con fiereza y el horror sacudió a Emma.

Oyó como Roy se atragantaba con el humo y se ponía en pie con un rubor intenso en las mejillas afiladas.

—Perdón, señora…

—No quiero excusas —lo cortó ella y entró en la sala con paso renqueante. Llevaba un vestido de muselina gris poco apropiado para irse a la cama, además, los zapatos estaban calados y dejaron enormes huellas de barro en el pasillo frente a la entrada—. ¿Dónde está mi sobrino?

Emma lo supo antes de que las palabras escaparan de los labios de Roy. Lo intuyó en el temblor de sus hombros, en la inclinación del mentón y en la forma en que abría los labios, como si el miedo se hubiese tragado sus palabras.

—Ha habido un accidente y Eliot está atrapado en un mausoleo en el cementerio.

La tía Lucy no prestó mucha atención a sus palabras pese a que Emma se sacudió bajo el peso de estas. Le temblaban las rodillas y sentía el frío dentro de los huesos.

—¿Y por qué no estás buscando ayuda?

La pregunta fue violenta e hizo que Roy se volviera más pequeño, diminuto. Pero esa necesidad de imponerse de parte de su tía, esa respuesta carente de preocupación despertó el recelo en Emma.

—Gray ha ido al pueblo y me pidió que esperara aquí.

Caín se materializó junto a la tía Lucy y señaló algo en lo que Emma no se había fijado hasta entonces. No era solo que su tía estuviese vestida como si fuese a dar un paseo, tampoco el pelo húmedo y las gotitas que le empapaban el dobladillo de la falda. No. Tenía las manos manchadas de tierra y algo que Emma apenas reconoció: sangre.

22
ELIOT

—Así que al final tenía razón —dijo Lira.

Estaba tumbada contra la pared. Los haces de la lámpara de gas que él sujetaba en una de sus manos dibujaban sombras en su rostro pálido y acentuaban las manchas de sangre sobre la piel, la herida vendada quedaba oculta bajo los pliegues del abrigo. Tiritaba y a cada movimiento de su cuerpo, Eliot sentía un torpe deseo de remover las piedras con sus propias manos y encontrar una salida. Había sido un imbécil por permitir que aquella mujer lo cegara. Saltarse los protocolos tendría consecuencias ineludibles, ya que sería imposible negar la evidencia.

En medio de la oscuridad apenas podía evaluar la gravedad de las heridas de Lira. Solo era consciente del gesto febril en su rostro y, aunque le había prometido que estaba bien, él sabía que aquello no era más que una vulgar mentira. Una que no quería creerse.

—En cuanto nos saquen de aquí podrás echarte encima todo el mérito del descubrimiento —opinó él y esquivó su mirada. Se había sentado a varios metros de distancia y desde que los pasos de Gray y Roy se perdieron en el silencio de la noche, Eliot se movió en vano por toda la cámara buscando una posible salida. Estaban atrapados—. De hecho, dejaré que te burles de mi intelecto y les digas a los demás que, de no haber sido por tu aguda inteligencia, seguiríamos revisando en los cientos de mausoleos que se encuentran dentro del plano.

—¿Y podrás resistirlo?

Su voz entrañaba un reto que prendió los nervios de Eliot. Se pasó la lengua por los labios y esbozó aquella sonrisa destinada a cualquiera que pudiese ver bajo la fachada de hijo perfecto.

—Lo intentaré, aunque no te garantizo nada.

—Dudo que a tus conquistas les haga mucha ilusión escuchar la historia de cómo una académica te venció en tu propio terreno.

—Me temo que nunca consideré esto como una competición.

Lira no dijo nada, apretó una mano contra el pecho y cerró los ojos en silencio. Él se sentó al borde de una de las piedras y estudió el amplio mural que tenían delante. Era una imagen bastante rudimentaria salpicada por manchas de moho y algo de humedad. Una mujer hermosa yacía sobre un arcón de plata con las manos alrededor de un pequeño relicario que guardaba en su pecho. El cabello rubio se le derramaba sobre los hombros desnudos y enredaba en diminutos lirios que llegaban hasta los pies descalzos. En la parte superior alcanzaba a leer un párrafo ilegible con unas letras alargadas en un dialecto que no reconocía.

—Es una lengua muerta —explicó Lira—. Proviene de tribus norteñas y aunque la familia de Morrigan era noble, sabemos que hay cartas escritas en ese dialecto. La institutriz era del norte, cuestión que explicaría la fascinación de Morrigan por todas esas leyendas.

Eliot admiró la pasión con la que Lira evocaba el pasado.

—Y esas polillas —señaló los insectos muertos a sus pies—. Salieron cuando el suelo se derrumbó, son un mal presagio, las he visto en el cementerio.

Se acuclilló y las iluminó con la lámpara. Eran unos insectos de un tamaño considerable. Yacían sobre la tierra con las alas abiertas y la sombra de una calavera en el cuerpo.

—Son la esfinge de la muerte. Recibe ese nombre por la figura que tiene en el tórax y se asemeja a un cráneo humano.

—¿Cómo sabes eso?

La sonrisa de Lira fue laxa y perezosa, él se obligó a apartar la mirada, incapaz de soportar la belleza de su rostro y las ganas que tenía de quedarse atrapado allí, con ella. El pensamiento le supuso una revelación tan grande que casi se le secó la garganta.

—Mi trabajo es saber cosas —sonrió con satisfacción—. Hay muchas leyendas asociadas a la muerte.

Las comisuras de los labios de Eliot temblaron cuando una de las polillas agitó las alas y voló hasta perderse en la oscuridad.

—¿Podrías tumbarte a mi lado?

La pregunta lo sorprendió con la guardia baja y Eliot temió que el golpe de la caída estuviese afectando el juicio de Lira. Debería haberse negado, era lo lógico y la única posibilidad de mantener su cordura, si quería preservarla. La observó como quien mira a un demente y, aunque las contradicciones lo increparon, algo dentro de su pecho lo instaba a acceder a la petición. Era muy consciente, quizá demasiado, de que en una circunstancia normal no le pediría aquello. En especial, luego del descomunal rechazo que había personificado algunas noches atrás en su despacho. Un rechazo que había herido su frágil ego, no solo por lo poco habitual que era que una mujer lo apartara, sino porque en el fondo, en un resquicio oculto de su ser, le había dolido.

Con el corazón rebotándole contra el pecho, Eliot observó la ceja en alto de Lira y acabó por ceder. Se sentó a su lado y escuchó como la respiración de ella cambiaba, como su cuerpo parecía relajarse en cuanto su brazo estuvo en contacto con el de ella.

—Tal vez, podríamos ir juntos a la Noche de las Luciérnagas, el día de la rendición —soltó ella con la voz débil y Eliot abrió la boca sin que ningún sonido llegase a escapar de esta—. Si quieres, por supuesto. Nunca he estado en una fiesta así.

La frase dejaba la puerta abierta a un futuro, a una posibilidad remota. El corazón le retumbó contra las costillas.

—O tal vez participarás en la cacería del zorro.

Eliot negó en silencio. La Noche de las Luciérnagas se celebraba en Edén en abril, era una noche en la que todos los parroquianos se reunían en la plaza y encendían cientos de velas. Luego había una cena y, por supuesto, un baile. Algunos hombres participaban en la cacería del zorro, una de esas actividades creadas para fomentar la camarería entre ellos e inflarles la masculinidad dentro del cuerpo.

—No soy un aficionado de la caza.

—¿No? —él negó y Lira volvió a acomodarse a su lado—. Creí que a todos los de tu clase os gustaban ese tipo de diversiones.

Sus ojos prendieron un brillo malicioso.

—Dime algo —pidió Lira con un susurro—. Cuéntame algo de ti, algo que no le hayas dicho a nadie.

Eliot se aclaró la garganta y estudió su rostro en la penumbra. El sudor le pegaba el pelo a la frente y sus ojos parecían contener todas las sombras del infierno, como si al mirarlos pudiese apreciar el contorno de todas las malas decisiones que estaba a punto de tomar. Carraspeó y con cuidado, buscó su mano y la apretó, era suave y estaba helada, demasiado rígida entre la suya.

—La mayor parte del tiempo tengo miedo —susurró sin saber muy bien la razón de la revelación, y los dedos de Lira le acariciaron la palma de la mano—. Me aterroriza la idea de vivir el resto de mis días con esa angustia constante a sentirme como una sombra dentro del Museo. A vivir intentando demostrar que merezco mi puesto.

Lira giró un poco sobre sí misma, le tocó la mejilla y él se arrepintió de permitir que aquellas palabras se le escaparan de los labios. Sus dedos tibios dejaron un rastro de anhelo sobre la piel de Eliot. Notaba el dolor de la confesión en el pecho y, sin querer, se sacudió. Como si el movimiento pudiese apartar los sentimientos, como si de esa manera fuese capaz de borrar lo que acababa de decir.

—Yo también tengo mis fantasmas —soltó ella de pronto y Eliot se quedó muy quieto. Lira se había quedado completamente paralizada y él sintió la necesidad de acercarse un poco más—. Estoy huyendo y no quiero que nadie me encuentre aquí. Pensé que esta era la única manera de encontrar un camino para enderezar una vida de la que no me siento dueña.

La confesión de Lira fue como un mazazo en las costillas.

—Podrías tener lo que quisieras.

—No es verdad. —Lira negó con la cabeza y él vio las lágrimas que se esforzaba por mantener a raya—. Quizá hace un año sí, pero ya no. Soy una prisionera en una jaula de cristal.

Comprendió que se refería a su marido y una esquirla de hielo le atravesó el cuerpo en cuanto todos los pensamientos encajaron dentro de su cabeza. Jadeó al ser consciente del significado de las heridas que había visto en ella y se maldijo al dudar, al poner en tela de juicio las decisiones que ella había tomado. Lira había llegado a Edén desesperada. Toda esa actitud desafiante, todo el impulso y su necesidad por encontrar la tumba y reivindicar su trabajo no era solo por la Academia; había buscado una forma de escapar de Jorgen.

A Eliot le dolió algo dentro del pecho. La delicadeza de la verdad era una dura prueba para él, que apretó los párpados y se concentró en la respiración profunda de Lira, en el olor a lavanda de su pelo, en el tacto firme de sus manos. La forma en que ella lo miraba lo hacía sentirse pleno, como el sol en invierno, esa sensación agradable sobre la piel.

—¿Por qué te casaste con él?

La pregunta ganó peso entre los dos.

—No deberías preguntarme eso, Eliot. No es una respuesta de la que me sienta orgullosa.

—Pero yo necesito saberlo.

El muro de indiferencia que solía ocultar los sentimientos de Lira cayó de pronto. Él vio la desesperación, el miedo que la inquietaba agonizando dentro de sus pupilas y una parte de su alma se rompió ante la gravedad de las circunstancias. Eliot llevaba mucho tiempo huyendo de sus sentimientos. Los había enterrado con el rechazo de ella y, en ese momento, comprendió que era el orgullo de Lira el que la había obligado a alejarse de él.

—¿Por qué me rechazaste?

La pregunta le salió brusca y, en lugar de echarse atrás, Eliot le apretó la muñeca y se la acercó hacia él. Los ojos de Lira brillaron y él apreció una belleza inmortal en su rostro. Sentía su respiración acelerada, la piel ardiendo bajo todas las palabras que nunca le había dicho. Lira no se apartó, entreabrió los labios y pestañó.

—Si aceptaba tu proposición condenaba mi carrera. Cualquier logro o mérito lo habrían achacado a nuestro enlace, dirían que era tuyo y yo quiero que mi nombre resuene en mis investigaciones. —Lo miraba con esa expresión reflexiva que en otro momento le había hecho perder la cabeza—. Si me casaba contigo, jamás sería la dueña de mi trabajo.

Eliot no supo quién de los dos se acercó primero. El aire se le atascó en la garganta en cuanto sus labios chocaron. Se precipitaron el uno sobre el otro y, en un segundo, Eliot estaba besándola.

Se le aceleró el pulso y sintió la calidez rígida del cuerpo de Lira contra él.

—Siempre pensé que solo buscabas libertad, que no te casarías con nadie —murmuró contra su boca.

—Yo también, incluso mi padre estaba convencido de que ningún hombre soportaría a una mujer con la lengua tan afilada. —Se apartó unos centímetros para verle el rostro y a Eliot le dolió la ausencia de sus labios.

—Tú no eres solo una mujer de lengua afilada, Lira. Eres un

torbellino, eres una fuerza imparable y yo estaba dispuesto a perderme en ella…

Su boca se movió sobre la suya y Lira tembló cuando Eliot deslizó las manos hasta su cintura y la atrajo. Respondió deslizando las manos sobre su cuello mientras el beso se volvía exigente, salvaje.

—Yo…

Acalló las palabras mordiéndole el labio inferior con delicadeza y Lira jadeó. Su espalda se arqueó en cuanto sintió cómo las manos de Eliot ascendían por sus costillas y le recorrían los hombros dejando un rastro tibio de caricias. Ella se aferró a sus brazos y se colocó sobre él con deseo, con los labios entreabiertos y una promesa oculta en ellos. Cada movimiento era poco calculado y, sin embargo, servía para que su cuerpo reaccionara delatándolo, demostrando lo mucho que había anhelado ese momento.

Sin saber muy bien cómo ni por qué, Lira deslizó las piernas alrededor de su cintura y le quitó la camisa con rabia. El cuerpo de ella ardía bajo sus manos y le pareció injusto que tuviese tanta ropa encima cuando acababa de arrebatarle lo poco que le quedaba de su dignidad.

Como si pudiese leerle los pensamientos, ella se echó hacia atrás y, despacio, desabrochó uno a uno los botones mientras Eliot temblaba de pura anticipación. Se permitió devorarla con los ojos, beber cada milímetro de su cuerpo sin ropa. Lira escondía tantas partes de sí misma ante el mundo que verla allí sin nada de por medio le pareció un regalo. Ella sonrió sin recelos al ver cómo Eliot se quedaba sin palabras y la contemplaba sin esconderse.

—Me parece injusto haber esperado tanto por esto. Eres lo más hermoso que he visto nunca. —Volvió a besarla con el temor a que el momento se perdiera y el corazón le tropezó en el pecho—. Con toda esa fuerza propia de una tormenta, con la capacidad de arruinar la escasa cordura que me mantiene en este mundo. No me importa, pase lo que pase, te pertenezco.

A Lira se le cortó la respiración, pero él no le permitió dar rienda suelta a las dudas. Dejó que aquel momento de silencio se llenara con un gemido de placer en cuanto le llenó el cuello de besos y su cuerpo se movió suplicándole más. A Eliot se le tensaron las piernas cuando Lira se quitó los pantalones y le arrancó los suyos con determinación. Se le escapó un gemido ahogado en cuanto ella tomó el control de su erección y se deslizó sobre él con un movimiento rápido.

Abrió la boca para decir algo, pero él la acalló de un beso. Había pasado horas imaginando lo que sería besarla, anhelaba el característico aroma cítrico de su piel. Se movió dentro de ella con todo el placer bombeando violentamente en su sangre. Lira echó la cabeza hacia atrás y se apretó, sus caderas se deslizaron en un baile, con una precisión abismal en la que Eliot solo podía sentir todo el calor de ella.

La cabeza le daba vueltas y no estaba seguro de cuánto tiempo llevaban así, solo fue consciente de la sacudida de Lira, de la forma como pronunció su nombre y del espasmo que lo invadió al llegar al éxtasis.

No se movió, era incapaz de abandonar la calidez de sus brazos, de perder ese momento en el que por una vez se sentía completo. Y en ese momento se olvidó del mundo y se abandonó a ese sentimiento de paz que hacía años que no sentía.

Había perdido la noción del tiempo hasta que Lira se incorporó con los músculos lánguidos y Eliot observó su silueta en la oscuridad. Se deleitó en la delicadeza con la que se echaba la camisa sobre los hombros y no se movió hasta que el ruido de unas herramientas lo sobresaltó.

—Nos van a sacar de aquí —apremió ella apartándose un poco del lugar de donde provenía el sonido de su salvación.

Eliot hizo lo propio y se vistió bajo las voces conocidas de los hombres de la excavación. El polvo se levantaba y las piedras temblaban a cada movimiento de los picos y las palas mientras su expectación crecía como una serpiente en su estómago. Casi tres horas después, un tímido rayo de sol atravesó la cripta y la voz de Gray inundó el vacío arrojando un destello de alivio sobre el corazón oprimido de Eliot. No sabía qué pasaría al salir de allí. No quería esperanzas, no las necesitaba, pero no podía evitar pensar en cómo gestionaría esas emociones que por momentos le arrebataban la respiración.

Lo primero que vio fue la silueta de Gray seguido por Roy y Emma. Eliot respiró deprisa, con un nerviosismo poco propio del momento, repentinamente consciente del poco control que tenía de la situación. Su hermana tenía el rostro tan pálido que el ojo blanco casi no se diferenciaba. Presa de la preocupación, se arrojó sobre él y sintió un resquicio de gratitud ante ese gesto humano. Olía a humo, a naranjas, y por primera vez en años Eliot se rindió al calor de ese abrazo, a la sensación de pertenencia que de pronto Emma despertaba en él.

—Ay, Eliot —susurró con una exhalación—. Estaba tan preocupada, no te puedes hacer una idea de la desesperación de Gray y el susto que nos ha dado. ¿Estás herido?

A Eliot le gustó la vibración de su voz y no pudo esconder una sonrisa tranquilizadora. Le dio un toquecito suave en el hombro y se fijó en la expresión angustiada de Gray justo unos pasos por detrás de Emma. Les tendió una cantimplora con agua y Lira se la bebió casi entera antes de ofrecerle un poco a él. La garganta seca era el resultado de la angustia y no de la sed, pero no se lo diría en voz alta.

—¿Estáis bien? —preguntó Gray. Llevaba la misma ropa de la

noche y, por los ojos nublados, Eliot supo que había vivido unas horas terriblemente largas—. Todo esto ha causado mucho revuelo y hay algo que…

—Lira.

Una voz masculina y arrogante interrumpió la explicación. Lira se volvió hacia la entrada y Eliot apreció su expresión aterrorizada. Se había quedado completamente paralizada y en poco menos de un par de segundos Eliot descubrió la razón. Un hombre alto avanzó entre los excavadores y se precipitó hasta el interior de la cripta. Llevaba un sombrero de fieltro negro y un traje elegante de cuadros, unos zapatos lustrosos y el pelo engominado.

—No debería entrar, señor —espetó el capataz desde la entrada. Eliot no se había fijado en el rostro flácido de O'Brien ni el movimiento veloz de sus labios bajo el bigote aceitado—. Solo miembros de la excavación.

El recién llegado se detuvo un segundo para responder:

—Es mi esposa la que acabáis de rescatar, creo que merezco tener una conversación con ella.

O'Brien se echó hacia atrás con un brillo poco decoroso en los ojos. El aire se había enrarecido y el alivio de volver al mundo acababa de ser sustituido por una tensión pesada. Algo se había roto. Eliot supo al instante que el momento compartido allí, acababa de quebrarse y dejaría grietas profundas en su alma. Lo notó en la pose forzada de Lira, en el bufido contrariado de Gray.

—¿Qué… qué haces aquí, Jorgen?

Jorgen no respondió. En lugar de ello, tomó a Lira por los brazos y le estampó un beso en la boca, como si con ese movimiento reclamara una propiedad. A Eliot le ardió el rostro y notó cómo Gray ladeaba la cabeza con un eco de su propia tristeza.

—Quería darte una sorpresa —dijo—. Llegué a Edén por la noche y en cuanto escuché el revuelo en las calles, me enteré de lo ocurrido.

—¿Revuelo? —preguntó Eliot con una ceja en alto y el estómago revuelto. Los ojos de Jorgen lo fulminaron.

—Sí. Un accidente en el cementerio, todo el pueblo se ha enterado. Incluso han montado una vigilia afuera, rezaban por encontraros con vida. Temían que la maldición os hubiese enterrado vivos.

Gray dio un paso al frente y levantó las manos a modo de defensa.

—Me encargué de decirle a todos que estabais bien, pero Mia Rinaldi insistió en lo peligroso de la situación tras tantas muertes y montó todo este circo.

Eliot lo miró sin decir nada.

—Emma, espera afuera por favor —pidió, y la adolescente no rechistó.

—Bien —completó Jorgen en cuanto los pasos de Emma se perdieron—. Entonces podemos celebrar que nos hemos vuelto a encontrar.

—Lira está herida —dijo Eliot por encima de todo el ruido de sus pensamientos, de las voces que inundaban la cripta y las que llegaban desde el exterior—. Necesita ir al hospital.

—Pediré que te vea un médico —repuso y volvió a acariciarle el pelo.

—No es necesario, Jorgen, quiero irme y descansar.

—Lo llevaré al hotel si es necesario.

La mano de Jorgen apretaba el brazo de Lira como si tuviese miedo de que esta echara a correr en cualquier momento.

—Lira se aloja en nuestra casa —explicó, y por la sombra en el rostro del hombre supo que le irritaba—. Que la vean allí.

No replicó. Arrastró a Lira hacia la salida y lo dejó en la cripta en la que creía haber conocido la felicidad durante un fugaz momento.

—Tengo la sensación de que la presencia de este hombre nos lo va a complicar todo —susurró Gray a su lado.

—No puede inmiscuirse en la excavación, quiero una orden para que nadie que no trabaje aquí pueda entrar.

—Es un noble —le recordó su secretario con la voz doblada por la rabia—. Y uno con muy buenos contactos. Dudo que podamos prohibirle nada.

Eliot se alejó y salió hasta el exterior sin intercambiar ninguna palabra con los trabajadores. O'Brien estuvo a punto de acercarse, pero Eliot lo cortó y le prometió que hablarían en otro momento. Solo quería tumbarse en su cama, asimilar los sucesos de la noche y tragarse la impotencia. Una tristeza desconocida acababa de golpearlo de forma tan violenta y repentina que no sabía cómo podía escapar de ella. Quizá era el destino, quizá la vida pretendía recordarle que Lira jamás podría corresponder a esos sentimientos que acababan de provocarle un dolor inquieto.

Emma se apresuró a seguirlo y él le agradeció el silencio de su compañía. Había una grieta profunda en su alma, una que le recordaba que nunca tendría nada bueno dentro de su vida.

23

LIRA

Jorgen se paseaba arriba y abajo por la salita principal del caserón de los Monroe. Aquel silencio no la tranquilizaba, al contrario, era una señal inequívoca del desastre que estaba por producirse y que ella no podía evitar. El aire de la mañana se arremolinaba entre las ventanas y llegaba cargado por una tirantez que le carcomía los huesos. Lo conocía demasiado bien como para saber que la ausencia de reproches era la calma que precedía la tormenta. Lo veía en la postura de su espalda, en las manos apretadas y en los labios que permanecían sellados mientras el médico le suturaba la herida en el brazo. A diferencia de Jorgen, Eliot observaba la escena con fría indiferencia desde la comodidad de su poltrona al lado de la ventana. Sus ojos esquivaban el rostro de Lira y aunque tenía las manos ocupadas alrededor de una taza caliente de porcelana, veía las grietas en aquella actitud sosegada que podía engañarlos a todos menos a sí misma.

—Debería ser más cuidadosa —apuntó el doctor cortando el hilo y mirándola a través de unas gafas redondas de carey—. Le quedara una cicatriz tan grande como las que tiene en el resto del brazo.

Lira asintió quedamente y el anciano miró a su marido como si esperase alguna confirmación de su parte. A modo de respuesta, Jorgen se encogió de hombros y se alejó hasta la ventana en la que estaban sentados Emma y Gray. Ninguno de los dos había participado en la conversación desde que llegaron a la casa, ni siquiera cuando Lucy apareció acompañada por el doctor y trajo una bandeja con té especiado para todos.

Con la mano libre, Lira cogió su taza y bebió un largo sorbo de chai de canela tibio. Un placer diminuto en medio de toda la angustia que se le acumulaba dentro de los huesos.

—Podría haber sido peor —continuó el doctor, y Lira fue muy consciente de sus ojos de cuervo analizando el resto de marcas pálidas sobre la piel bronceada—. Al menos allí puede esconder la cicatriz.

—Siempre se lo digo, pero es una mujer muy rebelde —apremió Jorgen con rigidez, como si él no fuese el responsable de muchas de esas marcas—. Dudo que pueda asistir al trabajo de campo en los próximos días.

—No pienso quedarme encerrada —espetó ella de pronto. Se levantó sin pensar y la aguja del doctor resbaló hasta el suelo—. Es un rasguño de nada y en la excavación no corro ningún peligro ahora que hemos encontrado la tumba. Además, el equipo empieza con la labor de reconocimiento del terreno. Me necesitarán.

—Lira, tardarán días en despejar el mausoleo. Está todo lleno de escombros y me temo que no es un lugar seguro.

Los ojos de Lira lo escrutaron mientras un temblor violento le sacudía la espalda y Jorgen apoyó los dedos en la mesa mientras una sonrisa se le escapaba al soltar:

—Supongo que no te has enterado porque ha sido todo muy reciente y repentino.

—¿Qué ha pasado?

La pregunta se le escapó y Jorgen ladeó el rostro, incómodo. No le agradaba el tono con el que se atrevía a increparlo delante de otros y bien sabía que aquel acto tendría unas consecuencias nefastas, pero a Lira no le importaba. No en ese momento. Estaba demasiado cansada y los pensamientos se le amontonaban en la punta de la lengua, por lo que ser precavida no era una opción.

—El capataz ha recibido una llamada importante —fue Gray el que intervino. El secretario se puso en pie y miró a Eliot antes de continuar con la explicación—. Anoche, cerca de la excavación encontraron un brazo desmembrado junto a un pequeño relicario de plata. Creen que pertenece a una mujer, pero en el pueblo no se ha dado aviso de ninguna desaparición. Además, vuestra incursión ha traído consecuencias y digamos que, pese al hallazgo, hay dudas sobre los métodos empleados.

A Lira se le secó la garganta.

—¿Dónde han encontrado el brazo? —La pregunta le salió estrangulada. Ladeó el rostro y contempló a Gray—. Si no han reportado nada… no entiendo qué relación tendría con nuestro trabajo. Desde que llegamos aquí hemos sido testigos de sucesos extraños, trabas que parecen puestas a consciencia para retrasarnos.

Gray tragó saliva y esquivó su mirada.

—Van a investigarnos —soltó de repente y el aire se llenó de inquietud—. Creen que es nuestra culpa y es probable que envíen un inspector. Además, hay una prueba indiscutible: alguien había entrado al mausoleo.

Toda la voluntad que segundos antes esgrimía Lira se le escurrió entre los dedos. No quería dar nada por sentado, no hasta que pudiese ver la tumba al completo por sí misma y sacar sus propias conclusiones. Sin embargo, le preocupaba que realmente quisiesen investigarlos a ellos.

—La gente del pueblo habla de maldiciones e incluso el capataz se negaba a profanar aquel mausoleo para sacaros de allí. Nos costó mucho convencerlo.

—¿De verdad estamos hablando de miedo a sucesos que escapan de lo normal? No os tenía a vosotros por una panda de supersticiosos.

—Tú misma eres consciente de que se han dado sucesos que escapan a cualquier explicación racional. Nunca he estado predispuesto a creer en fantasmas, pero en este pueblo hay algo… —La voz de Gray titubeó y en su rostro se asomó una angustia casi tangible; se estaba guardando un secreto y a Lira le dio la impresión de que no quería contarles todo lo que sabía—. Que no se puede explicar de forma lógica.

Lira se giró justo a tiempo para ver como Eliot se apretaba el puente de la nariz, frustrado; llevaba un rato estudiándola sin participar de forma activa en la conversación. Fantasmas, monstruos y maldiciones. Por supuesto que sentía algo raro en Edén, en el cementerio. Pero no quería creer en ello, no cuando todo su trabajo estaba en juego.

—Entonces van a suspender la excavación —aventuró ella y tuvo que sentarse, mareada, con una punzada de tristeza en las tripas. Jorgen la miró con un gesto de condescendencia y Lira luchó por no venirse abajo delante de él, apartó esa sensación devastada y se centró en la postura erguida de Gray.

—Es una posibilidad, pero de momento no hay nada decidido —respondió Gray.

Eliot no parecía demasiado sorprendido por aquella noticia, lo que indicaba que ya lo sabía de antemano o que, al menos, intuía que aquella situación era una posibilidad. Su rostro permanecía impasible y, sin querer, Lira recordó los besos robados en la oscuridad del panteón, la forma en que sus dedos habían dibujado estrellas sobre su piel con una delicadeza absoluta.

¿Cómo podía haber alcanzado un pedacito del cielo y horas después sentirse tan acorralada?

Levantó el mentón con fuerza e ignoró la voz de Jorgen, que en ese momento enumeraba los problemas que podían enfrentar en la excavación.

—Jorgen, quiero invitarte a que te quedes en casa con nosotros

—dijo Eliot con suavidad y Lira se volvió hacia él con una ceja en alto—. Lira se hospedaba en el hostal del pueblo, pero hace un par de días, recibió una amenaza. Creo que todos somos conscientes de que alguien quiere alejarnos de la investigación y no me pareció correcto dejarla sola a merced de un posible asesino.

La palabra rebotó contra Lira y de inmediato añoró a Sophia, su facilidad de resolución, su presencia. Ella sabría cómo actuar en aquella situación.

Lira tragó saliva con fuerza y evitó pensar en su amiga, en el dolor de su ausencia. Si a Jorgen le preocupaba el asunto de la amenaza lo disimuló con un silencio adusto, al menos hasta que el doctor se retiró dejando una serie de consejos y recomendaciones que Lira no seguiría. Solo entonces ella manifestó su intención de subir y descansar un poco. Un pequeño placer que tendría que esperar, porque su marido la siguió escaleras arriba y cerró con un portazo para encararla.

—Eres una descarada —apremió al tiempo que se soltaba la corbata, ni siquiera esperó a que ella se descalzara. Simplemente la encaró y sus ojos enfurecidos la atravesaron como dagas—. ¿Cómo crees que he sobrevivido a todos los rumores que hay en la ciudad? Te fuiste, Lira. Me dejaste solo, sin una nota, como una cobarde.

Jadeó en cuanto las manos de Jorgen le sujetaron con violencia el brazo herido y este la obligó a mirarlo a los ojos.

—¡Eres mi esposa! Te tienes que comportar como tal.

Los ojos de Jorgen se pusieron negros y Lira se tragó la bilis que comenzaba a llenarle la garganta. Sentía el corazón que le retumbaba en los oídos, una fuerza desgarradora oprimiéndole el pecho, recordándole que era suya.

—Te crees que esa juventud va a amparar cualquier error que cometas y estás muy equivocada. Sin mí no eres nada —espetó él y la empujó contra la pared. El cuadro junto a la puerta se cayó y

Lira sintió dolor. El fuego arrasándola por dentro—. Vas a obedecerme, vas a compórtate como una esposa ejemplar y a olvidarte de este caprichito de excavación.

Lira se esforzó por sonreír y la tensión le tironeó de las comisuras de los labios cuando soltó:

—Esto no es ningún capricho. Este es mi trabajo y te guste o no, voy a seguir aquí. Me tendrás que arrastrar de regreso a Londres si quieres que deje esto.

El golpe llegó como una ola. Primero el impacto sordo y luego un ramalazo de dolor en su mejilla. Las lágrimas le resbalaron sin su permiso y Lira se vio diminuta, demasiado sola a merced de aquel hombre.

—Eres mi esposa —susurró Jorgen y se movió hasta la cama. Apretó las manos contra las sienes; siempre se dejaba llevar por un arrepentimiento instantáneo, uno que olvidaba al día siguiente—. Perdona, no quería hacerte daño. Sabes que lo eres todo para mí, ¿verdad?

El silencio fue su única respuesta.

—Ven a la cama, necesitas descansar, seguro que luego lo veremos todo con mucha más claridad.

¿Dónde estaba esa fuerza que la impulsaba a seguir sus instintos y a saltarse las normas? ¿Por qué con Jorgen no funcionaba su valentía? Lo único que deseaba era huir. Escapar de regreso al cementerio, moverse en el mausoleo y captar el orgullo en los ojos de Eliot.

Eliot.

No. No podía ponerlo en un peligro, no con Jorgen en la misma casa, en el mismo pueblo. Se mordió el labio y el remordimiento sacudió cada uno de sus huesos. Eliot no sabía de lo que su marido era capaz y su intención era que no tuviese que descubrirlo.

Lira ni siquiera sabía la razón, pero su cuerpo se movió sin voluntad y se dejó caer a su lado, sobre la colcha. Jorgen extendió una mano buscándola y ella dio un respingo involuntario ante el tacto caliente de sus dedos. El aliento pegajoso y pútrido se le pegó a la piel cuando él intentó darle un beso en la mejilla. Se sentía rodeada de sombras que se retorcían y la engullían en una asfixiante oscuridad. Tenía la certeza de que con Jorgen jamás vería nada con claridad.

Un llanto desesperado se hundió en la cabeza de Lira. Primero como un susurro ahogado que empezó a cobrar fuerza e inundar de una tristeza aguda, líquida, cada fibra de su ser. Lira abrió los ojos con cuidado y le costó un poco recordar todos los sucesos de ese mismo día. Los recuerdos se difuminaron entre los pliegues de su consciencia y poco a poco el dolor de sus músculos se afianzó dentro de su cuerpo y despertó las imágenes de la noche anterior. Todavía podía sentir el aliento de Eliot sobre su piel, los dedos suaves por debajo de la ropa y la delicadeza con la que nunca antes la habían tocado.

Sus ojos se habituaron a la falta de luz y, en silencio, Lira se deshizo de las sábanas. La habitación permanecía a oscuras y aquel aullido feroz, cargado de miedo, estremecía las paredes hasta alcanzar ese rincón perdido de la casa. Jorgen roncaba con la boca abierta y los ojos cerrados, una escena poco plácida y agradable. Amparada en la oscuridad, Lira esquivó la imagen de su marido y agudizó el oído.

Ahí estaba.

Un llanto. Una voz aguda que cercenaba el silencio y se confundía con el rugido del viento como el batir de las alas de un cuervo. Sintió aquel ruido como algo irreal, una llamada del mundo de los muertos y, sin poderlo remediar, se calzó los zapatos y se echó el abrigo sobre los hombros abandonando la habitación de puntillas. Nerviosa, apartó los retazos del sueño y sacudió la cabeza mientras deslizaba un dedo por el pasamanos de madera negra. Sentía una intensa tristeza vacía. Una sombra horadada que le crecía en el pecho y engullía cualquiera otra emoción diferente a la frustración o la melancolía. *Es ese llanto, te está destrozando los nervios y probablemente se trate de un animal extraño*, se dijo sin convicción y ladeó el rostro escrutando el pasillo vacío. Veía como todo su futuro se desmoronaba delante de sus narices.

¿Cómo era posible que fuese la responsable de un hallazgo tan importante y se apreciara tan desconsolada? Lira nunca había sido propensa a la melancolía, era una mujer demasiado práctica.

—Lira.

La voz de Eliot fue como un susurro en medio de la nada, una caricia sobre sus heridas. No la sobresaltó, al contrario, calmó todos esos miedos, los desterró de su mente.

Lira entrecerró los ojos y levantó el mentón mientras se dejaba caer con elegancia en el diván de cuero de la salita pequeña.

—El médico dijo que deberías descansar —musitó Eliot, y ella lo vio de pie en el borde de la puerta. Tenía la espalda apoyada a la pared y sujetaba una petaca de cuero entre las manos; ella alargó una mano y se la quitó para beber un largo trago de brandy. El licor le quemó la garganta—. Y definitivamente no deberías hacer eso.

—No podía dormir —dijo ella y le devolvió la petaca con un movimiento brusco. Miró el rostro suave de Eliot y la barba que comenzaba a llenarle el mentón. Iba vestido de forma impecable con una camisa blanca y un pantalón color caqui, un atuendo poco habitual y nada cómodo en una noche sin luna—. Escuché algo y salí de la cama.

Él asintió y miró el jardín antes de dar un sorbo de brandy. Había algo sombrío en su expresión, una preocupación que alcanzaba a nublarle los ojos claros y que Lira veía como un reflejo de su propio miedo. Podía casi sentir los latidos del corazón de Eliot, la tormenta que se encrespaba en su cuerpo.

—Me gusta la lluvia —dijo ella de pronto y Eliot enarcó una ceja—. Soy consciente de que no es bueno para nuestro trabajo en la excavación, pero hay algo en el ruido del agua, en el olor a tierra húmeda que siempre me recuerda a mi hogar. No el lugar en el que vivo ahora. Me transporta a mi niñez. A esas tardes de tormenta en las que mi padre abría las ventanas y dejaba que el sonido inundara nuestra casa, entonces preparaba té de hierba buena con miel y nos sentábamos en el porche. Ni siquiera hablábamos. Solo sentíamos la lluvia, el viento. A veces me dejaba un libro y una manta sobre los hombros, encendía la chimenea de la sala y podía quedarme en ese momento.

El comentario se le escapó sin ser consciente de ello. Lira había tenido una infancia llena de carencias materiales, pero no de alegría y amor. Su padre, un hombre viudo y alegre, trabajaba como profesor en una escuela cerca de Yorkshire. Había dedicado su vida a educar a Lira y dejó una infinidad de recuerdos felices en los que ella se refugiaba en los días grises.

—No soporto ver cómo te trata.

Hasta ese momento, Lira no se había planteado la posibilidad de que Eliot sintiera la misma rabia que ella ante las actitudes de Jorgen. Esquivó la culpa que siempre la acechaba cuando su marido llenaba las conversaciones y volvió a beber un poco de brandy.

—Odio la forma en que te mira, como si quisiera que fueses solo para él.

En el hielo de su voz encontró una calidez absurda y abrumadora. Lira estiró la mano y el miedo le retorció la boca del estómago. Quería alargar ese momento, quería que aquella conversación durase hasta la eternidad.

—No puedo huir de mi realidad —fue todo lo que dijo.

Como si pudiera leerle los pensamientos, Eliot la miró con los ojos entrecerrados. Las dudas que siempre se escondían bajo sus pestañas se habían difuminado dejando una claridad en la que ella quería hundirse. Él alargó una mano y le retiró un mechón de pelo de la mejilla. Lira se lo había cortado en un acto de rebeldía. Una noche en la que Jorgen le sugirió que debía dejárselo largo y peinarlo a la moda parisina. Había una orden implícita en aquella sugerencia que la irritó, y en cuanto estuvo sola, cogió las tijeras y se deshizo de su larga melena para dejárselo a la altura de la barbilla. A Sophia casi le dio un infarto cuando tuvo que igualarle el corte. Todavía recordaba la furia de Jorgen al verla, la rabia que se sumergió dentro él y explotó sembrando el caos y el miedo en la vida de Lira.

—¿Todavía sientes esa animadversión hacia mí?

A Lira le pareció que la boca se le secaba de repente. Esbozó una sonrisa tímida y negó con la cabeza mientras veía como Eliot aguardaba sus palabras con impaciencia.

—Creo que es evidente que no —le aseguró ella y levantó los ojos hacia los suyos. No era animadversión, desde luego, pero Eliot era tan correcto, tan honrado que a Lira le agradaba llevarlo hasta sus límites y, precisamente, saltarse las normas en el cementerio le había regalado una de las mejores noches de su vida. Aunque jamás lo admitiría en voz alta. Sonrió y bebió otro sorbo de la petaca—. No podría después de lo que ocurrió anoche.

Antes de que Eliot lograra decir nada, un aullido repentino rompió el momento. Los dos se miraron con el miedo atragantado en la garganta.

—Por favor, dime que tú también lo oíste…

Enmudeció en cuanto otro lamento se levantó por encima de la lluvia. Eliot se incorporó y escrutó el jardín con el rostro ladeado.

—¿Qué se supone que es ese sonido?

—¿La maldición?

La voz sacudió la pregunta y esta vez Eliot no dudó. Ella empezó a barajar la posibilidad de que en ese lugar hubiese algo inexplicable, algo que escapaba de cualquier lógica.

Nervioso, Eliot abandonó el umbral y se arrojó contra la lluvia. Lira lo imitó, salió hacia al exterior dejando que la tormenta se precipitara contra ella en cuanto corrió bajo la lluvia y el embiste del viento. Aquella voz, ese lamento nostálgico, tenía algo de sobrenatural. La cadencia triste se le metía en los huesos, le inundaba los poros y arrojaba un deje de desasosiego en su pecho.

Se sacudió todas esas emociones y corrió con el corazón tambaleándose en el pecho. La garganta seca y el dolor del brazo le impedían mantener el ritmo de los pies de Eliot, cuya velocidad lo arrastró hasta el cementerio. Se detuvo junto a una de las estatuas de mármol, una mujer de rostro angelical con unas alas doradas extendidas a su espalda.

—Allí —dijo Eliot, y ella se fijó en la camisa empapada que se le pegaba a la piel. Apenas conseguía ver su rostro bajo aquella oscuridad y mucho menos percibir nada dentro del camposanto, al menos hasta que el llanto volvió a romper la lluvia y una figura alta se deslizó entre las tumbas.

Llevaba un velo gris sobre el rostro y un vestido de gasa blanca manchado de sangre, sus brazos colgaban doblados en ángulos imposibles mientras unas piernas esqueléticas sostenían el pequeño torso. Lira ahogó un grito y ni siquiera pudo moverse, plantearse la opción de huir. La criatura ladeó el rostro y aquella voz le hirió los oídos.

El lamento retumbó entre los muertos y una docena de polillas envolvieron aquella figura con sus alas negras. Eliot intentó acercarse, no parecía dispuesta a dejar que se le escapara, pero los insectos se arrojaron como una nube violenta sobre él, gritó y retrocedió mientras Lira lo tomaba por el brazo. Antes de que pudiese dar un paso, la figura se esfumó entre la niebla. Desapareció en un pestañeo fugaz dejando a Lira con los nervios atenazados en la base de la garganta y la piel de gallina.

—¿Estás bien?

Eliot asintió, confuso con los ojos vidriosos. Un hilito de sangre le caía de la frente y le otorgaba un aspecto salvaje, cansado.

—Estás herido —susurró, y el silencio se instaló en medio de los dos mientras el graznido de los cuervos llenaba el cementerio. Entonces giró el rostro—. ¿Qué era eso? Tú también lo viste, ¿verdad?

—Por supuesto —dijo ella, demasiado desconcertada como para comprender lo que sus ojos habían captado. Le temblaban las piernas y le escocía la herida del brazo, pero nada era comparable con ese dolor seco en el pecho—. Parecía una mujer.

Lira compuso una mueca de asco y señaló los insectos sobre el suelo. Larvas pálidas se retorcían en la tierra.

—No deberíamos seguir en este lugar —susurró, y sus dedos acariciaron la pequeña herida en la frente de Eliot. A Lira le dolió el pecho al ser consciente de que lo que acababan de vivir cambiaba de forma definitiva todo lo que sabía sobre ese lugar. Miró a Eliot y susurró:

—Era como si tuviese el llanto dentro de la cabeza, como si su voz me taladrara la piel y se me metiera en los huesos.

—Creo que los supersticiosos tienen razón. Hay algo horrible en este lugar, algo que ha matado a gente y nosotros hemos perturbado su paz.

24

EMMA

Eliot no se había equivocado al mencionar la posibilidad de una maldición en el pueblo. Emma sentía el frío presentimiento de la muerte en los huesos, un anhelo dormido en el corazón, muy dentro de las tripas, que le avisaba de que la rueda había empezado a girar y ya no podían detenerla. No solo eran las noticias trágicas referentes al brazo desmembrado en el cementerio. Ni siquiera la preocupación constante con la que su hermano se iba a la cama y despertaba convertido en una sombra de sí mismo. No. Era el revuelo que sentía en los fantasmas. Los veía vagar por el jardín, envolverse en la niebla y desaparecer en medio de la noche. Y no solo eso, Emma había visto la sangre en las manos de su tía. Aquella imagen afilada se le presentaba en sus pesadillas y la acosaba durante las noches.

El ruido de los pasos de Emma se perdió en la enorme mansión en cuanto las puertas del salón se abrieron y la música de los violines la envolvió. El palacete de Amaltea era una bonita casa de arquitectura clásica en la que se podía admirar el buen gusto de la anciana y los antiguos valores de una sociedad en declive. Las paredes pintadas de un rosa palo contrastaban con aquel suelo de mármol brillante en el que ella casi alcanzaba a ver su propio reflejo.

—Tenéis una oportunidad para demostrar que pertenecéis a

este lugar —explicó la tía Lucy en cuanto atravesaron el arco de la entrada y la luz los alcanzó—. Eliot, hay un par de jovencitas que quiero presentarte, necesitas tomarte en serio la posibilidad de encontrar una buena esposa, y tú, Emma —la taladró con aquellos ojos oscuros—, compórtate como una chica normal.

No tuvo fuerzas para rebatírselo, sonrió y se dio cuenta de que su tía se alejaba hacia un grupo de damas para entablar el tipo de conversaciones sosas que solían mantener.

A Emma le gusta la sensación de la música arrastrándose en el aire y mezclándose con el eco tibio de las conversaciones de los invitados. Estos se sumergían en la elegancia de la noche e ignoraban los problemas que con absoluta seguridad rondaban el cementerio aquella noche. Emma deslizó los ojos a través de los bailarines y se acercó hasta una de las mesas donde podía ocultarse de los ojos curiosos. Al pie de las escaleras, divisó una silueta gris y su atención cayó sobre esta de forma irremediable. El fantasma de una joven con el rostro surcado por unas lágrimas enormes se revolvía las manos con frustración mientras estudiaba a los vivos con un destello de envidia en sus ojos apagados. A Emma le dio un vuelco el corazón, ese sentimiento destilaba un anhelo por la vida, una necesidad contra la que parecía luchar. Se acercó un poco más y se fijó en las facciones delicadas, casi juveniles. El fantasma llevaba un vestido de encaje negro y un abanico pálido en las manos, sus ojos del color del alquitrán lucían perdidos. Las líneas de su alma se extendían y se volvían opacas por los bordes, con lo que ella adivinó que llevaba bastantes años muerta.

Emma se alejó del fantasma, no pretendía llamar la atención y, recordando las advertencias de su tía, se movió hasta una de las sillas. Eliot le hizo un gesto con la mano y ella lo vio acercase hasta un hombre de aspecto severo cuyo rostro no le resultaba familiar y que, por la postura inclinada del cuello y la soberbia con la que movía los labios, debía tratarse del enviado para la inspección de la excavación. Se le secó la garganta. Dos días habían supuesto un cambio radical en el humor de Eliot y la poca disposición de Lira para mantenerse callada. Aunque el marido de esta osaba interrumpir por la casa, Emma sentía la animadversión de la mujer. Lo veía en el modo en que huía de sus caricias, en el bigote tembloroso de Jorgen y, por supuesto, en la crispación de su hermano. Era como un baile tenso, uno daba un paso hacia adelante y los otros dos reculaban.

Hay algo que se me escapa, pensó aquella misma tarde cuando Lira abandonó el cementerio con las mejillas acaloradas y Jorgen se precipitó hacia la casa rodeado de un aire lúgubre, casi siniestro. Para ser justos, a Emma no le gustaba Jorgen. Era un estirado, con un gusto terrible por la comida. Le gustaba demasiado beber e imponer su opinión sobre la de los demás.

—Por un momento albergué serias dudas de si vendríais a la fiesta.

La voz cortante de Amaltea sacudió sus terminaciones nerviosas y, con una sonrisa tensa, Emma saludó a la anciana que la estudiaba con atención.

—Podría decir que mi tía ha presionado lo suficiente como para que Eliot cediera.

Era verdad. La tía Lucy se había pasado los dos últimos días apuntando lo necesario que era formar parte de la sociedad de Edén y asistir a aquellas veladas. Amaltea soltó una sonora carcajada y el vino se le derramó un poco de la copa que sostenía en la mano derecha. La soprano lucía un vestido de plata ceñido a las prominentes curvas de su cuerpo y un recogido delicado coronado por una tiara en la que se cerraban sus rizos grises.

—No me sorprende, las mujeres somos capaces de convencer hasta al intelectual más terco —dijo la mujer mientras tomaba de la mesa un sándwich de pepino con crema salada. Sus ojos cayeron sobre las dalias rojas en el jarrón y los labios se le tensaron antes de continuar—. Después de todo, Eliot necesitará un descanso y me imagino que también querrá sacar de casa a Jorgen.

—Eso no es…

—Emma, por favor —la interrumpió con una sonrisa cómplice—. Soy muy vieja ya. Estuve enamorada hace mucho y sé cuando dos personas se atraen de una manera casi prohibida. El mismo Jorgen lo sabe, mira ese gesto desdeñoso en sus labios, la forma en la que vigila a Lira. Es obvio que no quiere perderla de vista y hará bien en no hacerlo.

Emma no sabía nada del amor más allá de su experiencia en los libros, pero no le parecía justo juzgar la relación de su hermano y Lira. No en voz alta, al menos.

—No creo que mi hermano se interponga en su relación.

—Pero querida, ¿acaso no sabes que el matrimonio es un negocio? Las mujeres tenemos pocas opciones, eso tu madre lo supo bien. Dulcinea jamás fue derrotista, pero incluso ella con esa mente llena de flores era muy consciente de lo que debía esperar en cuanto se casara.

Emma la miró con severidad y no le pasó desapercibido el gesto divertido con el que soltaba aquella acusación. Incómoda, se alisó la falda de tafetán azul y esquivó los ojos cautos de la anciana. Emma llevaba un bonito y delicado vestido floreado que según Lira, resaltaba el tono crema de sus mejillas.

—Usted y yo teníamos una conversación pendiente —soltó de pronto, sin pensar demasiado en el torrente de emociones que se le mezclaba con la sangre. El aire frío de la noche le golpeó el cuello y se dio cuenta de que todas las ventanas yacían abiertas—. Me dijo que me hablaría de mi madre.

—Estoy segura de que, si tu tía te escucha hablar así, terminaría por encerrarte —le guiñó un ojo y cogió otra copa de vino mientras recorría el salón con aquellos ojos astutos.

—Pero no lo hará. Porque usted es como yo, está cansada de esconderse, de fingir.

Aquella frase iluminó el rostro curioso de Amaltea.

—¿Mi madre realmente estuvo enferma?

Amaltea pestañeó con fuerza, aturdida.

—Tu madre desarrolló una enfermedad mental años antes de morir —explicó, y su voz bajó dos octavas haciendo que la conversación se volviese más íntima mientras un vals sonaba y envolvía el salón—. Se volvió ausente, callada. Dulcinea era muchas cosas, pero el silencio nunca la acompañaba. Era ruidosa, le gustaba cantar y que otros sintieran su presencia. Hasta que se fue apagando muy lentamente.

—Pero tuvo que pasar algo —continuó ella dando voz a la sospecha que días antes se había instalado en sus pensamientos.

—Mi querida niña. —Amaltea deslizó una mano por la mejilla de Emma y la tristeza se materializó en su rostro—. Hay cosas en esta vida para las que no tenemos explicación. Sin embargo, Dulcinea vivió algo, un hecho que cambiaría su manera de ver la vida. —Las dudas se presentaron en sus ojos y Emma se dio cuenta de la lucha interna que libraba—. Yo no creo que sea la persona adecuada para desvelar todos los secretos de tu familia; sin embargo, puedo decirte algo, la muerte de tu hermano desestabilizó a Dulcinea y la arrojó a un abismo de tristeza del que ya nunca salió. La misma maldición que había manchado a su familia tantos años antes de que ella llegara a este mundo, la atrapó. Es el abrazo de la muerte, cuando dejas de estar en el plano de los vivos para quedarte en el de los que se han ido.

Un jadeo se le escapó de los labios en cuanto las palabras se perdieron en la música. A Emma se le secó la garganta y, aturdida, apenas consiguió levantar el rostro y encarar a la viuda.

— ¿Qué hermano?

Amaltea se quedó sin habla al contemplar el vacío y la confusión en sus ojos.

—Pensaba que… —Se mordió el labio increíblemente azorada

y miró hacia el otro lado de la sala—. No creo que sea la persona indicada para decirte esto, no me corresponde. Habla con Eliot, las respuestas que necesitas solo te las puede ofrecer él.

Pero Emma no estaba dispuesta a dejar el tema. Metió la mano en el bolsillo de la falda y sacó la fotografía en sepia que había encontrado en el desván de su casa. El rostro difuminado de Caín apenas se distinguía en el papel gastado.

—¿Sabes quién es?

Una capa de sudor cubrió la frente de Amaltea y una expresión irreconocible le llenó los ojos. La soprano abrió los labios con un visible temblor, pero antes de que alguna palabra pudiese escapar de ellos, el mayordomo la llamó y dejó a Emma envuelta en una nube de dudas y ansiedad.

Hermano.

No era posible. Nadie le había hablado nunca de que tuviese un hermano, tampoco existía rastro alguno de su existencia en la casa, salvo…

La carta. Su madre había dejado una carta que en un principio había creído destinada a un amante, pero ¿y si se trataba de una carta de una madre a su hijo? Los dedos de Emma se aferraron a la mesa y casi con desesperación buscó un vaso con agua.

—Emma.

Lavinia se acercó hasta ella y le apretó la mano con suavidad.

—¿Qué pasa?

Quería responderle, quería contarle todo, pero solo alcanzó a soltar una carcajada estrangulada digna de alguien que estaba perdiendo la cabeza. Le ardía la cara y la confusión se revolvía en sus pensamientos dispersos. Quizá por eso rehuyó del contacto tibio de Lavinia, escapó de sus manos, de su parsimonia y se centró en el dolor agudo que comenzaba a atravesarle el pecho. Todas las mentiras le castañearon en los huesos con la certeza de que era una desconocida dentro de su propia familia.

Emma levantó los ojos empañados y escrutó la fiesta. La parsimonia con la que algunos bailaban en el centro de las luces, las sonrisas con las que saludaban y se dedicaban a permanecer al margen de la tragedia que la afectaba.

Finalmente, los dedos de Lavinia le apretaron la mano y Emma sacudió la cabeza centrándose en la sensación de su piel, el roce de la seda negra del vestido de Lavinia, el perfume de jazmín que le impregnaba los tirabuzones rojizos.

—¿Qué te ha dicho? ¿Quieres salir de aquí?

Emma asintió y la mano firme de Lavinia la arrastró hasta el arco de madera negra que hacía de entrada al recibidor. El aire caliente las recibió y estaba a punto de suspirar de alivio cuando se dio cuenta de que su pesadilla acababa de comenzar. Los ojos de Wren se abrieron con embeleso y una sonrisa le curvó los labios mientras el grupo de chicas que la seguía a todos lados analizaba la situación.

—Jamás pensé que diría esto, pero las dos sois la perfecta combinación de una pareja de almas infortunadas. —Wren sonrió ante su propia ocurrencia y sus compañeras rieron. El pasillo estaba débilmente iluminado por unas lamparitas de cristal opaco y aunque no eran las únicas en el recibidor, parecía que nadie más les prestaba demasiada atención—. Dos descarriadas.

La mano de Lavinia abandonó su muñeca y Emma fue consciente del horror en sus ojos claros, el titubeo en sus dedos.

—¿El duelo te ha afectado demasiado el juicio o es que vuelves a dejarte llevar por esas pasiones de depravada?

Lavinia retrocedió y a Emma se le rompió algo dentro del pecho. Levantó el mentón y enfrentó a Wren:

—¡Pero cómo puedes ser tan cruel!

—No me olvido de tu secretito, Emma. Nunca lo haré y te aseguro que cuando me canse de este juego, todos en Edén sabrán lo que hiciste esa noche en el cementerio.

Aquella amenaza, mezclada con el cansancio y la incertidumbre, supuso una sacudida violenta dentro de Emma que, por primera vez en mucho tiempo, quiso echar mano de la fuerza de los espíritus. Cualquier cosa por borrar aquella estúpida sonrisa en el rostro de Wren, por arrebatarle ese halo de superioridad con el que se jactaba. Y por un momento, por una fracción de segundo, creyó que podía hacerlo.

Casi sin pensar, Emma se arrojó sobre Wren con la violencia que solo su dolor podía proporcionarle. La sujetó por el cuello del vestido de organza y los gritos de las chicas fueron como música celestial en sus oídos; si querían temerle, más les valía tener razones certeras y no los prejuicios baratos que esgrimían contra ella. Emma apretó la tela y le sacudió los brazos antes de que la tía Lucy apareciese y la tomase por los hombros para separarla.

—¿Qué rayos está pasando aquí? —preguntó con los ojos abiertos de par en par—. Este no es el comportamiento de una jovencita decente. —Miró a Wren con los rizos revueltos alrededor del rostro y enarcó una ceja—. Salid de aquí ya mismo, no quiero ver a ninguna.

Todas se escabulleron, pero no sin antes arrojar una mirada furibunda a Emma, la promesa de que las cosas no se quedarían así.

—Siempre supe que serías la desgracia de esta familia —exclamó su tía en cuanto estuvieron solas. Entonces, por el rabillo del ojo, Emma vio aparecer a Caín al borde del pasillo—. Eres igual a ella, con la cabeza en otro mundo.

Caín se deslizó hasta la entrada y mantuvo la mirada fija en la tía Lucy. La mujer tenías las mejillas arreboladas y una sombra de disgusto en los labios, estaba a punto de retomar la perorata cuando sus ojos cayeron sobre un trozo de papel en el suelo y a Emma se le quedó atascado el aire en los pulmones.

—¿De dónde has sacado esto? —gritó mientras recogía la fotografía con las manos temblando—. Habla de una vez.

—Yo… la… la encontré en la casa.

—Subiste al desván. —No era una pregunta y Emma estaba empezando a lamentar haberse llevado la foto a la fiesta—. Todo este tiempo te has dedicado a romper las normas, pero no tienes ni idea de lo que estás haciendo. No tienes ni idea de cómo esto podría destrozarte.

Emma sintió que los ojos se le llenaban de lágrimas.

—Estás tocada por la muerte, igual que ella. Has traído una tormenta cargada de desgracias.

El eco seco de las palabras taladró la consciencia de Emma. No respondió, sentía las frases laxas, escurriéndosele en algún rincón de su cabeza, las piernas temblándole y un temor aciago en el pecho. Su tía la miraba como si se tratase de un fantasma, como si todo en ella fuese censurable. Tenía el rostro tan pálido que asemejaba el tono de la leche cortada, expectante, horrorizado, como el de una figura hecha de cera. En aquel momento, se produjo un revuelo dentro del salón y Emma aprovechó la distracción de la tía Lucy para dar media vuelta y echar a correr al interior del caserón. No miró hacia atrás, ni siquiera atendió a la llamada de Caín. Solo quería irse de allí, arrancarse el corazón del pecho y olvidar aquel augurio que, después de todo, parecía vincularla con su madre. Y aunque no lo dijera en voz alta, sentía la aprensión de aquella mujer que parecía convencida de que Emma seguiría el mismo destino de su madre: la muerte.

—No deberíamos estar aquí —dijo Caín.

Emma lo miró, con la boca apretada y los ojos opacos por las sombras que inundaban la pequeña biblioteca de la casa de Amaltea. Le había confesado toda la conversación con la viuda y una parte ingenua de sí misma había esperado a que la información tuviese algún peso dentro de la memoria perdida de Caín. Si realmente Dulcinea poseía una foto suya, era probable que se hubiesen conocido.

—Ya te he explicado que nada de esto significa algo para mí. —Caín se apoyó en el marco de la puerta y las cejas negras se arquearon en su frente—. No recuerdo a tu madre, ni siquiera me suena su nombre o su rostro. Lo siento.

Con el dedo índice y el pulgar, Emma se presionó el puente de la nariz en un intento por socavar aquella puntada insidiosa que le sacudía la cabeza.

—¿Y si fueses de su familia? Nunca han hablado de ningún familiar de ella. Solo la tía Lucy la menciona. —Dudó y recordó sus palabras—. Hizo referencia a una maldición, algo que tenía mi madre.

—No creo que su salud mental fuese una maldición —apuntó él y Emma supo que aquella reflexión se acercaba a una verdad bastante incómoda—. Tengo la sensación de que tu madre no encajaba en el molde de lo que la sociedad espera de una dama, sufrió algún tipo de situación traumática y aprovecharon para encerrarla.

Emma no consiguió esconder la frustración. Ahogó un jadeo y apoyó una mano en el respaldo de la silla antes de arrastrarla por el suelo y sentarse en ella. La biblioteca se encontraba en la planta superior del caserón. El olor a madera húmeda y papel flotaba en un aire denso cargado por las sombras de la noche. Estudió aquellas estanterías alargadas repletas de cientos de tomos y se permitió respirar con soltura por primera vez en toda la noche. Al menos allí no la encontraría la tía Lucy.

—Mi madre tuvo otro hijo —reflexionó en voz alta y Caín apartó la mirada.

—Tal vez falleciera muy pronto, siendo un bebé, y por eso nadie lo ha mencionado antes.

Aquella teoría tenía bastante sentido y Emma no pudo reprimir una oleada de compasión hacia esa criatura que ni siquiera había llegado a conocer. Se preguntó si su espíritu vagaría por el pueblo, pero enseguida recordó que nunca había visto el fantasma de un bebé.

Caín apoyó la espalda contra la estantería. La música de los violines, una melodía lenta, un vals casi apagado, traspasaba las paredes de la misma manera que el frío se colaba a través de las ventanas cerradas. Emma abrió la boca para llenar el silencio y la volvió a cerrar en cuanto un ruido seco sacudió una de las baldas y dos libros gruesos y antiguos cayeron sobre la moqueta levantando una nube de polvo gris en el aire. Apretó los labios y contuvo un ataque de tos mientras se cubría la nariz con el antebrazo. Caín se apartó y retrocedió cuando un par de polillas negras salieron de entre los tomos y se precipitaron contra el cristal de la ventana.

Una fuerza irrefrenable dentro de Emma la obligó a ponerse en pie, un deseo intenso, feroz, que pugnaba por debajo de su piel, uno que le recordó a la noche de la muerte de Amy. Como si el velo que separaba su mundo del de los muertos se acabara de sacudir dejando un vacío doloroso en ella.

Retrocedió, tambaleante, y se dio cuenta de que algo no iba bien. Caín se miraba las manos con una expresión de rotunda sorpresa.

—¿Qué significa?

Ella se acercó un poco y aparcó el miedo. Caín titiló, desapareció con un gemido de sorpresa, casi violento y dos segundos después apareció con una mueca desesperada. Era como si le costase mantenerse con ella, como si una pequeña parte de su existencia se diluyera entre los pliegues del mundo.

—No te muevas. —Pero la frase no sirvió de nada. Caín cayó sobre la alfombra y retrocedió tambaleante, con torpeza y en un movimiento casi violento. Sus ojos habían perdido la chispa, un recordatorio de que no estaba vivo, de que no era tangible.

Caín se llevó una mano al pecho, parecía que sufría, como si se estuviese apagando por dentro.

—La fuerza que lo mantiene atado a este plano se extingue.

Emma levantó el rostro ante esa voz cálida y femenina. Era el fantasma de la joven que había visto en el salón.

—¿Qué puedo hacer? —preguntó y odió que su tono delatara la desesperación—. ¿Cómo puedo solucionar esto? Por favor.

—Tienes que saber cuál es el asunto pendiente que lo mantiene anclado a tu realidad. —Emma volvió a centrarse en Caín, cuya apariencia volvía a la normalidad en ese instante. Sus manos apenas conseguían disimular el estremecimiento que le sacudía el cuerpo—. Has ayudado a otros a cruzar el velo, ¿verdad? Pues es lo mismo. Lleva mucho tiempo en el plano de los vivos sin recordar y eso es malo para un espíritu; todo fantasma tiene un objeto que lo ata o un asunto, pero en el caso del asunto siempre es complicado, en especial si no lo recuerdas. —Sus ojos sombríos miraron a Caín con lástima y Emma fue consciente de que seguía sin ninguna respuesta sobre la identidad de él—. Si no encuentra esa razón que lo mantiene aquí, se va a convertir en una sombra, se volverá violento, un eco de lo que alguna vez fue.

—No quiero terminar así —interrumpió Caín, y Emma notó la pena en su voz—. No sé qué me mantiene aquí. No tengo ni idea.

—Pero yo sí —replicó la chica con una sonrisa imperturbable—. Yo te conocí. —Encaró a Emma y una sonrisa triste le deformó los labios—. Vas a ciegas, Emma Monroe. Estás buscando dónde no deberías. ¿Acaso has echado un ojo al lugar de donde procede tu madre?

—No sé a qué te refieres.

El espíritu deslizó los dedos pálidos por los libros, los atravesó.

—Busca en tus raíces, si realmente quieres ayudarlo.

Emma miró a Caín y se fijó en los bordes opacos de su figura. Había perdido consistencia y eso solo podía significar una cosa, una posibilidad terrible. Nerviosa, se acercó hasta el fantasma de la chica:

—¿Podrías decirme algo? ¿Cómo puedo ayudarlo? Por favor.

La joven se apartó un poco y dejó que el aire frío se impusiera entre las dos. Había prepotencia en sus ojos, el aviso de una ira desgastada por el paso del tiempo.

—Tú y yo no procedemos de mundos muy distintos e imaginarás que no voy a hacerte un favor sin nada a cambio, mucho menos cuando tendría que esperar mil años para volver a encontrar a alguien como tú. —Se deslizó hasta la ventana y la tristeza destelló en su rostro—. Necesito a alguien con tus capacidades. Confío en que me ayudes a romper mi atadura, es decir, a cortar con lo que me mantiene anclada aquí.

—Vale, ¿y qué es? —Emma intercambió una mirada reticente con Caín y la chica se llevó una mano al corazón, al colgante negro que le decoraba el pecho.

—Lo conoces muy bien, el errante del cementerio.

25
ELIOT

La música estaba demasiado alta para su gusto, se solapaba con el ritmo de las conversaciones, el sonido seco de sus pensamientos. Quizá se debía al embotamiento de su cerebro o al cansancio mental que le producía ser testigo de cómo Jorgen deslizaba una mano por la cintura de Lira y la atraía hacia él con un reclamo silencioso en los labios.

Sacudió aquella impresión y se concentró en los ojos marrones de Lily. La joven era la perfecta combinación de rizos castaños y una sonrisa amable. Además, gozaba de una reputación intachable, tocaba el arpa y bordaba, pero Eliot sentía que hablaba con el ser humano más aburrido de todo el planeta. No es que no quisiera hablar con la chica, la cuestión era que tenía un par de años más que Emma y aunque el padre de esta, Benjamín —un hombretón llegado a los sesenta con la postura regia de los soldados, observaba la conversación con aprobación, Eliot no se veía con fuerzas para cortejar a una niña.

—Vuestra tía me dijo que podía pasarme a tomar el té cualquier día de esta semana —dijo con un esfuerzo por tomar la iniciativa y se abanicó con cuidado mientras ocultaba una sonrisa nada casual.

Eliot se preguntó cómo había permitido que su tía lo arrastrara hasta aquella conversación. Necesitaba evadir esas obligaciones absurdas que su tía le imponía y para las que no tenía tiempo.

Cansado, estudió a los invitados y notó con cierto recelo la ausencia de O'Brien. Pensaba que el capataz se mostraría encantado de hacer acto de presencia, al menos casi tanto como los Rinaldi, que en ese momento disfrutaban de un baile.

—¿No le gusta bailar? —preguntó Lily al ver como Eliot observaba a las parejas danzando en el medio de la pista—. A mí me parece una actividad refrescante y motivadora.

—Lo encuentro poco útil —explicó con poco tacto, y la mayor de los White dio un respingo.

La expresión de Lily dio paso a una confusión tan absoluta que abrió los labios para contrarrestar la afirmación de Eliot, pero antes de que ninguna otra palabra pudiera salir de sus bocas, Gray apareció y extendió una copa de champán después de hacerle una reverencia.

—Perdone a mi amigo, no suele presumir de sus grandes habilidades sociales. Sin embargo, no me gustaría que se viese privada de un baile y me parece que Roy, uno de nuestros compañeros de la excavación, es un gran bailarín.

Lily no objetó la amabilidad de Gray; en lugar de ello, se alejó hasta Roy y este la invitó a un vals.

—Es una estrategia pésima —apuntó Eliot dando un sorbo de su copa mientras apoyaba la espalda en la pared— arrojarla a los brazos de tu amante.

—Casi tanto como la de invitar al esposo de la mujer a la que amas a dormir en tu propia casa.

Eliot levantó las cejas y supuso que Gray acababa de ganar la contienda. Sonrió y se dio cuenta de que Gray parecía mucho más sosegado que en sus últimos encuentros. Se había disculpado tras la última discusión y aunque Gray era consciente de toda la presión que tenía por la excavación, Eliot sabía que nada justificaba su actitud.

—No puedo rebatir ese argumento.

—Al menos has dejado de esquivar el asunto y lo encajas con algo de dignidad.

Eliot rio de buena gana y se bebió toda la copa de champán. El calor le abrasó la garganta y se permitió disfrutar de la tregua entre los dos.

—No es que pueda presumir de mucha, pero lo intento. En especial porque entre el inspector que han enviado de Londres y la visita de mi padre mañana, creo que mis problemas solo acaban de empezar. —Se rascó la nuca sin poder contener el latido violento de su corazón. La presión lo había arrojado de cabeza sobre el insomnio y, aunque mucho tenía que ver la figura siniestra que un par de noches atrás había visto junto a Lira, no podía quitar peso a la responsabilidad de mantener la excavación en medio de unas circunstancias tan inestables para todos—. Ni siquiera hemos encontrado el cadáver del brazo que apareció en el cementerio. El capataz nos tiene todo el día vigilados y aprovecha cualquier ocasión para paralizar el trabajo.

—¿Tan mala pinta tiene todo? Siento que no he podido visitar el mausoleo como me gustaría, entre las cartas que he enviado y la solicitud de los permisos, apenas he tenido tiempo.

—Ha muerto gente, Gray. Por no mencionar… —El vals terminó y un aplauso colectivo inundó el salón—. ¿Has escuchado algo extraño en las últimas noches?

—¿Además de tus ronquidos a través de la pared? No, creo que no, ¿por qué lo dices?

Se encogió de hombros.

—No me hagas caso, creo que últimamente estoy tan agotado que empiezo a ver fantasmas donde nos los hay.

Y lo decía de verdad. Gray conocía las complicaciones y se esforzaba por ayudar a gestionar todo el tema burocrático mientras él se entregaba al trabajo de campo junto a Lira. Eliot era muy consciente de la oscuridad presente en el cementerio y aunque no era proclive a creer en fenómenos paranormales, no podía sacarse de la cabeza el llanto de aquella mujer. Ese sonido antinatural permanecía grabado a fuego dentro de sus pensamientos y, de forma inequívoca, lo arrastraba de regreso a la advertencia del jardinero, el hombre que habían encontrado en el cementerio y que poco después se colgó en su celda.

¿Podría estar relacionado? Lira se decantaba por una respuesta afirmativa, pero Eliot creía que tenía que existir una respuesta lógica para todo aquello. Ella también la había visto. Esa figura hecha de carne y rodeada de insectos era real, se escondía entre las tumbas y Eliot juraba que había sentido la sed, ese instinto mortal dentro de su voz.

Sacudió la cabeza demasiado nervioso y se dio cuenta de que Gray lo estudiaba con atención:

—Tu padre sería un necio si no valorara todo lo que has conseguido.

—No he sido yo —le recordó, y de reojo miró el rostro serio de Lira—. He seguido la corazonada de ella.

—¿Por qué no has acusado al capataz? O'Brien nos ha ocultado la información y además puede que trabaje con los saqueadores del cementerio. Es grave.

—No tenemos pruebas. —Su tono era neutro, al menos lo suficiente como para no delatar la inquina que le producía la situación—. E intuyo que O'Brien esconde más de lo que nos podemos imaginar.

—Los Rinaldi no son amigos de los White, ¿verdad?

—No los he visto intercambiar muchas conversaciones, supongo que se ciñen a la etiqueta; ya sabes cómo funciona todo en este pueblo.

Gray iba a decir algo, pero en ese momento Roy hizo acto de presencia y reclamó la atención de su amigo con un simple pestañeo lleno de coquetería. Cinco minutos después, Eliot los vio alejarse en busca de algo de privacidad y envidió secretamente aquella necesidad de encontrarse una y otra vez. Por sentir la presencia del otro y llenar los silencios de significados.

Renunció a la soledad apartada del salón y se acercó hasta el lugar en el que había visto a Lira por última vez, pero ella acababa de abandonar la fiesta. Convencido de poder conseguir unos minutos a solas, Eliot cruzó el vestíbulo y se refugió en la oscuridad del pasillo.

Se detuvo en medio de este y las manos le temblaron al percibir el eco distante de una discusión acalorada. Alzó los ojos y enfrentó una escultura de piedra antes de pegar la espalda contra una columna y escuchar la voz aireada de Lira:

—¡No voy a regresar! Tanto si te gusta como si no. Puedes quedarte a solas con tus pretensiones, esto no era lo que yo quería.

Un golpe contra la madera lo sacudió.

—Como mi mujer que eres vas a cumplir, eso si quieres mantener todos tus viles secretos a salvo. ¿Crees que en la Academia te van a aceptar en cuanto se enteren de la verdad? ¿O piensas que Eliot te protegerá? —La pausa que siguió fue llenada por un gemido atragantado de Lira—. Te repudiarán. La sociedad no avanza con tanta velocidad como para que tus pecados sean olvidados.

Lira ahogó un grito y un momento después, Eliot abandonó la seguridad de las sombras e interrumpió en las escaleras. Los ojos vidriosos de ella lo observaron con la apatía de quien está harto. Jorgen tenía el rostro rojo y los ojos fuera de sí, las venas del cuello se le marcaban bajo la piel.

—Perdón por interrumpir, escuché un grito y…

—Este asunto no es de tu incumbencia —espetó Jorgen llenando el aire de su aliento velado y se alejó de regreso a la fiesta.

Lira se mantuvo tensa durante un segundo y Eliot se acercó.

—Yo…

—No, Eliot. No necesito que me salves, no quiero amabilidad

—fue lo que respondió en ese momento, se inclinó para hablarle de cerca, como una invitación a que nadie más le escuchara, pero sus palabras se habían vuelto de acero y cortaron el aire como un cuchillo ardiendo—. Llevamos mucho tiempo jugando a encontrarnos y no puede volver a ocurrir, por favor. Ocupémonos de acabar con la excavación y lo que sea que está ocurriendo en este maldito pueblo.

Había tantas cosas que Eliot quería decirle, pero no lo hizo, se guardó las palabras como en tantas otras ocasiones. La vio marcharse convertida en un amasijo de furia y determinación mientras él sentía como se le vaciaba el corazón. Después de todo, nunca se le había dado bien hablar de sus sentimientos.

El viaje de regreso a casa se le antojó como un trayecto largo, cargado por el murmullo ensordecedor de unos pensamientos que deseaba mantener apartados de su consciencia. En cuanto llegaron, el ruido de su cabeza se convirtió en un espacio ahuecado en el que solo cabían las dudas. Se arrastró hasta el despacho y no fue hasta que se llenó un vaso de ron que se dio cuenta de que Emma estaba sentada al pie de las escaleras.

—¿Por qué no subes a dormir? —preguntó, y su hermana se sobresaltó ante el sonido de su voz. Los ojos desiguales lo escrutaron en medio de la noche y por primera vez en varios días Eliot deseó romper esa barrera que los separaba. Ya fuera por la escasa afinidad que él solía sentir con el resto del mundo o quizá por esa sensación de nostalgia que lo invadía cuando veía el rostro de Emma, era consciente de todas esas veces que la había evitado y luchado por mantener la distancia—. ¿Te encuentras mal?

Emma negó y él se acomodó a su lado con cuidado, el olor del humo y especias se extendía dentro de la casa y creaba una nube de vapor alrededor de la chimenea. Emma se abrazó los brazos y dejó escapar un suspiro pesado cuando Dante gimoteó y se acurrucó entre sus manos. Eliot la miró en silencio y se fijó en la luz de la noche bailando sobre sus mejillas. Desde la muerte de la hija mayor de los Davies, Eliot apreciaba una fragilidad diferente en su hermana.

—Emma. —El nombre le hizo cosquillas en el pecho—. ¿Te sientes segura en Edén? Nunca hemos hablado de lo que realmente ocurrió en el internado.

—Nunca me lo preguntaste.

Tenía razón. Eliot nunca había formulado aquella pregunta en voz alta, pese a todas las dudas que le rondaban la cabeza. Su memoria retrocedió hasta esa noche helada en Londres cuando su padre le entregó la carta y le anunció con horror su decisión.

—Murió una compañera en el cementerio y las otras chicas dijeron que tú… —Se le cortó la frase. Emma levantó los ojos y el orgullo se fraguó en ellos—. Que tú la mataste.

—¿Crees en los fantasmas?

—Creo que los muertos nunca nos dejan del todo, pero prefiero no creer en ninguna manifestación física de estos.

Emma parpadeó sorprendida y acarició la cabeza del perro.

—Los fantasmas se quedan con nosotros, Eliot. Incluso algunos que no conocemos llegan a perseguirnos, a acecharnos. No te imaginas cuánto, pero estamos rodeados de espíritus, de almas que no se han ido, y algunas pueden hacernos daño. Eso fue lo que pasó con Amy.

Eliot no entendía a qué se refería exactamente su hermana.

—Tal vez tú deberías enfrentar tus fantasmas y acercarte a la verdad de una vez por todas. A veces me siento cansada, pertenezco a una familia que ni siquiera conozco, cada uno envuelto en sus secretos, protegiendo sus mentiras.

El impacto de la revelación le produjo un dolor apabullante en la garganta. Como si Emma fuese capaz de ver a través de todas las mentiras que Eliot había edificado en el tiempo para mantener su estatus, su carrera.

Bajó los ojos hasta el vaso de ron a medio beber que sostenía en la mano y fue inevitable sentir ese aire enrarecido entre los dos.

—No es solo todo este ambiente hostil dentro de Edén —repuso su hermana poniéndose en pie. Aún llevaba el vestido de la fiesta y el cabello recogido en una trenza suelta—. Es que incluso dentro de esta casa, el lugar en el que vivo, somos dos desconocidos. Estoy muy cansada y siento que algo está a punto de pasar, algo que no podemos detener y es la consecuencia de todas las malas decisiones que hemos tomado.

Su hermana tenía razón. Había algo tenso e inevitable dentro de la casa, en el cementerio, y él no sabía qué podía hacer para sortear aquella sensación agria y poco esperanzadora. Quizá eran los susurros en medio de los sueños, las trabas dentro del cementerio e incluso el presentimiento de que alguien lo observaba.

—Ojalá me dijeses algo, ojalá dejases los secretos de nuestra madre y me contases todo sobre ella.

—No puedo, Emma —escupió las palabras con ese dolor tenso en el pecho. Era egoísta—. No aquí, no dentro de esta casa. Hay tantas cosas que desconoces y que ni yo mismo comprendo que soy incapaz de hablar de ello.

Decía la verdad. Llevaba sus secretos encadenados en la memoria y ese dolor, la angustia del pasado, era un hierro candente sobre su piel. No podía hablar de Dulcinea y todo lo que implicaba, no tenía la voluntad ni la fuerza, y en el rostro de su hermana leyó la decepción.

Vio como las manos de Emma temblaban un par de segundos antes de desearle buenas noches y dejarlo aturdido en medio del silencio, se fue hasta su habitación sin decir ni una sola palabra más. Sin aliento, Eliot comprendió que su hermana era mucho más perspicaz de lo que había creído y que sus esfuerzos por protegerla del pasado no habían sido justos.

Se pellizcó el puente de la nariz y dejó que sus pies vagaran de regreso al despacho. Tomó todas las notas correspondientes a los últimos días y se sumergió en la revisión de los datos recopilados.

El mausoleo estaba construido en la falda de una colina que marcaba el límite fronterizo del pueblo. En un principio, Eliot había creído que correspondía con otra parte del cementerio, pero no tardaron en descubrir que la construcción era más antigua. Según una de las biografías no oficiales de Morrigan, el miembro fundador de Edén había sido su padre. Un acto que se veía marcado por la necesidad de alejar a su hija de la vida social de la ciudad con la finalidad de esquivar los rumores y los chismorreos. Morrigan había sido una mujer poco proclive a cumplir con las convenciones sociales y esto acarreó grandes enfrentamientos con su familia.

Siguió leyendo y unas páginas después encontró una cita de una leyenda antigua. Unos párrafos garabateados a mano que mencionaban la existencia del amuleto y su vínculo con la muerte, una imagen borrosa de una calavera sobre una polilla negra. Los dedos de Eliot temblaron cuando la referencia encajó dentro de su cabeza. Conocía aquel grabado, lo había visto hacía años en un cuaderno de su madre.

Estuvo mirando el papel durante un minuto demasiado largo. Nunca habría reconocido aquello en voz alta, pero Eliot recordaba de memoria cada uno de los dibujos de su madre y ese precisamente era uno recurrente dentro de sus libretas.

Esa fue la razón por la que decidió rebuscar entre los recuerdos. Se movió hasta la biblioteca de la casa y le llevó cerca de media hora escarbar entre las baldas salpicadas de polvo hasta encontrar el cuaderno de Dulcinea. La polilla era exactamente igual al grabado en el libro y la calavera cambiaba un poco, los trazos quizá se habían difuminado en el tiempo, pero no cabía duda de que era la misma imagen.

Eliot apretó la libreta de cuero entre los dedos y una sensación helada le surcó la espalda cuando el sollozo de una voz femenina rasgó el aire. El corazón le retumbó y estuvo a punto de dejar caer el cuaderno ante ese sonido errático. Fue como la caricia de un cuchillo, firme y feroz, una especie de roce letal capaz de cortar el aire.

Conmocionado, se levantó y la silla cayó con un golpe sordo a su espalda. La voz se deslizaba dentro de sus venas con una abrumadora tranquilidad, dejando un suave eco a su espalda. Abrió el cajón luchando contra sus complejos pensamientos y con la mano derecha sujetó el arma bien guardada debajo de los documentos. El metal frío le besó la piel con decisión y se tragó el recelo en cuanto la voz resonó contra los cristales y los agitó con fuerza.

La siguió con la curiosidad prendida en el pecho y atravesó el patio de la casa sin el abrigo ni el sombrero. Destellos de plata surcaban un cielo en el que el amanecer comenzaba a despuntar.

—Eliot, la he vuelto a escuchar.

Lira apareció en el umbral de la entrada con un batín fino de color crema. El pelo corto marcaba la mueca tirante de sus labios y él no la detuvo cuando torció a la derecha y pasó debajo del arco de piedra vigilado por dos gárgolas negras. La siguió a sabiendas de que iban hacia donde los llevaba la voz, aquel sendero amplio marcado por las hierbas conducía al cementerio.

—¿Crees que será el espíritu de Morrigan? —preguntó él manteniendo su paso y no pudo evitar sentirse ridículo. Un hombre de mundo que se veía reducido a aquellas fantasías, pero no se sacaba de la cabeza las palabras de Emma y mucho menos la imagen de aquella noche, la mujer gris entre las tumbas.

—No —admitió Lira sin aminorar la marcha—. No es ella, no puede serlo. Son siglos sin descanso y me apuesto lo que sea a que se hubiese manifestado antes. Tú viviste aquí, ¿acaso nunca sentiste nada?

Pero Eliot no podía responder con sinceridad, no sin renunciar a una parte de su pasado y asumir una verdad que llevaba años esquivando.

La verja oxidada de la entrada los recibió en el sepulcral silencio de sus miedos. Surcaron las lápidas sin decir nada, siguiendo el llanto que poco a poco se fue diluyendo en el aire hasta convertirse en una tonada rítmica. Lira se detuvo de pronto al borde del camino y él sintió el peso del arma en el bolsillo del pantalón.

Un nuevo sollozo atravesó el cementerio y Lira echó a correr por la colina rodeando las tumbas e internándose en la cercanía del bosque. Eliot la imitó y con el cansancio acalambrándole las piernas, la vio detenerse al borde de una zanja profunda desde la que llegaba un rumor ininteligible.

—Por Dios —exclamó, y Eliot levantó el arma antes de acercase hacia ella.

Dentro de aquella tumba, arrodillado y con el rostro surcado por la sangre, estaba el capataz. Sus manos sucias escarbaban la tierra mientras sus labios susurraban palabras inconexas. A su lado estaba un cuerpo inerte, una mujer de aspecto irreconocible con los ojos sin vida y los labios llenos de alas negras.

Polillas, comprendió con horror mientras se tapaba la boca para evitar aquel nauseabundo olor.

—O'Brien —susurró Eliot, pero el hombre no reaccionó. Continuaba con los ojos perdidos, vacíos, mientras sus manos removían y escarbaban la tierra con furia.

Los dos se dieron cuenta al mismo tiempo. El ruido de las voces alertó de una presencia y no pasó mucho tiempo hasta que Matteo Rinaldi apareció en el bosque con la camisa abierta y una expresión de horror en los labios.

—Pero… ¿qué significa esto?

La pregunta los sacudió y un movimiento entre los árboles atrajo su atención. Lira y Eliot giraron justo a tiempo para ver cómo otra figura aparecía entre las tumbas.

—¿Gray? ¿Qué haces aquí?

Las comisuras de los labios de su secretario temblaron ligeramente al verlos.

—Estaba dando un paseo.

—¿En el cementerio?

La pregunta de Matteo hizo que Gray compusiera una sonrisa amarga.

—El cementerio queda al lado de la casa en la que me hospedo, señor Rinaldi. Así que sí, he salido a caminar un poco antes de visitar la excavación.

Matteo se tensó y, por primera vez, Eliot atisbó un creciente nerviosismo en su amigo. Los ojos rojos, las ojeras profundas y ese aspecto desaliñado lo convertían en un sospechoso ante cualquiera que no lo conociera. Por suerte, Matteo volvió su atención hacia el capataz cuyos labios se mantenían en movimiento, susurrando palabras sin sentido.

—¿Y tú qué hacías aquí? —preguntó Lira de pronto y cruzó los brazos sobre el pecho haciendo un gesto con la barbilla hacia O'Brien—. ¿Quién le ha hecho esto?

—Estaba tomando el té cuando vi al capataz caminando descalzo por la calle. No llevaba el uniforme y me pareció que algo no iba bien. Corrí a cambiarme y lo encontré aquí.

El capataz los miró con expresión angustiada. Saltaba a la vista que aquel hombre desesperado no estaba en sus cabales. Eliot aprovechó el momento para saltar a la zanja y revisar la tierra que con tanto ahínco el hombre cavaba, arrojando restos de piedras y suciedad al cadáver. Había evitado mirar el cuerpo de la mujer, pero, de cerca, la pose forzada de su cuello, la boca supurante y los ojos blancos resultaban casi aterradores, apenas se veía la piel cubierta por la tierra. Lira se acuclilló junto al cuerpo y un gemido estremecedor se le escapó de los labios al tiempo que las rodillas le fallaban y caía sobre el suelo.

—No, no, no es verdad —gritó, y a él le tomó unos minutos comprender la desesperación, el dolor roto. Lira sujetó el rostro de la mujer con una delicadeza poco habitual en ella y no fue hasta que el nombre se le escapó de los labios, que comprendió lo que ocurría—. Sophia… no.

26
LIRA

Para cuando volvieron al enorme caserón de los Monroe, Lira tenía el batín y las botas caladas. Hazel había encendido la chimenea de la biblioteca y acababa de servir una bandeja con café caliente y varios platos con bocados salados rellenos de crema agria junto a unos panecillos dorados con fruta escarchada. El estómago de Lira gruñó al ver la comida preparada y aunque estaba hambrienta, lo primero que necesitaba era despejar la cabeza y encajar las horribles imágenes que se habían producido en el cementerio unas horas antes. En silencio, observó a Gray y a Eliot moverse por todo el salón sin decir ni una sola palabra.

Sophia estaba muerta.

Su Sophia yacía en una zanja con los ojos abiertos y la boca vacía.

Lira había gritado hasta desgarrarse las cuerdas vocales y Eliot la alzó en volandas y la sacó del cementerio poco antes de que la policía llegara y levantara el cuerpo.

—Bebe esto —susurró Eliot dejando una taza tibia en sus manos. Ella llevaba horas sin hablar, mirando a través de la ventana, con un agujero profundo en el pecho—. Te ayudará.

Pero ya nada podía hacerlo. Nada aplacaría ese dolor que le atenazaba el corazón. Sophia estaba muerta y la única responsable era ella. La había arrastrado hasta Edén convencida de que el hallazgo les ofrecería una nueva posibilidad de futuro. Pero lo único que había encontrado en ese pueblo, era desgracia, muerte y horror.

Apartó la taza y se encerró en la habitación convencida de que el mundo era un lugar inhóspito y gris. No podía soportar esa ausencia, no podía tolerar el vacío en los huesos, la pena que le producía la pérdida de su amiga.

El dolor se sumergió dentro de Lira y la ahogó con la fuerza de mil tormentas. Los rayos rompieron en su pecho y las nubes barrieron su dignidad, mientras el mundo contemplaba la desgracia a través de un cristal empañado por la indiferencia. Si de algo estaba convencida, era de que en Edén existía algo maldito. Una desgracia que le acababa de arrebatar un trozo de su alma.

El funeral se celebró en una capilla pequeña y nadie salvo ella y los Monroe se acercaron a despedirla. No tenía familia, no tenía allegados, Sophia se había ido de la misma manera que llegó a este mundo, como una criatura solitaria.

—Ven conmigo por favor —pidió Eliot varios días después del sepelio, pero Lira era incapaz de desprenderse de esa capa de miseria con la que se envolvía desde entonces—. Necesitamos enfrentarnos a esto, quedándote aquí no solucionarás nada.

—Déjame en paz —susurró ella, sin fuerza.

Eliot le sujetó el brazo y la obligó a ponerse en pie.

A regañadientes, Lira se dejó arrastrar hasta el comedor sintiendo como su cuerpo se movía sin aliento, como si la vida también se le hubiese extinguido y solo quedase un eco de dolor en sus huesos.

—Sé que no es justo que te pida esto, pero necesitamos hablar.

Antes de que Lira pudiese escabullirse, Eliot la ayudó a sentarse junto a la chimenea. Gray miraba la mesa con un halo de nerviosismo poco habitual en él y ella empezó a recordar con lucidez lo que había visto aquella noche en el cementerio. El dolor se removió, reemplazado por una necesidad de venganza, de encontrar un culpable a lo que le había sucedido a Sophia.

—Su marido ha salido al pueblo y me ha pedido que le notifique que volverá después de pasar por la oficina de correos —anunció el mayordomo y, al ver que Lira asentía, cerró la puerta dejándolos a solas. En los últimos días, Jorgen era como una sombra en su vida. Revoloteaba por la casa, se escabullía en silencio y le suplicaba que dejaran Edén. La respuesta siempre era la misma: el silencio de Lira.

Sintiéndose cada vez más cansada, bebió un sorbo del café y se deleitó en el sabor amargo de las notas arábicas mientras sus pensamientos tomaban un camino coherente hacia el misterio que envolvía la muerte de su amiga.

Estudió el semblante serio de Eliot, los ojos enrojecidos y la palidez marmórea de su piel evidenciaban las escasas horas de sueño, casi tan pocas como las de ella. A Gray no parecía llamarle la atención su silencio aquella mañana, pero ella había aprendido a leer las señales. Los labios ligeramente curvados hacia abajo, el movimiento fugaz y repentino del dedo índice sobre el pulgar, un tic demasiado sutil como para que cualquiera se fijara en él.

—Me gustaría que alguno de vosotros dos os animarais a hablar —dijo al ver que ni Gray ni Eliot despegaban los labios. Todos sus pensamientos se asentaron y Lira fue consciente de que debía actuar, se lo debía a su amiga—. No me creo que Matteo Rinaldi hubiese estado allí siguiendo a O'Brien. Quiero presentar una denuncia formal contra el capataz, mató a Sophia.

—Lira, no creo que eso sea…

—Tú mismo lo viste allí —lo increpó, furiosa—. Las manos llenas de sangre.

—Yo pienso lo mismo —dijo Gray rodeando la taza con las dos manos.

Eliot enarcó una ceja y cruzó la pierna sin quitarle los ojos de encima a su secretario. El día había despuntado en una mañana gris con la amenaza de la lluvia en el viento cargado del oeste.

—¿Qué hacías tú allí? Porque a Rinaldi le puedes colar la mentira, pero yo te conozco.

—No creo que eso sea relevante en este…

—Gray, deja de evadir el tema. Quiero una maldita respuesta.

Lira suspiró y dejó la taza sobre la mesa. Tenía una teoría sobre la razón que había llevado a Gray hasta el cementerio y aunque estaba convencida de que Eliot lo entendería, no sería ella la responsable de exponerlo. Por eso, se levantó de la silla y espetó:

—Dejadlo, no me interesan vuestros secretos. Mucho menos con lo que ha pasado y… —miró a Eliot antes de continuar— tengo entendido que el inspector lleva días investigando nuestro trabajo en el cementerio.

Con los labios tensos, Eliot asintió y a Lira la invadió un pesado terror.

—No es bueno, pero no hemos hablado de manera formal con él —apuntó Gray—. Quizá se pueda resolver el asunto con algo de discreción.

—¿Hablas de algún soborno? Yo estaría a favor de esto…

—No sobornaremos a nadie —sentenció Eliot dejando la taza de café en la mesa—. No sabemos lo que espera. Desconozco la motivación de este hombre y si quieres que sea sincero, no creo que su presencia nos favorezca en absoluto. Apenas han conseguido limpiar todos los escombros del derrumbe en el mausoleo; espero que el hombre emita una respuesta cuanto antes y podamos continuar con nuestro trabajo.

—¿Sigue sin decir nada?

Los labios de Eliot negaron.

—No solo podemos usar el dinero a nuestro favor —apuntó ella como propuesta—. ¿Qué información tenemos sobre él? ¿Familia? Algo que le importe, todo hombre tiene un precio.

Eliot la miró con sorna y tras unos segundos de silencio, sacó una libreta pequeña del bolsillo de su pantalón.

—Haremos las cosas bien, nada de chantajes.

Lira bufó, desencantada y notó la aprensión de Eliot. Había algo que se guardaba y en ese momento, luchaba contra sus recelos. Gray percibió el cambio en su amigo y se inclinó sobre la mesa.

—Tengo algo que mostraros —dijo Eliot con las palabras atropelladas y se quedó de pie junto a la ventana—. Encontré una teoría que seguro que puede interesarte y que creo que podría explicar lo que hemos visto. —Lira se había reclinado sobre la silla y lo estudiaba con una pizca de desconfianza—. En una de las biografías no oficiales de Morrigan encontré una referencia, esta imagen; recordé que mi madre tenía un cuaderno con ella y lo he buscado.

La cubierta de cuero llevaba un grabado delicado que era exactamente igual al que Lira había visto en uno de los libros que le había dejado a Eliot.

—¿Eso es una poesía? —inquirió Gray.

—Parece un salmo o la entrada de un diario, pero no es todo.

Abrió la primera página y Lira alcanzó a leer:

> La muerte la había elegido como aliada. Un poder a cambio del sacrificio de otra vida. Morrigan había renunciado al reposo absoluto de una vida carnal por entregarse a un amor prohibido. Fueron sus descendientes los que se encargaron de mantener aquella maldición. Morrigan estaría atada a los cimientos de la puerta al otro mundo y cada cien años esperaría la reencarnación de su amor.
>
> Siempre ha sido mi deber.
>
> Cada uno de nosotros ha de seguir con el destino que hace

siglos le fue impuesto y aunque entiendo el dolor de una mujer a la que le han arrebatado todo, no puedo evitar cuestionarme hasta qué punto es necesario esto. La maldición me ata a este pueblo. Mi querido León lo descubrió. O'Brien cree que podría tratarse de una enfermedad de la mente, me ha tildado de loca cuando se lo he dicho y no sabe de qué manera su vida yace vinculada a este mal. Ojalá Arthur no lo supiera, ojalá nunca se lo hubiese dicho. Me ha jurado que me va a encerrar, me quiere encadenar y temo por la vida de la criatura que viene en camino.

El resto de las palabras eran manchurrones embadurnados por la humedad.

—¿Esto lo ha escrito tu madre?

La duda brilló en los ojos de Eliot, había un dolor agudo en su rostro, la confirmación de un hecho que se les escapaba. La madre de él hablaba de una maldición que conectaba todo el linaje familiar y mencionaba a Arthur. ¿Qué era lo que sabía y no le había explicado a su propio hijo? Estaba claro que debía suponer que aquellas palabras eran propias de la histeria, pero a Lira le costaba creer que Arthur no hubiese presentido algo raro en aquella casa.

—¿Hay más?

—Poca cosa. —La voz le salió rota y apenas pudo disimular su malestar—. Hay frases sueltas, pero aparte de esto, nada.

—¿Crees que tu padre sabe algo? ¿Tú nunca viste nada extraño?

Eliot pareció aturdido.

—Tengo recuerdos borrosos de mi infancia en este lugar. Era un niño y la memoria de un crío se difumina con el tiempo. Apenas diferenciaba mis fantasías de lo que vivía. Mi madre siempre me pareció una mujer especial, soñadora, con un halo de excentricidad que en ocasiones avergonzaba a mi padre.

Algo oscureció los ojos de Eliot y Lira supo que no le estaba contando toda la verdad.

—¿Crees que el linaje de Morrigan pueda estar ligado al tuyo?

La pregunta se le escapó casi sin ser consciente de ello, pero cuanto más lo pensaba, más sentido le encontraba.

—Por supuesto que no —dijo Eliot con recelo—. No hay ninguna posibilidad.

Pero Lira no estaba convencida de ello y con una corazonada se prometió indagar un poco sobre ese asunto.

—De acuerdo, dejaremos ese tema y nos centraremos en lo que nos atañe —susurró Lira al ver la incomodidad de Eliot—. Si queremos encontrar la respuesta de esa supuesta maldición, puede que la tumba sea el lugar. Tú y yo hemos visto a esa mujer en el cementerio, ¿podría ser Morrigan?

—No lo sé —dudó él y Lira atisbó el dolor perceptible en su voz. Aquello era demasiado y desde luego Eliot no estaba orgulloso de descubrir un secreto tan grande: uno inexplicable y carente de la lógica que tanto anhelaba encontrar en situaciones como aquellas—. La tumba sigue siendo el mejor lugar para buscar, pero nada de esto tiene sentido y…

La frase se quedó a medias en sus labios, dos golpes secos rebotaron contra la puerta y un segundo después Hazel apareció con las mejillas arreboladas.

—Mi señor, el inspector Archivald Blackwood quiere hablar con usted —anunció y luego giró el rostro hacia Lira—. Lo acompaña su marido.

Lira intentó mantener la compostura cuando los dos hombres se presentaron en la biblioteca y saludaron con una cortesía distante. Ya había tenido suficiente con el asunto del capataz y lo único que le apetecía era que, por una vez, las cosas salieran como ella esperaba, quería justicia para Sophia, encontrar al culpable. Pero a juzgar por los labios entornados de Jorgen, supo que no le gustaría lo que estaba a punto de escuchar.

—Inspector —comentó Eliot señalando una de las sillas y las

bandejas con comida—. No esperaba recibirlo en casa y me alegra decir que ha llegado justo a tiempo para el desayuno.

—Antes de ponerme cómodo, me gustaría advertiros de que no traigo buenas noticias.

Jorgen no prestó atención a las funestas palabras del hombre, se sirvió una taza de café y dejó que la conversación fluyera sin ninguna intervención de su parte.

—Me he enterado de lo ocurrido con el capataz O'Brien en el cementerio —comentó sin dejar de mover la punta del pie izquierdo y Lira supo que todos llevaban días esforzándose para que el asunto no se hiciese público—. Una situación que os pone nuevamente en el ojo de la tormenta y, con todo respeto, si me permite decírselo, habla muy mal acerca de la seguridad que se mantiene en vuestra excavación. Es una verdadera lástima que se violen las leyes fundamentales de la seguridad en el trabajo de campo y mucho me temo que he tenido que emitir un informe a mis superiores.

—Por supuesto, confío en su objetividad para esta investigación —se atrevió a intervenir Eliot y Lira puso los ojos en blanco, la formalidad era un recurso absurdo en ese momento—. Pero me gustaría preguntarle, ¿qué sabemos del estado de salud de O'Brien?

Archivald tragó saliva y detuvo el movimiento de la pierna de golpe.

—Lo están evaluando —aclaró.

—¿Ha sido el responsable?

—Es pronto para determinarlo, pero me atrevería a decir que no. —Pese a la amabilidad de sus palabras, Lira adivinó una repulsión latente hacia ella. Quizá era la idea de compartir su información con una mujer o que no deseaba que Lira fuese partícipe de los detalles escabrosos—. Esa mujer estaba allí cuando llegó el capataz y me temo que todo el asunto de la excavación y las muertes nos deja en medio de una difícil tesitura. —Se hizo un silencio hasta que el inspector inspiró hondo y continuó—. He decidido suspender la investigación.

Las palabras la taladraron con violencia y a Lira le dio la sensación de que el suelo perdía consistencia bajo sus pies.

No tardó en escuchar las quejas de Eliot seguidas por una maldición ahogada de Gray. Lira apretó los labios para resistir la tentación de dar rienda suelta a la rabia que comenzaba a filtrársele en el interior de las venas. Aquella frase había sentenciado todas sus oportunidades, arrojaba una losa de cemento sobre su carrera.

—Es algo temporal. —Archivald interrumpió a Eliot y sus quejas—. Al menos hasta después de la Noche de las Luciérnagas, no podréis proseguir con la excavación.

La frase se hundió en sus oídos de forma definitiva. Lira respiró hondo y vio cómo los hombros de Eliot caían con resignación. No tardó en girar el rostro y apreciar la sonrisa complacida de Jorgen, la promesa de que después de todo seguiría a merced de él.

—Os recomiendo que paséis por el lugar a recoger vuestras cosas, todos los documentos y archivos. Vamos a cerrar el cementerio.

Eliot se quedó de pie junto a la puerta y Gray se ofreció a acompañar al inspector hasta la salida. Se respiraba el aroma de la derrota.

—¿Entonces esto es todo? —preguntó Gray y alargó la mano para coger el bolso que reposaba sobre la mesa en medio del mausoleo.

—No —susurró Lira. Desde hacía un par de horas sentía esa presión molesta en el pecho. Como si el corazón se le estuviese rompiendo y las astillas dejasen heridas dentro de su cuerpo. Eliot no respondió. Estaba agachado sobre un maletín y sus dedos se movían entre los materiales recopilando todos los objetos que de momento consideraban valiosos.

Dejó que el silencio se replegara en el panteón mientras ella jugaba con una hoja de papel. Dobló y desdobló las esquinas antes de cerrarla por la mitad y crear una grulla. Era una afición absurda, de esas que no le proporcionaban utilidad alguna pero que le servían para sosegar las dudas en su espíritu. Dejó la figura en la mesa y soltó un suspiro mientras Gray alcanzaba la grulla y la estudiaba a la luz de la tarde.

—Tal vez hemos perseguido una quimera durante estas semanas; a veces he tenido la sensación de que todo esto se nos quedaba un poco grande —dijo Gray con los ojos entrecerrados. Roy estaba esperando en la entrada, tenía las manos dentro de los bolsillos y sus pies movían con lentitud algunas de las piedras desperdigadas por el suelo irregular, un movimiento nervioso—. Todo este esfuerzo, las complicaciones y las trabas me tienen bastante cansado.

—Hemos encontrado la tumba —le recordó Lira con una pizca de furia en la voz, la tristeza batiéndose en duelo con su dignidad.

—¿A qué precio? No sabemos cómo acceder a la cámara fúnebre y sin el sarcófago ni los tesoros no tenemos nada, es como si no hubiésemos encontramos nada.

Negó con la cabeza y apretó los labios.

—Antes de esas mujeres, antes de Sophia, ya había muerto el sepulturero y no creo que esto se trate solo de una persona que quiere impedir que lleguemos a la cámara funeraria.

Lo decía de verdad. Las muertes estaban ligadas a la excavación y no estaba segura de qué manera.

—Tú misma has visto esa puerta, la han bloqueado. Alguien lo ha hecho con toda la intención. Yo creo que esas muertes eran una amenaza; intentaron atacarte, te dejaron una nota la noche que desapareció Sophia, ¿realmente estás dispuesta a todo?

—Ni se te ocurra creer que puedes juzgarme, Gray. —Lo miró con desprecio y cambió el peso de su cuerpo a la otra pierna—. Estoy hablando de la vida de personas que se han acercado demasiado a la verdad y han terminado muriendo. Estoy hablando de mi amiga, así que no te atrevas a cuestionarme porque ahora más que nunca estoy dispuesta a llegar hasta el final de todo esto. Quiero saber qué hay en esa cámara funeraria, quiero saber qué ocultan allí y quién ha hecho esto.

—Tal vez esta noche, cuando Arthur llegue, pueda arreglar todo esto —dijo el secretario con los ojos vidriosos y se dio media vuelta—. Os esperaremos en la casa.

Por alguna razón, la ausencia de Gray y Roy disipó un poco las dudas que Lira sentía debajo de la piel. Quizá era la falta de ruido en medio del cementerio, la presencia silenciosa de los muertos o la rauda sensación de fracaso. O tal vez solo se trataba de todo lo que implicaba esa última frase de Gray. La llegada de Arthur lo cambiaba todo y Lira era demasiado consciente de las pocas posibilidades que le quedaban.

Lira se movió hasta la pared y alargó una mano hacia la piedra; la habían limpiado y, bajo las capas de suciedad, encontraron una frase escrita en un dialecto olvidado que ella reconoció con algo de dificultad:

—«Las sombras de la eternidad amparan a un alma corrompida por el amor. Que la noche sea larga y las vidas sacrificadas encuentren el descanso».

—¿Significa algo según todo lo que tenemos?

—¿Importa acaso? —inquirió Lira y Eliot suspiró con fuerza.

—No es definitivo, Lira. Si ayudamos al inspector a encontrar a la persona responsable, quizá se pueda retomar la excavación cuanto antes.

Lira hizo un movimiento negativo con la cabeza.

—Me fascina tu pasividad para estas situaciones. De verdad, me gustaría mantener una visión tan positiva de la vida, pero supongo que la sociedad nos ha situado en escalas diferentes. —Hubo una pausa y Eliot enarcó una ceja—. Dime, ¿crees que a alguien le importa la muerte de todas esas mujeres? Ni siquiera importó la de Anna Davies y, de momento, no se la ha relacionado con la excavación; no importará la de Sophia. Tú y yo sabemos que el capataz y la delegación de policías están escondiendo algo, ninguno quiere ver manchado su buen nombre y, créeme, buscarán a un chivo expiatorio al que poder culpar. No abrirán este cementerio, no para que nosotros sigamos trabajando.

Lira rebuscó en su bolso y sacó el colgante que el hombre de la tienda de antigüedades le regaló. Estaba opaco y desgastado, pero las letras permanecían intactas sobre la base redonda.

—Esto perteneció a tu familia, ¿quién era León?

Eliot no se movió, pero su rostro perdió todo el color, como si la sangre se le hubiese ido del cuerpo.

—¿Por qué es el mismo grabado que hay en la puerta de la cámara? ¿En el diario de tu madre?

—Eso no es posible.

Pero lo era. Lira sujetó la muñeca de Eliot y cogió la lámpara de gas para arrastrarlo hasta la cámara principal.

—No podemos abrirla —apuntó Eliot al ver que Lira se había acuclillado frente a la puerta cerrada.

—Aquí —dijo y levantó un poco la lámpara para señalar un pequeño grabado sobre la madera. Era la misma marca y por la textura sobre el material, los trazos veloces y la poca precisión, Lira sabía que aquella marca no procedía de la misma época de la construcción—. Es moderna, mírala tú mismo.

—Roy tiene razón —gruñó Eliot—. Alguien ha abierto esta tumba, hace poco.

—¿Quién? —Él no respondió. Se limitó a encogerse de hombros y Lira sintió su aliento tibio en la nuca—. Es la marca de ese colgante, ¿qué relación tiene con tu familia? ¿Qué significa ese símbolo para vosotros?

—Ese colgante pertenecía a una persona que murió hace mucho, no voy a profanar su memoria con una acusación como esta. León no sabía de este mausoleo, ni siquiera le interesaba la leyenda de Morrigan.

Lira supo que ese era el secreto de Eliot. La razón por la que se sumía en esos largos silencios y disimulaba una tristeza que ella no alcanzaba a comprender. Pero León aparecía en el diario de su madre y ese detalle arrojó un destello de curiosidad en ella.

—Yo creo que, si realmente quieres descubrir lo que León escondía, debemos entrar.

Eliot dudó, sus ojos prendieron chispas inquietas y lo vio sentarse sobre el suelo cubierto de polvo. Llevaba una camisa blanca y un traje azul, el chaleco bien abotonado con la precisión de siempre, pero con algunas arrugas alrededor del cuello. Le sorprendió descubrir su meticulosidad incluso en asuntos que para ella eran banales, en especial en momentos como aquel.

—Van a cerrar el cementerio, Lira. No vamos a poder entrar.

—La Noche de las Luciérnagas.

No necesitó decir mucho más para que él intuyera la idea que comenzaba a formársele dentro de la cabeza.

—Otra ilegalidad.

—Por mucho que odies reconocerlo eres como yo, no estás dispuesto a dejar esto, no hasta tener la respuesta que necesitas.

Los dedos de Eliot se movieron en el aire y alcanzaron el rostro de Lira. Fue un roce rápido y sencillo para apartarle el pelo de los ojos, pero que dejó un rastro de fuego en su mejilla.

—¿Quieres hablar de lo que pasó el…?

—Deberíamos salir de aquí —lo interrumpió ella conteniendo

la nube de mariposas que revoloteaban en sus tripas. Se sentía absurda. Ella no era de esas jovencitas enamoradas que suspiraban ante una caricia. No. Lira era una mujer de mundo, una profesional que no creía en el amor ni en las palabras amables de los hombres—. Antes de que vengan a buscarnos.

Eliot levantó las cejas y ella se apartó con prisa marcando la distancia entre los dos. Aquello era lo mejor, pese al dolor en el pecho, a la garganta seca. No podía alimentar aquellos encuentros y por suerte, o no, Eliot pareció entenderlo.

Tanto Lira como él, volvieron a la entrada de la tumba y dedicaron el resto de la tarde a archivar los documentos y a reciclar la información en las cajas contenedoras.

Era de noche cuando volvieron a la casa y ella se retiró a la biblioteca para revisar el cuaderno de la madre de Eliot. Los apuntes eran desordenados, frases sueltas acompañadas por pequeños dibujos. La relación entre aquellos garabatos distaba mucho de arrojar alguna evidencia con las ilustraciones, salvo unas polillas oscuras sobre una sombra gris. Lira estudió los dibujos a la luz de la chimenea y bebió otro sorbo de whisky antes de que el ruido de los invitados sacudiera la paz que la envolvía.

—Deberías estar lista —dijo Jorgen abriendo la puerta y tomándola por sorpresa—. Arthur llegó hace una media hora y en breve se servirá la cena.

Lira lo sabía. Había escuchado el tronar de la voz del hombre dándole órdenes a su ayuda de cámara y pidiéndole explicaciones a Eliot mientras el ruido de la casa se convertía en un susurro ininteligible.

—Me voy a dar un baño rápido.

—Se acabaron los juegos, Lira. —El aliento con olor a ginebra impactó en su rostro—. Ya no tienes nada que hacer en este pueblo, regresamos a casa. No morirá nadie más por tus caprichos.

Esa frase, las notas discordantes de su voz, la seguridad en sus labios se derramó en el orgullo de Lira arrojándola al pozo de la ansiedad. Hablaba de Sophia, ella sentía el nombre en la punta de sus labios y no pudo evitar pensar en el futuro que le esperaba. Un porvenir encadenada a los pies de la cama de Jorgen, una vida en la que él podría hacer lo que quisiera con ella, romper su voluntad, exhibirla como una mascota.

Disimuló el nudo tenso en el estómago y se obligó a levantar el mentón, encaró aquella expresión de triunfo y pestañeó deseando una tregua, una última oportunidad.

—Jorgen —suavizó el tono de su voz y se obligó a parecer dócil, indefensa—, ¿por qué no detenemos esta guerra? Somos un matrimonio, podríamos aprovechar y quedarnos unos días más aquí; si ya no tengo la excavación como excusa, quizá podríamos recomponer esto.

No esperaba que su sugerencia fuese aceptada. Jorgen no era estúpido por mucho que su cerebro se esforzara en demostrar lo contrario, así que apretó con más fuerza y acercó a Lira hasta su pecho en un reflejo de mostrar su dominio sobre ella.

—¿Es una treta? Porque si estás intentando engañarme, no va a dar frutos. He visto como lo miras, he visto como él sigue cada uno de tus movimientos y no pienso permitirlo.

Lira estuvo tentada de gritarle, quería golpearlo, hacerle daño, pero la mirada feroz de Jorgen la disuadió.

—Ojalá estuvieses muerto —soltó entonces—. Bailaría sobre tu cadáver…

—¿Interrumpo algo?

La voz de Lira se cortó ante la abrupta aparición de Arthur. El hombre empujó la puerta y entró en la biblioteca acompañado por Gray y Roy, que la observaban con absoluta incredulidad.

—No —contestó Jorgen disimulando la rabia—. Mi mujer estaba a punto de subir a cambiarse para acompañarnos a la cena.

A fuerza de voluntad, Lira respondió con una sonrisa encantadora y se escurrió entre los presentes para subir hasta la habitación y cerrar de un portazo. Respiraba con violencia, con el corazón a punto de reventarle el pecho y la certeza de que no podía volver con Jorgen. Prefería la muerte antes que una vida a merced de él.

27

EMMA

La casa respiraba. Era un zumbido constante, como el ruido de las alas de los insectos, un susurro apagado que le erizaba el vello de la nuca y diluía un miedo ácido dentro de sus huesos. Nadie parecía escucharlo y Emma empezaba a cuestionarse una parte de su cordura, en especial cuando el aleteo violento de las polillas rebotaba contra los cristales de las ventanas. Echó una mirada hacia Caín, cuyo rostro evidenciaba la misma preocupación que la sacudía a ella, y se atizó los rizos en el recogido sencillo que llevaba aquella noche fría.

No había podido ir al cementerio tal y como había prometido al fantasma de la casa de Amaltea. Tenía que cumplir si realmente pretendía ayudar a Caín, pero las cosas se habían torcido tanto, que apenas conseguía escapar de la estricta vigilancia de la tía Lucy, cuyos ojos parecían perseguirla incluso cuando necesitaba vaciar la vejiga.

Arthur se detuvo a su lado en cuanto entró al comedor y esquivó la visión de su ojo blanco poco antes de sentarse a la mesa y saludar al resto de los invitados. No le dirigió más que un saludo distante y demasiado formal en el que ella no pudo vislumbrar ninguno de los recuerdos que poseía de aquel rostro duro. Su padre era un desconocido, un hombre inflexible, lleno de ángulos, de unas sombras anchas que, en ese momento, Emma no estaba segura de querer atravesar. Había fantaseado con aquel encuentro durante años, la niña que añoraba a su familia, la criatura que aguardaba esa carta de su padre y ya no sabía si realmente era tan importante.

Los Rinaldi imitaron a Arthur y mostraron una cortesía flemática en cuanto entraron al enorme salón en el que ella apenas había estado en un par de ocasiones. Las lámparas arrojaban destellos de plata sobre la fina cubertería servida en una mesa bien dispuesta y decorada por hermosos lirios pálidos. En el medio descansaba un candelabro dorado con cinco velas que llenaban la estancia de un pesado aroma a cera quemada.

Emma se mantuvo en la esquina junto a la entrada viendo cómo, uno a uno, los invitados tomaban asiento en la mesa. De reojo se fijó en los Davies e intentó acercarse a Lavinia, que en ese momento siguió a sus padres a la mesa y se situó en el extremo contrario que le habían asignado a ella. Su corazón se quejó al ver que Lavinia esquivaba cualquier contacto visual.

—Esconde algo —susurró Caín a su lado al ver como Lavinia mantenía los ojos apartados y se centraba en dejar los brazos sobre el regazo mientras atendía a la conversación de su madre con Mia Rinaldi—. No es la persona que dice ser.

Pero Emma ya tenía suficientes preocupaciones y las pesquisas de Caín solo acentuaban el creciente dolor de barriga. No. Aquello era un malentendido por la situación con Wren en la fiesta de Amaltea. Lavinia era su amiga y se había mostrado real con ella, le había dejado ver una parte de sí misma.

—Emma —dijo Lira, que en ese momento acababa de entrar al comedor del brazo de su marido. Llevaba un vestido demasiado descarado, ceñido a la cintura con un amplio escote que dejaba a la vista sus bonitos hombros bronceados, las mangas de tul oscuro llevaban diminutos diamantes bordados que parecían atrapar la luz de las lámparas. Una gargantilla de diamantes y el pelo corto recogido a los lados del rostro—. ¿Nos sentamos juntas?

Por el gruñido forzado de Jorgen, Emma supo que aquel ofrecimiento era improvisado y rompía el protocolo. Aunque no quería enfrentar la ira cruda de aquel hombre, agradecía un rostro amable y bien dispuesto a conversar con ella en medio de la cena. Si todo iba como parecía, aquella noche sería de las largas y Emma no estaba convencida de que sus habilidades sociales fuesen de mucha ayuda en medio de un ambiente hostil.

—¿Por qué todos parecen tan enfadados? —se atrevió a preguntar en voz baja mientras Lira tiraba de su brazo hasta la mesa. Olía a naranjas, a canela y a limón.

—Estamos en medio de una situación un tanto tensa —apremió y se sentó en su silla con gracia. Emma la vio esquivar el rostro serio de Gray e ignorar las miradas que Arthur le dedicaba mientras recibía a la familia White—. Estas fiestas suelen ser el escenario perfecto para las cotillas como Mia Rinaldi; la verás hablando de esto durante semanas.

Emma disimuló una sonrisa. La amabilidad de Lira ayudaba a desanudar los nervios de su estómago.

—Siempre quise asistir a este tipo de eventos, cuando estaba en el internado—musitó en voz baja cuando el primer plato desfiló delante de ellos.

—¿Y bien? ¿Ha cumplido con las expectativas?

La curiosidad de Lira era genuina.

—Por desgracia no —replicó mientras tomaba una cucharada de la sopa de guisantes con puerro. El sabor a mantequilla le inundó los labios y Emma aprovechó el momento para echar una mirada al resto de la mesa y ser testigo de las conversaciones aireadas que los demás mantenían. La mayoría de ellos hablaban de la Noche de las Luciérnagas y los preparativos del Ayuntamiento, mientras los demás se lamentaban por el rumbo indecoroso que había tomado la excavación. Regresó su atención a Lira y se encogió de hombros—. He descubierto que el mundo que imaginaba dista mucho de parecerse a esto, a menudo me siento un poco… decepcionada.

—Eres joven y creo que Edén puede no estar a la altura de las circunstancias.

Sus palabras se ahogaron bajo el ruido de los cubiertos, pero a su marido no pareció pasarle desapercibida la apreciación.

—Deja de llenarle la cabeza de ideas, Lira —la reprendió dando un buen trago a su copa de vino blanco—. Es una cría.

Lira se encogió de hombros y obedeció mientras la línea de su mandíbula marcaba la tensión del comentario. Emma apreciaba un destello de resignación en ella que no había visto antes, una tristeza a tono con el ambiente lúgubre y nervioso que se respiraba dentro de la casa, pese a los esfuerzos de su padre por animar a los invitados.

—Jorgen —interrumpió Matteo Rinaldi atrayendo todas las miradas—. He escuchado que con el cierre de la excavación tu intención es volver a Londres cuanto antes, ¿por qué no os quedáis hasta la Fiesta de las Luciérnagas? Es una de las festividades más bonitas de Edén.

Un murmullo colectivo cargado de aprobación se alzó en la mesa y Emma se fijó en los ojos de Eliot sobre el rostro indiferente de Lira.

—No podemos —replicó Jorgen con educación—. Por desgracia, tenemos asuntos muy importantes en la ciudad.

Matteo asintió suavemente y probó de nuevo:

—Arthur estará presente, creo que sería lo correcto para que os llevéis una buena impresión del pueblo, en vista de todo lo que ha pasado. No me gustaría que os quedarais con los últimos recuerdos de todo lo ocurrido. Por favor, lo hemos organizado en el Ayuntamiento y este año tenemos grandes novedades.

Jorgen forzó una sonrisa cansada y estaba a punto de lanzar una nueva negativa cuando Lira anunció:

—Lo que mi marido quiere decir es que nos quedaremos encantados siempre y cuando no seamos un estorbo dentro de la casa. —Todos sonrieron e incluso Mia aplaudió encantada mientras una sombra de rechazo nublaba el rostro de Jorgen—. Además, coincide con nuestro aniversario, justo hace un año Jorgen empezó a cortejarme y con todo el trabajo de estas últimas semanas, nos merecemos un descanso.

Atrapado en la trampa de Lira, Jorgen no pudo ofrecer ninguna excusa cuando Arthur lo invitó con gran amabilidad a permanecer en su casa y Emma se dio cuenta de la expresión reflexiva de su hermano y cómo había perdido el hilo de la conversación.

El resto de la cena transcurrió con una lentitud mortal para Emma, cuyas miradas nerviosas hacia Lavinia nunca eran correspondidas. No fue hasta que pasaron al saloncito para tomar el café que Emma se permitió respirar con mayor soltura y, dispuesta a mantener una conversación con su amiga, se precipitó hacia el diván en el que reposaba con el rostro lánguido y los ojos entristecidos.

—Llevas toda la noche esquivándome.

—No es un buen momento, Emma —apremió con las mejillas arreboladas—. Mis padres están muy enfadados conmigo, creen que he llamado demasiado la atención y… me quieren enviar a un internado si todo sigue así.

A Emma le empezó a dar vueltas la cabeza.

—Es por lo de Wren.

Sus palabras escocieron a Lavinia cuyo rostro se llenó de sombras. Se puso en pie con un movimiento rígido y dejó que el ruido de la tela de su falda inundara los oídos de Emma mientras la veía desaparecer en el corredor de la izquierda, dejándola a merced del miedo.

Me he esforzado tanto en ser como ellos, callada como un gato, sensible y amable, pensó con ese nudo tenso en el pecho, ese que aventuraba un cambio. Quizá esa fue la razón por la que decidió no quedarse allí, quizá fuese ese aciago temor a volver a ser una sombra en su propia vida o quizá solo se tratase que Lavinia era el sol dentro de sus días. Apretó las manos con fuerza y miró la postura firme de su padre, Arthur hablaba con Jorgen y demostraba una seguridad propia de alguien que tiene el mundo a sus pies.

Ella no pertenecía a ese mundo. De pronto, lo comprendió. Era tan distinta, tan errática que no importaban sus esfuerzos, nunca sería como ellos. Nunca se ganaría el afecto de su padre, nunca su tía la vería con buenos ojos. Amparada en esa certeza, se levantó de su asiento y dejó que sus pies se movieran por el salón. Siguió a Lavinia, esquivando a los invitados con sus conversaciones secas; Emma se alejó de las flores en las mesas y se sumergió en las tinieblas de la casa.

Pero no veía a Lavinia por ningún lado.

Los sonidos de la cena se diluyeron en el tiempo y Emma se movió en la noche siguiendo el eco perdido de unos pasos. Notaba un ardor seco en el estómago mientras el llanto de un fantasma cercenaba el silencio.

El errante, pensó con el terror crepitando en su cuerpo, pero enseguida se dio cuenta de que aquel ruido no procedía del exterior. Era un sonido rítmico, un crujido casi imperceptible y aletargado, demasiado bajo como para que cualquier otro invitado reparara en él. Sin molestarse en buscar alternativas, deambuló hasta las escaleras que daban al ático de donde procedía el ruido. No había luz y en cuanto dio un paso hacia el frente, la alcanzó una risa, una melodía suave que le erizó el vello de la nuca. Aquel sonido rasgado le recordó a una voz, una música olvidada, enterrada entre las capas de su memoria.

Estaba a punto de volver al comedor cuando vio la silueta de la tía Lucy bajar las escaleras. Su rostro pálido mostraba una sonrisa adusta y a Emma le tomó casi un minuto entero reconocer las manchas de sangre en la piel de sus manos. La tela del bajo de la falda estaba rajada y por la forma en que caminaba, Emma adivinó que su tía llevaba mucho tiempo realizando aquellas tareas.

De repente, su único deseo fue subir al ático y descubrir qué es lo que le escondía.

—Emma. —La voz de Lavinia la sorprendió. Miró a la noche y sintió que su nombre en los labios entrañaba una súplica, sus largos dedos rozaron el brazo de Emma y la arrastró detrás de uno de los muebles, un espacio apartado en el que nadie podía verlas. Emma miró rápidamente a ambos lados del pasillo y con el miedo rebotándole en el pecho descubrió que estaban solas.

—Salí a buscarte, pero vi a mi tía y creo que… —se detuvo y sacudió la cabeza mientras se frotaba las manos con los nervios exaltados. No sabía muy bien qué decir, no sabía si Lavinia debía ser o no partícipe de sus sospechas, pero estaba convencida de que aquella oportunidad no era el momento para llenarle la cabeza con cuentos de miedos.

Se apartó un poco y dejó que el aire frío le acariciara la piel en un intento por rebuscar una pizca de valentía en su interior.

—No me importa lo que te haya dicho Wren de mí —susurró, el corazón le trastabillaba con tanta fuerza que temía que Lavinia pudiese escucharlo por encima del rumor de la noche—. He cometido errores, es probable que te asustes porque desde luego no soy como ellos, no soy como tú ni como el resto de personas, pero eso no debería ser lo importante. Yo…

Lavinia le dedicó una sonrisa cálida antes de apretar una mano contra su boca. Había un secreto en sus ojos azules, una promesa a la que Emma quería aferrarse.

—No tienes la culpa de lo que dijo Wren —susurró y el aliento fue una caricia en su rostro.

—Hay una razón por la que me tortura —explicó en cuanto Lavinia aflojó sus dedos—. Hice algo horrible y esa es la razón por la que estoy aquí. Me expulsaron del internado y... —La voz se le rompió. Nunca había pronunciado aquellas palabras y hasta ese momento, tenía la certeza de que no lo haría. Estaba dispuesta a llevarse el secreto a la tumba, pero no podía esconderse más.

Decepcionada de sí misma, tomó el aire por la nariz y se maldijo por lo que estaba a punto de decir.

—Una chica murió por mi culpa —espetó—. Yo puedo ver a los muertos, puedo sentirlos, puedo tomar su fuerza.

Sintió cómo las mariposas negras de su estómago revoloteaban mientras el impulso por salir de allí le destrozaba la garganta.

—Emma, mírame un momento —dijo Lavinia y ella lo hizo. Sus ojos apacibles permanecían en una calma que Emma deseaba sentir—. Si he estado evitándote no ha sido por ti, yo ya sabía esto.

Los dedos de Lavinia le acariciaron la espalda y una corriente eléctrica la sacudió haciendo que el castañeo de sus dientes cesara.

— ¿Cómo?

—Fue lo primero que Wren nos contó en cuanto llegó a Edén —admitió y todas las terminaciones nerviosas de Emma albergaron un odio incendiario—. Nunca te he contado algo sobre mí, sobre la persona que soy. Wren conoce mi secreto y aquella noche en la casa de Amaltea estuvo a punto de revelarlo.

La expresión en el rostro de Lavinia cambió.

—He sido una cobarde y llevo tanto tiempo cansada de esconderme.

Era la primera vez que Lavinia dejaba caer todas las barreras que la contenían. Sus ojos se encontraron con los de Emma y no dudó en deslizar la mano por su cuello dejando un suave hormigueo sobre su piel. Esto la dejó tan sorprendida que por un momento no supo cómo reaccionar, ni siquiera estaba segura de si el gesto significaba lo que ella creía o quería.

Arqueó la espalda y Lavinia le sujetó la cintura con gracia empujándola contra la pared fría. A Emma se le escapó un jadeo nervioso cuando los labios de Lavinia se abrieron con una promesa y sin aprobación previa, rozaron los suyos.

Emma sintió que todo su cuerpo ardía. Una llamarada violenta le estremeció las piernas y deseó alargar ese momento en el tiempo, hacerlo eterno.

—Me gustas. —Pronunció aquellas dos palabras con cuidado, deslizándolas en el aire mientras sus dedos subían y bajaban por la espalda de Emma despertando un deseo que jamás había sentido—. Desde esa tarde en el parque estuve convencida de que había encontrado a alguien como yo. Una chica que podría doblegar el mundo si rompía con las cadenas de la sociedad.

Emma respiró hondo sin quitarle los ojos de encima a Lavinia. Sentía como si las palabras le pesaran toneladas en la lengua y decidió que lo mejor era dejar que sus acciones hablaran. Nunca la habían besado, nunca había experimentado aquel calor y cuando Lavinia tomó su rostro entre los dedos todo su cuerpo respondió como si estuviese en el lugar y en el momento correctos. Un roce casto contra sus labios. Un beso que desató el golpeteo violento de su pecho.

Se separó sin aliento y una sonrisa tímida le tironeo de los labios.

—Nunca me había sentido tan feliz —dijo sin saber que aquel estado de felicidad duraría muy poco.

Durante los dos días siguientes, Arthur se paseó por la casa esquivando la presencia de Emma con una habilidad que rayaba lo absurdo. Para ser justos, el hombre se había pasado casi todo el tiempo en el pueblo y estaba ocupado en gestionar el asunto de la excavación cuanto antes, por lo que su estancia en la casa se reducía a cenas informales y a recluirse en la biblioteca. Por su parte,

Eliot había vuelto a encerrarse en sí mismo y muy de vez en cuando Emma lo pillaba recorriendo la casa por las noches. Se movía como una sombra de sí mismo y parecía que, a diferencia de ella, no escuchaba aquel llanto melódico que llegaba desde el ático. Emma sabía que su hermano se escabullía para encontrarse con Lira; los había visto hablar entre susurros y encerrarse en el despacho mientras el resto dormía en sus habitaciones. De hecho, había visto como Lira derramaba unas gotitas de láudano en la copa de Jorgen para proteger sus escapadas nocturnas.

En las historias que rondaban por la casa en aquellos días llenos de silencio, Emma había escuchado como el capataz estaba encerrado en el hospital y había sido acusado por los asesinatos de las mujeres del cementerio. Arthur se mostraba complacido con las teorías que inculpaban a O'Brien y aunque Emma no podía emitir ninguna opinión sobre el tema, veía las dudas en los gestos erráticos de Eliot.

Dejó los dedos rígidos sobre el piano y la tía Lucy frunció el ceño ante el silencio.

—Es mejor que lo dejemos para más tarde —apremió apartando su labor de bordado. Se frotó las sienes con las manos y se quitó los lentes de la nariz para arrojarle una mirada implacable—. Sube y ponte con los libros que tu padre te ha dejado, continuarás con la música cuando no me duela la cabeza.

Aliviada, Emma suspiró y se puso en pie para sujetar a Dante, que aguardaba en la moqueta junto a ella. Iba vestida con un traje de dos piezas nada cómodo como para estar en casa. Los botones de perla se le clavaban en la piel bajo la tela y acentuaban la rigidez con la que se movía con las prendas elegidas por su tía.

Emma resistió el impulso de refugiarse en su habitación y se convenció de dar un paseo cerca del cementerio. Su promesa al fantasma en la casa de Amaltea le rondaba la cabeza y no tener ningún avance al respecto comenzaba a ponerla nerviosa. Aunque el inspector había clausurado el camposanto, ella conocía los resquicios de ese lugar y sabía cómo colarse sin que nadie la viese.

—Me gusta ese impulso que te empuja a violar las normas.

La voz de Caín la sobresaltó y Emma no pudo reprimir un suspiro de cansancio. Dio un paso hacia el frente y estudió la pose indiferente del fantasma. Permanecía quieto, casi imperturbable, la espalda apoyada en un abedul y los ojos fijos en ella.

—En el fondo siempre supe que eras una rebelde.

—¿Cómo tú?

—No sé si yo me consideraría de esa forma, después de todo estoy muerto —susurró con un halo de tristeza que Emma nunca había sentido en su voz—. Al parecer no he dejado nada en este mundo, nada para que alguien me recuerde y hacía mucho que no pensaba en esto, pero estos días no dejó de darle vueltas a la razón que me mantiene aquí.

—¿Y has encontrado algo?

Caín tragó saliva y pasó delante de una tumba erosionada por el tiempo. Era la primera vez en varios días que sus conversaciones no giraban alrededor de respuestas escuetas o simples.

—No, ni siquiera sé si tenía planes, si alguien me esperaba y... creo que necesito la verdad, quiero que Ciara me diga lo que sabe.

Su voz ardía en un deseo desesperado.

—¿Encontraste la tumba?

Asintió y una nota de aprensión le nubló los ojos a Emma, que se apresuró a saltar la valla.

—No sé si es lo que esperamos encontrar, pero tengo la sensación de que te va a interesar.

Caín señaló el sendero apartado y Emma lo siguió. Caminó casi sin notar el entumecimiento de sus pies bajo el frío de la mañana. Tenía las medias caladas y el bajo de la falda manchado por el roce de la tierra húmeda. No le importó y, en silencio, rogó porque nadie en la casa reparase en ese sencillo detalle.

Mientras Caín torcía hacia la izquierda, el lamento de los muertos pasó de un murmullo ahogado a una tonalidad rústica y fuerte. Vio las figuras traslúcidas y sintió el llamado del velo, un tirón suave en el estómago, un recordatorio de que en aquel lugar la línea que separaba sus mundos era demasiado delgada y difusa.

—Aquí está —dijo Caín y señaló una lápida gris bien cuidada sobre la inscripción de la cual yacía un ramo de dalias rojas.

Ciara O'Brien

AQUÍ YACEN LOS RESTOS MORTALES DE UNA BIEN AMADA HIJA.
QUE DESCANSE TU ALMA Y SE HAGA JUSTICIA CON AQUELLOS
QUE TE ARRASTRARON AL ABISMO DE LA LOCURA.

—¿Era la hija del capataz?

—Es la única Ciara que hay en todo el cementerio.

A Emma se le escapó el aliento de los labios. El espíritu le había dicho que encontraría su identidad en el cementerio, pero no esperaba que fuese la hija del capataz y mucho menos que la lápida revelara semejante información.

—Lavinia dijo que hace más de diez años la hija del capataz fue envenenada —apuntó—. Igual que Anna. Mira esto. —Señaló las dalias rojas sobre la lápida—. Están recién cortadas, pero O'Brien está encerrado, no pudo dejarlas él.

Caín asintió distraídamente y Emma reparó en las sombras grises dentro de sus ojos.

—¿Crees que tiene alguna relación con lo que ocurre en el cementerio?

—No lo sé, Ciara dijo que estaba ligada al errante —admitió Emma dejando escapar un suspiro resignado—. Pero hay cosas que no encajan. Han cancelado la excavación por las muertes de aquellas dos mujeres; además, Anna muere y la policía dice que fue un envenenamiento involuntario, y luego… —Miró el cementerio y se pasó una mano por el cuello—. El capataz aparece con evidentes síntomas de locura. Si realmente es el responsable de esto, ¿por qué suspender la excavación? ¿Por qué cerrar el cementerio?

—No podemos estar seguros de lo que dicen sobre O'Brien —le recordó Caín, pero Emma creía en lo que había contado Lira. Nada en su voz o en sus gestos indicaba que escondiese la verdad.

Durante un momento, sus pensamientos se quedaron suspendidos entre los recuerdos de la noche del errante: el fatídico momento en que decidió poner un pie en el cementerio y en las fulminantes acciones de aquel ser. El errante podía ser el responsable de las muertes, podía haber asesinado a aquella mujer, a Sophia, pero no entendía cómo era posible. Sacudió la cabeza con fuerza, se olvidó por un momento de la tumba, de las dudas y pensó en cómo podían estar conectados aquellos acontecimientos. Sus ojos volvieron a Caín y en su rostro vio la misma inquietud que la dominaba.

—Digamos que Sophia fue víctima del errante, pero, en el caso de Anna, no pudo ser así. Además, Sophia estaba intacta y sabemos que el errante se alimenta de carne pútrida, de cadáveres.

Caín miró el cielo gris y suspiró.

—Tal vez no soy la única que puede ver a los muertos, ¿y si alguien trajo al errante?, ¿quién lo encerró en ese mausoleo? Alguien más tiene que saber algo.

—¿O'Brien? —propuso Caín y Emma se encogió de hombros sin desestimar la idea.

Volvió los ojos a la tumba y sintió cómo el pulso le latía con violencia en las sienes. Empezaba a acariciar la vaga idea de que aquellos acontecimientos que acabaron con la vida de la hija del capataz estaban relacionados con lo que ocurría.

—¿Qué la mantiene unida a este plano? Puede ser el errante, sí, pero ¿de qué manera es posible esto? Ciara murió hace tanto que no lo entiendo.

Pero no hubo respuesta porque Caín desapareció y Emma se percató de que no era la única persona que había decidido dar un paseo por el cementerio. Eliot acababa de detenerse al pie de la colina con el rostro oscurecido bajo un sombrero negro. Al verla allí, abrió los ojos y recortó el camino en un par de zancadas.

—No deberías estar aquí —susurró Eliot y Emma se ruborizó. Después de todo, no era la única que se saltaba las ordenanzas del inspector.

—Tú tampoco —contraatacó.

En una fracción de segundo, Emma se dio cuenta de que algo no iba bien.

Lo sintió en los huesos antes de escucharlo, un hormigueo en la piel, un aullido violento que sacudió los árboles y le puso la carne de gallina. Eliot también lo notó, le apretó la mano cuando el zumbido de una bandada de grajos sobrevoló el aire por encima de ellos y Emma vio la figura blanca, pálida al pie de la colina.

—Eso es…

Por primera vez, Emma vio fisuras en la fachada contenida de su hermano. Una expresión de horror le nubló los ojos cuando la criatura alzó una mano descompuesta y ladeó la cabeza revelando un rostro delgado con la piel pegada a los huesos y el pelo rubio salpicado de cenizas. El pánico se elevó como bilis en su garganta cuando aquellos ojos grises los estudiaron. Emma contempló al errante como nunca antes, una criatura de carne y humo, hecha de pesadillas.

Una figura delgada.

Unos ojos sin vida.

Una sonrisa de hielo.

Emma contuvo la respiración y Eliot retrocedió, temblando, como si en aquel momento apenas pudiese comprender lo que tenía a tan solo unos metros de distancia.

—¿Qué significa?

Emma giró el rostro y dudó un instante antes de preguntar:

—¿Crees en los fantasmas?

Un largo silencio siguió a sus palabras, uno que fue llenado por el graznido vehemente de los grajos que se arrojaron sobre ellos y le arañaron los brazos, el cuello.

En aquel momento, Emma estaba tan asustada que no fue capaz de decir nada, ni siquiera de pensar con claridad. Eliot se apartó justo antes de que la criatura se abalanzara sobre ellos y las uñas afiladas se clavaran en los hombros de Emma. La atrapó y tiró de ella con tanta fuerza que perdió el equilibrio y en medio de un chillido se hundió en la tierra. El terror le quebró la voluntad y el dolor inundó cada recoveco de su cuerpo cuando las garras de la criatura se aferraron a su cuello.

—¡Emma!

Eliot gritó y ella trató de zafarse de la presión en torno a sus brazos; las palabras, súplicas vacías, se le quedaron en la garganta, sumergidas en un grito estrangulado. Comenzó a dar patadas, a revolverse mientras la niebla engullía cada uno de sus movimientos frenéticos. Se resistió mientras las larvas pálidas le trepaban por los brazos y se le clavaban en la piel. El errante abrió los labios y Emma pudo sentir el hedor de su carne; ese olor rancio y putrefacto en su rostro la sacudió y con violencia volvió a resistirse, desesperada. Pero sentía los músculos laxos y el dolor en los huesos le comprimía las ganas de luchar, de sobrevivir. Sintió cómo el aire se le escapaba de los pulmones y la sangre le corría por los hombros. Empezaba a creer que moriría, que después de todo seguiría a Caín hasta el otro lado y no podría ayudarlo.

El velo se apareció y un estallido fugaz rompió el eco difuso de sus oídos. Inmediatamente, Emma abrió la boca y notó el ardor en la garganta cuando las manos de Eliot la pusieron en pie. Su hermano volvió a levantar la pistola y disparó al errante cuyos labios soltaron un sollozo desgarrador.

—Emma, corre, por favor.

Pero lo único que ella pudo hacer fue apretar la mano helada de su hermano un segundo antes de que el errante se alejara de ellos dejando un rastro de sangre a su paso. Los pájaros atacaron convirtiéndose en una multitud densa, un batir de alas y picos, una pesadilla que los envolvió y se arremolinó sobre ellos como una marea. A duras penas, Eliot consiguió cubrirse el rostro y arrastrar a Emma hasta el roble a su izquierda. Los grajos graznaron y siguieron la marcha fúnebre del errante que, en un simple parpadeo, desapareció entre la niebla.

Eliot la arrastró por la colina marcando distancia con la criatura. No fue hasta que alcanzaron la seguridad de los jardines de Silverwood House que se detuvo con el aliento entrecortado y el sudor empapándole la frente. Emma temblaba. Estaba paralizada con el corazón a punto de reventarle las costillas.

En los ojos de su hermano descubrió una certeza terrible.

—Por favor, dime que estás bien —logró decir con el aliento entrecortado y el sudor resbalándole por el cuello.

Emma asintió como pudo y se sentó frente a la verja mientras Eliot la rodeaba con los brazos y evaluaba las pequeñas heridas en su cuello. Se desplomó a su lado y se quedaron en silencio durante unos instantes. Ella sentía el vestigio del horror como una serpiente en el estómago, el dolor en sus pulmones y una sensación confusa y pegajosa en el paladar.

—Ese rostro. Es igual a… —dijo Eliot intentando que su voz sonara firme, pero aquel temblor delataba sus nervios. No podía engañar a Emma, sentía el mismo miedo certero y atisbaba un reconocimiento en la pena que le deformaba los labios, pero no era capaz de recordar de qué le sonaba—. No puede ser.

Eliot se puso en pie y echó a andar por el jardín mordiéndose la lengua para no dar rienda suelta a sus pensamientos. Sus movimientos eran mecánicos y demasiado rígidos, como si se esforzase por contener ese dolor del que llevaba toda una vida huyendo.

Emma dudó un instante antes de seguirlo y rodearle el brazo con su cuerpo. Fue un gesto impulsivo y poco meditado, una necesidad física por demostrarle que no tenía que lidiar con aquello solo.

—Lo siento —consiguió articular.

Eliot se mantuvo quieto, incapaz de moverse.

—Vámonos, necesito salir de aquí y recuperarme de lo que acabo de ver.

28
ELIOT

Eliot caminó por el pueblo como una sombra de sí mismo.

Edén bullía de actividad. Las calles repletas de flores, lirios y orquídeas que decoraban los postes y las esquinas mientras se erigían adornos con lazos alrededor de la plaza. Emma caminaba a su lado en un silencio escueto que estaba cargado de significado. Un silencio lleno de dudas.

Necesitaba tomar el aire, respirar lejos de la casa, del cementerio, y, por una vez en su vida, estaba dispuesto a huir de Gray, de su padre. Quería gritar. Sentía las cuerdas vocales secas, a punto de romperse con una voz que no llegaba a subirle por la garganta ¿Qué era lo que había atacado a Emma? ¿Cómo podía parecerse tanto a…?

No pudo formular la pregunta en sus pensamientos, no era capaz de dar voz a esa certeza. Sacudió la cabeza con fuerza y reparó en los moratones del cuello de Emma y una punzada de inquietud le revolvió las tripas. Si se detenía a pensar demasiado en lo que había vivido hacía tan solo un par de horas atrás, se hundiría y el mundo se le vendría encima. Necesitaba esa fuerza si pretendía mantener la cabeza fría, despejada. Miró la decoración de la fachada del ayuntamiento y las náuseas lo increparon. No le gustaba la idea de una celebración, no cuando todo su futuro acababa de venirse abajo, cuando una criatura siniestra acababa de atacar a su hermana y la sensación de absoluto fracaso lo envolvía.

No es eso lo que te preocupa, pensó con un estremecimiento cuando entró a la cafetería cerca de la plaza y se sentó con Emma en el rincón más apartado.

Suspiró y le costó mostrar una expresión impasible cuando el camarero les tomó nota. Emma pidió un té de menta con galletas de jengibre mientras que él se limitó a tomar una copa de vino especiado.

—¿Vas a hablarme de lo que vimos en el cementerio o fingimos que no ha pasado nada? —preguntó Emma después de dar un par de sorbos a su té.

—Tú ya la habías visto —adivinó al ver la tranquilidad con la que su hermana había manejado la situación.

Asintió y él dio un trago largo al vino sin quitarse de la cabeza el rostro marchito de esa criatura, la familiaridad de esos ojos. Se apretó el puente de la nariz y estudió a su hermana.

—No más secretos, Eliot —pidió y él sintió ganas de hundirse en la silla de terciopelo—. Por favor.

Eliot pensó que sería difícil dar voz a todo lo que llevaba dentro. Carraspeó:

—Aquella mujer en el cementerio, la había visto antes.

Apenas podía soportar el dolor ardiente en el pecho, la certeza de que, por un momento, habría creído que aquella criatura de muerte era su madre.

—¿Quién era?

—No estoy seguro —mintió—. No creo que eso sea lo importante ahora. Por un momento, creí que no saldríamos del cementerio, pensé que aquel ser se acercaría y…

La voz se le rompió. Estaba tan acostumbrado a enterrar sus emociones que manifestar ese miedo en alto suponía el riesgo de derrumbarse. No quería decirlo en voz alta, no quería admitir delante de su hermana que aquella mujer lucía exactamente igual a Dulcinea.

Alguien entró a la cafetería y Eliot aprovechó el momento para susurrar:

—¿Qué hacías en el cementerio?

Emma apretó las manos alrededor de la taza blanca y una mueca de disgusto le cruzó los labios pálidos.

—Estaba buscando la tumba de Ciara —dijo sin dudas—. La hija del capataz, ¿tú la conociste?, ¿sabes qué fue realmente lo que le pasó?

Eliot parpadeó con fuerza, confuso.

—No entiendo para qué quieres saber sobre algo que pasó hace casi trece años, es absurdo que quieras escarbar un pasado con el que no guardas ninguna relación. —Las palabras se le escaparon de los labios casi sin pensar en ellas, con tanta rapidez como la de sus latidos. Se inclinó sobre la mesa y vio la urgencia en el rostro de su hermana, una necesidad casi física por saber lo que había ocurrido con aquella chica. Eliot se cruzó de brazos y dejó escapar un suspiro profundo—. Ciara murió envenenada, como Anna, sí, pero en circunstancias totalmente opuestas. Nadie te va a decir la verdad, nadie te dirá que aquella chica desvariaba y vagaba por el cementerio en busca de una voz misteriosa que solo escuchaba ella.

Se interrumpió un momento después de lo que acababa de ver en el cementerio. No le parecía justo juzgar a Ciara.

—De todas formas, yo era un crío y no recuerdo mucho. Siento no poder ofrecerte las respuestas que quieres.

Si su hermana estaba decepcionada por su respuesta no dio muestras de ello; en lugar de mantenerse callada y reflexionar sobre lo que acababa de confesar, Emma decidió probar con algo diferente.

—Y sobre nuestro hermano, ¿qué puedes decirme de eso?

Eliot tardó unos instantes en contestar.

—¿Quién te ha hablado de eso? —Su hermana había hurgado en ese pasado olvidado y él ya no podía negarle la verdad. Por mucho que le doliese, por mucho que Arthur quisiese mantener aquellos recuerdos ocultos, no era capaz de sostener las mentiras por más tiempo.

Emma levantó el mentón y él vio un destello de determinación en sus ojos, las barreras de Eliot cayeron y asintió, apoyando las manos en la mesa y rebuscando entre las palabras.

—Nuestro hermano murió, pero hace tanto tiempo que me cuesta recordar todas aquellas cosas que lo hacían tan especial. Tenía diecisiete años, la edad que tienes ahora y… a veces me parece que todo formaba parte de un sueño, una quimera que dejó rastros de lo que fue, de lo que fuimos.

A Emma se le desencajó el rostro y le tomó varios minutos procesar la revelación.

—¿Por qué nadie habla de él?

En su mente, Eliot lo vio con claridad. Los ojos celestes, la sonrisa torcida y esa voluntad para doblegar al mundo a su antojo.

—Porque nuestro hermano se fue de este mundo en circunstancias que avergüenzan a nuestro padre. —Se le aceleró el corazón—. Se suicidó, y Arthur no le perdona que tomara esa decisión, no soporta la idea de haber perdido a su primogénito casi al mismo tiempo que a nuestra madre.

Esa era la verdad, al menos una parte de ella. Eliot llevaba toda su vida cargando con las expectativas que su hermano habría cumplido sin ningún problema, y que a él le suponían dejar trozos de sí mismo en el proceso.

—Yo nunca quise cargarte de ese dolor, en parte porque no lo recuerdas y en parte porque me cuesta hablar de él en voz alta.

Se quedaron en silencio durante unos minutos y Eliot dejó que Emma pudiese encajar todo lo que acababa de revelarle.

—Nuestra madre dejó una carta —susurró ella con la voz seca. Había una duda prendida en sus ojos, una vacilación sobre lo que estaba a punto de decir—. Hablaba de sentirse aislada y retenida.

Me pareció que era la carta de una mujer desesperada, una persona que aguarda a la muerte. Pero había algo más, una mención que no entendí y que tal vez tú sepas lo que significa. Nuestra madre hablaba de un objeto, la llave para abrir la maldición. Le dijo a León que tenía que destruirlo.

Un largo silencio siguió a sus palabras.

—¿Existe la posibilidad de que nuestra madre estuviese ligada de alguna manera a este pueblo? ¿Nació aquí?

—Sí, nació aquí, toda su familia ha vivido en Edén a lo largo de muchas generaciones.

Eliot se quedó callado de repente, asimilando esa verdad. ¿Y si su madre estaba atada a este lugar y la maldición no era solo uno de sus desvaríos?

—¿Tienes esa carta?

Emma apretó los labios y sacó algo del interior de su abrigo. Dejó la carta sobre sus dedos y una fotografía en tono sepia que revelaba un rostro que él conocía demasiado bien. Se le atascó la saliva en la garganta y el corazón le dolió al contemplar la imagen. Reparó por primera vez en los bordes difusos de la fotografía, en la sonrisa torcida que casi había olvidado.

Con una mueca de tristeza, Eliot apartó la fotografía y sus ojos cayeron sobre la caligrafía torpe y apresurada de su madre. Las letras apiñadas revelaban la prisa por garabatear esa confesión, una carta salpicada por la desesperación, quizá la locura. Eliot frunció el ceño con una sospecha oscura anidando en el cuerpo.

—¿De dónde la has sacado?

—Del ático —susurró ella con vergüenza—. Había una caja llena de cosas suyas, pero te prometo que solo me llevé esto. No toqué más nada, aunque había otras pertenencias.

Cuando Emma señaló la fotografía, Eliot se quedó sin aire.

—¿Quién es el chico de la fotografía?

Eliot se puso de pie, sin estar convencido de qué significaba aquello. Notaba una sensación de asfixia en el pecho, la certeza de que el aire no le llenaba los pulmones.

—León, nuestro hermano —admitió con pesar, como si decir su nombre en alto fuese un sacrificio mayor.

—Yo…

—¡Eliot! —Gray interrumpió a conversación y Eliot percibió la urgencia en su voz, justo en el momento en el que su confusión era inabarcable—. ¿Podrías venir?

Se bebió el resto del vino y abandonó la cafetería con la promesa de una conversación extensa sobre el tema. Se lo debía, Emma merecía la verdad.

—Terminaremos la conversación, lo prometo —dijo antes de levantarse de la mesa.

Afuera, Gray esperaba junto a Arthur con sendas expresiones serias. Supo que no le aguardaba nada bueno en cuanto se apartaron de la puerta y lo arrastraron hasta un callejón vacío y mugriento. El aire frío de la tarde calaba en su ropa y pese a llevar el pesado abrigo de lana, Eliot sentía las manos heladas y una pesadez inquietante sobre los hombros

—Llevo casi dos horas buscándote —saludó su padre con exasperación. Llevaba un traje elegante a juego con un sombrero de fieltro que se quitó para acomodarse el pelo canoso sobre la frente—. ¿Dónde estabas? Tenemos la entrada del cementerio atestada de curiosos y al menos cinco periodistas esperan una declaración de tu parte.

—Eliot no ha preparado el discurso —intervino Gray en su defensa.

—No me interesa —continuó Arthur con la voz doblada por la rabia; se quedó en silencio con una decena de argumentos atrapados en la garganta. Solo Eliot sabía la verdadera razón por la que su padre estaba tan frustrado. Se había gastado toda la financiación del proyecto y si volvía a Londres con las manos vacías, no tardarían en buscar culpables. Era un fracaso estrepitoso, la clase de problemas que bien le podría costar su puesto, en especial, si relacionaban las muertes con su trabajo, algo que los medios no dudarían en hacer con tal de acaparar titulares.

—Diremos que ha sido una medida temporal. La excavación suspendida es un asunto…

—¿Has conseguido que esa mujer te dé los archivos? ¿La calavera? —lo interrumpió Arthur—. En vista de todo esto, la calavera nos valdría para respaldar la aportación que han hecho los inversores. En el Museo no aceptarán que volvamos con las manos vacías.

Eliot tragó saliva y miró el rostro serio de su padre; parecía haber envejecido diez años en cuestión de días, la piel grisácea arrugada alrededor de unos ojos cansados, las sombras en los iris azules. La presencia de Arthur siempre doblegaba su voluntad, como si la sombra de sus decisiones supusiera una cadena irrompible en su cuello. Bajó los ojos hasta el suelo y frunció los labios.

—Consigue la calavera, es absolutamente necesario que volvamos con ella a Londres —espetó Arthur poniéndose el sombrero.

—No tengo manera de encontrar nada de lo que me pides, no me pertenece.

Arthur dejó escapar un suspiro frustrado y se pasó una mano por el pelo.

—Estás cometiendo el error de tu vida. Has puesto todo tu trabajo en manos de una cualquiera —soltó con los labios apretados—. Me debes esto, Eliot. Haz lo que tengas que hacer, pero consigue esa maldita calavera. Sin ella y con el escándalo de la excavación, puedes dar por perdida tu carrera; te echarán del Museo y dudo que pueda conseguirte algún empleo decente después de esto.

Su padre no aguardó réplica, se alejó con la misma rapidez con la que había llegado y Eliot se volvió justo a tiempo para ver cómo un gorrión caía a sus pies. Miró al cielo limpio y no vio nada más, estaba despejado.

—¿Quieres que te ayude con eso? —La voz de Gray estaba llena de ansiedad y Eliot se dio cuenta de que se esforzaba por no ver al animal a sus pies. El pájaro agitó las alas con fuerza, malherido, luchando por reemprender el vuelo.

Eliot negó con la cabeza sin quitarse de encima una aguda sensación de decepción. Lira no le daría los archivos, mucho menos la calavera, y él no estaba dispuesto a exigirle nada. No había hecho lo suficiente y no estaba seguro de que en algún momento hubiese estado cerca de la posibilidad de triunfo; después de todo, cada traba en el camino había supuesto una oportunidad desaprovechada por él. Puede que fuese su culpa.

—Debí suponer que nada bueno saldría de este pueblo. Todo marchito, todo tan muerto que consume a quienes pasan por aquí —susurró.

Sus pensamientos regresaron a la carta de su madre, al diario que había dejado y una extraña idea se abrió paso en su cabeza. Dulcinea conocía la leyenda de Morrigan y parecía tan obsesionada con ella que había dejado diminutas migas que Eliot estaba dispuesto a seguir; quizá su madre quería que otros encontraran algo, quizá dejó rastros de la verdad en aquellas pistas.

Se convenció de que aquella carta poseía la clave definitiva y él necesitaba descubrirla, necesitaba entrar al ático, necesitaba los registros de toda su familia, abuelos y antepasados.

—Voy a necesitar un favor de tu parte —dijo de pronto—. ¿Puedes conseguirme un estudio detallado de la descendencia de la familia de Morrigan? También quiero uno de la familia de mi madre.

Gray enarcó una ceja y asintió mientras Eliot se obligaba a evitar la mirada inquieta de su amigo. Dejó que la presión en su pecho se asentara y antes de alejarse vio cómo el gorrión que había hecho un último esfuerzo por volver a volar, de repente dejó de moverse.

29
LIRA

Había algo capaz de arder con mayor intensidad que el fuego y eso eran los rumores de fracaso. Fue cuestión de horas para que todo Edén se hiciera eco de la decisión tomada por el inspector jefe, enviado desde Londres. Todos hablaban de lo mismo: se cancelaba la excavación, se cerraba el cementerio y se prohibía cualquier actividad dentro del camposanto. Una novedad cuando menos inesperada en vista de que en pocos días se celebraba la festividad más importante de Edén y de lo mucho que se hablaba de los avances por parte de los arqueólogos encargados del asunto. Ella podía sentir la emoción anidando en sus rostros, la sensación de gloria al ver cómo recuperaban su cementerio y echaban a los forasteros que molestaban a sus muertos. Incluso los periódicos se habían mostrado complacidos ante la idea de que una leyenda imperecedera como la de la tumba de Morrigan iba a seguir siendo un secreto, y tanto ella como Eliot volverían a sus vidas grises con una mancha a cuestas.

Habían alimentado las expectativas creyendo que la presión de Arthur podría cambiar la decisión, pero ni este fue capaz de revocar la suspensión.

A Lira le costaba asimilar esa verdad. No quería volver a ese lugar al que llamaba casa. No podía volver ahora que ni siquiera estaría Sophia con ella. Sentía una opresión muda en el pecho, un dolor seco, un fantasma acechando entre los pliegues de su consciencia.

Cerró los ojos un momento y respiró con fuerza por la nariz. El olor a flores mustias flotaba entre las calles adoquinadas, cuyas tiendas permanecían abiertas pese a la amenaza de la lluvia. Un aroma denso y asfixiante, el tipo de fragancia que impregnaba la piel y se arremolinaba en la lengua dejando rastros de podredumbre en el paladar.

Es el sabor del fracaso, se dijo con las manos alrededor de la caja negra apretada contra su pecho. Era el vestido que llevaría en la Noche de las Luciérnagas, una perfecta declaración de intenciones para su marido.

Cruzó la calle con prisa y se deslizó a través de una de las estrechas callejuelas con la intención de volver a la casa de los Monroe, cuando la sombra de una figura hizo que se detuviera. Tuvo que parpadear con fuerza para asegurarse de que su imaginación no le estaba gastando una mala pasada. El inspector acababa de entrar en una taberna oscura en cuya entrada hacía tan solo unos segundos, estaba apoyado nada más y nada menos que Jorgen. Ambos compartieron un gesto cómplice y echaron una mirada cauta hacia la avenida principal, antes de sumergirse en la oscuridad del garito.

A Lira le ardió la cara de curiosidad, ¿qué hacía su marido con el inspector? ¿Por qué le había dado un sobre blanco con cuidado? Ahogó las preguntas y, sin pensárselo, se adentró en el ambiente húmedo y oscuro de aquel local ocultando el rostro detrás de la caja para no llamar la atención. Ignoró las miradas de desconfianza que le arrojaron algunos hombres y se internó en el humo denso de los puros, que flotaba en el aire y se mezclaba con el agrio aroma de la cerveza. Jorgen y el inspector se sentaron en una mesa apartada de la multitud y Lira no dudó en escurrirse hasta una zona apartada, desde donde creía poder escuchar la conversación.

—Estará satisfecho con el giro de los acontecimientos, me he encargado de difundir los rumores y que todos se enterasen de la clausura, poner el foco de las noticias hará que las autoridades mantengan el cementerio cerrado.

Era la voz insípida del inspector. Lira no podía ver a Jorgen, pero intuía la sonrisa en su voz cuando espetó:

—Mi esposa es una de esas mujeres a las que hay que doblegar a la fuerza y poco a poco. —Chocaron los vasos con una camaradería que la irritó—. Aplicar la fuerza bruta de golpe es un error, necesitaba dejarle saborear la libertad y permitir que la caída pulverizase su necesidad de independencia.

—¿Y cree que ahora será controlable?

—Mi intención no es que Lira sea controlable. Eso podría hacerlo sin problema. —Dio un trago a su cerveza—. Yo lo que quiero es que doblegue su voluntad; estoy convencido de que el próximo paso será crear una familia, la maternidad cambia a las mujeres. Dejan de preocuparse por sí mismas y comprenden que hay una vida que depende de ellas. Si hay algo capaz de socavar la pasión de una mujer, son los hijos. La vi en el ocaso de su padre, la pasión con la que se entregó a sus cuidados, olvidándose de sí misma; esa es la verdadera naturaleza femenina: el cuidado de otros.

A Lira le dio un tirón en el estómago.

¿Cómo se atrevía a hablar de su padre? ¿Cómo se atrevía a reducirla a ella o a cualquier otra mujer a una idea arcaica y preconcebida según sus propios intereses?

Contuvo la respiración y contó mentalmente hasta diez mientras la ira pendenciera burbujeaba en su estómago. Se quitó y volvió a poner el anillo del dedo anular y doblegó una rabia que podía haber arrasado el mundo. Jorgen no la conocía y esa era su mayor debilidad. Creía que todos verían el mundo con sus ojos, que todos se moverían por dinero, por posiciones, pero en especial, por el orden social. Y Lira era caos. Una tormenta de furia con demasiada necesidad de libertad.

—¿Tienes todo allí? —preguntó el inspector y ella escuchó como Jorgen revolvía algo y lo dejaba sobre la mesa.

—Todo, los documentos que sacamos de su habitación están clasificados dentro de estos archivos. —Jorgen hizo una pausa y Lira notó las esquirlas de hielo apuñalándole el corazón—. Espero que Linus esté complacido con lo que hemos conseguido; después de todo puede esperar unos años y volver a traer un grupo hasta aquí. En la Academia celebrarán el éxito y ya nadie recordará quién fue la primera persona en señalar que la tumba estaba aquí.

Linus.

Su jefe, Linus Tucker era la persona que lo había enviado a robarle su investigación. Lira sabía que al rebelarse y manipular a la persona destinada a Edén pondría en una tesitura poco agradable a su jefe, pero no imaginaba que su naturaleza de rata pudiese llevarlo a robar el trabajo en el que ella llevaba sumergida durante años.

—Espero que le sirvan de algo todas esas notas que tiene allí —continuó el inspector—. Después de todo, tenemos la intención de entrar a la tumba cuando os hayáis ido. Linus está interesado en la cámara fúnebre y los tesoros que se guardan allí.

—Nos iremos después de la fiesta y espero no volver a poner un pie en este maldito pueblo nunca más. Que Linus se lleve el mérito de esto, me da igual, solo quiero recuperar mi vida.

—Y el dinero que hay de por medio.

Lira se levantó de golpe y con el mismo silencio con el que entró, abandonó la taberna deseando marcar una distancia prudente con aquellos dos traidores que acababan de arrojar por tierra todo su esfuerzo.

Se llevó una mano al pecho, justo en el punto en el que el dolor resultaba insoportable. Sostuvo todas las piezas rotas de sí misma y deambuló por la calle en dirección a la casa de los Monroe. Se negó a subirse a un taxi. Lira necesitaba caminar, necesitaba la soledad con sus pensamientos para alimentar esa rabia incendiaria en su estómago.

Tardó casi el doble en llegar y, cuando lo hizo, ignoró a Gray, a Arthur y se encerró en el despacho con Eliot para contarle todo lo que acababa de escuchar. Puso las manos sobre el escritorio y, bajo la mirada recelosa de Eliot, expuso una a una sus sospechas y, por supuesto, su descubrimiento.

—La noche de la fiesta —susurró Lira tomando una decisión, una que llevaba pululando en su mente desde hacía un par de días— vamos a ir a la tumba y no me importa cómo, pero abriremos esa puerta. Linus no va a robar mi trabajo y Jorgen no volverá a aprovecharse de mí.

Se dejó caer en la silla frente a la chimenea. Notaba la cabeza pesada, los pensamientos demasiado espesos y una extraña tirantez en el pecho. Esa tensión que desaparecía siempre que Eliot entornaba los ojos y sonreía. Cuando el hoyuelo aparecía en su mejilla izquierda, Lira temía la facilidad con la que ella podía responder a sus gestos.

—Creo que sé cómo abrir la cámara fúnebre.

Eliot se aproximó hasta quedar muy cerca de ella. Olía a café, a almizcle y sudor. Una mezcla de aromas que en otras circunstancias habría rechazado, pero en ese momento resultaba embriagador.

—¿Cómo?

Eliot señaló una docena de documentos y archivos apilados sobre la mesa.

—Llevo todo el día revisando estos informes —susurró—. ¿Sabías que Morrigan tuvo una hija con Leroux?

—Pero no hay nada que asegure que esa niña sobrevivió a la infancia —explicó ella. Había trazado cada línea de la vida de aquella mujer y el embarazo ni siquiera constaba en el acta de su familia; muchos académicos creían que la criatura había muerto en el parto.

—Puede que eso no sea del todo cierto.

Las brasas de la chimenea le afilaban la mandíbula y arrojaban destellos dorados sobre unos ojos de hielo. Eliot se pasó una mano por el pelo y las comisuras de sus labios se arquearon haciendo que Lira desease volver a hundirse en ellos. Tomó un antiguo archivo fechado hace siglos en la parroquia de Edén, que pertenecía a la iglesia y que Lira jamás había visto.

—Mi madre dejó una carta que encaja con lo que dice el diario, pero también encontré esto. —Sus manos se rozaron, solo un momento, un chispazo le recorrió el cuerpo a Lira—. ¿Recuerdas el agujero en la parte superior de la puerta? —Lira asintió sin comprender—. ¿Y si es la ranura de una llave? ¿Y si el cráneo de cristal encaja allí?

El pecho de Lira comenzó a latir con violencia ante la posibilidad. No era descabellado, no si tenía en cuenta lo mucho que a Morrigan le gustaban los enigmas y los juegos.

—¿Crees que tu madre había estado antes en esa tumba?

—Los dibujos de su libreta encajan, pero tengo otro tipo de sospecha.

Lira notó la ansiedad en la garganta.

—Creo que mi madre es descendiente de Morrigan y la maldición de la que hablaba es la misma.

30

EMMA

Los rumores no iban desencaminados: Emma estaba atrapada en el mundo de los muertos.

En ese momento sentía la presión de sus lamentos anclados a los tímpanos, el llamado del velo, una canción con notas graves cuya melodía invitaba a cruzar la línea que dividía sus mundos. Se pasó una mano por el rostro y paseó de arriba abajo antes de golpear con fuerza la puerta del enorme caserón; los susurros se apagaron de golpe. Hacía frío y el aire de la noche arrastraba las notas de una primavera tardía.

—Emma, qué sorpresa tan inesperada, pero ¿qué haces aquí?

No respondió. Levantó el mentón como Lira lo hacía y entró en el enorme salón sin esperar a que la invitara a pasar. Las luces apagadas eran el indicio de que Amaltea no esperaba visitas.

—No es apropiado que una jovencita visite a una anciana sin avisar, y mucho menos a estas horas.

Los ojos cansados de la soprano miraron el reloj junto a la entrada y con un movimiento de cabeza señaló el pequeño salón a su derecha.

Si Amaltea estaba confundida ante la presencia de Emma, no dio más muestras de ello, al menos no de inmediato. Mandó servir un poco de té con leche y unas galletas de canela que el estómago de Emma agradeció a la luz de la lumbre en la chimenea.

—Y bien —dijo la anciana sentada frente a ella con la taza en la mano y una arruga profunda en la frente—. ¿Vas a decirme qué haces aquí? ¿Debería preocuparme?

Emma aspiró el aire tibio con fuerza y se armó de valor.

—Vamos a sincerarnos, las dos. —Amaltea ladeó el rostro—. Usted es la madre de Ciara.

El rostro de la anciana no cambió, mantuvo la expresión cauta, serena y quizá un poco triste que Emma estaba acostumbrada a ver en ella. Amaltea se puso en pie y se movió hasta un mueble de madera negra del que sacó una pequeña fotografía en tono sepia, antes de dejarla sobre las manos de Emma, preguntó:

—¿Cómo lo supiste?

—Las dalias rojas en la tumba de Ciara —confirmó ella y sus dedos sujetaron el retrato, estaba enmarcado en un bonito marco de plata con grabados dorados en las esquinas. Era la imagen del fantasma, una chica de aspecto triste con los rizos recogidos en lo alto de la cabeza—. Usted es la única en todo Edén cuyo jardín está repleto de esas flores. Pero también esa tira de terciopelo que llevaba en la muñeca, hay una igual en la lápida.

Los dedos de Amaltea vagaron hasta la cinta negra en su muñeca y una sonrisa afligida se extendió por sus labios.

—Sabía que lo descubrirías —comentó tras unos segundos de silencio—. A veces la siento conmigo aquí, como si no se hubiese ido del todo, como si algo de ella siguiera en Edén. —En sus ojos habitaba un triste temor, una certeza que dejó a Emma sin palabras—. Aunque ella nunca supo la verdad y jamás lo he reconocido en voz alta, a ojos del mundo Ciara era solo mi ahijada.

—Pero también era la hija de O´Brien.

La anciana asintió y el cabello canoso se le derramó sobre los hombros acentuando el agotamiento de su voz.

—O´Brien siempre fue un descarado con una de esas sonrisas capaces de engatusar a cualquier muchachita poco cauta —comentó arrellanándose en su asiento—. Yo empezaba mi carrera como soprano y lo conocí en Londres. Fue una de esas historias breves, pero intensas, una de las que nunca terminan bien, pero cuando eres una criatura que apenas ha visto mundo, decides creer en las promesas.

»Yo lo hice. Creí en los regalos, en las cartas que me enviaba. En menos de un mes estaba tan enamorada que si me hubiese dicho que me fugara con él, lo habría hecho sin mirar atrás.

Amaltea dejó que las palabras se elevaran en el aire mientras la taza se le enfriaba en las manos.

—¿Sabes que es lo mejor de estar vivos? —Emma negó y Amaltea evocó una sonrisa que destilaba añoranza—. La posibilidad. Los muertos se quedan bajo tierra y viven en unos recuerdos inamovibles; lo que fueron es lo que siempre serán, y por mucho que queramos aferrarnos a ellos, ya no están. Pero los vivos tenemos posibilidades para cambiar el futuro. Elegimos y, en base a esas decisiones, labramos un camino.

»Yo me di cuenta de lo erróneo de mis elecciones cuando descubrí que estaba embarazada. Te podrás imaginar lo que suponía para una carrera tan prometedora que con diecisiete años tuviese una criatura en las entrañas. Pero ni siquiera era consciente de mi error hasta que descubrí que O'Brien ya estaba casado.

La lluvia empezó a repiquetear contra las ventanas arrojando un eco de melancolía sobre ellas.

—Pero todos dijeron que su mujer lo abandonó cuando murió Ciara.

—Ya llegaremos a esa parte —dijo Amaltea con resignación—. Mi madre no tardó en descubrir el asunto y a diferencia de mí, que no quería irrumpir como una tormenta en la vida de O'Brien, ella se presentó en su casa y habló con su mujer. Si la gente se enteraba de mi situación, no solo hubiese sido un escándalo para mí, también los salpicaría a ellos. El acuerdo fue simple. Yo me escondí hasta que aquella criatura nació. Mientras, ellos anunciaban un embarazo ficticio y fingían un estado de salud grave por parte de la mujer. Viajaron al campo y se quedaron allí hasta que mi Ciara nació. Me la arrancaron de los brazos con el único alivio de convertirme en su madrina.

Emma negó con la cabeza, como si con aquel gesto pudiese mostrarle lo mucho que lamentaba aquello, pero Amaltea no esperaba su lástima; al contrario, parecía tan acostumbrada a vivir con su dolor que la idea de hablar de ello en voz alta parecía suponerle un alivio.

—Yo pasé largas temporadas fuera —continuó y dejó la taza sobre la mesita—. Venía al terminar las giras y me quedaba algunas semanas. Era una chica cargada de una sensibilidad excepcional.

A Emma le ardió la cara al percibir las notas de añoranza en la tristeza de la anciana. Contempló el fuego en la chimenea y se fijó en las dalias rojas en un jarrón sobre la estantería.

—Las dalias.

—Eran sus flores favoritas; cuando murió sembré todo el jardín con ellas, no quería que se fuera, necesitaba que estuviese conmigo y me perdonara por haberla abandonado.

Amaltea cargaba una culpa tan profunda, un dolor imposible de sostener. Emma dudaba que hubiera palabras en ese mundo capaz de aliviar su pena.

—Usted no cree que Ciara se envenenara por accidente.

Una chispa de reconocimiento prendió en sus ojos ajados y Emma sintió la presión de la noche sobre ellas.

—De la misma manera que no lo fue la muerte de Anna Davies. O´Brien era muy cercano a Arthur y aunque la muerte de Ciara lo destrozó, fue precisamente tu padre quien lo disuadió de investigar, creía que la verdad podría romperlo —apuntó con amargura—. Mi hija se fue sin saber la verdad, pero poco antes de morir, encontraron a una mujer muerta en el cementerio. Ella estaba allí con tu hermano, León. Los dos descubrieron el cuerpo y unas semanas después, Ciara murió. La encontraron en el cementerio, rodeada de mariposas negras y…

—Polillas —completó Emma y la mujer asintió.

—Tú puedes verla. ¿Por qué no se ha ido? ¿Por qué sigue aquí?

Emma suspiró y un destello de plata atrajo su atención. Ciara estaba frente a la puerta y escuchaba todo con atención.

—Algo la mantiene atada a este plano, pero ahora también tiene su verdad. —Mientras hablaba, Emma miró una última vez la fotografía y se puso en pie. Era pasada la medianoche y al día siguiente se celebraba la Noche de las Luciérnagas—. Tengo que volver a casa. Mi hermano no sabe que me he ido y ya tengo las respuestas que necesitaba.

—¿Estás segura de volver sola?

—Gray me espera en el coche —mintió y se echó el abrigo sobre los hombros—. Usted sabía que yo rebuscaría en el pasado, que daría con Ciara. Por eso las insinuaciones.

—Supuse que poseías una sensibilidad especial y que, si lo que decían era verdad y mi hija continuaba aquí, quizás tú podrías verla.

Los ojos de Emma resbalaron hasta el fantasma en el vestíbulo. Ciara le devolvió la mirada llena de comprensión y la vio flotar por las escaleras de regreso a la biblioteca. Ese rincón cargado de historias en las que podía refugiarse.

—¿Ha sido mi mentira? ¿Eso es lo que no le permite descansar?

—No, creo que Ciara descubrió algo aquella noche y por eso la mataron —replicó con dureza—. De la misma forma que lo hicieron con León.

Eliot llegaba tarde y Emma, para distraerse, volvió a pasearse por el salón revolviendo las manos dentro de los guantes azules. Evitó mirar el reloj que había junto a la escalera y se acercó hasta la ventana, en el extremo contrario en el que Caín se encontraba sentado con la espalda pegada a la pared.

León, se corrigió mentalmente y observó el rostro que le devolvía la mirada con una pizca de resentimiento. Conservaba el mismo aspecto de aquella fotografía que su madre había guardado en el desván. El mentón afilado bajo unos labios delgados y una nariz recta, tenía el cabello largo, peinado con poco esmero, lo que acentuaba aquella apariencia casual y poco estudiada.

Confesar aquella verdad había supuesto un reto para sus escasas dotes de comunicación. El espíritu había tardado en encajar una información que, tras tantos años de silencio y soledad, se le antojaba demasiado lejana. En un acto de egoísmo, Emma se había aferrado a la esperanza de que, al revelarle todo, León pudiese recordar. Por desgracia, no fue así. Sus recuerdos se mantenían difuminados a través de un trauma que ella ansiaba descubrir para salvar su alma. Necesitaba saber la verdad, de qué manera estaba conectado León al cementerio, qué había pasado con su madre.

—Tiene que haber algo que ayude a desbloquear tu memoria —susurró Emma y se dio cuenta de que estaba pensando en voz alta. León se llevó una mano a la garganta y carraspeó antes de replicar:

—¿Y si realmente me quité la vida?

A Emma no le pasó inadvertido el tono errático con el que lo decía. Como si la posibilidad de esa decisión lo incomodara tanto que apenas podía mirarla a los ojos. Emma negó en silencio y volvió a hundirse en la butaca junto a la puerta.

Un sonido violento escapó del ático.

Emma y León intercambiaron una mirada angustiada. Era muy consciente de que lo que se cocía en el ático la llamaba.

León carraspeó y ella volvió a centrar su atención en él.

—No estarías aquí. Ningún alma que se vaya por su voluntad permanece en este plano —explicó ella con la certeza de que, si destapaba lo que había ocurrido con su hermano, este podría recuperar sus recuerdos y comprender qué lo ataba a ese lado del velo—. Yo voy a descubrir qué fue lo que te pasó, no me importa lo que cueste.

Y por un momento, Emma tuvo la sensación de que el alma de su hermano se hacía más grande, llena de esperanza.

La confesión de Amaltea la había ayudado a encajar algunas piezas dispersas de la historia, pero todavía quedaban secretos que Emma necesitaba comprender, un misterio profundo encadenado a las entrañas de su familia y del que nadie quería hablar. La historia de O´Brien no solo era perturbadora y triste. Emma estaba convencida de que aquel hombre sabía mucho más y que, convenientemente, ahora no podía decir nada. Estaba a punto de reanudar la conversación cuando Eliot apareció con un elegante frac negro acompañado por Gray y su padre.

No necesitó ninguna invitación, Emma se sometió a sus movimientos mecánicos y, en silencio, se metió en el coche junto a ellos, que parecían encerrados dentro de sus propios pensamientos. El trayecto hasta el ayuntamiento estuvo marcado por la ausencia de palabras y una riada de incómodas miradas entre Eliot y su padre.

No fue hasta que se detuvo el vehículo que Emma consiguió desanudar la tensión de su estómago y respirar con cierta soltura. Por alguna razón, su padre fue el primero en bajar, seguido por Gray, y luego Eliot le tendió un brazo que ella aceptó con una sonrisa tímida. Ante las miradas cautas de los demás, entraron al ayuntamiento envueltos en una cacofonía de conversaciones y una suave melodía de arpa y piano.

Las escaleras de mármol se abrían en un enorme salón repleto de espejos de pie apoyados sobre las columnas robustas, iluminadas por diminutos farolillos colgados desde un techo abovedado.

—Nunca había estado en una fiesta —musitó sin aliento cuando Eliot la atrajo hasta la sala principal del edificio.

—¿En el internado no se hacía un baile anual?

—Al baile podían asistir aquellos cuyas familias los visitaban.

Su voz resonó como una protesta, pero el corazón de Emma estaba libre de ella. Estudió el enorme salón, la orquesta apostada sobre un escenario decorado por flores y bonitos candelabros de plata. Un poco más adelante, reconoció a varios invitados y, con cierto alivio, se fijó en la figura solitaria de Lavinia hablando con Amaltea.

Eliot dio un tirón de su brazo y ella clavó los ojos en su rostro.

—Creo que necesito pedirte perdón. —Eliot se detuvo, indiferente a las miradas que se posaban sobre ellos—. No fui justo contigo y me arrepiento de no haberte visitado. Eres valiente y me has dado la posibilidad de conocer una parte de mí mismo que creía olvidada.

—Espero que no esté relacionada con fantasmas —bromeó y casi se arrepintió al ver la sombra en los ojos de Eliot.

—Me refería a mi papel como hermano —trató de explicar, y ella notó lo mucho que le costaba pronunciar aquello en voz alta—. Desde que murió León he huido de cualquier vínculo afectivo y ahora veo que no estaba siendo justo.

La orquesta acababa de concluir un vals cuando Emma esbozó una sonrisa agradecida.

—Está bien —dijo y dejó que su mano cayera sobre el brazo de Eliot antes de desviar la conversación hacia otros derroteros; aquella noche ella arreglaría lo que había roto a su familia. Se mordió el labio con impaciencia y al ver que él no decía nada más, preguntó—. ¿Subiste al desván?

—No había nada relevante —admitió él y sus ojos cayeron sobre Arthur que en ese momento le hizo un gesto apresurado llamándolo—. Al menos nada importante, pero te prometo que volveré a intentarlo mañana. Ahora, si me disculpas, voy a saludar a toda esa gente que podría ayudarnos a hacer algo de presión para reanudar la excavación.

Emma lo dejó irse y se mantuvo al borde de la fiesta durante varios minutos. La música se reanudó y algunas parejas se situaron en el medio del salón para un nuevo vals. Los vio moverse al compás de la música y no se dio cuenta de que a su espalda alguien la esperaba

—¿Me concedería este baile?

La voz de Lavinia le acarició los oídos y Emma no pudo controlar la sonrisa ni el revoloteo nervioso en su estómago. La mano de ella aferró la de Lavinia cuyos ojos templados brillaron bajo los farolitos de cristal. Había algo mágico en su expresión, en la nariz pequeña sobre unos labios carnosos pintados de un tono rosa.

—Siempre que tú me lo pidas —respondió y el corazón la traicionó brincando contra su pecho cuando Lavinia tiró de ella y la arrastró hasta las sombras de un recibidor vacío. Allí la música llegaba ahogada por la distancia y a Emma no podía importarle menos, no con las manos de Lavinia sobre su espalda y sus rostros a tan solo un palmo de distancia.

El aliento se le cortó cuando giraron en la oscuridad y atisbó esa sonrisa cálida que podía estabilizar su mundo. Lavinia compensaba cualquier paso errático, era una buena bailarina y Emma lo supo por la gracia con la que la hizo girar antes de dedicarle una mirada enigmática y volver a sujetar su mano.

—Ojalá este momento durase para siempre —dijo con una tristeza palpable en los ojos.

—¿Qué es lo que más te gustaría hacer en este mundo? —preguntó Lavinia—. Si resolvemos todo este asunto, si conseguimos descubrirlo todo, ¿qué quieres hacer después?

Emma no respondió de inmediato, apreció los dedos de Lavinia sobre su piel y se dio cuenta de que no había pensado en ello.

—Toda mi vida pensé en el futuro —admitió—. Imaginaba cómo sería mi vida cuando estuviese fuera del internado, cuando mi padre recordara mi existencia, cuando mi familia me quisiese, y resulta que me olvidé del presente. Ahora, en este momento, no pienso en lo que pasará después, solo quiero estar aquí contigo.

Lavinia asintió y dijo:

—Siempre consideré que atesoraba muchos recuerdos de mi infancia. La idea de hacerme mayor y presentarme en sociedad para un matrimonio me resultaba tan asfixiante que solo quería ser esa niña a la que el futuro no puede tocar.

La música se detuvo, pero ellas siguieron bailando.

—Quizá el futuro sea menos aterrador ahora —insinuó Lavinia con el asomo de una sonrisa.

—Y para eso vamos a resolver esta historia. —Se detuvo con el corazón desbocado, demasiado consciente de que aquella noche, todo cambiaría—. ¿Estás preparada?

31
ELIOT

—Aprovecha esta ocasión para demostrarles que la excavación es necesaria —exclamó su padre, pero las palabras le sonaron vacías—. Volver al Museo sin el cráneo y sin los diarios es un lujo que no puedes permitirte.

En otra ocasión, Eliot se hubiese mostrado de acuerdo. Se hubiese bebido una copa de champán antes de hacer gala de sus mejores dotes de persuasión para buscar aliados entre los invitados. Esa versión de sí mismo ahora yacía muerta en algún rincón del cementerio, probablemente junto a la tumba de su hermano.

—Hay una pregunta que me gustaría hacerte. —La ceja de Arthur se alzó con una interrogante y Eliot decidió continuar—. ¿Cómo fue que León se quitó la vida exactamente? Fue la tía Lucy quien lo encontró, ¿o no?

El bigote de su padre tembló y, por primera vez, Eliot vio grietas en su fachada.

—Fue tu madre y te pido que no ensucies la memoria de tu hermano de esa manera. —La seca respuesta que ofreció lo incomodó. Esa nota cortante, las sospechas sobre su madre; Arthur no le había dicho toda la verdad y Eliot, que jamás lo había cuestionado, empezaba a ver las piezas discordantes—. Es un asunto sobre el cual juré no volver a hablar.

Un peso aplastante cayó sobre sus hombros. Llevaba días con los pensamientos envueltos en unos recuerdos rodeados de neblina. León jamás había mostrado ningún signo que pudiese avisarle de la desgracia y Eliot no estaba convencido de que hubiese sido capaz de hacer algo así. No después de la confesión de Emma, no con la carta de su madre como advertencia.

—Esa mujer... —musitó Arthur de pronto— es una desvergonzada.

Sintió su presencia incluso antes de girar el cuello. La electricidad en el aire y unas cuantas exclamaciones de perplejidad anunciaron la llegada de Lira. Eliot se volvió bruscamente y a tiempo para verla bajar por las escaleras del brazo de su marido. Lira llevaba un vestido de terciopelo negro suficientemente llamativo como para que todos en la fiesta se fijaran en ella. Las mangas abullonadas de tul tenían diminutas polillas blancas bordadas que se abrían hasta su pecho y resaltaban las curvas de su cuerpo, para luego abrirse en una falda de varias capas de seda oscura. A Eliot se le quedó el aliento agolpado en el pecho cuando Lira lo miró desde lejos y le dedicó una sonrisa enigmática con aquellos labios rojos, que auguraban su perdición.

—Pareces hechizado —comentó Arthur con sorna y Eliot se encogió de hombros, un acto que implicaba rebeldía para un hombre tan acostumbrado a la actitud regia y sosegada de su hijo.

—Si me permites, creo que voy a pedirle un baile.

No aguardó respuesta de su parte. Eliot se mezcló con los invitados y esperó unos minutos prudentes antes de acercarse y saludar a Jorgen, cuya expresión agria demostraba el escaso entusiasmo que lo acompañaba aquella noche.

—Parece incómodo, Jorgen —saludó y quitó una copa a uno de los camareros—. Cualquiera diría que está deseoso por escapar de Edén.

—Me sorprende que usted no —replicó el aludido apretando

con fuerza el brazo de Lira—. No parece un hombre habituado a convivir con fantasmas.

Había una nota maliciosa en su voz.

—Eliot no es un hombre propenso a creer en las leyendas paranormales —apremió Lira con los labios tensos y Jorgen alzó una ceja.

—¿Ah, no? —negó con la cabeza y Eliot se fijó en el bigote negro salpicado de canas—. No me lo imaginaba, quiero decir, no de un hombre que persigue la historia de una duquesa cuyo pacto con la muerte la convirtió en una especie de figura mística en nuestro país. Un amuleto, una maldición, en algo tendrá que creer.

—Soy un hombre de ciencia y me interesa la verdad que oculta esa leyenda casi tanto como el valor histórico y social para nuestra gente.

—O la inversión que hay detrás de su investigación. —Jorgen afiló los labios y alargó una mano hasta la cintura de Lira—. No me negará que hay una presión por parte del Museo; he oído rumores sobre su puesto y creo que le vendría muy mal volver con las manos vacías.

—¿Insinúa algo?

Jorgen sacudió la cabeza con tanto ímpetu como Eliot reprimía la ira. Algunas personas los miraban y tuvo que hacer acto de toda su voluntad para corregir su postura y esgrimir un gesto simpático.

—Me gustaría invitarla a un baile —sugirió a Lira y una arruga surcó la frente de su marido—, está a punto de empezar un vals.

Lira aceptó su mano con una duda prendida en los ojos y antes de seguirlo hasta la pista, Eliot escuchó las palabras de Jorgen:

—Disfruta de la canción porque será la última vez que bailes con un hombre que no sea yo.

Eliot notó cómo Lira se tensaba antes de seguirlo hasta el centro de la pista. Sujetó su mano con fuerza y dejó la otra sobre su espalda, acariciando la piel por encima de la tela.

—He resistido la necesidad de secuestrarte —dijo cerca de su oído mientras la música llenaba la sala.

—Me sorprende que hayas podido reprimirte, ¿por qué no lo haces?

Su aliento le hizo cosquillas y Eliot presionó con mayor fuerza, reduciendo la distancia entre los dos.

—Solo si tú quieres venir.

—Eliot… —Su expresión entrañaba una súplica salpicada de resignación—. No estoy dispuesta a renunciar a mi vida; por mucho que disfrute de tu presencia, no quiero dejar mi carrera, ni mi trabajo.

A él le dolió su conclusión, pero mantuvo la sonrisa fingiendo que no le importaba. Habría cruzado el mundo por ella, lo incendiaría si con ello garantizaba un día más a su lado y tampoco le importaba renunciar a todo si con eso Lira estaba junto a él y mantenía su trabajo.

Giró con elegancia y rodeó a una pareja de bailarines. Eliot evitó fijarse en los labios entreabiertos de Lira, en los movimientos ilícitos con los que amenazaba acabar con su cordura. Desvió sus ojos hacia Jorgen, que permanecía al borde de la pista con una copa en la mano; no quería perderlo de vista, al menos no hasta que Gray entrase en escena.

—¿Crees que se dará cuenta de lo que has hecho? —preguntó en un esfuerzo por centrarse en el plan.

—He conseguido robar los documentos que me quitó —explicó ella y giró con gracia bajo sus manos—. Los he reemplazado con copias falsas sin ninguna información relevante. Si Linus pretende usarlos, quedará en evidencia cuando descubran que ninguna teoría encaja.

—Me preocupa lo que vamos a encontrar allí.

—¿Fantasmas?

—O algo mucho peor —admitió Eliot con sorna. Sus pensamientos volaron hacia la criatura del cementerio, la mujer con el rostro parecido a su madre. Sacudió la cabeza y Lira entrecerró los ojos, por lo que decidió dar voz a esas dudas—. ¿Y si realmente ya habían saqueado la tumba y ya no queda nada adentro? ¿Y si el cráneo no abre esa puerta? Nunca me había planteado que toda esta situación nos pudiese superar, y empiezo a creer que somos meros peones en el juego de otra persona.

—Es la única manera de acabar con esto. No me importa si es un fantasma o un monstruo, quiero descubrirlo de la misma manera que quiero saber quién ha intentado evitar que entremos. Si han sido ellos los asesinos, quiero que paguen.

Pero Eliot no estaba tan convencido; se habían pasado las dos últimas noches planificando ese momento y temía que, al entrar a la tumba, las respuestas fuesen decepcionantes. Lira creía que Linus simplemente pretendía robar el trabajo y apropiarse del descubrimiento, pero él no estaba tan convencido. Había algo oscuro, algo vivo que se esforzaba por alejarlos del cementerio. Algo que escapaba de su comprensión y de la de Lira. De hecho, Eliot sentía un miedo visceral en los huesos después de haber mirado a la muerte a los ojos y eso era algo que ella no comprendía.

—Tienes dudas.

—Por supuesto que las tengo —dijo y el rostro de Lira mostró inquietud—. Sería estúpido si no las tuviese. Nunca he sido un hombre de riesgos y soy demasiado consciente de lo que podría ocurrir si al final no encontramos nada relevante. Las consecuencias para mi futuro podrían ser devastadoras. Pero es que además...

Hizo una pausa y ella giró en sus brazos al compás de la música.

—Tú no la viste de cerca, Lira —susurró casi sin poder creerse lo que había visto—. Atacó a Emma, no parecía de este mundo.

—Aquella noche en el mausoleo me diste una impresión contraria y voy a confesarte que esa criatura no me da miedo. No me importa si ha salido del infierno y quiere arrastrarme hasta allí, voy a entrar a esa cámara y lo haré contigo. —Lo miró a los ojos y el corazón de él trastabilló ante ese brillo malicioso en su rostro—. Nunca imaginé que la pasión te movería de esa forma.

Era la primera vez que hablaba de esa manera sobre lo ocurrido y a él le dolió saber que para Lira todo aquello era un simple juego. La manera en la que lo miraba, el deseo en sus ojos, era una pieza en su partida, una herramienta que ella utilizaba para sus objetivos.

—Si no fueras una mujer casada quizá podrías descubrir todas las formas en las que he pensado en ti desde entonces.

Lira se ruborizó y él se regodeó ante un gesto tan poco habitual en ella.

La música se detuvo y los invitados aplaudieron con ánimo poco antes de que una nueva canción empezara a sonar.

—Ven —dijo tirando de su mano para arrastrarla hasta el recibidor—. Gray se acaba de acercar a tu marido.

—Perfecto, nuestro plan está en marcha.

Pero antes de irse de la fiesta, Eliot echó una mirada hacia Jorgen y en su rostro contempló la promesa de una venganza.

Una hora más tarde, Eliot estaba de pie junto a Lira, justo detrás del mausoleo. Contemplaban los retazos de una noche sin luna y a los dos policías que aguardaban junto a la entrada de la tumba. Esperaban aquel pequeño contratiempo y era la razón por la que se habían anticipado a cualquier traba que el camino se empeñase en dejarles.

Suspiró e intercambió una mirada cómplice con Lira antes de sacar la pistola de su bolsillo y acariciar el metal frío con la punta de los dedos; un escalofrío le surcó la espalda y contuvo todas las emociones al margen de sus pensamientos. Por motivos prácticos, ella se había deshecho de la enorme falda de su vestido y llevaba unos pantalones negros con unos tirantes y un arma idéntica a la que Eliot sostenía en la mano.

—Llevan una pistola y un rifle —dijo Lira—. Si somos rápidos podemos pillarlos de sorpresa.

Eliot le dio la razón y antes de que pudiese siquiera pensar en su estrategia con mayor detenimiento, Lira saltó hacia los hombres y apuntó con el arma al más bajito, que, al verla envuelta en las sombras de la noche, apenas dudó en levantar los brazos. *Cobarde*, pensó Eliot negando en silencio mientras apretaba la mano libre en torno a la piedra del mausoleo. Al contrario que su compañero, el otro policía ahogó una maldición y corrió a sujetar el rifle con fiereza para situarlo a escasos centímetros del rostro de Lira.

—Este sería el momento ideal para que te hagas el héroe —espetó Lira y Eliot se agazapó junto a la entrada para golpear con su pistola la cabeza del hombre que mantenía el arma hacia ella—. Eso fue bastante arriesgado.

Lo era, pero en vista de que Lira olvidaba apegarse a la lógica, Eliot había tenido que improvisar.

—Átalo —gruñó antes de asegurarse de que el hombre yacía inconsciente sobre la tierra.

Lira sujetó la soga con fuerza y entre los dos ataron de pies y brazos a aquellos hombres antes de amordazarlos y sujetarlos contra una de las columnas. Mientras Eliot terminaba de asegurar las cuerdas, Lira dio un par de pasos hacia atrás, bajo la tenue luz de la lámpara de aceite y dibujó una sonrisa divertida.

—Nadie te hubiese dicho hace cosa de un mes que estarías haciendo esto —se burló y él frunció un poco el ceño antes de sacar la mochila y apretarla con fuerza contra su pecho. Le frustraba ver la diversión de Lira ante la tensión del momento, como si le resultase estimulante toda la situación.

Puso los ojos en blanco y apretó la cuerda con fuerza.

—Desde luego eres una mala influencia.

—Siempre me lo han dicho —replicó ella.

Esta vez, Lira tuvo la decencia de esperarlo para entrar juntos en la antecámara del mausoleo. El silencio de la noche se arrastraba por las paredes de piedra gris y levantaba el eco de sus pasos haciendo que Eliot notara el frío dentro de los huesos. Se fijó en las manchas sobre el suelo raso, marcas de hierro, probablemente consecuencia del trabajo de los últimos días.

—¿Esa es la ranura? —preguntó ella en cuanto alcanzaron la enorme puerta que daba hasta la cámara funeraria en la que esperaban encontrar los restos mortales de Morrigan.

—Toma. —Le tendió el cráneo de cristal con cuidado y ella lo sostuvo con delicadeza mientras alzaba la lámpara y estudiaba las muescas agrietadas en la pared—. Es del mismo tamaño, prueba a encajarlo.

Un brillo malicioso iluminó los ojos de Lira, que le entregó la lámpara y con las dos manos introdujo la calavera en el espacio cóncavo. Encajaba a la perfección, como si estuviese hecho para posarse allí. Eliot sintió un leve temblor de anticipación y se movió un poco hacia atrás a la espera de que algo pasara, de que, de alguna manera, las respuestas que tanto añoraba se alzaran delante de ellos.

Abrió la boca esperando una sorpresa y la cerró al ver que no pasaba nada. Las expectativas cayeron como una losa sobre sus hombros.

—Tal vez no la he encajado bien —dijo Lira, que permanecía de pie en medio de la sala, sin apartar los ojos de la puerta.

Volvió a ajustar la calavera al menos unas cinco veces sin que nada en absoluto ocurriera.

—Lira —interrumpió él al ver la desesperación en el rostro de ella y sus esfuerzos por encajar el objeto—. Quizá nos equivocamos y esto no sirve para nada.

Pero ella no se daría por vencida y la mandíbula rígida era un indicio de su terquedad.

—Encontré esa calavera y encaja justo aquí, no me digas que me he equivocado.

El tono de sus palabras no admitía réplica, pero, por desgracia, Eliot sabía reconocer una derrota. Le había asegurado que encontrarían la forma de entrar hasta la cámara fúnebre; todas sus esperanzas estaban puestas en aquella teoría y, en ese preciso instante, no sabía qué otra cosa podía hacer.

—Espera —exclamó de pronto Lira al ver que Eliot estaba dispuesto a salir de allí—. Mira esto. Hay una ranura al fondo, como si fuese un puzle, quizá…

Señaló una diminuta abertura al fondo del cráneo y sin pensárselo, Lira sacó un colgante del bolsillo que Eliot reconoció:

—El colgante de León.

—Mira esto. —Señaló unos dientes de metal en el dorso del objeto.

—No creo que signifique lo que tú esperas.

Ella lo ignoró y dejó la calavera en el mismo espacio, encajándola con el colgante dentro de la ranura. Le llevó varios minutos encontrar el modo en el que las dos piezas encajaban y cuando finalmente el colgante se acopló dentro de la calavera, Lira soltó un grito de júbilo y se encaramó hacia la abertura en la piedra.

Arrugó el entrecejo y volvió a deslizar las manos con habilidad mientras el objeto relucía entre sus dedos y lo incrustaba con dificultad en la pared, como si se tratase de una llave. Un estremecimiento sacudió la estructura del mausoleo y la puerta tembló mientras un chasquido metálico rebotaba contra ellos y otro crujido arrojaba una nube de polvo poco antes de abrirse. El olor nauseabundo de la muerte los golpeó cuando una bandada de mariposas negras se abalanzó sobre ellos y volaron hasta la entrada.

—Era una llave. Toda la puerta es un mecanismo antiguo —susurró con la voz impregnada de emoción.

Con la boca abierta y los ojos desencajados, Lira empujó la puerta y entró en la cámara. Era un espacio amplio con el suelo raso y unas paredes que se alzaban sosteniendo un techo cóncavo del que colgaban unos faroles de cobre grabados con diminutas polillas negras.

Las esquinas estaban decoradas por cuatro esqueletos ataviados con armaduras de oro y enormes espadas enjoyadas. Eliot los estudió con muda sorpresa, estimando el valor histórico de aquel descubrimiento. En una de las paredes junto a la puerta se erigían dos estanterías de piedra repletas de libros. Lira levantó los ojos hacia él y una sonrisa de triunfo se alzó en sus comisuras cuando se deslizó hasta el centro de la cámara, justo el punto en el que yacía un enorme ataúd de mármol negro.

—Ayúdame a abrirlo —dijo Lira deslizando las manos sobre el sarcófago.

—No deberíamos...

—Vamos.

Lo hizo. El rostro de Lira volvió a mostrar aquel gesto de concentración cuando con esfuerzo levantaron la tapa y lo encontraron vacío.

—Ay, Eliot —espetó una voz a su espalda—. Le advertí a tu padre que te convertirías en un problema.

32

EMMA

Emma subió las escaleras hasta el desván acompañada por la respiración de Lavinia y la presencia traslúcida de su hermano. El aire pesado de la casa estaba plagado por un intenso olor a humedad y algo parecido al hedor de las flores muertas. Emma deslizó una mano por la pared y notó la sensación pegajosa de la muerte dentro de esos paneles que albergaban todos los secretos de su familia. Lo sentía sobre su piel, en el pecho y, por supuesto, en el desvanecimiento de los bordes de su hermano. León las había esperado en la puerta de la casa para asegurarles que en ese momento se hallaba completamente vacía y Emma no necesitó palabras para saber que León empezaba a desvanecerse. Le había asegurado que se encontraba bien, pero la expresión sombría de su rostro era digna de lástima.

Cuando un espíritu atravesaba aquel estado de poca lucidez solo significaba una cosa: sus minutos en ese plano estaban contados. Sería cuestión de horas que León se volviera un simple recuerdo.

Se obligó a apartar cualquier inquietud y se arrojó hasta la habitación de su tía Lucy mientras confesaba todo a una Lavinia meditabunda. No podía enfrentar aquel reto si entre las dos se imponían medias verdades. Así que se lo contó, todo. Dejó que aquello que la atormentaba y le latía bajo la piel saliera de su boca y tomara una consistencia firme, la posibilidad de que Lavinia viese en ella a una criatura terrible. Después de todo, aunque la muerte fuese una constante dentro de la existencia humana, a nadie le gustaba la certeza de esta.

—¿Crees que tu tía sabe algo de… el ser ese que has visto en el cementerio? —inquirió con una sombra en la voz y Emma asintió.

—No sé de qué manera, pero estoy convencida de que lo que he sentido por las noches, ese ruido en el ático, ese llanto, era el errante —apremió—. Y tiene que haber una prueba. La primera vez que subí al ático solo buscaba un resquicio de mi madre, pero ahora tengo la certeza de que estaba muy equivocada.

En el rostro de Lavinia no encontró ni una pizca del recelo que veía en otros, que la juzgaban sin siquiera conocerla. Había comprensión, un brillo de lealtad que le infundió fuerzas a un corazón que a duras penas conocía el cariño.

—¡Estoy convencida de que conseguiremos la verdad! —expresó Lavinia con lágrimas en los ojos y Emma agradeció su convicción.

Un agradable cosquilleo le inundó el estómago al ver el ánimo en sus ojos celestes; le apretó la mano en la oscuridad y asintió antes de adentrarse en la habitación de su tía Lucy. El olor a humedad le impregnó las fosas nasales y Emma entrecerró los ojos escrutando la habitación fría envuelta en la oscuridad.

Lavinia no dudó, se movió hacia el armario mientras Emma tanteaba un viejo arcón al pie de la cama. Encontró una llave debajo de una tablilla suelta y sintió que aquella era una confirmación para sus sospechas. Se la guardó en el bolsillo con el pulso acelerado y continuó con el registro. La habitación de su tía era extrañamente pulcra y carente de cualquier rastro de personalidad: cortinas blancas, una cama bien hecha con sábanas grises y una mesita sin adornos, las paredes desnudas y un armario con piezas de ropa casi idénticas. Como si la persona que habitara aquel espacio estuviese de paso y se resignase a no dejar ninguna huella de su existencia en el mundo.

—Tiene que ser la llave del desván —dijo después de revisar el resto de cajones sin encontrar nada. Sacó la llave con los nervios atizados y Lavinia asintió sin demasiada certeza.

Un ligero temblor le sobrevino. No era solo anticipación, significaba una puerta a la verdad, una posibilidad en medio de esa oscuridad que los rodeaba, por lo que no dudó, se recogió la falda del vestido y se movió por el pasillo como un fantasma.

—Me cuesta creer que una familia sea capaz de fingir el suicidio de un chico solo por ocultar un asesinato —susurró Lavinia con los ojos entrecerrados mientras Emma deslizaba la llave redonda en la puerta de la otra habitación del ático, esa a la que no habían podido acceder la noche de la fiesta. La cerradura se quejó en cuanto la giró y abrió la puerta para entrar en un mundo de polvo y mentiras—. ¿Por qué tu padre haría algo así?

Emma midió la respuesta en la oscuridad. Las sombras densas engullían un suelo pulcro salpicado de cajas de madera apiladas unas contra otras. Un compendio desordenado de objetos que Emma ni siquiera conocía.

—Tal vez su intención era proteger a la persona implicada —reflexionó no demasiado convencida de su teoría e inhaló el persistente olor a óxido, a podrido que impregnaba la habitación—. Enciende la luz —pidió y Lavinia alzó la lámpara arrojando destellos de oro—. Si hay algo escondido, tiene que estar aquí.

Contuvo el latido violento de su corazón y los tres se arrojaron sobre las cajas para explorar el contenido. Montañas de libros, papeles y otros objetos, cuyo valor Emma desconocía, se encontraban enterrados entre las capas de olvido que se cernían en ese lugar. Abrió un arcón de cobre antiguo y rebuscó entre viejos pergaminos carcomidos por el tiempo. Pese a lo ansiosa que estaba por examinar aquellos objetos, Emma se forzó a ir con calma y no pasar nada por alto.

Lavinia la imitó y, sin ninguna protesta, se sumergió en medio de la noche y revisó las cajas con ojo crítico mientras León se quedaba en medio de la habitación en silencio.

—Creo que esto no es lo que esperábamos —dijo Lavinia tras una hora de labor. Se limpió el sudor de la frente y miró a Emma. Estaban arrodilladas frente a un baúl repleto de vestidos viejos cubiertos de polvo y telarañas—. Esto no pudo ser de tu madre.

—Espera. —Los dedos de Emma temblaron cuando sacó un cuaderno de cuero con las páginas desgastadas y llenas de garabatos—. Mira esto. —Señaló la primera página y Lavinia se sentó a su lado—. Tiene trescientos años.

—Es un registro, Emma, y creo que es mucho más antiguo.

León tenía razón. Había un patrón en aquellas fechas que marcaban el final de un siglo y el inicio de uno nuevo. Fechas que no le decían nada salvo la última.

—Este año —dijo con el corazón retumbándole con fiereza—. Es cuando nació mi madre. —Miró a León y este frunció el ceño—. Nuestra madre.

El rostro de León volvió a mostrar una preocupación intensa y Emma se levantó cuando un sonido seco les llegó desde el piso de abajo.

—No pueden haber vuelto todavía —dijo Lavinia confundida, pero el ruido de unos pasos era una señal de que no estaban solos—. Coge ese cuaderno.

—Pero nos queda al menos la mitad de cajas por revisar.

—Emma.

Cogió la mano de Lavinia y se levantó. No estaba segura de cuánto tiempo llevaban en el ático, pero no podía ser tanto como para que su hermano y Arthur hubiesen regresado de la fiesta. Lavinia y ella salieron a toda velocidad seguidas por León y solo se detuvieron en cuanto llegaron al descansillo de las escaleras para respirar. Silverwood House permanecía en esa calma apacible interrumpida solo por el rugido del viento.

—¿Sientes eso?

Emma se quejó y se fijó en el rostro tenso de León.

—Hace calor, ¿no?

Lavinia se volvió hacia ella y asintió. El ambiente se había vuelto más cálido y notaba el sudor empapándole la espalda del vestido mientras contenía su respiración en un esfuerzo por no delatar su presencia. En algún lugar de la casa una voz retumbó contra las paredes, una que apenas reconocía y significaba una amenaza incluso peor que su tía.

—Creo que es Jorgen —dijo con la voz entrecortada.

Los tres salieron a las escaleras y, con horror, Emma percibió un olor acre y fuerte en el aire, como a madera quemada, el olor propio de una chimenea. Abrió la boca para decir algo, pero en cuanto llegaron al borde de las escaleras, descubrió una densa columna de humo en el pasillo.

—Se está quemando la casa —comprendió, y Lavinia tiró de su muñeca para arrastrarla hasta las escaleras—. No. Tengo que ir a buscar a Dante, tú sal de la casa ya mismo.

No se quedó a esperar respuesta. Emma se arrojó hasta su habitación con el humo picándole la garganta y los ojos envueltos en lágrimas. En pocos minutos, el humo denso había alcanzado esa zona y se extendía como veneno en el aire. Las cortinas del cuarto de Eliot ardían y el fuego se deslizaba desde la puerta hasta el saloncito frente a esta. Las llamas bailaron en el aire y rozaron el techo arrojando chispas doradas sobre la alfombra que enseguida se prendió.

Contuvo un sollozo y abrió la puerta de su habitación. Dante gimoteaba junto a la ventana con las orejas bajas y la cola estática, y al verla se arrojó en sus brazos

—Vamos a salir de aquí —susurró para sí misma, pero antes de poder salir por la ventana, las llamas se levantaron como un muro de fuego dejándola a merced del infierno.

—Emma. —Era la voz de León. Estaba de pie en las escaleras—. Por aquí.

Confusa y con el corazón amenazando con romperle el pecho, Emma se arrojó hasta las escaleras y bajó convertida en un revoltijo de ansiedad y lágrimas. Apretó a Dante contra su pecho y sorteó los escalones de dos en dos mientras evitaba llenarse los pulmones de aire. Avanzó hasta el segundo tramo de escaleras y corrió entre los hilos de humo, se le enganchó el vestido a un objeto metálico junto a la puerta y casi se cayó en el umbral del comedor.

—Aquí —gritó Lavinia junto a la mesa, una nube de humo se elevaba sobre los muebles igual que un depredador aguardando a su presa. Emma se apresuró a dejar a Dante en sus brazos mientras forcejeaba con el vestido. Tenía los pensamientos dispersos, salpicados por el miedo. Un destello se interpuso en la salida; el fuego alcanzó rápidamente el salón y, casi sin darse cuenta, estaba rodeada.

—Sal de aquí por favor, llévate a Dante y quedaos afuera.

Esta vez, al otro lado de las llamas, Lavinia obedeció con el pánico en los ojos y el perro temblando en los brazos. Emma sujetó la tela de su vestido para tirar con fuerza, pero las manos le sudaban tanto y sentía los músculos tan laxos que apenas tenía fuerzas para moverse. El fuego lo cubría todo cuando se dio cuenta de que había alguien más dentro de la casa, una sombra a su izquierda que supuso un alivio momentáneo. Jorgen se detuvo en la puerta y a Emma le sorprendió el brillo desquiciado de sus ojos, la sonrisa animal con la que la estudiaba mientras el fuego se abría paso dentro de la casa.

—Ayúdame —dijo con voz entrecortada.

El ruido del fuego ahogó su súplica.

—Creo que el destino a veces obra de forma maravillosa —replicó y Emma boqueó, respiraba con dificultad, el aire demasiado caliente la asfixiaba—. Estaba dispuesto a destruir a Eliot, pero no imaginaba que podría hacerlo con tanta facilidad.

Emma miró a su alrededor, desesperada. Estaba sola, atrapada. Tiró con fuerza del vestido y la falda se le rasgó.

Abatida, se arrojó hacia la ventana justo cuando Jorgen la sujetó por un brazo y la arrastró de regreso al salón. Sintió algo tibio en la pierna y se dio cuenta de que acababa de cortarse con una de las tablas rotas.

—No vas a irte. —Las manos de Jorgen la apretaron mientras sus ojos ardían—. Eliot cree que puede robarme a mi mujer, yo le voy a quitar algo más, algo valioso que nunca podrá recuperar.

A Emma le castañearon los dientes, escuchó la voz de León en su cabeza, una súplica en medio del crepitar y probó:

—Por favor, Jorgen —se quejó y apretó los dientes—. No tienes que hacer esto, nos vamos a ahogar los dos...

Un lamentó quebró sus palabras, un grito que no le pertenecía a ella. El estruendo de un cristal roto la sacudió y Emma apenas tuvo tiempo para ver cómo una sombra se cernía sobre Jorgen y lo golpeaba antes de acercarse a ella. Dio un paso atrás y la espalda le quedó contra la pared, a merced de aquel atacante y de Jorgen, cuyos brazos luchaban por alcanzarle el rostro. Emma tosió y un destello de miedo atravesó los ojos de Jorgen cuando un grito cercenó el ruido del fuego, el llanto de la noche rompiéndose sobre Emma, sobre sus pulmones. Los vio forcejear, luchar hasta que el otro hombre sacó una pistola y el disparo resonó en el aire.

El velo que separaba sus mundos se estremeció y los espíritus cantaron al otro lado.

Jorgen se derrumbó, cayó de espalda con los ojos abiertos de par en par: muerto.

Dolorida y demasiado confusa, Emma intentó no moverse cuando unos brazos la sujetaron y arrastraron hasta la seguridad del jardín. El mundo era un borrón gris y naranja, una tormenta de sombras dispersas dentro de sus ojos. Escuchaba el eco de los muertos dentro de la cabeza, el susurro de la noche como una tonada gris que reclamaba su atención.

La soltaron sobre el césped húmedo y, antes de que pudiese reaccionar, Lavinia corrió hasta ella y la abrazó con fuerza, con un sollozo nervioso en la garganta. Solo entonces Emma vio la casa ardiendo, una herida abierta en la noche. Toda su vida se resumía en las cenizas que quedarían tras el incendio.

Tardó un poco en reconocer a la figura erguida cuyos ojos esquivaban su rostro, pero en cuanto lo hizo se sintió desconcertada y superada por la situación.

—Padre —murmuró sentada en la tierra. Dos hombres más lo acompañaban y mantenían una postura rígida, demasiado formal en medio de un incendio. Reconoció al que acababa de matar a Jorgen, tenía las manos manchadas de sangre y el rostro cubierto de cenizas.

—Estás herida —se sorprendió Lavinia sujetándole el rostro entre las manos húmedas—. Hay que buscar un médico.

—No hay tiempo para eso —comentó Arthur sin mirarlas ni un solo instante. Las llamas naranjas se reflejaban en sus gafas y en esa expresión indescifrable a la que Emma tanto temía—. Traedlas.

Lo dijo en un tono que no daba pie a réplicas y tan firme que Emma apenas tuvo tiempo de separarse de Lavinia, porque uno de los hombres se arrojó sobre ella y la sujetó por los hombros con fuerza. Lavinia se resistió como pudo y Emma vio cómo le temblaban las manos, entonces lo comprendió: no la habían salvado del fuego.

—Pero, ¿qué…? —La pregunta murió en sus labios—. Es el momento, Emma —dijo Arthur sin mirarla—. Naciste con un propósito y esta noche vas a cumplirlo.

—Me acuerdo de esto —dijo León para sí mismo, titilando, con la luz a punto de extinguirse—. Así empezó todo.

33
LIRA

—No lo entiendo. —Eliot ladeó el rostro y la preocupación le afiló las facciones—. ¿Por qué haces esto?

Su tía Lucy levantó la escopeta con decisión y le apuntó directamente al pecho. Su rostro era el de hacía unas horas, pero no parecía la misma mujer. La piel gris se le pegaba a los huesos marcando las cuencas de sus ojos y la mandíbula cuadrada, como si hubiese envejecido diez años en cuestión de una tarde.

Lira continuaba con los dedos laxos alrededor de la tapa del sarcófago y una puntada de aprensión en el pecho. Aguantó la respiración y esperó a que aquella mujer llena de mentiras ofreciera alguna explicación, pero sus dedos estaban rígidos en torno al arma.

Hemos caído en su trampa, comprendió, y vio diminutas motas de polvo plateado flotando en el aire.

—No me explico cómo un supuesto intelectual de talento puede ser tan necio —murmuró la mujer. Sus ojos negros desprendían una rabia capaz de incendiar el mundo—. Sé que Arthur no tenía más opciones, pero yo jamás te habría dejado dirigir la excavación: era demasiado peligroso. Ignorar tu propia herencia y conocer la verdad podría causarte lo mismo que a León.

La mención de su hermano arrojó un destello de dolor en Eliot.

—Tú ya habías estado en esta tumba —comprendió Lira con la respiración acelerada y un estremecimiento en la espalda. La escopeta se dirigió a ella, que levantó las manos en un gesto de buena voluntad—. Abriste la cámara fúnebre y robaste el cuerpo de Morrigan.

La sonrisa de ella fue la constatación a su pesquisa.

—Has tenido demasiado tiempo para hacer preguntas, pero no has formulado las correctas —murmuró la mujer con sorna y Eliot irguió la espalda—. Tiene que haber sido agotador pasarse toda una vida aferrada a una vieja creencia, esforzarse en una investigación para convencer a otros, cuando lo cierto es que siempre has estado tan alejada de la verdad.

—No hay ningún cuerpo en esta tumba —reflexionó Lira encajando las piezas en su cabeza, pero en la expresión de Lucy atisbó otra verdad. Tuvo que forzar las palabras, doblegarlas dentro de su boca para que el miedo no la traicionara—. Es una mentira.

—Puede que lo sea…, pero gracias a esa calavera de cristal, ese objeto que has robado, ella podrá volver.

Lentamente, la mujer deslizó un dedo por el féretro y luego señaló las paredes oscuras repletas de reliquias procedentes de otras épocas.

—Es un tesoro —soltó Eliot de pronto y Lucy asintió sin bajar ni un ápice el arma, la respiración acelerada de él retumbaba con el mismo ritmo vehemente de su corazón—. Recopilado a través de los siglos.

—Tu herencia —dijo ella con un brillo codicioso en la expresión—. Ahora lo entiendes, ¿verdad? Desciendes del mismo linaje de Morrigan, tu madre poseía su sangre y estaba destinada a servirla. Estoy segura de que por las noches la sentías, te llamaba. Cuando uno de sus descendientes está en la casa, su espíritu se fortalece, la sangre permanece arraigada al pueblo. Esta tierra, sagrada para ella, se nutre de la influencia de vuestra sangre. Solo necesitábamos el cráneo, el mismo que se perdió hace tantos años y que finalmente has traído de vuelta a casa.

Eliot alzó la vista hacia su tía y la muralla que contenía todas sus emociones, se derrumbó.

—¿De qué estás hablando? —Lira se había quedado muda mientras él dio un paso al frente y miraba con exasperación a la mujer—. No entiendo a qué viene esto, pero si me aprecias lo suficiente, te pido que bajes el arma y dejes todo este espectáculo.

Lucy se pasó una mano por el pelo y dejó escapar una risa. Un sonido espantoso, metálico, hueco.

—Lo verás por ti mismo entonces.

Un silbido largo se le escapó de los labios y el aire se volvió denso, pesado. Las motas de plata vibraron en el aire, enroscándose unas con otras, como un remolino. Lira había escuchado ese sonido antes. Una melodía cargada de afán, salpicada por unas notas estridentes que llenaban el silencio de una sensación de melancolía, desdicha. Una canción de muerte, el llamado de los que se habían ido.

Sin decir nada, Eliot se acercó un poco más hacia ella y le apretó la mano. Un gesto de confianza, la seguridad de que estaban juntos en esto.

De pronto, la música se detuvo y fue reemplazada por el rasposo sonido de unos pasos, un aletargado golpeteo, la antesala de todos sus miedos. La luz de la lámpara titiló y las sombras discurrieron sobre el suelo bañando la tumba de silencio y oscuridad.

La sintió antes de verla. Una presencia aterradora que llenaba cada resquicio de la cámara, seguida por el olor mustio de las rosas muertas. El miedo, embriagador y dulce, la obligó a levantar los ojos hacia la puerta y encarar el destino. Durante años, había soñado encontrar el lugar de reposo de la leyenda que tanto apasionaba a su padre. Lo leía todo sobre Morrigan, devoraba los libros y se imaginaba recibiendo el reconocimiento de otros académicos cuando ella se alzara con el éxito.

—Ya está aquí —anunció Lucy y, por el rabillo del ojo, Lira atisbó la tormenta.

Cientos de polillas y grajos atravesaron la puerta y volaron sobre ellos con un aleteo rítmico y veloz. Los animales se precipitaron con violencia, garras y picos desgarrando la carne mientras el dolor se abría paso a través de ella. Lira chilló y escuchó un jadeo ahogado de parte de Eliot. Apretó los dientes y se cubrió el rostro mientras las manos de él le sujetaron los brazos hasta que el aire se volvió frío, estático.

De pronto, los animales alzaron el vuelo. Toda una masa de plumas y alas volaron hasta la entrada llenando el mausoleo de una canción salvaje. Lentamente, como si cualquier movimiento pudiese romperle los huesos, una figura hecha de carne se deslizó sobre ellos atrayendo las polillas hasta su cuerpo. Los grajos graznaron y se elevaron hasta cubrir a la criatura, cuyo aspecto macilento la hacía parecer recién salida de la tierra.

Lira la miró, aturdida. Verla atravesar la cámara como un fantasma envuelta en aquellos animales le advirtió de su naturaleza vil.

—La reconoces —susurró Lucy al ver la expresión desencajada de Eliot.

El efecto fue inmediato, Eliot dio un paso al frente y ella tuvo que aferrarse a su brazo para impedirle acercarse.

—No, quédate conmigo —pidió.

Lira sangraba, hilos de sangre se deslizaban por sus mejillas y se acumulaban como lágrimas rojas en su cuello. El dolor había quedado relegado a un segundo plano al ver la expresión vacía de aquel amasijo de carne y huesos, un monstruo traído desde el reino de los muertos.

—Es mi madre.

A Lira la invadió un profundo temor ante la fragilidad de aquella confesión. Miró a Eliot, cuyos ojos contenían las lágrimas, y luego dirigió la atención a aquella mujer que no reconocía a su hijo. Podía verse como Dulcinea, pero aquel ser no era la madre de Eliot.

—No. —Lucy se acercó hasta la criatura—. Era tu madre. Su cuerpo, al menos. Yo me he encargado durante todos estos años de cuidarla, de alimentarla esperando el momento en el que pudiésemos recuperar el cráneo, pero lo que ves no es más que un montón de huesos viejos a la espera del alma que ha de habitar en ellos.

—Por eso no hay cadáver ni huesos —aventuró Lira. No podía creer lo que tenía delante de sus ojos, era como encontrarse dentro de una pesadilla—. Morrigan solo dejó ese cráneo de cristal para...

—Para reencarnarse dentro de su propia descendencia cada cien años —murmuró Lucy mirando a Eliot, que permanecía con los ojos clavados en el errante—. Morrigan hizo un trato con la muerte; esta le concedería la posibilidad de reencontrarse con el que había sido su amor en otras vidas. Era un alma atrapada entre mundos a la espera de que él volviera para ofrecerle un cuerpo en el que encarnarse. Leroux regresaría al mundo y sería él quien tendría que encargarse de traerla a ella.

Una arcada le subió por la garganta a Lira.

—Hoy vamos a permitir que sus dos almas se encuentren.

Lucy tomó el cráneo de cristal y se inclinó sobre el ataúd para dejarlo dentro, luego miró a la criatura y dijo:

—Él está aquí, Leroux.

Durante unos segundos, Eliot y Lira se miraron en silencio, a la espera de lo que estaba por ocurrir. Hasta que unos pasos retumbaron en las paredes del mausoleo y Lucy se apartó de la puerta para dejarle paso.

—Padre.

La voz de Eliot sonó rota, rasgada por todas las mentiras de una vida a la sombra de ese hombre.

—Vamos a terminar con esto de una vez por todas.

Eliot se impulsó sobre su padre y este se apartó lo suficiente como para mirarlo con extrañeza, como si estuviese observando a un desconocido. Lo miró con toda la frialdad de su rostro.

—No esperaba un trato tan descortés contra el hombre que te lo ha dado todo. Soy tu padre y me debes obediencia.

—¿Tú la asesinaste?

Arthur no replicó, había una verdad implícita en sus ojos y Lira supo que para traer a Morrigan habían hecho un sacrificio mayor. Eliot también llegó a la misma conclusión. Lo supo por la mirada decisiva con la que encaró a su padre, el odio denso y arrebatador que ondeaba en sus ojos.

Hubo una pausa, un duelo silencioso entre padre e hijo, al menos hasta que Eliot volvió a arremeter contra Arthur, se arrojó sobre este y antes de que Lira pudiese moverse, un disparó cortó el aire.

Lo primero que vio fue la sangre, luego la expresión de vacío en su rostro seguida por un gemido.

La tía Lucy acababa de disparar contra su sobrino.

34

EMMA

Sentía el fuego metido dentro de la piel y el humo en los pulmones.

¿Por qué su padre la había arrastrado hasta el mausoleo? ¿Por qué los dos hombres que lo acompañaban iban armados y amenazaban a Lavinia justo a su lado? Quería creer que solo era un malentendido, una medida desesperada producto del incendio que acababa de arrasar su casa. Pero al contemplar los movimientos mecánicos de su padre, la expresión adusta y la oscuridad en sus ojos, supo que las respuestas a sus preguntas no serían de su agrado.

Miró a Lavinia de soslayo y la expresión atormentada fue una puñalada en su corazón, parecía una mancha pálida en medio de aquel bosque repleto de muertos. Los ojos grises, cargados de tristeza, miraban a la nada mientras los labios torcidos esbozaban una mueca de angustia tan certera como la que ella misma sentía en ese momento. Tragó saliva y respiró el aire, le escocía la nariz y le ardía la garganta.

—Adentro, rápido —ordenó Arthur empujándola hasta el interior del mausoleo.

Las antorchas iluminaban el corredor arrojando sombras espectrales en las paredes cubiertas de moho y humedad. Una parte de ella temía lo que estaba a punto de encontrar. La certeza de que

León había vivido una escena similar antes de irse de ese plano, la obligó a caminar con el fantasma de su hermano a un lado y la ira contenida de su padre al frente.

León estudiaba la escena con una sombría fascinación y Emma ansiaba unas palabras de su parte. Lo necesitaba con una desesperación casi física, con una desesperación certera en el cuerpo. Pero León permanecía en silencio y ella creía ver una lucha librándose dentro de aquellos ojos cargados de… ¿miedo? No estaba segura de qué había cambiado en él. Una cámara fúnebre, la tía Lucy con una escopeta en las manos y Lira junto a Eliot, herido.

—Eliot.

La voz le quemó la garganta y dio un paso al frente para acercarse, pero unas manos fuertes, se lo impidieron. El aire estaba impregnado por un repugnante olor a podrido y no tardó mucho en descubrir a qué se debía. Solo necesitó mirar al errante, la criatura terrible e imponente con un rostro tan parecido al de su propia madre que un escalofrío le recorrió la espalda.

—Lo último que esperaba era una reunión familiar —gruñó Arthur y señaló el féretro abierto con el errante aguardando en el interior. Emma se mordió el labio y miró la expresión vacía de la mujer, una cáscara sin sustancia—. Todo hubiese sido diferente si os hubieseis ido.

Los ojos de halcón de Arthur brillaron al posarse sobre Lira.

—Le advertí que no debía meterse en estos asuntos; mucho me temo que después de esto no podrá volver a su vida de antes. —Hizo una pausa, Lira apretó las manos alrededor de Eliot y lo retuvo—. Correrá el mismo destino que su marido. Un terrible accidente, si me permite decirlo. No esperaba que la frustración ante las infidelidades de su mujer lo condujeran a la locura. A veces los hombres nos dejamos llevar por unas pasiones casi infantiles; hay que saber reconocer cuando no eres correspondido.

—¿Qué mierda es lo que quieres hacer? —gritó Eliot con la

mano apretada alrededor de la herida en su brazo izquierdo; la sangre le empapaba la camisa blanca y goteaba por su muñeca—. Estás completamente desquiciado.

—Oh, Eliot, querido —susurró Arthur con una pizca de cariño en la voz—, no del todo. —Se acercó hasta el errante y le acarició la mejilla con una delicadeza que confundió a Emma—. Te necesitaba aquí, después de la tontería de León, perdimos el cráneo y sin este no podíamos reencarnar a mi... —dudó y Emma empezó a encajar las piezas en su cabeza— Morrigan. Pero cuando me enteré de que alguien había encontrado la tumba y el cráneo, supe que mi oportunidad era única.

»Por supuesto que no iba a permitir que la Academia se hiciera con este descubrimiento y decidí que el Museo dirigiría la investigación. —Entonces su padre hizo algo inesperado, se acercó a Emma y sus dedos la sujetaron por el cuello—. Solo necesitaba que te hicieras con el cráneo, era el único requisito, pero justo entonces, apareció un pequeño problema en escena.

—Yo —espetó Emma, y él apretó los dedos con mayor fuerza en su cuello, como garras.

Arthur estudió sus ojos dispares y sonrió con repulsión.

—Ese truquito que hiciste asustó mucho a las superioras del internado. Podría haberte enviado a cualquier otro, pero ocurrió en el momento indicado. Como si la vida me estuviese sirviendo en bandeja todo lo que necesitaba.

—No está diciendo la verdad —advirtió León en su oído.

—¿Toda la excavación era una burla? ¿Solo éramos peones en tu juego?

—Por supuesto, Eliot —gruñó y por fin soltó a Emma—. Siempre lo has sido. Solo te necesitaba aquí, agotando tu frustración, rebuscando en el cementerio. Le pedí a O'Brien que retrasara la excavación, que rebuscara entre las sombras y consiguiera poneros en el foco de la policía. Era consciente de cómo el fracaso te agotaría y, a fin de cuentas, lo único que necesitaba era que el mundo creyese que la tumba no estaba en Edén y que tú recuperases la calavera.

—Las mujeres muertas, fue él —comprendió Lira.

Arthur volvió sus ojos a la criatura dentro del féretro y Emma se preguntó cuánto tiempo llevaría planificando aquello. La tía Lucy la fulminó con la mirada y se movió por toda la cámara depositando y encendiendo velas en los cuatro candelabros que rodeaban al errante.

—Son un efecto colateral —replicó Arthur con hastío y con sus ojos fijos en Morrigan, que tenía la luz de las velas reflejada en esos iris sin vida—. Morrigan tiene unas necesidades especiales, así que no, O´Brien no asesinó a nadie.

Emma arrugó los labios y contuvo una arcada. La idea de que aquella criatura se alimentara de personas muertas la horrorizaba.

—¿Por qué?

—No voy a pasarme toda la noche dando explicaciones, Eliot.

Pero Eliot no estaba dispuesto a mantenerse en la ignorancia:

—Al menos me merezco la verdad, ¿qué pasó con León? ¿Qué le hiciste a mi hermano?

En el rostro de su padre, Emma atisbó un destello de dolor, una emoción tan humana que resultaba desconcertante.

—Te voy a contar una historia.

Aquella frase le salió con un tono rasposo, diferente al sonido habitual de voz. La tía Lucy asintió y se arrodilló frente al errante con los ojos cerrados y las palmas hacia arriba. Los hombres que acompañaban a Arthur la imitaron y Lavinia aprovechó el momento para acercarse y sostener la mano de Emma.

—Morrigan estaba destinada a casarse con un hombre digno de su apellido. Una unión cuyos beneficios aseguraban fortuna y una buena posición social para la hija de un duque; pero era una mujer proclive a la melancolía, sus necesidades requerían algo más que un matrimonio por conveniencia. Eso ya lo sabes por los libros y los diarios.

»Atravesaba uno de esos momentos cuando la conocí. —Arthur hizo una pausa—. Era una criatura delicada, llena de sensibilidad y amor por la vida. No hay alma que pudiese resistirse a ella y fue cuestión de semanas para que entre ambos floreciera el amor. —Entonces miró a Lira y los labios se le crisparon—. No esa idea infantilizada que tenéis por culpa de los libros. No. Eran sentimientos que nacían de dos almas destinadas a encontrarse; yo había nacido para estar con ella, no cabía duda. El único problema era que no podía ofrecerle nada.

—Es imposible que conocieras a Morrigan —espetó Lira, pero Arthur se limitó a esbozar una sonrisa siniestra.

—Ya llegaremos a esa parte, pero si te sirve de consuelo, soy la persona que más conoce su alma y su verdadera historia.

Los dedos de Lavinia temblaban sobre los de Emma y cada palabra de Arthur era un clavo ardiendo dentro de su corazón astillado. Una verdad en medio de tantas mentiras, una historia que trascendía en el tiempo. Aquel era el secreto de su familia, la razón por la que escondían todas esas cajas llenas de recuerdos de otras vidas en el desván.

—A Morrigan no le importó que yo no tuviese riqueza o título, no quería nada que no fuese nuestro amor, pero la vida no siempre obra de forma justa y en cuanto su padre supo que estaba embarazada, decidió quitarme del medio. Después de todo, era una molestia y me convertí en una tumba sin nombre, un hombre olvidado, sin riqueza. En cuanto nuestra hija nació, se la quitó de los brazos y la envió a un orfanato para borrar la mancha en su vida.

»Pero subestimó a Morrigan. No imaginaba el espíritu vengativo con el que ella se sumió en el duelo y la tristeza por su amante. Se dedicó en cuerpo y alma a recuperar lo que le habían arrebatado. Estaba dispuesta a descender al mismísimo infierno con tal de que nuestro tiempo juntos fuese infinito. Y así decidió vender su alma. Un alma a cambio de otra. La posibilidad de encontrarnos en otras vidas siempre con un precio por pagar: un sacrificio. La vida siempre tiene un precio y suele ser su contraparte: la muerte. Morrigan tenía una capacidad sensorial especial, sentía a los muertos, veía cosas que nadie podría explicar y eso le otorgó la fuerza para buscar entre los fantasmas y encontrar al demonio. Sí, hizo un pacto. Yo me reencarnaría cada cien años y volvería en un cuerpo. Tendría entonces que buscar un receptáculo entre su descendencia, otro cuerpo en el que traer de vuelta a su alma para regresarla a la vida y poder disfrutar de una nueva oportunidad.

Su padre miró a la criatura con un embeleso que escapaba de toda comprensión humana. Emma se preguntó cuántas veces habrían hecho eso, a cuántas mujeres habían despojado de su identidad para albergar un alma que ya había tenido su momento. Estaba horrorizada, con la bilis trepando por su garganta y el miedo agazapado entre las costillas.

—Pero no puedo traerla de vuelta en un cuerpo cualquiera; el receptáculo ha de ser descendiente de su propia carne, sangre de su sangre. Por esto, Morrigan tuvo que buscar a esa hija si quería que su linaje continuase. Era la manera más sencilla de que pudiésemos volver a encontrarnos, aunque para ello tuviésemos que esperar cien años. Y lo hizo, pero poco después descubrió que ese trato también afectaba a su vida. Después de todo, nada la ataba al plano terrenal y los espíritus envidiaban la posibilidad de que otros tuviesen una nueva oportunidad. La reclamaban cada noche, la arrastraron hasta la locura. Sus doncellas fueron testigo de ese declive, la vieron consumirse cada día, cada año.

»Esa hija fue la semilla para que todo esto tuviese sentido. Nuestra pequeña tradición familiar.

—¿Llevas siglos haciendo esto? ¿Pero qué clase de mente enferma puede hacer algo así?

Una sombra cruzó el rostro de Arthur, fue muy breve, pero Emma atisbó el resentimiento. Sacudió la cabeza y contempló la sala en busca de una forma de escapar, pero estaban a merced de un monstruo, uno que llevaba la misma sangre que ella y del que había esperado recibir una muestra de cariño.

—Cada cien años he ejecutado el ritual, pero los resultados no son los que esperaba. Siempre que volvía, el cuerpo que la contenía enfermaba y moría a los pocos días de regresar. Las primeras veces conseguí que se quedara conmigo algunos meses, pero el resultado siempre era el mismo: la carne se debilitaba y ella caía gravemente enferma. Nada la mantenía en este plano.

Las palabras cayeron como una losa, Eliot esbozó una mueca.

—Y las últimas veces apenas hemos conseguido unos pocos días juntos.

—Mi hermana. —Fue Lavinia quien habló, y algo dentro de Emma se estremeció ante la fragilidad de su voz, el suave temblor de sus hombros cuando abandonó su mano y levantó el mentón—. La asesinó.

—Tu hermana tomó una copa que iba destinada a otra persona —gruñó Arthur mirando a Lira sin ningún disimulo—. Anna no tenía que morir. De igual manera que Ciara no lo habría hecho en su momento si no hubiese seguido a León como un perrito faldero. Dos niñas, criaturas jóvenes condenadas por vuestra curiosidad. —Señaló a Lira con disgusto—. Si hubieses bebido esa copa yo podría haberte robado la calavera y todo habría sido muy sencillo, ni siquiera hubiese tenido que acabar con tu querida Sophia. Pero ahora volvamos a lo importante. —Sus ojos se cruzaron con Emma y la tomó por el brazo al tiempo que la arrastraba hasta el ataúd y sacaba un pesado cuchillo—. Hay una razón por la que no he podido conservar a Morrigan. Algo que he estado haciendo mal.

—Estás hablando de matar a mujeres, usar un cuerpo para traer de vuelta un alma de hace siglos, por supuesto que saldrá mal…

La voz de Lira estaba salpicada de desesperación.

—Es mi madre —susurró Eliot que parecía tan confuso y horrorizado como Emma. Finalmente comprendía la locura de Arthur, los crímenes que durante tantas vidas llevaba cometiendo por un amor que nunca debió ser.

—Ya no, Eliot —soltó Arthur con tristeza—. Lo que ha ocurrido esta vez fue una terrible desgracia; el cuerpo de tu madre no pudo contener el alma de Morrigan, porque fue imposible terminar el ritual. Ahora es solo una cáscara vacía, pero servirá, pronto será Morrigan y todo este asunto quedará olvidado. He descubierto cómo traerla de regreso y que funcione.

Emma miraba la escena con expresión de angustia.

—El vínculo —espetó Arthur—. Nunca hemos tomado otra vida por la suya, además del receptáculo, y he descubierto que, después de todo, la vida ha de pagar un precio muy alto. —Con el corazón encogido dentro del pecho, Emma descubrió que el receptáculo no era otra cosa que el errante; su madre convertida en una criatura espeluznante, una criatura de carne y huesos dispuesta para contener un alma. Arthur se acercó más a ella y le susurró en el oído—. Un sacrificio con la misma sangre.

—¡No!

Eliot se echó a un lado cuando Arthur levantó el cuchillo y lo clavó en el antebrazo de Emma llenando su mundo de oscuridad. Tan solo sintió dolor, un tirón desgarrador dentro de sí misma.

Las rodillas se le doblaron cuando su hermano se precipitó sobre su padre y Lira se arrojó contra la tía Lucy. Todo el mundo estalló delante de ella cuando el errante se arrojó sobre Eliot con la violencia propia de un depredador.

—Déjame ayudarte —susurró León junto a ella.

Pero el caos la engulló. Una esquirla en su pecho, el latido del velo, el llamado de los muertos mientras uno de los hombres sujetaba a Lavinia y el otro se arrojaba sobre Lira. Emma estaba en medio de aquella lucha, confusa, impotente.

La tía Lucy la sujetó y Emma vio el placer velado en su rostro.

—Tú escondías a la criatura en el ático —aulló de dolor.

—Mi vida está atada a su sangre —espetó su tía con los ojos rojos—. Ella es el nexo de todos nosotros y no fui consciente hasta que aquella noche intentamos traerla de vuelta. Cuando Morrigan camine entre nosotros, su poder correrá en las venas de todos, la inmortalidad, la posibilidad de mil vidas.

El embeleso le nubló el rostro y otra ráfaga de dolor sacudió a Emma que se dobló en el suelo. Los muertos susurraron en sus oídos y fue consciente de que todos estaban atrapados en esa maldición.

—¡Emma, toma mi fuerza! —pidió León de nuevo y ella tembló. La última vez que había tomado esa decisión había muerto una persona inocente.

Se sentía mareada, la sangre cayéndole por el brazo con la certeza de la muerte. Ella no sabía controlarlo, ese don, era una cadena en su cuello y había aprendido a vivir con el temor constante a que un espíritu pudiese hacerse con el control de su cuerpo.

Boqueó, confundida, temblando de pies a cabeza con el corazón amenazando con salírsele del pecho. León la miraba con una tristeza palpable y ella sentía que estaba a punto de decepcionarlo:

—No puedo controlarlo, no puedo hacerlo.

León llenó todo su campo de visión. La habría tocado, pero sus dedos traslúcidos carecían de consistencia.

—Confío en ti.

Entonces oyó el llanto de Lavinia seguido por un grito de Eliot y el bramido del errante. No podía soportar ninguna pérdida, no podía dejarlos. Miró los ojos confiados de León, ese hermano que no había llegado a conocer y que había llenado cada silencio en su estancia dentro de Edén. Creía en él. Confiaba en él.

Asintió y alargó una mano. La sensación helada al sentir su tacto lo llenó todo. Un escalofrío seguido por un estallido que sacudió el mausoleo, la fuerza del mundo entero a su alcance.

Emma no era una luchadora, pero en ese momento la voluntad de León llenó cada recoveco de su ser, e impulsada por su necesidad se precipitó sobre el errante.

Su cuerpo impactó contra la criatura y todos los huesos se quejaron en cuanto el golpe la sacudió. Su madre, o lo que quedaba de ella, ahogó un gemido y cientos de polillas negras se le escaparon de los labios. El dolor en el cráneo la cegó. Sentía las preocupaciones de León como un eco susurrante dentro de la cabeza, el terror a repetir los errores del pasado.

El errante la golpeó contra la pared y un sonido seco llenó el aire entre sus pensamientos.

—No —gruñó contra la fuerza de la criatura cuya boca sedienta de sangre buscaba abrirse paso hasta su carne. Pesaba una tonelada y sus brazos la empujaban con brío mientras Emma sostenía y golpeaba el pecho de aquella mujer con las piernas, con el rostro a tan solo unos centímetros del suyo y las uñas clavándosele en los hombros.

No es ella, susurró León en su cabeza al apreciar la pena profunda en su corazón, *solo es su apariencia. No queda nada de nuestra madre en ese cuerpo, posee un fragmento del alma de Morrigan, aunque el ritual no se completó.*

Emma sintió las piernas de plomo. Morrigan la inmovilizó y la tiró sobre la tierra.

Resístete, empújala, gritó León, pero Emma, pese a su fuerza, no consiguió esquivar el pie de la criatura que se clavó en sus costillas. Escuchó cómo un disparo cortaba los gritos y apenas alcanzó a ver un destello de luz por el rabillo del ojo.

—El velo —dijo Emma con una voz que no le pertenecía.

El chillido frenético de los muertos, que permanecían en el

cementerio, le perforó los oídos. La estaban llamando, susurraban su nombre y querían ayudarla. Emma sollozó con el terror anclado en la garganta. No podía controlar a los muertos, no podía tomar su esencia, pero era consciente de que sola no acabaría con aquello.

Dejó que el velo se estremeciera bajo sus gritos mientras golpeaba el pecho del errante y se escabullía debajo de este para correr.

La voluntad de León se impuso y cautelosamente se precipitó sobre el hombre que aferraba a Lavinia por los brazos. Sintió la desesperación y vio cómo Lavinia se resistía, luchaba como podía.

Emma cogió el cuchillo que minutos antes su padre había esgrimido contra ella y con las manos pegajosas de sangre lo clavó en la espalda del hombre que sujetaba a Lavinia. Lo levantó y empuñó una y otra vez, hasta que este cayó con los ojos en blanco, sin vida.

Se miró las manos empapadas de una sangre que no era suya y Lavinia se apresuró a incorporarse y sujetarla por los hombros mientras le levantaba el rostro, tenía las manos frías y una herida en la cabeza.

—¿Estás bien? —preguntó Lavinia y Emma apenas tuvo fuerza para asentir. Miró a su hermano que forcejeaba con Arthur. A Lira sobre la tía Lucy. El mundo se desdibujó ante la violencia.

—Sal de aquí —dijo—. Busca a Dante y vete al pueblo. Pide ayuda a quien sea, a Gray o la policía, no me importa.

—No pienso dejarte sola, Emma…

Pero la voz se le cortó bajo el rugido del errante.

—Voy a volver por ti —prometió con lágrimas en los ojos.

No había nada que Emma deseara más que aquel futuro lleno de posibilidades entre las dos. Asintió con solemnidad y Lavinia se alejó con el rostro roto.

Emma ni siquiera alcanzó a degustar un segundo de paz. El errante le golpeó el hombro y un agonizante dolor le recorrió la carne. De repente, fue extrañamente consciente de que no podrían salir de allí, no con esa desventaja, no cuando su padre se estaba jugando un deseo que llevaba siglos frustrado.

Es peligroso, advirtió León siguiendo el hilo de sus pensamientos y ella no podía quitarle razón. No con una bestia a punto de acabar con su vida, con Eliot al otro lado forcejeando con su padre. *Tengo que hacerlo*.

A duras penas consiguió ponerse en pie y apartarse del cuerpo vacío de su madre. Las polillas le revoloteaban en la piel y se le pegaban a la sangre que le chorreaba por los brazos, pero Emma no tenía tiempo para pensar en ello. Se tragó el miedo. Lo sepultó entre toda su desesperación y lo boqueó con los ojos llenos de lágrimas. Levantó las manos en una súplica valiente y los llamó, cantó a los muertos, suplicó su fuerza y estos respondieron.

Se deshizo del último amuleto que pendía en su pecho, un colgante de plata, una mariposa con dos diamantes engarzados a las alas. Lo rompió y el latido de los muertos lo llenó todo. La cámara se llenó de los espíritus del cementerio y Emma suplicó su fuerza, su voluntad a cambio de conducirlos al otro lado.

Gimió cuando la voluntad de decenas de almas se precipitó contra su pecho y el mundo estalló. El fogonazo de dolor tironeó su cuerpo; la espalda y los brazos le ofrecían una sensación ajena, como cientos de voces dentro de su propia cabeza.

Y lo supo.

Levantó el cuchillo y aguardó al errante que se abalanzó justo en el momento en que Emma clavaba el filo en la carne de su pecho.

35
ELIOT

Eliot se dio cuenta de que su lucha estaba perdida.

Escuchaba los forcejeos de Lira, los lamentos de Emma y no podía hacer nada, absolutamente nada por ayudarlas. Las manos de Arthur se cerraron sobre su cuello y apretaron con firmeza mientras el mundo se difuminaba. Se negó a cerrar los ojos, no pretendía dejarse vencer por ese cansancio físico, ni por el dolor, pero los músculos apenas le respondían. Se removió contra los brazos robustos de su progenitor y en un segundo de vacilación consiguió liberarse de esos dedos ágiles.

Le dolía el pecho, le dolía el alma. Su padre lo había traicionado.

Boqueó y el aire le inundó los pulmones con alivio. Se le quemaba la garganta y le dolía cada minúscula parte de su cuerpo, pero seguía vivo. Al menos de momento, algo dentro de él se aferraba a mantenerse, pese a todo lo roto que se sentía por dentro.

—¿Cómo puedes enfrentarte a tu progenitor? —gritó Arthur limpiándose la sangre de la nariz. El puñetazo de Eliot se la había roto. Jadeaba, incluso con aquella fuerza inhumana, Arthur continuaba teniendo debilidades—. Te lo he dado todo, una vida de lujo, un puesto cargado de privilegios…

Antes de que acabara de hablar Eliot intentó alcanzarle el mentón, pero falló. Un nudo tenso le cerró la garganta y estalló en sus cuerdas vocales. Era el peso de las mentiras sostenidas a lo largo de toda su existencia, esquirlas que se le clavaban dentro del pecho y rompían su corazón.

Su padre era un asesino.

Su padre era un demente abrazando una fantasía de un amor que debió morir hacía mucho. Miró a Lira que en ese momento se hizo con la escopeta y la levantó para apuntar a su tía.

—Dispara —gritó y ella obedeció.

El tiró falló y Lira volvió a accionar el arma sin munición.

La carcajada de Arthur lo sacudió, reverberó en su cuerpo, en sus oídos, dentro de su cabeza. Un sonido áspero, amargo. No iban a salir de allí. No escaparían del mausoleo y Eliot se sintió como un imbécil al creer que tenían una mínima posibilidad.

Arthur se abalanzó sobre él y lo derribó contra el ataúd. El nudo en su garganta cayó hasta el estómago y apretó con ferviente inquietud. Un grito se rompió en el aire y a Eliot le dio la impresión de que el mausoleo se sacudía bajo sus pies.

Leyó la preocupación en el rostro de su padre, que lo apretó con mayor fuerza y lo empujó dentro del féretro. La madera se le clavó en la espalda mientras aquellas manos lo seguían presionando contra el interior de la caja. Los dedos de Eliot tantearon la superficie buscando cualquier cosa que pudiese usar como arma, se tambalearon hasta aferrar un pequeño trozo de madera que arrancó con fuerza para clavárselo en el brazo a Arthur.

Su padre se quejó, lo hizo retroceder, y él vio la sangre negra, demasiado espesa resbalando por la piel justo en el momento en que sus ojos se encontraban con los de su madre y un mudo horror le deformaba las facciones.

—No.

Pero llegó tarde y Eliot apenas tuvo tiempo para ver cómo Emma clavaba el cuchillo en el pecho de su madre. La criatura, en otro momento imponente, se desplomó en medio de un boqueo, con las piernas laxas y los brazos largos, como un juguete roto. Se estremeció una última vez, un espasmo grotesco, antes de quedarse quieta, sin vida.

Eliot supuso que aquello era el final, al menos el de una lucha encarnizada por traer de vuelta a Morrigan. Pero no esperaba el lamento estremecedor y feroz, el terror flotando en el aire.

Arthur se derrumbó, se arrastró sobre su cuerpo y acunó el rostro de la mujer.

Decir que algo no se rompió dentro de Eliot sería mentir. Estaba presenciando la muerte de su madre, la perdía por segunda vez. Apenas veía algo, las lágrimas le empeñaban la visión, lo llenaban todo de dolor.

—Mírame —suplicó Arthur con las dos manos alrededor del rostro de Morrigan y las lágrimas resbalándole por las mejillas—. No te puedes ir, apenas nos hemos encontrado en esta vida…

Arthur apretó los dientes como una bestia y miró a Emma con los ojos rojos.

—Tú.

Pero su hermana parecía una sombra de sí misma. El rostro desencajado y los ojos blancos, sin rastro de pupilas, de iris.

Su padre soltó un grito y se levantó con una furia animal, pero Eliot lo interceptó.

—Ya maté a uno de mis hijos y no quiero volverlo a hacer.

—León…

Emma se acercó y le estampó un golpe rotundo en la cara.

—Díselo —soltó con una voz ronca, una que Eliot reconoció a pesar del tiempo—. Dile la verdad.

La confusión vibró en el rostro de su padre cuya mirada iracunda cayó sobre el rostro vacío de Emma.

—Yo maté a León. —Las palabras salieron cargadas de resentimiento y una verdad se abrió paso en sus ojos—. Tu madre lo descubrió todo poco después de que Emma llegara a este mundo. Desconfiaba de mí, de Lucy, y empezó a trazar planes para irse de

Edén. Se lo contó todo a León y esa es la única razón por la que tuve que tomar esa decisión.

A Eliot le retumbaba el corazón a una velocidad terrible. Sujetó a su padre por las solapas de la camisa y lo zarandeó. Era una pesadilla. Nada de aquello podía ser real.

—La encerraste, la dejaste a merced de la soledad mientras se consumía buscando una forma de escapar a ese destino que tú elegiste para ella —continuó Emma con la voz de León—. Pero me lo contó todo. Cuando descubrió cómo su vida estaba atada a ese linaje maldito quiso huir, salvar a sus hijos. Nuestra madre me advirtió de lo que pretendían hacerle e incluso cuando habían iniciado el proceso, intentó escapar.

—Era la única manera…

—¡No! No mientas, no te atrevas. Nunca vas a poder traerla del todo, nunca va a regresar contigo porque ninguno de los receptáculos se ha prestado de forma voluntaria. Una parte de ellas permanece en su cuerpo y la consciencia lucha, se resiste. Por eso robé el cráneo, en cuanto supe que lo necesitaban lo tomé y lo envié lejos de aquí con la esperanza de que no siguieran adelante. El cráneo es la llave para que el alma de Morrigan entre en el cuerpo. En él se aloja su consciencia, como un hongo que duerme y aguarda hasta ocupar otra carne. —Hizo una pausa y el rostro de Arthur se llenó de sombras, de inquietud—. Tú no sabías que ya lo había robado cuando me disparaste, ese fue tu error. Pero yo no pienso fallar, esta vez no —sentenció la voz de León.

Entonces lo vio. Hasta entonces Eliot apenas había sido consciente de nada más, tal y como estaba, con el juicio nublado y las pocas posibilidades, había olvidado a su tía, pero esta acababa de moverse y sujetar una navaja afilada que Eliot reconoció que era de su padre.

La navaja destelló en sus dedos y Lira se interpuso en su camino.

36

EMMA

Las voces de los espíritus se debatían como ecos dispersos dentro de su cráneo. Uno a uno abandonaron a voluntad su cuerpo cuando el errante se desplomó a sus pies. Dejaban a su paso una sensación de vacío, de ausencia, con la que Emma no había lidiado antes. Los bordes del mundo emborronados ante sus ojos mientras Arthur aguardaba su final.

León había revelado la verdad y ella notaba destellos de arrepentimiento, culpa y algo parecido a la decepción. Era una pena profunda y demasiado confusa, la sensación de recuperar todos esos recuerdos perdidos, de darles consistencia y comprender que formaba parte de una existencia suspendida en el tiempo. El dolor de su hermano era una extensión del suyo.

Alzó el cuchillo en el aire y por el rabillo del ojo atisbó un destello rojizo cuando Lira se interpuso entre ella y la navaja que su tía acababa de arrojar.

Eliot alzó la mirada y el horror le nubló los ojos. Un aullido desgarrado e impotente se abrió paso en sus cuerdas vocales. Emma lo vio golpear la cabeza de su tía Lucy y arrojarse sobre Lira, que yacía en un charco de sangre. Todo a través de una segunda consciencia, como una espectadora de una obra mal ejecutada en la que todo salía mal.

—No, no —gritó con el rostro mudo de dolor—. Lira, quédate conmigo.

Lira se dobló por la mitad, se aferró el hombro con una mano y chilló mientras Eliot la sujetaba con delicadeza y le prometía que todo iría bien. Un zumbido atravesó la cámara y Emma notó los insectos impactando contra el suelo. Las polillas, furiosas, dejaban un eco sordo dentro de su cabeza, el murmullo inaudible de la muerte, de los espíritus, rondando nuevamente en el cementerio.

Le ardió el pecho. Cuando retrocedió y la consciencia de León se debilitó dentro de sus huesos, el resentimiento inundó cada recoveco de su alma perdida y desgarró sus entrañas liberando un odio visceral, casi animal. Estaba cansada, herida.

El mausoleo se sacudió. Un violento movimiento de tierra casi la arroja sobre la tierra. Eran los ojos de aquella criatura, el errante, cuyo rostro sin vida miraba a la nada mientras las polillas se le metían dentro de la piel, se revolvían a su alrededor, como si intentasen devolver a la vida a una mujer atrapada en el tiempo, convertida en el anhelo marchito de un hombre sin alma.

—Esto es todo lo que va a quedar cuando me vaya —rio Arthur y la ira de León crepitó en su estómago—. Muerte. —Pasó una mano por el pelo del errante y miró las velas ardiendo junto al féretro. Fue un movimiento veloz, estiró una mano y la vela cayó prendiendo la madera de la urna—. Puedes matarme, pero volveré, el linaje de Monroe perdurará y cuando tú ya no estés y no quede ningún recuerdo de vosotros, yo caminaré entre los vivos.

Las llamas se alzaron en una columna de fuego, devorando las estanterías junto a la entrada y el mueble que reposaba al final de la cámara. Un atisbo de pánico crepitó en sus entrañas y la calma de León se impuso sobre su miedo. Entonces levantó la daga y la expresión de Arthur cambió. Un chispazo de miedo, la primera emoción real que desfilaba en aquellos ojos de hielo.

—Me encargaré de destruir el cráneo.

Las palabras escaparon de sus labios justo en el momento en el que la fuerza de León blandió la daga y atravesó el cuello de Arthur. Su padre gritó y se llevó las manos a la garganta antes de desplomarse. Fue una muerte limpia, rápida.

—¿Emma?

La voz de Eliot arrastró a Emma y León a su lado. Lira se encontraba tumbada y las manos de él se aferraban a la herida abierta en su hombro. El humo calentaba el aire y Eliot empezó a toser, desesperado. Se apartó de una estantería que en ese momento se desprendió.

—León —comprendió al sentir la mano de Emma sobre la suya. Un chispazo eléctrico le recorrió la piel—. Yo… lo siento tanto. No tenía ni idea de que padre había hecho algo tan horrible.

—Eras un niño, Eliot. Estoy orgulloso de haber visto el hombre en el que te has convertido. —La presencia de León se debilitaba mientras los ojos de Eliot se llenaban de lágrimas—. Salid de aquí y dejad el cráneo, que todo esto arda.

Aturdido, Eliot asintió y sostuvo a Lira mientras echaba una mirada rápida a la cámara, que ahora albergaba un rastro de muerte. Las llamaradas de fuego lamían las paredes y comenzaban a devorarlo todo.

Emma corrió y algo se rompió en su corazón cuando sintió que la presencia de León se desvanecía. Lo vio abandonar su cuerpo y convertirse en una versión espectral de sí mismo, con los bordes emborronados y el rostro contorsionado por la preocupación. Se detuvo.

—Creo que me voy —anunció mientras Emma veía como Eliot se perdía en la salida del pasillo.

—No…

Un sollozo estrangulado le dobló las rodillas. Estaba tan débil, tan cansada.

—Gracias por ayudarme a recuperar mi identidad, por recordarme quien soy y por permitirme terminar lo que empecé hace años —dijo con una sonrisa distinta a la que había visto antes en su rostro, y Emma no fue capaz de decir nada—. Eres la mejor hermana que habría querido tener, estoy convencido de que nos vamos a encontrar en la otra vida. Gracias. Eres la persona más valiente que he conocido, Emma Monroe. Ya lo dijo un poema: «no cantes canciones tristes por mí».

Emma sintió el dolor en su alma, una punzada de tristeza anclada en su estómago. Poco a poco, León se convirtió en polvo. Diminutas partículas plateadas flotaron en el aire envuelto de humo, dejando ausencia y vacío. Emma empezó a temblar, no se dio cuenta de que estaba llorando, no hasta que las sacudidas de su pecho hicieron que le castañearan los dientes con tanta fuerza que podría haberse roto la mandíbula.

León se había ido. No sentía su presencia, no quedaba nada de él en este mundo y ella no tenía fuerzas para caminar.

Las ascuas barrían el aire y una columna de humo negro se impuso en el pasillo. Emma no podía seguir, no podía moverse. Se envolvió en su tristeza y se quedó allí, viendo como las llamas lo consumían todo hasta que unos brazos la sujetaron y en medio de todo su dolor, vio a Eliot que había vuelto por ella. La sacó en volandas y en algún punto del camino, Emma se derrumbó sobre su hombro, tan cansada como estaba era incapaz de mantener los ojos abiertos.

37
LIRA

El fuego lo consumió todo.

Ardió durante toda la noche y el legado de su trabajo se perdió entre las llamas que casi le arrebatan la vida. Eliot le sujetó la mano mientras los servicios médicos se la llevaban y ella fue testigo de la sombra de dolor en sus ojos: el miedo a enfrentar un futuro lleno de incertidumbre y a lidiar con el pasado familiar, que acababa de revelar una verdad oscura, perturbadora.

—Ya le he dicho unas diez veces que estoy perfectamente —suspiró, tumbada en una camilla en el viejo hospital de Edén. Al lado, Emma había recibido varios puntos de sutura en el brazo y Lavinia se mostraba preocupada por ella—. ¿Puedo irme?

—Debería estar en observación al menos un par de días —gruñó el médico acomodándose las gafas circulares sobre el puente de la nariz.

Pero Lira se negaba a estar quieta. Si se quedaba con la mente en blanco, los pensamientos llegarían, la envolverían como una marea de ansiedad y ella tendría que enfrentar los acontecimientos de la última noche. No se le daba especialmente bien esperar con tranquilidad las consecuencias.

—Y debo decirle que siento mucho su pérdida —añadió el hombre antes de salir de la habitación y dejarla a solas con las chicas.

Emma se reclinó un poco en su camilla y la miró con aquellos ojos llenos de una pena tan profunda que si alargaba los dedos podía tocarla.

—Lo de Jorgen…

—No, Emma —interrumpió—. No es necesario que digas nada. No lamento su muerte y sentir una carga por su destino es absurdo. No te mereces ese peso y mucho menos la culpa.

Con solemnidad, Emma asintió. Tenía el vestido roto y una herida seca en la frente además de la del brazo.

—Lo que hizo en la casa —susurró Lavinia cuya expresión delataba su conmoción—, intentar dejar a Emma dentro, prender fuego a todo.

—Si alguien debería pedir perdón soy yo —admitió ella y negó con la cabeza—. Jorgen vino a buscarme, jamás pensé que sería capaz de llegar a algo así.

Emma esbozó una sonrisa triste.

—Resulta irónico que digas esto cuando precisamente ha sido nuestro padre quien ha intentado asesinarte en varias ocasiones.

Su voz era un frágil susurro y por primera vez en horas, Lira fue consciente de forma plena de lo que había vivido dentro del mausoleo. La leyenda de Morrigan, una mujer rota de dolor cuyo amante que se reencarnaba para traerla de vuelta a la vida. La desesperación de ese hombre dispuesto a consumir el mundo si con ello conseguía traerla consigo, aunque fuese por un tiempo finito. Era una historia de amor, pero incluso los sentimientos más puros no justificaban las acciones cruentas. La muerte, el vacío, todo lo que le quedaba dentro del pecho era una sensación amarga de insuficiencia.

Al menos Jorgen no puede volver a atarte, se dijo, y levantó los ojos para ver la luz de la mañana filtrarse a través de la ventana abierta de la habitación.

—Lo que hiciste dentro del mausoleo —soltó de repente mientras se miraba las manos salpicadas de sangre seca y las uñas rojas—. ¿De verdad puedes ver a los muertos?

Emma ladeó el rostro con vergüenza y Lira adivinó su respuesta. Había sentido una voz inhumana saliendo por los labios de la chica, un sonido apagado cargado de una pena profunda, demasiado pesada.

—Sí —admitió, y Lavinia le pasó un brazo por los hombros—. Puedo verlos y, en ocasiones, tomar su fuerza vital. Lo que hice esta noche, nunca antes lo había logrado, al menos no así. Creo que fue cosa de León, me ayudó a controlarlo.

El rubor le inundó las mejillas. Lira estaba a punto de intervenir cuando dos golpes llamaron a la puerta y el rostro cansado de Eliot apareció.

—¿Estáis bien? —Ellas asintieron y Eliot se dejó caer a su lado con un suspiro sonoro—. Ya he prestado declaración a la policía y no tardarán en interrogaros. La versión oficial es que nuestro padre planeaba saquear la tumba y nosotros intentamos evitarlo, hubo un accidente con las lámparas y se prendió todo. —Hizo silencio y giró el rostro hacia Lavinia—. Quizá sea mucho pedirte, en especial después de todo lo que has hecho. De no haber sido por ti, Gray quizá no hubiese llegado a tiempo, pero quisiera que prestaras la misma declaración. Dudo que hablar de un hombre reencarnado y una criatura hecha de carne muerta sea lo más aconsejable.

Un silencio profundo siguió sus palabras, era el tipo de silencio reflexivo que seguía a un evento traumático, una situación de las que uno tarda toda una vida en reponerse.

—O'Brien ha muerto —dijo de pronto. Se movió hasta la ventana y se pasó una mano por el pelo. Las cenizas nadaban sobre su ropa—. Lo han encontrado en su casa esta mañana, asesinado.

—Fue nuestro padre —reconoció Emma y Lira se irguió en la cama con la herida latiéndole y el corazón encogido—. ¿Alguien vio algo?

—Nada —comentó Eliot—. Se le siguen achacando las muertes, algo que dejará impune a nuestro padre incluso después de fallecer. —Miró a Emma y apretó los labios con indecisión, como si no estuviese seguro de lo que diría a continuación—. ¿Es posible que vuelva?

—Supongo que lo intentará. Pero sin el cráneo no puede traerla.

—Y León… ¿Se ha ido?

De alguna forma, parecía una pregunta inevitable, pero no por ello menos dolorosa.

—Se ha ido —confirmó Emma, y Eliot se soltó el botón del cuello de la camisa—. Ha encontrado la paz.

Ninguno dijo nada más y unos minutos después, Emma se irguió y Lavinia se puso en pie. Parecía cansada, necesitada de un sueño profundo.

—Os dejamos un rato solos —dijo antes de abandonar la habitación, y la ausencia de las dos arrojó un destello de tristeza en el interior del corazón de Lira.

Aquella noche se había muerto una parte importante de sí misma. Quizá la certeza de una fuerza superior, de un misterio que llevaba siglos atravesando la historia, la acababa de situar en una posición de desconcierto, dejándola completamente aturdida.

La mano de Eliot rozó la suya dejando un hormigueo suave sobre su piel. Se buscaban en medio de toda una tragedia, como dos imanes dispuestos siempre a encontrarse. Estaban tan cerca que podía contemplar la tristeza dentro de sus ojos grises, los matices en sus iris, un estallido de azules, de tonalidades frías y cálidas al mismo tiempo.

—Yo…

—No tienes que decir nada —lo interrumpió ella y giró el cuerpo para quedar frente a él. Le escocía la herida del hombro, pero aquel latigazo no se comparaba en absoluto con el que sentía dentro del corazón. Como si algo dentro de ella se hubiese roto y perdido para siempre—. No quiero disculpas, no quiero escuchar eso. Solo me interesa una cosa y es cómo estás tú.

El hielo en sus ojos se diluyó y una mueca tirante le tironeó de la comisura de la boca.

—Acabo de descubrir que mi padre era un demente que volvía cada cien años, y que asesinó a mi madre y a mi hermano. —Las palabras le salieron flojas—. Creo que estoy bastante jodido. Al menos la herida de bala ha sido superficial. —Señaló las vendas.

A Lira le dio un vuelco el estómago. Cuando había salido del mausoleo le suplicó a Eliot que la acompañara hasta el hospital; no quería quedarse dormida y sentía la cabeza tan espesa que temía despertarse sola y descubrir que seguía dentro de la misma pesadilla: que Arthur alargaba el cuchillo y esta vez no fallaba.

—He tenido tanto miedo —continuó y el corazón se le aceleró—. Pese a lo horrible que ha sido, pese a que Emma hablaba con la voz de un hermano que perdí hace más de diez años, cuando te hirieron, sentí un profundo terror a no volver a verte. Sé que Jorgen acaba de morir, sé que este momento no es perfecto y que los dos tenemos mucho por resolver, pero no me siento capaz de volver a desperdiciar ni un segundo más. No quiero dejarte ir, quiero estar en tu vida, quiero que seas lo último que vea antes de irme a dormir, lo primero que sienta cuando despierte en las mañanas.

Cerró los ojos y permitió que aquellas frases llenas de promesas le acariciaran la piel. Lira ni siquiera había procesado nada y era pronto para aceptar cualquier propuesta, pero estaba cansada de negarse la posibilidad de sentir. Llevaba toda una vida negándose a cultivar amor por otra persona, toda su existencia luchando para que el mundo la viera, para que reconocieran su trabajo y de repente, lo había perdido todo.

Suspiró y dejó que sus manos acariciaran las de él. Una emoción tibia le inundó el pecho. No necesitaba de ningún hombre y eso era lo maravilloso de Eliot. Él no quería que ella lo necesitara, simplemente que lo escogiera.

—Deberías dormir —fue su respuesta, una que le escoció la garganta, el alma—. Ni siquiera hablas tú, estás agotado confuso.

—Estoy perfectamente lúcido y seguro de lo que digo.

Le tomó el rostro entre las manos con delicadeza y ella inhaló el olor a humo en su piel.

—Lira, siempre te he querido.

La besó.

Un roce de labios suave, un momento suspendido en el tiempo, en una tormenta.

—No tienes que prometerme nada, esperaré todo lo que necesites.

38

EMMA

La semana siguiente, bajo una torrencial lluvia de abril, Lavinia apretó la mano de Emma cuando juntas abandonaron Edén. Habían visitado el cementerio una última vez bajo un paraguas negro y la sombra de los fantasmas rodeando la tumba gris en la que descansaba su hermano León. Se arrodilló junto a la lápida y permitió que las gotitas le empaparan el vestido gris mientras con los dedos acariciaba el frío granito que Eliot había mandado erigir cerca del mausoleo familiar. El nombre de su madre y su hermano yacían grabados sobre la piedra. El mismo foso que contenía los restos mortales de generaciones anteriores, también víctimas de su padre, que ahora encontraban el descanso.

Estudió la enorme estructura blanca; poseía dos gárgolas de piedra sobre unas columnas en las que ascendían rosas de granito.

—Me alegro de que no se celebrase ningún funeral para mi padre.

La voz le abandonó la garganta y Lavinia la miró con comprensión. Parecía un faro en medio de aquel paraje hostil carente de tonos cálidos. El pelo rojizo le caía sobre los hombros menudos y acentuaba el rubor de sus mejillas, los labios entreabiertos.

—¿Crees que en el Museo querrán hacerle algún homenaje a Arthur? Mi padre dijo que era un hombre muy influyente y su trabajo se valoraba demasiado.

—Espero que no —susurró Emma con los ojos perdidos en el cielo nublado—. Eliot cree que lo retirarán de su cargo y que, si esto no ocurre, quién renunciará será él. No sé si realmente es lo que quiere, pese a todo esto, nunca lo había visto tan decidido.

Lo decía de verdad. Aunque era eficiente, Eliot dudaba con frecuencia y Emma había sido capaz de atisbar todos esos miedos paralizantes en su expresión sombría desde el primer día que había llegado a Edén.

—Necesitará tiempo —continuó con los ojos perdidos en el cementerio, como si esperase que en cualquier momento León pudiese aparecerse delante de ella—. Asumir la realidad de nuestro padre y darse cuenta de que ha dedicado toda su vida a satisfacer sus deseos buscando su aprobación ha roto un poco su voluntad.

Lavinia se arrodilló a su lado y la estudió un momento.

—¿Y tú? También necesitarás tiempo.

Emma deseaba fervientemente negar aquella afirmación, pero lo cierto era que ese dolor punzante en el pecho la acompañaba desde la despedida de León. Su hermano había canalizado un don que ella temía y, gracias a esto, habían conseguido salvarse. Aunque no dejaba de pensar que, si hubiese dependido de ella, quizá no estaría allí, en ese instante, viva.

La fuerza de su hermano había sometido su miedo para regalarle una nueva oportunidad.

—Yo estoy bien —mintió esbozando una sonrisa amable. Eliot había hablado con la familia de Lavinia y le permitieron acompañarlos a Londres durante una temporada. Creían que el aire de la ciudad la ayudaría a superar su pérdida—. Agradecida de que puedas venir conmigo.

—Te conozco, Emma —susurró—. Sé que cuando escondes algo sueles fruncir el ceño y desvías los ojos hacia la derecha, sé cómo te tiemblan las sílabas y no quiero que esto que hay entre nosotras sea una mentira. Quiero la verdad, con todo lo que significa.

Emma entrelazó sus dedos con los de ella.

—Estaré bien. Necesito asimilarlo todo, pero te prometo que me repondré de esto.

Los ojos de Lavinia, fijos en ella, se mostraron firmes.

—¿Lo echas de menos?

No respondió. No hacía falta. La ausencia de León lo llenaba todo, un vacío insustancial con el que aprendería a vivir. *No podía quedarse para siempre*, pensó en medio de la tormenta y se puso en pie para tomar la mano de Lavinia y caminar hasta el coche que las esperaba en la entrada del camposanto. Gray bajó la ventanilla y les abrió la puerta con una de esas sonrisas tristes que durante los últimos días parecían tan habituales en él. Como si la angustia hubiese llegado para convertirse en una nueva acompañante de su familia.

El día anterior había visitado a la vieja soprano con la intención de despedirse y revelarle toda la verdad a Ciara. El espíritu de la chica asimiló sus palabras con una apacible calma que reconfortó el alma de Emma. Recordaba a León y, por supuesto, los planes de Arthur, pero no era consciente de que ser partícipe de ese secreto había obligado a Arthur a acabar con su vida con tal de evitar que nadie más supiese su historia.

Al menos Ciara se había ido en paz y eso le producía alivio.

Miró a Lavinia envuelta en las sombras de la tarde y asintió antes de dejar atrás la tumba y toda la pesadilla de los días anteriores.

—Vamos con un poco de retraso, pero si necesitáis más tiempo, puedo esperar —le dijo cuando se subieron al coche y Emma se sacudió la lluvia del vestido con las manos enguantadas—. Eliot puede esperar.

Era una mentira amable. En realidad, su hermano tenía una audiencia importante en el Museo, una citación para resolver el asunto de la excavación y la pérdida del patrimonio de la tumba. Además, pretendía presentar una serie de documentos que demostraban la corrupción por parte de la Academia. Algo que si salía bien podía beneficiar a Lira, o al menos eso pretendían.

—Vamos.

El vehículo se puso en marcha y Emma se quitó los guantes y se reclinó en su asiento junto a Lavinia. Llegaron al ayuntamiento, donde Eliot los esperaba, y tanto Emma como Lavinia bajaron para despedirse de los padres de esta.

—Me escribirás todos los días —le recordó la señora Davies a Lavinia, cuyos labios se esforzaron por sonreír—. Iremos a verte pronto.

Eliot le apretó el hombro a Emma y, en silencio, les regalaron un momento de privacidad. Descendieron hasta el vestíbulo principal, Eliot envuelto en un abrigo de paño negro y una expresión taciturna y distante. Ambos guardaron silencio cuando llegaron a la calle y Gray les dijo que estaría esperando en el coche.

—¿Lira vendrá con nosotros?

Llevaba días conteniendo la pregunta y la mueca de dolor en la expresión de su hermano, una herida abierta, arrojó un destello de culpa.

—Perdón, creía que al final habría tomado una decisión.

—Todavía no, ha vuelto a Yorkshire, al menos de momento hemos conseguido algunas pruebas incriminatorias contra su jefe. Si consigue que le devuelvan su puesto en la Academia tendrá la libertad de elegir.

Eliot cruzó los brazos sobre el pecho y Emma se fijó en la palidez de sus mejillas, la tensión en su mandíbula. Estaba a punto de añadir algo cuando Wren apareció en la calle, con los tirabuzones enganchados a lo alto de la cabeza, envuelta en un vestido lila y con un paraguas en la mano izquierda. No iba sola, la acompañaba su padre con aquella expresión seria que solía esgrimir delante de la gente.

—Eliot —gruñó el hombre y se acercó a estrechar su mano—. ¿Tienes un momento para conversar?

Su hermano asintió y le concedió unos minutos mientras Wren echaba una mirada hostil a Emma, cuyas manos permanecían a su espalda.

—Lamento mucho tu pérdida —le soltó, y una sonrisa le cruzó los labios—. Imagino que con tus habilidades podrás ver a tu padre. O quizá seas la responsable de su muerte, al fin y al cabo, ha sido todo muy extraño.

Emma no estaba dispuesta a dejar que esas palabras hicieran mella en ella.

—¿Sabes qué es lo peor de la gente como tú? —espetó Emma mirándola a los ojos con frialdad. Era la última vez que Wren le hablaría de esa forma—. Tienes una predisposición casi natural hacia la crueldad y no solo por esa necesidad constante de atención y de demostrar a los demás que estás por encima de ellos. Es la facilidad con la que convences a muchos de ser una criatura llena de luz. Te escondes bajo esas sonrisas, te disfrazas con encajes para ocultar lo pútrida que es tu alma.

»He visto lo que hay dentro de ti, Wren. Me das lástima y estoy convencida de que el mundo no tardará en ver el veneno que ocultas. —Dio un paso en dirección a la salida y vio a Lavinia caminando hacia ella—. No vuelvas a dirigirme la palabra, no vuelvas a pensar en mí o te prometo que usaré mis habilidades para deshacerme de ti.

Wren dejó caer los brazos a los lados del cuerpo y Emma deseó entrar en sus pensamientos mientras ella y Lavinia se alejaban. Eliot las alcanzó y se subieron al coche rodeados de una tranquilidad que esperaba que durara. Abrazó a Dante contra su pecho y miró el horizonte, hacia ese nuevo camino que se abría para dejar atrás un pueblo lleno de pesadillas.

EPÍLOGO

Dos meses después

Durante años, Linus Tucker había gozado de los privilegios asociados a su posición como director general de la Academia de Historia Nacional. Era un puesto muy reputado y en el que se sentía a gusto. A un director general nadie osaba cuestionarlo, tenía el mundo a tus pies, sus decisiones solían ser siempre acertadas y, sobre todo, manejaba los hilos de la organización.

Quizá esa era la razón principal por la que Linus fumaba un puro con la ventana abierta y el fuego encendido en la chimenea. Tenía la cabeza despejada, las gafas de pasta negras sobre la nariz y una incipiente calva a juego con la barriga, que controlaba con una camisa a cuadros. Era un hombre cuyos gustos parecían acercarlo al mundo, a esas personas necesitadas de un contacto que pudiesen beneficiarse de su cercanía, pero que en otras circunstancias ni siquiera lo habrían visto a la cara. Linus era arrogante y sus conversaciones siempre giraban en torno a la crítica de otros compañeros a los que envidiaba.

Precisamente, esa actitud era una de las cuestiones que Lira más detestaba en su jefe. La facilidad con la que otros le reían las bromas, aunque estas fueran ofensivas para personas a las que Linus detestaba.

Cuando Lira entró en el elegante despacho, el sol se estaba poniendo y los rayos de luz coloreaban las paredes de un bonito tono naranja. Linus abrió los ojos con sorpresa en cuanto la vio entrar y se incorporó tan rápido como pudo, con el labio inferior temblando y una expresión de apuro que delataba lo inesperada que era su visita.

—Lira —dijo mientras apagaba el cigarrillo en un cenicero de piedra marrón junto a una libreta abierta—. ¿Qué estás haciendo aquí, chicuela? No recuerdo que te agendaran ninguna cita. Creí que te había quedado bastante claro que ya no eres bienvenida en la Academia.

A Lira se le heló la sangre de todo el cuerpo; utilizaba ese mote infantil con el que a veces se refería a otros en un acto de simpatía. Con cuidado, Lira se dejó caer en una silla frente al escritorio y sacó una carpeta llena de papeles. El escritorio estaba desordenado y repleto de brújulas tan antiguas como el resto de las piezas que decoraban el despacho. Había un esqueleto antiguo junto a la ventana, una estantería rebosante de libros y dos vajillas antiguas traídas desde Roma.

—Pensé que ya estarías al tanto de lo ocurrido, Linus —espetó con frialdad y se sacudió las manos en los pantalones antes de sacar una carta y dejarla sobre la mesa—. La Academia ha decidido renovar los altos cargos, una cuestión nimia quizá, si tenemos en consideración que, como director, deberías haber recibido una invitación para la votación.

A Linus se le desencajó la mandíbula y Lira lo vio batallar con cordura antes de soltarle:

—Eso es imposible, ¿en qué momento ha sido…?

—La resolución se emitió hace un par de horas y he pedido al nuevo comité que me dejaran entregarte la misiva personalmente. Digamos que necesitaba verte los ojos cuando supieras que estabas despedido.

Abrió la boca para rebatir, pero antes de que pudiese articular alguna palabra, Lira continuó:

—El nuevo director es Gray Sinclair. —Le produjo un placer enorme atisbar el odio dentro de los ojos de Linus—. Trabajaba para el Museo y me ha ayudado a recopilar todas las pruebas sobre tu gestión fraudulenta. El blanqueo de dinero, los abusos de poder y, por supuesto, el robo de piezas de carácter histórico. Si he de serte sincera, añadiría el mal trato que has demostrado contra tus compañeras y cómo les has arrebatado sus recursos para entregárselos a tus protegidos, pero el resto de pruebas ya eran suficientes como para incriminarte.

—No, no es verdad. —Linus cogió la carta y la rompió con los ojos desencajados y un intenso rubor en las mejillas—. Eres una vil mentirosa. Siempre has actuado como una víbora, buscando la aprobación de la Academia.

—Soy miembro oficial de la Academia, de hecho, me han asignado como la enviada para una nueva excavación en Egipto, donde seré la responsable —lo corrigió con una sonrisa llena de suficiencia—. Y si me permites, la policía te está esperando para prestar declaración.

Linus la miró consternado. Había odio en su mirada, una expresión de repulsión a tono con la rabia que ella había sentido tantas otras veces atrás por su culpa. Lira no tenía cargo de consciencia y creía que aquella situación era una especie de justicia divina, una forma de devolverle todo el daño que había infligido en los demás.

Complacida, tomó su bolso y se dirigió hacia la puerta con el mentón en alto y la confianza de su triunfo. Acababa de dar la estocada final y una emoción liberadora le llenaba por completo el pecho. Abandonó el viejo edificio blanco con el cuerpo liviano y acariciando la posibilidad de un futuro prometedor, quizá lleno de retos, pero con la perspectiva de reconocimiento en su trabajo y, sobre todo, la oportunidad que se había regalado a sí misma para ser feliz.

—¿Cómo ha ido? —preguntó Eliot al pie de la escalera que daba hasta la calle principal. Tenía a Dante en los brazos y este no paraba de mover la cola alegremente. Lira lo acarició detrás de las orejas y tuvo que admitir que el perro se había ganado toda su confianza en los últimos días. La convivencia con Eliot y la presencia de Emma le garantizaron la socialización con el chucho. No podía negar que bajo aquella capa de pelos enmarañados se escondía un corazón puro que le terminó demostrando cuánto le gustaban las mascotas.

—Se lo ha tomado mejor de lo que esperaba.

Eliot sonrió marcando ese hoyuelo tan característico en la mejilla derecha. Dejó a Dante en el suelo y alargó una mano para sujetar la suya. Un acto reflejo de cómo su cuerpo reaccionaba de forma instintiva hacia él.

—No deberíamos hacer esto en público.

—Creí que te encantaban los escándalos —susurró Eliot contra su pelo y el corazón de Lira saltó en su pecho—, después de todo, eres una mujer libre. Al menos lo eres hasta que aceptes mi propuesta.

—No sabes si lo haré… —soltó ella y quiso hundirse en sus labios, en el olor a menta que desprendía su piel, en el tacto suave que ofrecían sus manos—. Nunca he sido de las que toman decisiones fáciles.

—Pero esto nunca lo fue —le recordó y, esta vez, Lira le devolvió la sonrisa. Le encantaba lo natural que le salía el gesto cuando estaban juntos—. Todo lo que hemos tenido que pasar creo que ha sido garantía suficiente de que nos aguarda una vida plena. Además, una nueva aventura nos espera en Egipto y yo solo iré para admirar cómo muestras esa afilada inteligencia descubriendo un nuevo misterio.

Nunca antes había sentido aquella libertad en el pecho. Le tomó la mano y se entregó a esa promesa, a esa felicidad pactada que durante tantos años se había negado y que, en ese momento, se le antojaba sencilla. No necesitaba más.

AGRADECIMIENTOS

No cantes canciones tristes por mí me salvó el 2023. Fue la luz en medio de un año lleno de sombras y mucha incertidumbre. Esta es la razón principal por la que siento que es una historia tan importante y personal.

Es por esto por lo que quiero dar las GRACIAS, en mayúsculas, a todas las personas lectoras. A quienes con ilusión me apoyan en cada nuevo libro, a quienes me acompañan en las redes sociales y en las ferias del libro. Gracias, porque hacéis de todo este camino algo bonito y casi mágico.

Quiero agradecerle a Tomás que sea más que mi pareja y amigo. Él es mi fuerza cada día, las estrellas y el empuje cuando siento que no puedo seguir. Es mi compañero de vida y se toma muy en serio todas y cada una de las divagaciones que vivo durante el proceso de escritura. Gracias por tomarme de la mano y convencerme de que puedo con esto y de mucho más.

Por supuesto, no puedo dejar de mencionar a mi familia: a mis padres, a mis hermanos pequeños, y a Alexander y a Fabiana. Por supuesto, también, a mi abuela Vity: ojalá los recuerdos dejen de escaparse de tu memoria y yo pueda permanecer en ella el resto de los días que nos quedan juntas. Tú siempre estarás en la mía; en cada libro que escriba, en cada luna en la noche. Todavía te debo tu historia.

Quiero agradecer a mis amigas y compañeras el haber estado ahí, porque indudablemente han visto como me rompía y reconstruía tantas veces que sin ellas no sería la mujer en la que me he convertido. Gracias, Esperanza, Raquel, María y Carla.

Por supuesto, también a mi editora, porque esta historia con ella ha conseguido su mejor versión. Pero, sobre todo, porque me ha mostrado el lado más amable del camino que supone publicar un libro.

Y, por último, aunque sé que no van a leerlo, agradezco a mi trío dinámico —mis perras— el que cada línea de este libro, cada palabra, haya sido plasmada en su compañía.

«Para viajar lejos no hay mejor nave que un libro».

EMILY DICKINSON

Gracias por tu lectura de este libro.

En **penguinlibros.club** encontrarás las mejores recomendaciones de lectura.

Únete a nuestra comunidad y viaja con nosotros.

penguinlibros.club

Penguin Random House Grupo Editorial

penguinlibros

Este libro se terminó de imprimir
en el mes de febrero de 2024.